金克木 作品

明暗山

金克木谈古今

金克木 —— 著

黄德海 —— 编

作家出版社

目 录

旧学新知书

无文探隐书

仿佛明暗山（代序）

黄德海

我曾编过一本金克木的《书读完了》，编完后，觉得意犹未尽，就在隔了段时间之后编出了这本《明暗山——金克木谈古今》。稿件全部编讫，已经是凌晨一点多钟了。我躺在床上，照例胡思乱想，有时高兴，偶尔失落。

忽然间发现自己走在一条路上。看天色，应该是东方鱼肚白的时候。周围只偶尔有几个人影，或前或后地走着。路旁古木参天，一位老人穿着藏青色中山服，手持拐杖，戴一副黑框眼镜，一边抬头看着天空，一边慢慢往前走。我略一端详，认出是金克木，就疾步向前，来到老先生面前。

还没等我问好，老先生就转过身对着我，开口说道：你编过《书读完了》，还要再编一本《明暗山——金克木谈古今》，对我极尽刨根问底之能事，究竟想做什么？难道要把我打碎弄乱，重新编排出一个精神 DNA？我已是古旧人物，退出了历史舞台，难道你非要拉我进入现在的话语"系统"，让我成为朋友圈的话题、新时尚的符号？

我熟悉老先生的这种语调，笑笑说：我赶不上活话题，跟不上新时尚，编你的书只是因为喜欢。你虽自称"古旧"，无奈历史并不让你"退出"，所以只好强你所难，陪着我们这些新而旧的人再走一程。我也无法探测到你的精神 DNA，倒像是剪径的强盗，行的是精神绑票之实。

金先生笑了：这话虚实参半。你心里想的是，这个老头故意"遮蔽"，我偏要给他"解蔽"。你虽说是对我精神绑票，还不是拿我的文章管你自己的"心猿意马"，学禅宗"牧牛"？我在《挂剑空垄》^①前言里说，季札把自己的佩剑挂在徐国国君坟墓边的树上，是以心传心，挂剑不过是符号。你对我施行精神绑架，是不是也想加入这个符号序列？

我笑而不答。金先生继续说：我是个杂家，做过的事一件又一件，学过的外文一种又一种，弄过的学问一门又一门，但我向来"少、懒、忘"，知其大略，写过小文，也就另起炉灶了。古印度神话里说，环绕可见世界的大山，一边光明，另一边黑暗，因此叫作"明暗山"，正像我翻译过的迦梨陀娑的诗句里说的："光明又黑暗，仿佛明暗山。"你用这个做书名，是说我的文章暧昧难明，还是要说我的思想有什么"体系"？

我答："体系"是个西方词吧？我弄不懂，跟我的"模糊思维"也格格不入，倒是"明暗山"看起来雄沉博大，我很喜欢这个味道，并且……我把这本书编为三个部分，是为了把你涉及文化的文章归为一个"结构"。我不敢说什么"牧牛"，"以心传心"，不过是学着你的方法，对你的书"看相""望气"。

金先生一笑：我知道了，你想"以我观我"，用的方法是"瓮中捉鳖"，让我不高兴也没话说。但我生平喜欢猜谜，让我来猜猜你这么编的目的如何？

说着，不等我开口，金先生已经顾自说了下去：第一辑取名"比较文化"，是用我出版过的《比较文化论集》来命名。从目录

---

① 《挂剑空垄》，金克木新旧诗集。

来看，你是要把我写的关于中西文化的文章抽出来。

我点点头，又摇摇头，说道："比较文化"主要收入的是你解说欧美文化进入后的思想情形的文章，而把解说佛经的文章算在第二部分，那篇《传统思想文献寻根》就是。这一辑的命名唯一的问题是，好像没有照应副标题中的"古今"，倒好像是说的"中外"……

金先生晃晃脑袋，说：中国大量吸取外来文化有两次，一次是佛教进来，一次是欧美文化进来。佛教的传入，我们虽然有大量的翻译，但进来得太晚，彼此各自成型，格格不入，思想难得通气。这种情况下，我们不免以己解人。谈古今难免说中外，这个倒也不必矛盾。

我接口道：以己解人的结果有两种，一种是完全排斥，一种是跟原有的文化结合，另创出一种新思想。我们古代的三教合一，是不是吸收融合的结果？既然已经吸收融合了，那经吸收的佛教思想就应该算我们传统思想的一部分。你说印度文化跟希腊丝丝入扣而跟中国古代不甚通气，要是吸收融合的气魄和胸襟也算文化的一种，我们是不是跟印度和希腊另有一种通气的方法？"同类不比"，要是印度和希腊跟我们相同，我们比什么？真正的比较是不是要互相发明，彼此点亮对方？

金老挥了挥手杖，说：同和异各有判断的标准，说同说异要看双方说话的立足点和对象。如果我讲"人间世"，你谈"逍遥游"，我们的看法当然不同。世间没有"只有一头的棍子"，所以你对我的"解构"也可以说是另外一个"结构"。

我凝目金老的手杖，道：说到结构，我在编这部分时觉得有点遗憾，因为你讲的西方，主要是与宗教相关和启蒙时代以来的人和事，古希腊的部分讲得太少。这让我觉得"结构"上有个缺陷，实在没法弥补。

金老接口道：曾国藩把自己的书斋命为"求阙斋"，难道你非要对我求全责备？你既然知道"格式塔"，为什么不自己去"完型"？

我猜到金老的问号原是祈使，就笑着，等他说下去。

果然，金老踱了几步，狡黠地看着我，说：但你仍有讨巧的嫌疑，我写佛经的有些文章你放弃不选，是因为已经选在《书读完了》中吧？你不大量重复选文，是不是要表明你编的两本书各有侧重？

我笑了笑，说：我可不想把两本书"捆绑推销"。不同的书各有不同的读者，现在是"买方市场"的时代，大家自可任意选择。

金先生微微一笑，顾自说了下去：谈到"比较"就不能不知道自己，你选的第二辑应该是取我谈中国文化的一部分文章。辑名叫"旧学新知"，取自我出版的《旧学新知集》。

我说：起这个名字固然跟《旧学新知集》有关，还因为你的《探古新痕》《蜗角古今谈》这些书名都蕴含着"古""今""新""旧"的问题。用你的话，所谈之书虽出于古而实存于今，所有对"过去"的解说都出于"现在"，而且都引向"未来"。所谓"旧学"原不妨看作"新知"，所谓"新知"说不定仍是"旧学"。

金老又笑了：你用的方法是把我的文章当成密码箱，然后把我说的一些你认为是"关键"的话作为开锁的密码。但你的密码未必是我的，我的密码也难说是你的。你即使打开了密码箱，也不能断定就是我的一个。

我说：你说过，有两种读书法，一是读出词句以内的意义，一是读出词句以外的意义。两者都是解说文义，但前者的意义是"发现"，后者的意义是"还原"，这不就是说有两套不同的读书解码系统？

金老微一点头，说：这两种读书法清代称为汉学和宋学，其实在汉代经学的今文、古文两派中已经存在。两种方法都能从旧文章读出新意思，但"发现"不易，"还原"更难。现在学术界是不是仍在"发现"和"还原"？

我接过话头：据说，"发现"和"还原"的人都不愿让对方独擅胜场，因此互相争胜。这说不定正是学问进步的原因？

金先生一挥手，没有理我的话：要知道新意思，其实仍可以读旧文章。如果旧文章跟不上新时代，没有"发现"和"还原"的价值，那说明这文章已经进入"死且朽"的行列，应该搭上"末班车"[①]，赶快离开才是。

我接道：这些文章中有几篇写到"八股"。这"八股"倒是一种"死且不朽"的现象。我们这代人已经跟"八股"的写作和应用全不相干了，我选这些文章干什么？

金老哈哈大笑，说：我平生几乎没参加过什么考试，你是要考考我吗？其实在这几篇文章的"评曰"中，我已经"一语道破"，似乎不必重复。倒是这几篇文章放的位置，我猜你是为了接应下一辑。"八股"既属有文，又牵扯到无文，你把这几篇放在末尾，为的是编选时有个"转、承"关系，写好这篇"八股"，好体现你的"文心"。

我还没来得及说话，金老接着说：第三辑你取名"无文探隐"，也是取我出版过的一本小册子《无文探隐》的名字做辑名。"无文"的意思我说过，其实还是跟"比较文化"有关，我因为老想"破文化之谜"，所以在解说了近代中西文化的交流碰撞以后，还在不停地"文化猎疑"[②]，最后不免追到中国人对外选择的取舍标准，因此就想知道一般中国人或者说大多数中国人的心理状态。但中国人的多数向来不识字或者识字很少或者识字而不大读书，所以我试着从非民间的文化查出民间的，从少数识字的人查出他

---

① 《末班车》，金克木随笔集。
② 《文化猎疑》，金克木随笔集。

们所受的多数不识字的人的心态影响。

我接道：谈文献，你把古今中外的书筛选到只有很少的几本。谈心态，你是不是要查出影响我们心态的最重要的几条？这是不是《易经》倡导的"易简"？

金老一笑：你说《易经》，谈"易简"，是在查我的心理状态？

我冲金老笑笑，回到"无文"话题："无文探隐"其实也是你提倡的"读书得间"的一个应用，不过是从书里的空白读到了书外的空白，方式也从探"显"转为索"隐"。当然，"显"和"隐"只是方便的区分，并不代表两者互不关联。三辑合起来，我是不是可以说，中西相较、新旧相关、有无相生，各有其光明与黑暗，这不正就是"明暗山"？

金老手杖没有点地，又往前走了几步，说：你编的是你的，我写的自是我的。不管是我写的还是你编的，虽然求的是"得间"，弄不好就把自己搞得晕头转向，堕入思想的"无间道"。我们在蜗牛角上谈古今，哪用这么认真？

我说道：你又开始清扫你说的话了，但我还有一个问题要问，你不要急着去搭车。我在集子的最后选了一篇《学"六壬"》，本是记你学"六壬"的过程，因为讲的是占卜，算得上是"无文的文化"，可你却说这是一种思维训练，按照一种可变程序在实习计算，推算，考察，判断，并由此上溯到黄河流域的《易经》，引出印度河流域的《波你尼经》和地中海地区的《几何原本》，似乎从无文又到了有文，还扯上了中外的古今，你是不是要提醒我们……

话音未落，金先生横握着手杖，早就走出很远了。我醒来，只见一缕阳光从窗户斜射进来——已经是清晨时光了。

部分文章未写年份，编者根据各种资料推定，于文后注出刊发时间。为与写作年份区别，加括号——如（1990 年）——标明。

比较文化书

文化问题断想

其　一

　　有一个外国人说：历史告诉我们，以后不会再这样了。另一个外国人说：历史告诉我们，以后还会这样。有个中国人说：前事不忘，后事之师。还是中国人说的好，把两个外国人的话都包括了。"师"，既可以是照样效法，也可以是引为鉴戒。学历史恐怕是两者都有。二十年前发生过连续十年的史无前例的大事，既有前因，又有后果。我们不能断言，也不必断言，以后不会再有；但是可以断言，以后不会照样再来一个"史有前例"了。历史可能重复，但不会照样，不会原版影印丝毫不走样，总会改变花样的。怎么改变？也许变好，也许变坏，那是我们自身天天创造历史的人所做的事。历史既是不随人们意志为转移的，又是人们自己做出来的。文化的发展大概也是这样。我们还不能完全掌握历史和文化的进程，但是我们已经可以左右历史和文化，施加影响。若不然，那就只有听天由命了。对历史进程可以看出趋向，但无人能打保票。

其　二

　　历史上，中国大量吸取外来文化有两次。一次是佛教进来，一次是西方欧美文化进来。回想一下，两次有一点相同，都经过中间站才大大发挥作用。佛教进来，主要通过古时所谓西域，即从今天的新疆到中亚。西域有不少说不同语言的民族和文化。传到中原的佛教，是先经过他们转手的。东南也有从海路传来的，却不及西北来的影响大，那里没有会加工的转口站。青藏地区似乎直接吸收，但实际上是中印交互影响，源远流长。藏族文化和印度文化融为一体，那里的佛教和中原不同。蒙古族是从藏族学的佛教，也转了手。欧美文化进来也有类似情况。明中叶到清初，耶稣会教士东来并在朝廷中有地位，但是文化影响不能开展。后来帝国主义大炮打了进来，人和商品拥入，但文化还不像鸦片，打不开局面。西洋人在中国出的书刊反而在日本大量翻印流行。所谓西方文化是经过东方维新后的日本这个转口站涌进来的。哲学、文学，直接从欧洲吸收而且有大影响的，是经过严复和林纾的手。两个翻译都修改原著，林纾还不懂外文。此外许多文化进口货是经过日本加工的。梁启超在日本办杂志。孙中山在日本鼓吹并组织革命。章太炎在日本讲学。鲁迅、郭沫若在日本学医、学文学。从欧美直接来的文化总没有从日本转来的力量大。欧美留学生和教会学校虽然势力不小，但在一般人中的文化影响，好像总敌不过不那么地道的日本加工的制品，只浮在上层。全盘西化，完全照搬，总是不如经过转口加工的来得顺利。好比电压不同，中间总得有个变压器。要不然，接受不了，或则少而慢，反复大。

其　三

中国人对于外来文化，不但要求变压，还有强烈的选择性。二道手的不地道的佛教传播很广。本来没有什么特殊了不起的阿弥陀佛，只是众佛之一，在中国家喻户晓，名声竟在创教的释迦牟尼佛之上。观世音菩萨也是到中国化为女性才大显神通。玄奘千辛万苦到印度取来真经，在皇帝护法之下，亲自翻译讲解。无奈地道的药材苦口，传一代就断了。连讲义都流落日本，到清末才找了回来。玄奘自己进了《西游记》变为"唐僧"，成了吸引妖精和念紧箍咒的道具，面目全非。对西方文化同样有选择。也许兼容并包，但很快就重点突出，有幸有不幸。就艺术说，越地道越像阳春白雪，甚至孤芳自赏，地位崇高而影响不大。反而次品有时销路大增，供不应求。流行的第一部现代欧洲小说是林纾改译的《巴黎茶花女遗事》（小仲马），一演再演的欧洲戏剧是改编的《少奶奶的扇子》（王尔德），都不是世界第一流的，而且变了样。我们中国从秦汉总结春秋战国文化以后，自有发展道路，不喜生吞活剥而爱咀嚼消化。中国菜是层层加工，而不是生烤白煮的，最讲火候。吃的原料范围之广，无以复加，但是蜗牛和蚯蚓恐怕不会成为中国名菜。至少在文化上我们是从来不爱一口整吞下去的。欧美哲学也同古时印度哲学命运相仿。人家自己最为欣赏的，我们除少数专家外，往往格格不入；甚至嗤之以鼻，或则改头换面以至脱胎换骨，剩个招牌。有的东西是进不来的，不管怎样大吹大擂，也只能风行一时。有的东西是赶不走的，越是受堵截咒骂，越是会暗地流行。所以，文化的事不可不注意，又不可着急。流行的不都是劣货、次品，直接来不经转口的上等货有的也会畅销，因此大可不必担忧，更无须生气。

1986 年

三谈比较文化

　　我国有一大笔文化遗产现在还没有整理，这就是那些从古代印度传来的佛教文献。大略可以说有下列几项，都不包括中国人自己的著作：

　　一、汉语译的佛教文献，即《大藏经》中的原著部分。

　　二、藏语译的佛教文献，即《甘珠尔》《丹珠尔》。蒙古语译文可以算在这一系统之内。

　　三、新疆和别处发现的古代一些兄弟民族语文字母写的或译的佛教文献。

　　四、傣族的所谓"贝叶经"，其中应有抄写下的或翻译的佛教文献。

　　五、西藏、新疆等地区陆续发现的古代印度语的各种字体写本，还有附汉译或藏译的原文写本或木刻本，用汉字或藏文字母等音译的印度原文，各种文物中附的不同文字的印度语原文，这些也多半是佛教文献。

　　以上这些文献是中华民族的财富，也是世界文化的，尤其是印度文化的重要资料。在国际上早已有人进行研究并且校勘，甚至大部头的尚无原文的汉译本如《成唯识论》、《阿毗达磨俱舍论》（释论）、一百卷的《大智度论》，陆续有了法文译本（末一种尚未完成）。但是国内从清末至今只有极少数人作认真的科学研究。甚至汉译文献除许地山编的《佛藏子目引得》（和翁独健编的《道藏子目引得》一样体例，都是燕京大学出版），吕澂编的《新编汉文大藏经目录》（齐鲁书社出版）以外，就只有一些零星的研究。梵、藏、汉对照的《大宝积经迦叶品》的出版者是商务印书馆，编校者却是外国人钢和泰。

这些文献虽说是佛教文献，其中却也包括了非佛教的书籍。佛教文献也不仅仅是宗教宣传品。宗教色彩浓厚的也是古代文化遗留的一种资料。若以现代科学的眼光观察，这些就成为语言学、宗教学、哲学、文学、史学等等研究的古代文化资料。不但印度人认为这些是他们的文化遗产，而且从中国文化史的角度看来，这些也是中国古代文化变化发展的重要因素，甚至还可说是研究现代文化来源和构成的一个不可缺少的环节。特别有意思的是，若依照比较文化的观点来研究，这些恰恰是不同文化相接触而产生变化的一个头，是输入口，由此产生一系列的矛盾、冲突、"反馈"、新生等等变化而从输出口显现了新的文化。这种情况在中华民族的整个文化发展过程中不断出现。黄帝战蚩尤的传说姑且不论，商和周以及黄河流域和越、楚的"文化移入"（acculturation），直到近代、现代的对外文化接触，都需要有全面的历史唯物主义的科学研究，其中也可以说要有一个现代文化人类学的所谓"全局性的"（holistic）研究。同样重要的是现代文化人类学的一个研究方法，"比较文化"（cross-cultural comparison）研究。这一类工作当前还在发展中。例如，在美国，有人比较南亚的印度教人物和美国的中层人物的"世界观"；有人比较中国人的和美国人的家庭核心关系，以为中国的是父子，美国的是夫妇，这种关系形成民族性格的一部分。他认为中国人颂祖先，印度人颂神，美国人重视儿童，故中国人特重传统。虽然这种研究主要是依据生活调查，用在历史上也是重视文物过于文献，但是丰富的文献若同文物以及生活实际相结合，其价值和重要性是不可低估的。我国历史上从三国到唐是一个极重要的文化转变时期，是一个各民族文化激烈冲突和变化的时期，单独在汉族文化上着眼就难见全貌，对以后的五代、宋、辽、金、西夏直到元朝大一统帝国的文化渊源也不易索解。这个大体上从公元 3 世纪到 8 世纪的一段恰恰是佛教传入引起巨大文化矛盾的时期。从新疆即古代所谓西域的各民族方面说，开始得更早，从晚唐到宋也还有高潮之后的波涛、转换，但最重要的是中间这几百年。究竟经过"西域"以及"南海"还有西南的藏、印之间的通路传到中国境内的原来的文化因素，怎样恰好碰上了国内各民族文化（包括政治）矛盾的重要时机而起了巨大作用，从而产生辉煌的唐代文化？这个外来因素究竟有什么特点，经过了怎样的转化，如何被"扬弃"而成为新的东西？如果溯其本原，对于了解它们所引起并参加的变化必然会有帮助。历史唯物主义当然着重经济基础的决定性，但是对于上层建筑、意识形态（大体上可说是人类学所谓文化，但这个"文化"还包括政治以及经济结构甚至生产力，还讲到文化生态学）的"反馈"作用能够忽视吗？包括中华民族的各民族在内的中国文化史的研究不应该让外国人占先了。不过，"参照系"（frame of reference）应当具备"全局性"，着手点还得是"深入的个案研究"（indepth case study）。这就有一个如何整理这些佛教文献的问题。

这些佛教文献传入中国，标志着中国文化史中的一个变化，这里面有一些问题。因此我在发过上述这一番很可能为通人所笑的未必正确的议论之后，愿就这些问题来谈一谈。

第一是这种佛教文化怎样传进来被接受的？这是"文化移入"问题。它第一步到"西域"（新疆境内），第二步入中原，很快就风靡一时。少数民族接受它不能因为是一张白纸。文化上没有"白纸"；人类只要组成社会就有维持这个社会所必需的文化，只有指文字之类的狭义的文化可以有空白而全部借自别人。接受外来的完全破坏性的文化以导致自己的瓦解和灭亡，这是不可思议的。进来的新文化必定对原来社会中至少是某一集团有利，最终导致对社会结构的稳定和发展有利，才能被转化吸收成为新文化的一部分。这也不是少数统治者或则知识分子所能决定的。佛教传进来的，第一是和尚，第二是寺庙。这正当印度佛像艺术开始大发展之时（公元初），同时来的就有佛像和经文。立刻出现的是中国社会中原来没有的一种社会成分，破坏了原有结构。简单说就是出现了寺庙经济。这在后来成了地主收租，但开头并不是那样，是靠化缘集资（包括"敕建"），带集体公有的性质。佛陀在世时就有大商人"黄金墁地"买"精舍"捐献，就有杀父的国王"归依"当"护法"。佛教的经济和政治的性质及作用很明显。更明显的是它还起一种组织群众的作用，这是几乎所有宗教直到今天都有的。一个有严密组织的佛教宗派可以从物质上和精神上组织起很多人在自己周围。这对于少数民族巩固自己的社会结构有利，因而统治者和被统治者都可以各自加以利用。这种文化随少数民族传到中原，在民族杂居而经济和政治结构复杂变化的历史条件下，佛教作用胜过了原有的所谓儒家文化。稍一检查石窟造像的题名，就可以看出这实际上起了组织跨行会的人的作用。当"会首"的是组织者，寺庙是集中聚会地，佛像是核心的象征，香火是联络的信号。这种社会力量一旦形成，就不能不为统治者（尤其是由弱族而要成为大国的王者）所重视。一切宗教行为都是围绕着这一寺庙文化（应当说"僧伽文化"）进行的仪式，包括塑像和经文在内。用比较文化的方法唯物地考察，就可以看出，这和世界上许多同类宗教派别都遵循着大致相仿的模式。物质利益和社会效果是根本的。古人并不是不要实利的超人。

第二是佛教文化中的思想成分怎样会被接受？这个新来成分主要是因果、报应、轮回、转世。这在印度思想中原来也是新成分，其发展过程这里不提。在中国，特别是在汉族中，这怎样能适应原有的文化形态？说来话长，只要指出一个要点：这种理论的强有力的"随机"性。看来是僵死的教条却有无比的灵活性。它可以是承认"一切存在的都是合理的"，因为有前定的因；又可以肯定翻天覆地的大变化，因为既有前定的未知的因决定，又有今世种下来世的因的可能。人们可以拜佛求来世，也可以伪托弥勒佛降生而造反。佛教是戒杀的，但不排除降魔。中国庙一进"山门"便是"四大金刚（天王）"横眉怒目；殿上笑嘻嘻的菩萨背后是手举降魔杵的"护法"韦驮。关于报应和轮回思想的社会作用，需要仔细地科学地分析研究。至于其他的信仰和道德的理论，佛教的和汉族原有的并无根本差别。"沙门不拜王者"，后来和尚让步了。外国和尚至今还是受拜不答礼的；中国和尚除做法事时外已经是平等待人，甚至是逢人便拜的"常不轻菩萨"了。

第三是佛教中的哲学思想怎样被吸收的？这首先要分析。那些佛教的基本论点如"无常""无我""缘生""空""有"之类，大概从来也没有真正照原样进入中国哲学，进入的是转化了的中国式理解，往往是新术语、旧范畴。有些在佛教哲学中原来并不着重讨论的，如"涅槃""佛性"等等的解说，却在汉族哲学史中成了变幻莫测的论题。从比较文化的角度说，重要的是"世界观"的模式。佛教的和印度其他教派的基本上是一类，是乐生而不是寻死。耆那教承认绝食自杀，那是像道教"尸解"一样；他们最爱惜生命，以"戒杀"为最高的"法"。佛教同样是，否认变化现象的永恒真实，同时肯定复杂现象的感觉真实。在中国，这一个模式在知识分子书中讲来讲去，实际上在信教者的实践中不成问题。连佛陀都有生老病死，一切照常。坐禅的人必须大吃大喝，否则不能在一炷香、一烛香的长时间内练功。至于真实，那是指"涅槃"，是另一回事。巴利语《长阿含经》中，佛陀否认他说过世界是丑的，只承认得"涅槃"者才知道美，因为真即美，美即真。这些关键词或关键概念的意义，汉族知识分子在自己的思想的"上下文"和"句法"的模式中作了自己的理解；一般人在实践中却没有弄错原义。真正提出佛教"文化移入"后新文化思想的第一人是反对佛教的韩愈。他要"人其人，火其书"，其实不过是为了和尚"不出粟米麻丝以奉其上"；他反对出家人不生产以养活帝王、官僚。他的《原道》的第一句话"博爱之为仁"，就不像孔仲尼的话而像释迦牟尼的话。韩愈是善于"扬弃"的，他的哲学体系经过晚唐、五代，在几个政权并存的宋代完成了，经过了蒙古族统治的元朝大帝国以后成为明清两代承认的"道统"。汉代知识分子是儒生加方士，以后又经过长期变化，知识分子成了儒生加道士加和尚。"西游演了是封神"，三教合一，《红楼梦》里也一样。文化是一般人的，他们心里明白得很。

第四是佛教文化怎样中国化了？首先是寺庙变了，成了"十方丛林"和"子孙丛林"。出家人也变了，受戒、游方、"挂单"、"化缘"等等发展了。鲁智深从五台山到大相国寺，提辖做和尚；武松成行者。四大菩萨（文殊、普贤、观音、地藏）住在四大名山（五台、峨眉、普陀、九华），连迦叶罗汉也搬到云南鸡足山了，佛弟子目犍连成了下地狱救母的孝子目连，而且是地藏菩萨，成为敦煌变文的题材。这种"文化移入"情况是国际上数见不鲜的。1979年前，印度有人将基督的生平写成梵文（古文）长诗得了奖，1981年3月新德里电台广播了新编的演德国梵文学者马克斯·穆勒生平的梵文戏剧，1981年7月印度浦那还上演了梵文戏剧《丹麦王子哈姆雷特》，改了名字，将莎士比亚印度古代化了。这和我们演"霸王别姬"芭蕾舞其实是一样的。在当前世界上，在民族性宗教的国际化之后，国际性宗教的民族化又在进行中。宗教作为团结自己人以应付外来危险的组织者的社会功能，看起来还没有完结。

以上四个关于佛教传入中国历史的"文化移入"问题只是提出来供参考，我的看法仅仅是一种臆说。为了研究这类问题，佛教文献中原来归入戒律一类的书是重要的资料，也许整理汉译佛教文献可以从这方面开始。戒律是内部读物，照说是不许未受戒者看的，现在可以打破这一禁区了吧？

1982 年

文化之谜：传统文化·外来文化

老人入梦，梦中回到了将近一百年前。

那时有两个青年人，相差十一岁，一个年长的在广东，一个年轻些的在浙江。当时中国连遭外患，又有内忧，战争不断。广州和上海都是"通商口岸"，是对外吞吐口。这两个青年，一个离广州近，一个离上海不远。两人都深通古籍，又熟知近事，在心中怀着同样的问题：

中国老了吗？这等于问：中国的文化老了吗？

两人都生长在1858年英国并吞印度和1868年日本明治维新之后，对比之下，又有同样问题：

中国会像印度一样亡国吗？

中国能像日本一样兴起吗？

两人都研究古书，关心近事，不由得用近事译解古书，用古书译解近事，古今在两人心中对话。不料两人得出的答案大不相同。

一个发现汉朝的"今文（汉代隶书字）经学"有利于当时，一个认为汉朝的"古文（汉以前的篆字）经学"有利于当时。这也是清朝的两派经学。

西汉经学尊《春秋·公羊传》。这书的中心思想被译解为"尊王攘夷"。日本明治维新用的便是这个口号。

一个注重"尊王",认为印度亡国是由于莫卧儿皇帝不尊,无权,无识;日本强盛是由于尊了明治天皇,中央集权,消灭幕府,全国统一,可以全力改变旧法而维新。他着重权力本身。

一个注重"攘夷",认为印度亡国是由于莫卧儿皇帝是外来的蒙古种,非印度本地民族,因而软弱无力;日本强盛是由于排斥外敌,改造政权。他着重掌权者。

一个认为必须有中央集权的开明皇帝才能变法图强。

一个认为必须打倒昏庸无能的满族政权才能革新政治,复兴中国。

一个要求改良,不倒皇权而用皇权变法。

一个要求革命,先推翻清朝政府,然后才能革新。

两人的救国之道不同,但目的是一个:救中国。中国不能亡,中国文化未老,中国必须复兴。

主张尊王改良的大讲变法维新,废八股科举,改办学校,教新书、新学。

主张排满革命的大讲复汉族之古,写古字,作秦汉体古文,甚至要穿汉代衣服。

一个对当时政府怀有希望。

一个对当时政府深恶痛绝。

一个是广东南海康有为(1858—1927年)。

一个是浙江余杭章太炎(1869—1936年)。

章比康年轻,本来也鼓吹维新,后来维新失败,主张革命。康维新失败,主张保皇,至死不变。康曾有极短期(百日维新)政权经验,是一派政治领袖人物。章虽曾从政,从未掌权,在政治上不是领袖人物,在学术上是一位大师。

两人相比,可以看出同一时代,同读古书,同讲新学,关心同样问题,却可以意见分歧,各有不同经历,从文化着眼可以看出他们对古今中外的译解不同，对同样符号发现不同意义。

所有读古书的人，若作译解，都是不由自主要以今译古。看来是以古解今，其实是以今解古。古人古事只在书本（文物同样）中，读来已是现在而不是过去。这是现在和过去的对话。现在是实的，过去是虚的。译解的人不能脱离自己的实，必然是以实解虚。这便是古书意义不断被人翻新的缘故。复古往往是革新的化名。传统文化实际是当前现实文化的一部分。也可以有名革新而实复古的，同是一个道理。符号和意义不是同一的。

康、章两人都引古书。康以己意定去取，说"孔子改制"，"新（王莽国号）学伪经"，引古以证今必须变革。他说的古明显是今。章力求证古，将方言溯古，文字求古，仿佛以为今即是古，其实是以古证今，要以古变今。他所谓古也是有去取的，是今中之古，是他要求或认为当时全国要求的古。所谓古不过是于古书有据而已。作的是"我注六经"，效果是"六经注我"。这一点，两人一样。求变，两人一样。

康、章两人都讲新学，也就是外来文化。他们同样是以中译解外，将外变为中。外来文化实际也是当前现实文化的一部分。

两人对外来文化也有去取，同是以今为主体而选择。看来是以外变中，其实是先以中变外，再以变了的外来变中。

康倡孔教，显然是用以抵制基督教。他译解出欧洲文化是基督教文化，于是以孔子立宗教来对立。这是先将基督教化为孔教，再以孔教的传统文化之形来掩盖外来基督教文化之实。传统文化和外来文化交汇，但符号或说招牌是传统的，便于为人接受。因为大家以为当前的总是传统下来的，所以千变万化也要挂上老招牌、老字号。

章讲心学、佛学，显然是见到日本明治维新的哲学和宗教根据。他译解出日本文化是佛学加王阳明学的文化，于是要把这两种中国古有而今衰的学复兴起来，以与日本对抗。这样，古今中外混而为一。但是这个混合很难。现实是混合存在的，但作为统一的理论很难说通。因此，康只标榜孔。章也只标榜孔。他们的孔都是复活的孔，是当前存在或则他们认为应存在的孔。这貌似复古，实是革新。两人仍是一样：求变。

近代中国文化没有照康、章两人所要求的变。两人自己都没有变。本人和见解、主张都成了历史。

传统文化和外来文化总是并存于一时的。没有外来的就无所谓传统的。有了"你"，才有"我"。你我既并存就必然对话。但对话情况很有分歧。前面已举康、章二人。现在再看另外两个人。

辜鸿铭（1856—1928年）是先精通外来文化然后复归传统文化，成为遗老。他先通晓很多欧洲古今语言，是直接了解外国文化的，和康、章不同。他后来讲"春秋大义"，不改已经亡了的清朝服装。他在提倡革新的北京大学教书，完全是活古董，而泰然自若，满嘴外国话，讲中国古书的思想。

王国维（1877—1927年）也是先学过外来文化，研究过欧洲哲学和美学，后来改为考证中国古史。清朝亡后他成为遗老，在亡清的小朝廷中当过官，不改清朝服装。他在完全新式的清华大学教书，完全是活古董，却以新观点、新方法讲古史。他不能安然不觉矛盾，在宣统小朝廷结束后自杀。

这两位和前两位同属一时代而所走途径大不一样。康、章是由古而今，由中而外；辜、王是由外而中，由今而古。方向看来相反，内容实际一致，都是传统文化和外来文化矛盾冲突的不同表现。

有一个传说（外国人记下的，忘了出处）：辜鸿铭曾在新加坡遇见比他大十一岁的马建忠（1845—1900年）。两人的福建话和江苏话互不相通，用"官话"或笔谈也不行，困难在于许多外国词句当时汉语中还没有；于是两人用法语加拉丁语交谈。长谈之后，据说互受影响，而年纪较轻的辜受影响更大。两人在清朝末年政治中都无所作为。辜用英文写了《春秋大义》。马用拉丁语法解说秦汉书面语，写了中国第一部新型语法书《马氏文通》。

辜、马两位都受过外国文化教育，应当说是对于外国文化的理解程度超过——至少不亚于——对中国文化的理解程度。两人表面上仿佛是外国人归化了中国。这能说是外来的向传统的投降吗？他们都是以外讲中而不是以中讲外。这只是外来文化和传统文化矛盾冲突的又一种表现。两人都是中国人。清廷腐败，中国岌岌可危。这两人深通外国文化，坚决抵制自己所熟悉的敌人。抵制的方法是说明中国文化不比外国差，而且超过，于是大讲传统文化，或则证明秦汉文不弱于拉丁文，同样有"葛朗玛"（文法）。

王和辜同是遗老打扮。王不像辜那样会讲许多外国话，对外国文化不如辜熟悉；但是王对通过日本而学到的欧洲 19 世纪后期哲学思想却领会得很深。王的译解中外文化都比辜深刻而且广博得多。因此王的内在矛盾更大。辜可以安然活下去，王却不能。辜比王多活过一年，大二十二岁，没有像王那样自杀。

还有一位学者的经历显示出又一条途径，那便是严复（1853—1921 年）。他也是兼通中外的人。他擅长写古文，思想上却是完全理解当时西方文化，尤其是英国文化的。这从他所选择的书可以看出来。生物学（进化论）、逻辑学、社会学、经济学、法律学、政治学，选的都是基本要籍，读后可以得到欧洲 19 世纪学术思想的要领。他对于"皇帝"这个符号有深刻理解，说自秦以来皇帝都是大盗窃国，是"窃之于民"。既窃了国，又怕主人知道，于是"法令多如猬毛"，其中十之八九"皆所以坏民之才，散民之力，漓民之德者也"。皇帝又害怕真正主人老百姓觉悟，所以"必弱而愚之，使其常不觉，常不足以有为，而后吾可以长保所窃而永世"。这是他在《辟韩篇》中说的意见。他驳的是韩愈。韩愈的《原道》是一篇宣言，是唐以后的官方正统儒家政治哲学的纲领。严复对他开刀是极有见地的。但是他并不因此而主张民权，反而拥护君主，要求有一个开明君主。后来竟列名"筹安会"，和杨度一同拥护袁世凯称帝。他对欧洲文化理解更深更广。见识高而主张低，这是为什么？除了个人性格和环境等以外还得有文化思想方面的解说。

还有一位较前几位年轻的，两种文化兼于一身的艺术家，最后遁入空门，成了虔诚的佛教徒，结局和上述几人都不一样。他便是李叔同，后来的弘一法师演音（1880—1942年）。他是书法家、音乐家、画家、戏剧家兼演员。他在日本学过西方艺术，创作成就很高。一入佛门，隔绝艺术，但仍然手写佛经，未能抛弃书法。他与本是和尚而又是俗家的画家、诗人兼小说家并参加革命文人行列的苏曼殊（1884—1918年）不一样。李解决矛盾是当和尚，压下矛盾，走传统文化的另一条路。苏是在僧俗之间摇摆来去，成了一位未能完全东方化的拜伦。苏的日本文化气味很浓，加上英国的和印度的，糅合到中国传统文化中来而未能合一。

上述这些人，包括对欧洲近代文化有深刻了解的严复，都在中国传统文化面前无能为力。出于中国文化又能转而投向欧洲文化，回头又能将欧洲近代文化的精神用于中国，终身没有丧失信念之人是蔡元培（1868—1940年）。他是进士出身，进了翰林院，转而学习日本和欧洲的近代文化。在政治上他弃官不做而投身革命。他翻译日本人井上圆了的《妖怪学讲义》，介绍欧洲哲学和科学。他作《石头记索隐》，将一部《红楼梦》当作政治谜语。他不顾中国翰林的身份前往德国、法国留学，曾在世界首创的一所心理学实验室中学习，并参加美学心理实验，还学过世界语。辛亥革命后他任民国政府第一任教育部长。在1917年到1919年继严复任北京大学校长，实现他的欧洲式甚至超出欧洲式的高等教育理想。他创设哲学、心理学、经济学等新学科的教学研究机构，开了八种外国语文的系、科、班，包括还不十分流行的世界语。他既请陈独秀任文科学长，李大钊任图书馆长，宣传社会主义，请提倡白话文而思想多半美国化的胡适讲中国哲学史，又请留着辫子的辜鸿铭教英文、拉丁文、希腊文。他的"兼容并包"原则使北京大学成了新政治文化中心，五四运动由此而起，他也因而去职。他任教育部长时将鲁迅请到部内任职，主管社会教育，为新文化运动请来了一位刚强的主将。到抗日战争前几年，他和宋庆龄、鲁迅、杨杏佛组织人权保障同盟，为革命青年呼吁奔走。他在当时政府严厉反共之时敢于公然表示反对"不言马克思"。他没有多少学术著作。他的著作是大量新人才。他不塑造人才，不制盆景，只供给土壤、阳光、空气、水。他为五四运动写下了第一个字。他曾发表演说，讲题是《劳工神圣》；还曾为北京大学工人办夜校，说工人亦可成为学者。他主持北京大学时首先允许女子入学。他没有动摇、退缩、逃避、转向。他是中国近代新文化运动的第一个组织者。功绩和影响远远超过他的声名。这是传统文化碰上外来文化后和前述几人不同的果实。那么旧，又那么新。为什么他会成为这样的人？其中有什么意义？值得探讨。

　　另一位更伟大的人物是孙中山（1866—1925 年）。他的思想远远超出他的时代。他担任临时大总统时任蔡元培为教育部长，又派蔡去北京，因而蔡又在北京政府任教育部长。尽管当时政府中的教育部等于虚设，但是蔡在文化教育方面仍起了重大革新作用，如改学制废读经，定新教科书，等等。这不能不归功于孙中山的选任人的卓识。孙中山的新政治思想是从法、美、英等国的理论和实践加上中国传统文化而来，但他的经济思想和他的民主共和思想都超出时代。"平均地权"是传统文化中早已有的，他接受了，又提出"耕者有其田"，进了一大步。他在 1894 年中日甲午战争时建议：

"人尽其才，物尽其用，地尽其利，货畅其流。"其中不仅将人列为第一，而且第四句也是新的。他在辛亥革命后写的《建国方略》中计划开辟东方、北方、南方三个大港，在内地修建纵横交错的铁路网。他辞去临时大总统职后即宣布要在十年内修建铁路二十万里。他的雄心大志在于建国，而不仅是排满夺权。在建国中，他首先着眼于对内对外的交通运输，要求货流通畅来发展经济。这是中国传统的重农轻商文化中所没有的。这一点当然是为发展资本主义工商业即商品经济所必需，但在当时能看出而且主张在农业国家中以流通为关键来发展经济，在19世纪资本主义经济学中只怕也算是卓越的见解。因为当时世界上落后而要追先进的大国只有俄国，其他独立国家是随资本主义之发展而发展，没有"追"的关键在何处的问题。俄国兴修西伯利亚铁路并在东、南、北建三个大港可能是孙中山思想来源之一。但是俄国对中国很凶暴，而在日俄战争中还败给日本，在当时还是落后的。日本是岛国，交通更重航运，问题不像中国突出。美国地大而发展快可能也是孙中山借鉴之一。不论思想来源如何，孙中山能提出并且计划以货（商品）畅（流通）为关键，实在是发现了资本主义经济发展的奥妙。这一点到了第二次世界大战以后更加明显。不但商品而且信息都必须通畅，否则现代经济结构无法发挥其作用。无论多么强大的国家，交通、通讯一断，经济立即会窒息，正像一个人停止呼吸和血液循环一样。孙中山的这一点主张决不是简单的商人思想，和中国的传统经济思想（除个别外）几乎不相干，却和世界历史情况完全符合。若说中国传统中有长城式文化和运河式文化，孙中山采取的是发展经济、文化以至政治的真正强盛国家（不是一个朝廷、王室的兴亡）的运河式文化路线。他是坚决而有远大见识的民主主义者，认为民主政治没有人民思想的开放和交流（开通民智）是不可能的。这同样是着眼于"通"的思想。可惜的是他思想超越时代，当时中国的资产阶级和无产阶级的力量及觉悟程度和他相距太远。他受到尊重，但不被了解。当时中国社会上的帮会势力很大，他对中国实际了解不够，他的理想不可能实现。他后来想出一个不切实际而且弊害极大的"训政"办法，更自己阻碍了自己。

现在不能不问：为什么传统和外来两种文化的冲突在中国近代兼知双方的人士的思想中，集中于一个问题：君主还是民主？

这个问题的重要性是显而易见的。至少自从东周即春秋、战国算起直到清末，"君"是国家的象征。"忠君"即"爱国"，同在家尽"孝"相等而意义更大。一切价值观念、道德、政治、经济、学术、文章以至艺术都离不了这个象征。庙堂是围绕这个象征，山林是脱离这个象征。更重要的是这个象征不止象征另一"意义"，而且本身就有实权，有实力，不止是一个符号。"君"是一个大国的集中权力。若没有"君"，不知这样一个大国的权力会集中到何处。若权力不集中，这个大国如何维持？

把当时人对君主的态度分为革命派和改良派，只是一种分类法。文化不是仅仅排队，要追寻内涵意义。分类只是从外面判断，很重要，但还不够，还得从里面搜查，查内部思想及其原因或条件。

为什么上述那些有识之士，除了孙中山一人以外，都在君主、民主问题上难于突破？章太炎和许多人将民主和"排满"相连，对于怎么民主并不明确认识，好像取消清朝皇帝便自然是"共和"，亦即民主。孙中山早年也曾寄希望于李鸿章，后来也提出所谓"训政"。他自己任非常大总统、大元帅，自任中国国民党总理并将名字写进党章，如同终身制。这些岂不是对君主传统文化的迁就？为什么会这样？

当时大家的共同目标是富国强兵。向外看，兵强国富的国家，以八国联军的八国而论，英、法、德、俄、日、美、奥、意，在

19 世纪末和 20 世纪初，其中六国是君主，只有法、美两国是民主共和。特别是日本，君主立宪而迅速强大。法国大革命为时很短（1789—1794 年），随即有拿破仑掌权称帝，以后又有王朝复辟，拿破仑第三称帝，折腾将近一百年才安定下来。美国是殖民地独立，华盛顿不称王而建民国，几乎没有自己的传统历史，内战也只有一次，而且地广人少，大有开发余地，虽可羡慕而难于仿效。由此可见，在外国，是否有"君"于强弱无关。在中国，要一旦尽翻几千年历史及其传统观念决非易事。这些人都熟读史书。一部《资治通鉴》也可以说成"资乱通鉴"。历史上乱世多而盛世少。盛世往往与名王贤相有关。人民力量极大，"能载舟亦能覆舟"，其力量在于造反，反后的治仍然要出皇帝。第一个起义的陈胜便自己立为王而败。项羽、刘邦都胜而为王、为帝。这样一直到朱元璋、李自成、洪秀全。由此可见，人民可有力量推翻旧朝之君，但要由乱达治仍然要立新朝之君。如何能使人民群众除造反以外还能无君而自治？是否可以学法、美而不学英、日？这必须有孙中山的超出同辈的识见和胆量才能有此信念。太平天国假借由外国文化而来的上帝教而立新君"天王"。义和团依靠符咒而排外，有勇无知，为清廷所误，以致出现差一点被列强瓜分的大祸。这更使许多人踟蹰不敢向民主前进。也正因此，袁世凯妄图称帝。他这个皇帝失败了。许许多多军阀小朝廷和城乡小霸王仍然滔滔不绝。一个皇帝可无，许多君主难灭。民主合理而且极好，但是做不到。孙中山可当华盛顿，但继承的便是袁世凯。中国文化中没有杰弗逊，没有卢梭。

这是不是可以算一种"自内"的解说？

一般人的认识外界和解说问题都有一个文化格局。若是由本乡本土家庭社会教育而来，那便常被叫作传统文化。若是由外地或外国而来，那便常被叫作外来文化。这是立足于本人成长时的环境而定的。至于两种文化格局中，本人采用哪一种译解哪一种，可以随人而不定，依据的程度也不定，有时是两者都用而以一种为主。例如清末的最尖锐问题是本国和外国文化在君主即政府问题上的矛盾。两边的政治大格局一致，都是以政府为中心，不一致的是要什么样格局的政府？政府的格局，当时可供选择的是中、俄式君主专制，英、日式君主立宪，法、美式民主共和三种。国际较量之下，中、俄式远逊于另两式，而另两式实是一式，只是有无世袭的无权元首象征之别。这一个象征起什么作用呢？有没有必要呢？为什么英、日不能废这个象征呢？中国的历史传统能不能不要君主而采用法、美式格局呢？太平军、捻军、义和团这样的民众组织能不能掌握主权使国家由乱而治呢？除孙中山和黄兴等人以外，大概当时极少有政治家能相信天地会、哥老会这类民间帮会能做到无君主统治国家而且使民富国强的。因为除了法国大革命从 1789 年打破巴士底狱到 1794 年罗伯斯庇尔也被送上断头台，然后一个军官拿破仑掌兵权打胜仗自封皇帝以外，外国很少有历史事件能和中国历史事件在政治上符合的。因为想避免法国式，又学不成美国式，所以思想趋向于英、日式。这大概可以算作戊戌变法维新能吸引那么多知识分子的思想原因。从上层维新失败，从下层革命便成为唯一道路了。这又正是历史上中国老百姓走熟了的道路。商鞅变法不是常用的成功格局。康有为所谓"孔子改制"只是空想。所谓"变法"成功只有商鞅、李斯，以后直到民国，再没有完全实现过。

两种文化相遇，除了格局以外还有个译解问题。除非传统文化内容较简单而格局又和对方基本相符，那就可以大致原样引进，然后经历实践而改变。许多宗教的传播常是这样，经典、仪式照搬过来。但如果己方文化复杂而丰富，历史悠久，人民普遍熟悉，那么必然会用自己的文化语言译解对方，不论双方格局相差多或少，都会有所变化。这种译解有时表面上看很容易，有时显得很困难，过了多年还是格格不入，或则改容易貌以至脱胎换骨。这两种情况中国的文化历史中都有。后一种困难情况在印度近代史中最为显著。殖民主义，尤其是英国的殖民地文化政策，是将对方分化为二：一是改从外来以便"为我所用"，一是保其传统以便"为我所制"。这种文化上的"分而治之"比较罗马的仅仅政治上"分而治之"厉害得多。英国东印度公司进入印度以后，经济上（土地收租代理人和各种买办），政治上（政府雇员），军事上（雇佣军），文化上（英语教育）迅速将印度人（不仅知识分子）划分为两类。一类是英语文化的，一类是印度文化的。前一类有如上帝的"选民"，后一类则是"保护"对象。"保护"就是不要它变化，加以"尊重"。这样便使两种文化的中间译解极为困难。双方"语言"不通，无法对话，联合不起来。

可举一个例子。孟加拉的社会改革先驱者罗姆·摩罕·罗易（Ram Mohan Roy，1772—1833年），在东印度公司工作，不仅通晓英语，而且通晓梵语、波斯语、阿拉伯语。他致力于译解即沟通两种文化的工作（印度教和伊斯兰教可都算在传统文化一类）。由他开始的这种宗教复古兼改革运动后来还有教会组织形式，但影响主要在知识分子，其中包括泰戈尔家族。他的社会改革指向妇女解放，其实主要只是反对所谓"贞妇"（sati）自焚殉节。这是以外来文化改变传统文化、以复古讲革新的一例。英国统治者也在法律上下了禁令。但是收效不彻底。原因是寡妇殉节不只是文化问题，而且更重要的是经济问题。农村妇女经济不能自主，社会地位低下，丈夫一死，无以为生，亲族不能养她，她只有自杀一途。印度习俗是火葬，并认为火是净化一切的。寡妇和丈夫尸首一同烧去，然后将骨灰扔进圣洁的河流。殉节的实际意义是为经济所迫又不能改嫁。这一点和中国不同。中国的节妇多在上层。印度的"贞妇"则在穷苦的农村，上层的殉节很快就绝迹了。妇女不能经济独立并得到社会承认其平等地位，文化宣传和制定法律对她们是无效的。

两种（作为多种的简化）文化相遇，可能冲撞激烈，也可能不冲撞而相容。从现象上看，两种文化共存的有三种形式：一是平衡，互无大胜负。二是压抑，一个压下一个，但不能消灭。三是归顺，一个自认处于附属地位。两种文化不并存的也有三种形式：一是混合，两者合起来，很难确切分辨谁是谁。二是剔除，一个排斥另一个，但痕迹和影响未全消灭。三是吸收，一个把另一个吸收进去，合而为一；不是混合，仍能找寻来源。这些都是现象，中外历史中例子很多。现象分类还不等于解说。

文化可以分为物质的、习俗的、文献的三种。这样分类便于分析。不过资料分类和对象解析也还不等于解说。

若想深入解说文化，可以作另一种追寻。从内容性质上区别，可分为科学、哲学、艺术。这是人类认识外界和自身并表现自己的认识的三个方面。这可以算是高层次的文化吧？要解说这些，当然格局、译解之类又不够了，要从文化思想着眼了。

1986 年

文化之谜：科学·哲学·艺术

科学、哲学、艺术的分别大发展是从近代欧洲开始的。

近代指的是：科学从哥白尼（Copernicus，1473—1543 年）、伽利略（Galileo，1564—1642 年）算起；哲学从布鲁诺（Bruno，1548—1600 年）、培根（Francis Bacon，1561—1626 年）、笛卡儿（René Descartes，1596—1650 年）算起；艺术从但丁（Dante，1265—1321 年）、薄伽丘（Boccaccic，1313—1375 年）、乔托（Giotto，1267—1337 年）、达·芬奇（Leonardo da Vinci，1452—1519 年）、米开朗琪罗（Michelangelo，1475—1564 年）算起。这些创始人中除但丁、乔托的时期相当于中国的元代以外，其余的都是相当于中国明代的人（薄伽丘是由元到明）。

明代的城市经济并不比同时的欧洲低，文化也很发达，尤其是民间文化；可是没有出现科学、哲学、艺术的分别突破前人的发展。经济和文化的发展不能是同步的，却是相关的，大致先后相应的。像 14 世纪初诗人但丁的《神曲》，虽然可作为近代的开山，毕竟还是在中世纪欧洲的结局上承先启后，开创意义不如活到明初的薄伽丘的《十日谈》。画家乔托也类似。那么，为什么近代欧洲能有突飞猛进的发展，而明代中国不能呢？这需要从包括经济在内的文化本身考察差别。

欧洲所谓文艺复兴起于 15 世纪南欧，经济上是海上贸易发达。中国明初郑和（1371—1435 年）从 1405 年起曾七次率领大舰队"通使西洋"，远达非洲，其航运力量之雄厚决不在当时欧洲以下。明朝永乐年间的国力也远超过同时欧洲的任何一国。西班牙派意大利人哥伦布（Columbo，1451—1506 年）横渡大西洋，想到达中国、印度，1492 年发现美洲，以后发展的结果和郑和的完全不一样。那么，双方的航海和经营贸易有什么大不同呢？明显的不同在于郑和是太监，而哥伦布是受雇佣的职业水手。郑和是奉使下"西洋"的，目的和作用是扬威而不是赚钱。中国是大国，不必像西班牙那样到海外抢地方、抢人、抢东西。特别是在经商方面，中国自有特点。自南宋以来，中国城市经济发达，有个特点是官吏兼营商业。有些大宗交易是朝廷专办的。民间商人也必须交结官府才有靠山。明代小说中写商人的很多，写他们和官吏及恶霸打交道的事也很多。欧洲可能也有这种情况，但是他们的商人很快就转而能左右官府，以经济支配政治。中国没有达到这一点。不但官吏，而且有一地、一乡之霸，总是势大于财。有财未必有势，有势即能有财。财不必凭公平或不公平交易而得。这恐怕要算中、欧双方不同的一个要点。

　　中国的官府，从皇帝起，奢侈挥霍，使手工业和建筑艺术等得以发展，但又大量投资于修筑宫殿和陵墓、庙宇。这种无再生产性的投资和浪费不流通，不循环，更不扩大发展，是不能有利于发展生产力的。从阿房宫起到清代故宫，明十三陵，在全世界也是罕见的壮丽。项羽烧阿房宫，单就文化说，不亚于英法联军烧圆明园。秦始皇墓的规模岂不如埃及法老王的金字塔？皇帝集中财富而投资于不能再生产的地方，这是一方面。另一方面，集中财富的办法不是扩大周转流通而是"竭泽而渔"，设立种种关卡，各霸一方。天下一统而交通不发达。政府为军事需要或则供应帝王及诸侯需要才修路。民间只有靠富户的"积德"来修桥补路。交通阻隔，商品流通不畅，城乡商业不兴，生产不能扩大只能维持，只繁荣几个大都市的消费。而且大小战争经常发生，规模大过欧洲同时的小国战争。明、清政府只重财政收入，不重经济发展，投资于无益之地，又设置重重流通障碍，这可算是和同时欧洲的又一个重要不同点。

从文化方面看，首先是人才教育。欧洲本是教会包办教育，在中世纪末显然已包办不了，而且内部也产生了异端。中国自从秦汉以来便统一教育于官学（"博士"）。秦代规定"以吏为师"，不准私家讲学。汉唐虽不完全包办，但以取士做官的规定迫使读书人都只得走"正途"，谋"出身"。从唐到清，考试制度是控制人才教育的最有力的手段。《儒林外史》中的马二先生说："天天讲'言寡尤，行寡悔'，哪个给你官做？"不论官做得上，做不上，为做官而读书的"正途"限制了人才的自由发展。不能当官的读书人的出路除设塾教书外便是随官当幕僚，仍然依附于"官"而为"僚"。欧洲的罗马帝国衰亡后，小国林立，只要不是触犯教会，还可以逃亡外国。中国自从秦以后便是大一统天下，只能隐居，很难亡命，不能再如战国时代那样"游说"列国。分裂时期这样做也为人所不齿。商品流通不畅，人才也不能流通，不能自由发展。这是一种文化窒息。除民间文学，尤其是口头文学限制不住以外，明代的八股文化压倒了一切，势力直到清末不衰。

是不是中国文化，确切说是汉族文化，因为历史悠久已经具有排他性？从一方面看，中国曾经吸收了不少外来文化。例如从西域和南海来的佛教及伊斯兰教。从另一方面看，中国又不大愿意接纳外来文化。例如明末清初欧洲耶稣会教士来华传教，也带来了一些非宗教性的文献如《几何原本》《经天该》等，在上层人士（如徐光启）中起过作用，但是没有扩散。到清末又有欧洲一些传教士到上海等地，办"广学会"，译科学书，介绍声、光、化、电以及蒸汽机等新学。这些书在中国起的作用不大，反而被日本人拿去翻印，大量销行，对日本维新起了作用。这又怎么解释？答案只能是：中国文化又有排他性，又没有排他性。"排"起来，一切拒绝。不"排"起来，一切全收。这里面必有个重要因素为他国所无。这个因素是什么？

秦始皇用李斯在统一天下后制定大一统国家的基本政策方针，后来汉代承袭下来，制度略有变动，原则照旧。这个原则一直继续，直到明、清，包括元及南北朝、五代时期在内。这个原则便是由中央政府及其下面的官吏机构掌握文化及教育，办法是用"选举"（推荐）和考试的方式建立一整套官吏机构的稳固的和自我更新延续的系统。这一系统掌握文化及教育，以做官为诱饵，使天下人才"尽入彀中"。这些官吏本身由此而来，必然极力巩固这一制度，即使是不由正途出身的幕僚（师爷）也自成宗派和官僚结成一伙，彼此不能分离。秦代统一六国文字本是大好事，应有利于文化发展。但统一便只许有一而不许有二。"焚书坑儒"便是这一原则的具体表现。以后虽不用明显的焚和坑，但原则照旧。例如东汉的"党锢"，宋代的"党禁"，明代的"党争"，都是由内部不统一而起，终于以政权的强力迫使归于一。这一原则在明代的八股文中达到极致。作八股文要"代圣人立言"，就是不许有自己的不同意见。同样原则也应用于民间文化和外来文化。不利于统治机构者禁之，有利者倡之，无害无利者听之。经过两千年，从公元前3世纪的秦，到公元后17世纪的明末清初，这个传统已根深蒂固，盘根错节，并且为读书人及非读书人认为当然。佛教之类有时有损，有时有利，因此时禁、时倡。但民间教派如所谓"魔教"、白莲教之类能组织老百姓，便一律严禁。不过这个长期发展的官吏帮派因为是封闭式的，所以越来越糊涂，利害不明，往往自投陷阱，或出漏洞。有时文化上出现例外便是由于这个缘故。明代有几个离经叛道的如李贽、袁宏道、金圣叹，他们也还不曾伤害统治的根本，所以未成党禁，只李下狱死，金入清被杀。因为民间文化虽违圣训却对官府无大害。例如《金瓶梅》所说的西门庆等人勾结官府，欺压平民，阴谋害人，纵欲无度，但书中仍宣传因果报应，尊崇官府，虽有害风俗，但无伤统治，所以明代此类民间文学得以发展。编印小说、小曲的冯梦龙也未遭祸。除此以外，书籍由官府集中。经书、史书、类书、丛书都由政府编订，私人修史须经官定。文学作品由官选辑，如《文选》《玉台新咏》《乐府诗集》《太平广记》等，直到清代的《图书集成》《四库全书》以及"御批""钦定"的书。民间编书很难，抄书不易，到宋代才发展私人刻书，但官办文化从秦到清一直是传统主流。由此可以说，中国文化，尤其是汉族文化，有一种具备坚强政治原则的排他性，却并非一概排他。虽则其他国家也有类似情况，但在一个大国历时两千多年而不稍衰，大概是世界少有的。从秦代直到清末，再也没有出现过战国时"百家争鸣"的文化情况便是证明。

如果这一解说尚可成立，那么明代经济虽有发展，民间文化虽很热闹，但商品流通不畅，文化控制不衰，不可能出现欧洲同时期的经济和文化变革。欧洲中世纪的教会统管文化的力量还没有这样强大。罗马帝国的政府和教会是分立的，有矛盾的，和中国的一统天下不同。

这还不足以说明中国的科学、哲学、艺术没有像欧洲近代那样发展的原因。外部条件之外，还必须寻找内部特点。

在近代以前，欧洲也像中国一样，科学、哲学、艺术不仅通气而且相连，也是统一用拉丁文如同中国用古文，但欧洲从古希腊起就各有偏重，没有像中国这样强烈的合一。中国只有民间艺术有单独发展，被列为"匠"，但也没有和文人绝缘。往往民间发展新体即为文人吸收。文人也参加民间创作。文人总是和官府通气的，本身多半便是官。因此我们可以而且应当从这三方面的统一思想即文化思想中去寻找同异。

由犹太教—基督教而传播到差不多全体欧洲人心中的常识之一是《旧约·创世纪》中的伊甸乐园。在那里，始祖亚当和夏娃自由自在生活，唯一的禁戒是不许吃智慧树上的果实。这个乐园理想的原则便是：除了明确禁止的事以外，做什么事都自由。尽管教会给被逐出乐园的人类后代加上无数的枷锁，但仍是以乐园为理想，而且原则仍旧是，不违禁令即自由。近代的宗教改革冲破的第一条禁令便是越过教会直接读《圣经》。马丁·路德（Martin Luther，1483—1546 年）将《圣经》译成德文，使人人得以和上帝及耶稣直接对话，这样便打破了教会的垄断。于是除不犯上帝和耶稣的禁令外，人的行动是自由的。自由的限制只是不妨碍他人的自由。（因此严复译弥尔的《自由论》为《群己权界论》，确有识见。）这是欧洲"百姓日用而不知"的常识。这是近代思想的起点。

中国恰恰不是这样。《论语》中提的孔子的原则是："非礼勿视，非礼勿听，非礼勿言，非礼勿动。""礼"规定了一切。一切内包括视听感觉对象，不仅言论行动，更不必说思想了。"礼"是一切。"非礼""无礼"都不准，不许乱说乱动。后代一直遵循这条原则，也成为常识。近代常为人引用的《礼记·礼运》篇中的"大同"和"小康"的理想也是人人各就各位，"男有分，女有归"，一切都照规定，两不乱。《礼记》《仪礼》《周礼》作了无数的规定，从朝廷一直到个人生活都有细致规定。人从生到死不能"越轨"，不能"乱"。做了没有规定的事便是"非礼""无礼"，等于犯禁。人要像京戏舞台上的角色那样，走路说话都得合乎规定的程式，生、旦、净、丑各各不同。"整冠""理髯""起霸"等一举一动都不能错。"各安本分"。这就是"治"，是"太平"。达到了便是"大同"或"小康"。不能私有，没有个人，因为个人及货物都是依"礼"规定而不许"乱"的。

这个理想的原则和伊甸乐园的原则是大不相同的。一个是除了禁令以外都自由。一个是除了规定以外都禁止。印度文化在这一点上和中国也差不多，也是《法经》《法典》繁多，连见什么人，说什么话都有规定。印度的"法"（达摩，dharma）仿佛是中国的"礼"，笼罩一切。佛教也是戒律为先。在这一点上中印思想原则彼此一致，都和近代欧洲的伊甸乐园原则完全是两回事。理想全不一样。

亚当和夏娃犯了上帝禁令，吃了智慧果，有了知识，被逐出乐园。于是始祖有罪，儿女后代都有罪，这是"原罪"。基督（救世主）出现了，只有信仰他才能得救。这是基督教的教义，也是欧洲人的常识。人人都有罪，所以人人平等，但有信徒和异端之分。信徒便是高一等，站在上帝一边了。但信徒之间照说还是平等的。不过教会有教皇，有机构，"神职"等级森严，仍不平等。近代新教兴起，信徒平等，教会中没有教皇，教派林立，牧师只在代表基督"牧"一般"羔羊"时才高些。可说是"上帝面前人人平等"。不像中国，玉皇大帝或则皇帝之下也不是人人平等。

印度文化中没有"原罪"，但相信"轮回""业报"。人死了又生，生死不断；所做的事必有后果，必遭报应。人人又平等，又不能平等，因为所造的"业"不等。有四句话："欲知前世因，今生受者是。欲知后世因，今生作者是。"这是中国流行的佛教的"报应"的简明总结。现在的不平等是由于前世（过去），但现世可以使来世改变情况。这是以平等解说不平等，给人希望。在印度，这一信念一直延续下来，还未结束。这是又自由又不自由，又平等又不平等的思想，很难破除。

中国人又另有一种想法：没有普遍的"原罪"，但是有的人总是有罪，有的人总是无罪，依人的身份即社会地位的符号而定，所谓"成则为王，败则为寇""臣罪当诛兮天王圣明"。为臣必然有罪，有功未必能赎罪。为君必然"圣明"，有错也怪臣下。"天下无不是的父母。"父母总是对的，子女对父母而言总是错的。父母是不可能有"不是"的。《孟子》里讲：有人提出问题：舜为天子，舜的父亲瞽瞍杀人犯罪，执法无私的皋陶当法官，舜怎么办？孟子答复：舜放弃皇位，背起爸爸逃去海边躲起来。所以父亲有了罪也得儿子担当。"父债子还"。"族诛"便是一人有罪，全族遭殃。因为没有什么个人，集体的族便是个人，个人属于全族。这叫作"以孝治天下"。臣民对皇帝更是这样。古时有"万方有罪，罪在朕躬。朕躬有罪，无以万方"这样好听的话。皇帝一人象征天下的人，也可以下"罪己诏"。可是历史上没有过这样的事。不可能把皇帝的罪由皇帝自己承当，只能由臣下承当。因为皇帝是个象征，不是个人。除非亡国之君又当别论。"不由分说先打四十板"，或则是照《水浒》里说的，对"配军"（放逐充军的罪犯）先打一百"杀威棒"。有人的符号是定别人罪的，有人的符号是受罪要服罪的。都看地位符号，都代表某种群体。没有个人，因此也没有平等。

因为乐园中除禁果之外处处自由；失去乐园之后，人人同有"原罪"而平等。所以近代欧洲人又由此推出，除共同的"原罪"外人人无罪。只有触犯了禁令才有罪。近代法律（刑法）的一条根本原则是"无罪推定"论。除非证明有罪，只能承认被指控的人无罪。英国人曾把这一条用在英国统治时期的印度。为了证明有罪和辨明无罪，法院需要很多律师。律师不仅需要熟悉法律条文和案例，还要长于辩论。于是律师纷纷成为政治活动家。但印度文化中是人人各有不同罪孽的思想，所以照"无罪推定"去"依法"论证犯人有罪就需要特殊训练。律师成为一种特殊职业，和一般老百姓的文化脱离。老百姓仍然照前世造孽无法改变的原则行事。

中国和印度又不同，但也不能接受"无罪推定"。"嫌疑犯"就是犯人的一种。先下狱后审判是从古以来的办法。有人说他有罪，他就可能有罪，"莫须有"就可以判罪。重要的不是证明有罪，而是证明无罪。证明有罪很容易，打板子，上夹棍、拶子，"呐喊堂威"，用刑得出口供就够了。供词不用犯人自己写，画个十字就行。但要证明无罪可就难了。判罪易而免罪难，所以无需律师和侦探。替犯人辩护很不光彩。这大概可算是"有罪推定"吧？不是人人有"原罪"，也不是人人由自己的"业报"而有罪，而是依据身份符号以及关系（同族之类）就可能有罪甚至必须有罪，不能无罪，所谓"罪责难逃"。不过也有时仿佛"无罪推定"，那是对于有某种符号的人，例如皇帝。或则是"上峰"未降罪而平民"滚针板"告状时，官无罪而民有罪。这不能算是"无罪推定"。

近代欧洲出现了这类思想对科学、哲学、艺术的发展有什么关系？由上述例子中可以看出，这些自由、平等、个人无罪的思想所依据的可以同样是教会所依据的经典，但是和教会的统治恰相矛盾。人人可以直接和上帝对话，不用教会插在中间代表上帝，这就引来了近代的"天赋人权"的民主，而不是古希腊、罗马那样小城邦全民投票和元老执政的民主。这是首先承认个人而反了中世纪教会专制的民主。打着希腊和经典的旗号其实是一种"托古改制"。文艺"复兴"其实是"新兴"。首先见于艺术上。但丁的《神曲》引进了异教徒罗马诗人维吉尔（Vergilius，前70—前19）。他带但丁游地狱，指引他上天堂会女情人。这已经不合教规了。那些画家绘圣母和其他神人像，以活人的肉体为美，不仅是混淆了神人而且玷污了宗教的圣洁，将希腊异教思想引了进来。薄伽丘的《十日谈》描绘教会人员的丑事，宣扬人间享乐，不以男女阴私为耻，仿佛乐园就在人间。在科学上，哥白尼论证太阳中心说，伽利略上斜塔做实验。哲学上，布鲁诺首先提出怀疑思想，培根、笛卡儿接着来。这就是以理性为最高，认为人类需要的不是信仰而是理智，是论证。笛卡儿说："我思故我在。"拉丁文这句话（Cogito irgo sum），隐在动词中的代词"我"字要出来了。欧洲哲学从古就追索"存在"的问题，也就是灵魂的问题。若灵魂不依上帝而依个人思想认识才存在，对宗教来说，这岂非大逆不道？培根鼓吹经验，只有经验（即实践）才能得来知识，证实真理。由此当然又突出了个人。这些是从艺术、科学、哲学方面和上述的自由、平等、无罪推定相呼应。引古证今，由今推古。在近代开始时期，宗教的气氛很浓，教会的统治很严厉，著书必须用古文（拉丁文）才能使各国人都看得懂，这些怀疑思想和个人观念便是一阵新鲜空气。在这空气下，自由贸易的经济蓬勃发展，转而促进了科学在技术上的应用，机器发明出来了。

明朝的中国有这一类的思想新潮吗？无论是王阳明、李贽、朱载堉、李时珍、汤显祖、徐霞客、黄宗羲、王夫之等人鼓吹过这样理性至上、经验至上、个人自由、平等、无罪、人间是美是乐的思想，提出怀疑论，直接向统治一切的教会开战吗？没有。黄宗羲的《原君》当然是很先进的，但仍限于政治机构而且还远不是近代民主思想，和卢梭不能相提并论。明代还没有产生近代欧洲的个人人格观念和理性观念。从思想到知人、论世、处理事务，还是惯于判断而不惯于论证，论证也往往是因果二段式，问答式，不是推理式。直到明末清初也还未出战国时期的圈子，而朝廷的重压却远远过于东周。零星的思想火花各代都可以有，不能发展为文化思想。个人享乐不等于"个人主义"。自私不等于"人权"。中国的文化史上没有出现欧洲的近代。近代的科学、哲学、艺术即使当时进来也不能扩散。何况耶稣会在欧洲是保守的派别？

中国文化中缺了和欧洲近代相对应的一段，这只是说明事实，分析情况，追究问题，不是作价值判断，定近代欧洲文化的善恶功罪，比较优劣，当然更不是要去"补课"。历史是不能倒转的。历史"补课"是不可能的，无论该补不该补。现在的问题是：对待从近代欧洲延续下来的 20 世纪的欧洲文化以至美国和日本的文化，我们可以怎么办？不说应当怎么办。那是又一问题。我们接受了马克思主义，这是从欧洲文化中生长出来的。可是外国还有很多从近代欧洲文化延续下来而不属于马克思主义的，而 19 世纪的马克思又来不及批判 20 世纪的欧洲文化。这种 20 世纪的欧、美、日本文化，尤其是当代即第二次世界大战以后的，我们可以不顾其思想来源而撷摘果实安在自己的树上吗？为什么近代欧洲文化开始时期 14 世纪的《十日谈》到 20 世纪末期在中国出版译本时还要讨论出全本还是节本，而最后仍是出节本呢？这本反教会、唱私情的欧洲古书为什么插不上中国文化之树呢？真是文化不同不能接受吗？"三言""二拍"不能出全本是不是出于同样原因呢？《聊斋》又为什么出全本呢？是因为读者看不懂古文吗？不论是好是坏，这个问题是不能回避的。对于六百年前的欧洲古书还有忌讳，对于大卫的古代裸体雕像还有忌讳，对 20 世纪的艺术挑选得只有更严了。那么，什么是"禁果"呢？怎么挑选呢？"非礼"所规定的都不要吗？历史是怎样挑选外来文化的？会怎么挑选当前文化呢？

艺术是最具有国际性的。假如文学、绘画、雕刻、音乐、舞蹈等等至今仍在传统和外来之间、历代规定和民间传播之间争论不休，那么哲学思想呢？要不要分别正统和异端呢？科学是不是可以采果和接枝？技术是不是可拿来就用？照清末的先例，这是不能完全办到的。许多人一直是想"中学为体，西学为用"而反对"全盘西化"的，结果是马克思主义从欧洲不请自来，又曾对一个欧洲国家实行"一边倒"，"全面学习"，最后既不是"西学为用"，也不是"全盘西化"。只要枪炮机器"硬件"，不要文化思想"软件"；只要技术，不要科学；只要科学、技术，不要哲学、艺术；这样做的国家当前世界上也有例子。不过是用人家的折旧武器打仗方便些吧？

究竟将来后果如何是不是还需要历史证明呢？历史的面幕向来是揭开又遮上，遮上又揭开的。历史不由人的好恶而转移。

不能"补课"，不易"接枝"，那么会怎样？还是从文化思想本身考察一下吧。不作预言，不作评价，只是解说，看看怎样。

近代欧洲文化思想是从怀疑开始的，是从提问题开始的。不怀疑托勒密（Ptolemaeus，90—168年）的地球中心说，哥白尼怎么能研究出太阳中心说？不怀疑，伽利略何必上斜塔做实验？布鲁诺因提出怀疑论而被烧死。笛卡儿提出问题以后才会尊重理性。培根提出问题以后才会尊重知识和经验。若对教会毫无怀疑，但丁何必作《神曲》，以自己意思写天堂地狱？艺术家也是对天上有怀疑，才以人间为天上；对传统形式有怀疑，才去创新；对现实有怀疑，才驰骋虚幻。不怀疑，无问题，何来思想？无思想，何来科学、哲学、艺术？无科学、哲学、艺术，谈什么文化？那就只有捡别人现成的了。可是文化乞丐是当不长的。拿来人家的以为我有是用不久的。可不可以说，由于现实起变化，思想有怀疑，才提出问题，才有了近代欧洲文化？是不是蔡元培当民国第一任教育部长时首先废除"读经"课，才开始了新文化教育？

怀疑的对立面是信仰。信仰的集中点是宗教。宗教是文化中的一个广阔领域。宗教文化思想怎么样？又需要另行考察了。

1986年

文化之谜：宗教信仰

　　宗教作为文化现象可以分为实践和理论两方面。文化多指其实践方面，但若只从文化思想考察，则是以理论为主而兼顾实践；其实也可以说是从实践联系理论而寻找其思想核心。至于宗教的对外作用等等可作为另外问题，姑置不论，先只分析其内部。

　　宗教很多，难以概括，不妨以一例多。宗教的复杂，全世界各国莫超过印度。印度本地产生的历史长久的宗教是所谓印度教或婆罗门教以及佛教、耆那教。外来的有拜火教、犹太教、伊斯兰教、基督教。后起的有锡克教。所谓印度教是外人起的名字。"印度教徒"（Hindu）这个词是波斯语的叫法，但印度语也接受了。这一教中有不止一个教派。其他教也大多包括不同教派。例如耆那教有两派：天衣派、白衣派。用基督教一词可以统称罗马正教（天主教）、希腊正教（东正教）、新教（基督教）各派。若要从文化思想上概括考察，必然要以宗教哲学为主。这又是以印度的为最复杂，曾经过长期的全面的争辩，又有长期发展的复杂的实践"仪轨"加上抽象的神秘解说。因此，.可以从印度的宗教各派争论的哲学问题考察起。

　　印度宗教哲学中争论的问题其实也是其他宗教中共有的问题，不过各有所侧重。这些问题看来抽象，实际有具体内容；看来神秘难解，实际对其内部说是可解的，对其外部说也是可解的，不过解说不同，答案也不一样。有的是不联实际就显得奥妙，联上实际就不难索解。

这些问题排列一下可有十个。每一个问题含有一对相反的概念，故成为问题。

一、神、人问题。宗教信仰必有神，神有各种各样。有神必有人，无人亦无神。犹太教的耶和华（神）创世之中必创亚当（人）。印度宗教没有创世，世在前而神在后。人对神虽是顶礼膜拜，实际是求福避祸。神地位虽高，却仿佛是件道具，是工具，是手段，是财富的来源。神人关系是自然的，有点交易性质，其中没有问题。后来才出现神、人问题，大概是由各教、各派纷争的辩论所生。于是对神的解说有分歧了。印度的神始终不是主宰，和中国的玉皇大帝不同。有的神有妻、有子、有些部下，对人也可以做朋友，但不大关心。神、佛、耆那（大雄）都是"自了汉"，人求他，他才肯帮忙。印度不大讨论神、人关系。这是欧洲，特别是近代才有的问题吧？是因为人抬起头来了吧？印度的神，早期的仿佛古希腊的群神，有时和人有接触，但关系不大。人是主动的，或求告他，或冒犯他。有的神后来成为大神。不过问世事，如同许多佛各自有"佛土"，与人无涉。有的佛可收信徒入境定居，这便是阿弥陀佛。有的神为自己修行或则发愿心才在人间游行，管管世事，如佛教的菩萨。有的神偶然化身入世降魔救人。这些都是神话传说及民间信仰的神。宗教哲学家讨论的神、人关系的问题是：神有形无形？神和人是二是一？这两个问题看来很玄妙，但和实际关系极大。神若无形，偶像便站不住了。神、人若可以合一，人便具有神性，神也具有人性，作为中间人的教会、祭司之类便不必要了。这两个哲学问题对于宗教实际的关系太大了。抽象辩论，外人看不明白，内部的人心中很清楚。对神的怀疑也从开始就有，一直继续并发展到否定，但没有更发展。大概是因为许多教派的神是"有若无"的，重要的是神的代表即神、人的中间人。一对照，中国的道教的神系以及神和人的关系就显得突出了。可是中国从来没有着重讨论过神人关系问题。大概是因为太自然了，天上人间太相似了，神可以下凡，人可成神、成仙，没有什么怀疑的余地了。神界不过是人界的放大复制。在中国，道教的神、鬼、仙加上互不侵犯的佛教的如来、菩萨、罗汉，足够一个大国，应有尽有。其体系之庞大，结构之完整，全世界宗教恐怕少有能相比的。这完全是和人间相对称的一套，力量却超乎人间，对人间经常指导并干涉。这种神界、人界双重关系之密切也是世界其他宗教少有的。家家户户都有灶王爷驻扎，年底上天汇报，这也是别的宗教没有的。

神是另一种的象征符号。无形的神也有世间有形的代理人。没有神的也会有人作神的符号。把活人当作神也是中国最发达。本来招牌是商店的符号，后来商店成为招牌的符号。人对于象征符号还不认识的时候，神人关系的问题是提不出来的。提出也是抽象的，不好解答的。

二、主、客问题。这也是较晚才提出来的问题。起先连精神、物质或则心、物的问题也提不出来。提出来的只是追问精神。这还不是追问到灵魂、神，只是问：个体精神，人的精神，能不能脱离身体？怎么脱离的？是否独立存在？这便是所谓"我"的问题。人人有个"我"，这"我"是什么？是肉体吗？死人有肉体，说不上还有"我"。那么"我"到哪里去了？有"我"和无"我"问题在印度很早就争论起来了。《奥义书》发现并承认了不灭的"我"。耆那教认为有无数的"我"叫作"命"，无处不在，是一个一个的。"命"是生命，所以不伤生（"不害"，戒杀）是第一教义（最高法）。佛教提出"无我"，否认有永恒的个别的精神实体，用另一套公式解说人的生死、"轮回"。这个问题在不讲"轮回"的宗教中没有，因为灵魂是上帝创造的，是不灭的，没有问题。但在没有上帝而有神的宗教中，这是很重要的问题。精神若不能独立存在，神的存在就成问题了。承认了精神才能承认精神的"象征"的"意义"。可以不叫作"精神"，甚至可以叫作"物质"或其他，但"意义"是一样的，即永恒存在，只发号施令而不见形体的那个神。所以问的只是"主"而不是"客"。宗教追问主、客问题不等于近代所谓主观、客观，或则精神、物质，或则意识、存在之类的主体、客体问题。那些是近代哲学问题。宗教问的主体只是精神一方面的问题，认为物的方面不成问题，人人看得见，不成为对立。约八九世纪的印度哲学家商羯罗才在《梵经注》一开头提出："你"和"我"是像昼和夜一样有鲜明分别的，怎么能说是合一的呢？这算是涉及了主、客问题，实际上还是继续传统那条线讨论下去的，还不到近代哲学家笛卡儿提出"我"的问题的程度。在没有对神发生根本怀疑的时候，主、客问题也不能真正提出来。不过讨论"我"时"你"已经暗含在内了，但还不能认识。至于佛教的"无我"到后来，尤其是到中国，"我"公然出现为魂灵了，"无我"由本体化为道德了，问题被取消了。中国人不管主、客对立问题，重视的是上下、尊卑，而不是平等对立（例如乾、坤）。

三、常、断问题。这是印度宗教哲学，特别是佛教"大乘"理论的说法。"常"指永恒、绝对，"断"指其反面。佛教讲"无我"，不能不讲"无常"，反对其他宗教派主张的"常"，但又不赞成"断"，认为不能全盘否定；要讲"无常"而"常"，"断"而不"断"。说法很玄，仿佛讲绝对中有相对，相对中有绝对；但是本来意义仍在宗教方面。例如争论的一个主要问题是："声"是"常"还是"无常"？"声"是词（口头说的，不是书面写的，所以是"声"），即语言，指的是神圣经典，即《吠陀》。从根本上说，语言若是人为的，不永恒的，什么神圣经典的话也就只能是不永恒的了。那么，佛教自己的经典呢？主张"大乘"理论的讥笑传授"小乘"理论的人为"声闻"，即迷信听来的传授下来的经典，仿佛是教条主义者。"小乘"理论家不承认有大小"乘"之分，对"大乘"置之不理，认为擅解经典，仿佛是修正主义者。但是"大乘"佛教理论也反对"断"。"断"就是说，既不永恒，人死就完了，没什么地狱报应了，于是也不必讲修行、讲宗教了。这当然不行。所以要讲非"常"，非"断"，由此论证别人讲的都错，我这一派才是唯一正确的。这一点，大小"乘"都一样。从哲学方面讲，这类辩论对哲学问题有所发展，但和近代哲学所问的问题并不一样，和中国哲学问的也不一样。因此中国佛教对这问题不作哲学的关心，只作宗教的关心，把"无常"当成只是死，甚至有"无常鬼""黑无常""白无常"。中国哲学家是喜欢"放之四海而皆准，百世以俟圣人而不惑"的不变真理的。"无常"到中国也变了。

四、我、梵问题。这两个词是印度哲学术语，在印度已成为常识。佛教则用另一些术语。"我"指精神个体，"梵"指精神全体。但是也可以不专指精神，那就是辩论个体和全体的关系问题。很早便提出了"我"即"梵"，或则"梵"即"我"，或则说"你是它"。或则说"非也，非也"。这就是说，任指什么都非全体，任何有限都不是无限，无限是说不出的。无限才能说全体，所以全体是说不出的，只好说是"梵"，其符号便是"唵"，成为咒语。看来这个问题很奥妙，很神秘，为什么印度古人那么热心讨论，到了近代又得到不少人（例如诗人泰戈尔，还有欧洲人）不断大加发挥呢？原来这一问题包含了无数问题，其意义不仅是宗教的，而且是社会的。个体和全体的性质是一是二？个体有无差别？全体统一为主，还是个体差别为主？哪一方面是现象而非本质？能不能将个体的集合作为全体？或则将全体的分解作为个体？是否全体即等于个体的一切？个体只能以全体为一切？如此等等明显是现代中国人所谓人生观的问题。近代印度人受到外来侵略压迫，又感觉到内部矛盾，急欲觉悟、团结，树立自信。思想家求助于古代哲学，在外来的民族主义思想上打一个"梵"字符号，念一声"唵"字咒语，当然可以增加力量，用古利今，但仍不能为老百姓所领悟。而且古语有古义，难于完全适合今日需要。直到甘地才抬出一个"不害"（戒杀），对外译成"非暴力"，作为罢工、罢市、罢课、游行等一切不合作反抗运动的土产原则的符号，才为大众接受。于是梵我问题回到宗教哲学上来，去和康德及黑格尔的理论争辩是同是异去了。这个宗教哲学问题的起始和结束，在上古和现代，是印度文化中很值得考察的问题。这是中国没有的。佛教也不用术语"梵"。中国只争论过"涅槃"和"佛性"问题，意义有些类似。但在中国讨论个体只有一段时期，因为中国长期是大统一国家，而且是以巩固的家族为基础的，和印度不同，所以这个问题的文化意义在中国不那么大。在中国，个体仿佛是不单独存在的，是依靠各种关系而存在的，可以说处处都是"梵"，而"我"不成为问题。

五、空、有问题。这是佛教"大乘"理论的提法，约出现于公元前后一段时期，由佛教哲学家龙树提出全套理论。以后扩展了，又变为"非有"（无）、"有"问题，内容不一样了。这也可以理解为否定、肯定问题。对象都是指的"存在"。这好像是讨论欧洲哲学的所谓根本问题，其实不然。这问题在印度没有发展到欧洲近代哲学那样程度。欧洲哲学一贯追究"存在"问题。印度哲学也论"存在"（有）。中国哲学也讲，却没有专题。"空""有""存在"都是外国词的翻译。稍一考察，可以发现，大概欧洲是在不断追问，尤其是从近代到现代，不但问存在，还问我们怎么知道存在，怎么认识，怎么描述。印度是对存在摆出问题，然后作答案，在答案上反复推敲。中国则是对存在直接作答案，推演下去。因此"空"、"有"问题传来中国也只热闹一阵子，问题转移，随即过去。印度为什么会争之不已？开始是佛教内部问题。先讲"一切有"，忙于分析物质和精神世界的一切因素（"法"），排列出来，建立系统，以为完事大吉了。为什么一定要承认这个系统呢？不同派的当然不服，便提出怀疑：不论系统对不对，一切肯定其存在就不合"无常"教义。所以要从否定开始。"空"就是数学上的零号，在印度语中是一个字。从"零"开始。"零"不是没有，所有的数最后都可归结为"零"。"零"也是终。数建在"零"上。"一切有"变成了"一切空"。那么"空"是什么？说不出来。"零"不能不是一种存在，但无法描述。所以把它"悬搁"（欧洲的现象学说法）起来。于是探寻"空"的后面，发现了"识"（也是现象学的发现），再一发展，转成了"法相"，"唯识"，"空"又变成了"有"。这是佛教哲学史除了秘密宗派以外的要领，而密宗的理论仍是从"空""有"而来的，不过说法不同。这一争论在佛教以外没有明显大扩散，只招到一些批判。传到中国，译解成为汉语的"空"和"有"。"空"等于"无"。"贵无"、"崇有"和印度的似是而非。印度的是印度佛教文化中的问题，是与教派存亡有关的非争不可的问题。中国的是中国文化中的问题，和政治社会有关，但不是存亡问题，所以一阵子就过去了。

六、真、幻问题。这是印度的长期争论问题。问题不在"真"而在"幻"。"真"即"存在"，二者是一个字：sat。"幻"是什么？中国人说"真伪"，"幻"应当是"伪"，是假的，还有什么问题呢？照欧洲人说法可以是本质和现象问题。本质是真实存在，现象呢？不能说现象不存在。不存在的只是"虚假的现象"吧？印度哲学家商羯罗发展出一套"幻"的理论，和佛教讲的"幻"有些通气。"幻"（摩耶，māyā）不但是存在而且不仅是现象。常举的例子如：把绳子看成了蛇，这便是"幻"。这岂不是错误的认识？说世界上充满了"幻"，这不是说世界不是真的，说世界不存在，而是说认识世界有错误。明明只是一个人或则一块石头，你看成了神，那也不能说你错，然而对于有真正认识的人说，"人"是"真"的存在，而"神"是"幻"的存在。世界是"梵"，世界又是"幻"。于是"梵"作为"神"，是"真"的；而这个"神"又是"幻"，是你认为的神。这另起一名叫作"自在"。这就是大家拜的神。商羯罗的理论"幻"和龙树的理论"空"同样遭到许多反对。原因很简单。他们想给宗教找寻合理的解说，结果几乎从根本上否定了宗教。这同另一位印度哲学家相似，鸠摩利罗为了论证经典正确讲了许多道理，结果是把讲道理（理性）推上了第一位，宗教和神也需要理性来证明了。宗教是信仰，不能讲道理。宗教理论只能"述而不作"。所谓论证只是说经典或则祖师说的"神谕"如何正确。若作辩解，等于承认了怀疑，无论怎样高深、玄妙，也是不能容许的。耆那教的"或许说"也是这样，可此可彼，结果也否定了神。

七、是、非问题。是非有什么问题？本身无问题，问题在于是非标准。印度人叫作"量"，好像用尺做标准来量东西。这是印度逻辑的出发点。可以说，在近代欧洲人以前，印度人已经注意到认识论，问到知识的来源和标准了。但是印度人的追究不同于欧洲人如笛卡儿、培根、康德等人的追究，不是近代哲学。对于印度人的"量"和逻辑（"正理"，佛教称为"因明"），中国人也不热心。中国人一直不觉得有追究这问题的必要，因为认为圣人早就解决了，没有像印度人那样还在答案上提问题。"量"在印度通常认为有四个：一是现量，即感觉所得。二是比量，即推理所得。三是譬喻量，即由类推而来的知识。四是圣言量，即由已有的权威（神、圣人、经典）而来的知识。大约5世纪的印度佛教哲学家陈那提出"量"只有两个："现量"和"比量"。其余两个都是附属于"比量"即推理的。这是思想上起了革命。特别是"圣言量"，要依推理，那么不合理的"圣言"怎么办呢？当然说是"圣言"没有不合理的，不容怀疑的。可是漏洞开出来了。这一理论在佛教中还有发展，但只在理论体系中取消了"圣言量"，实际上还是照旧，反而给不立文字、不仗语言的秘密宗派开了路。由此可见，可能是创新的革命思想也可能反而为另外的什么思想打了头阵。尽管如此，这一理论还是为各方所拒绝。在中国更无响应。"圣言"当然是"量"，甚至是唯一的"量"。有什么可讨论的呢？听从就是了。

八、因、果问题。因果联系着报应，印度人讲得很多。由于佛教传入，中国人也都知道因果报应。但一般了解的只是同类事件的先后次序，严格说这还不是因果。种子和大树并不同类，怎么种子是因而大树是果？前世的因怎么隔了一代才结果，这中间一段埋藏在哪里了？讲不清因果便讲不清报应。没有因果报应，宗教，不仅是佛教，便站不住，失去信仰了。所以佛教讲出"因缘"理论。"因"是基础，"缘"是条件。种子是"因"，但若没有土壤、阳光、空气、水等等条件具备，种子不能变成树。这一套"因缘"理论极为巧妙，解答了很多问题。可是又为"空"开了路。若一切都是由基本条件（因）和辅助条件（缘）而生，那么客观存在的本身只能是"空"了。这一来又影响了宗教的根本。还有两条路可走。一是继续追问，否定。这很危险，怀疑下去，会引向虚无主义，宗教自己否定了自己。另一条路是打倒一切，留下了自己，走向神秘主义。论证可以否定一切。信仰又肯定一切。信仰至上。"因缘"等等理论不过是否定别人，并不否定自己。因此，讲"空"、讲"因缘"的龙树既是善于否定别人的理论家，又被神秘主义奉为祖师。中国没有对因果产生怀疑，没有对"圣言"提出问题，所以"缘"在中国转为"缘法"，可以"化缘"。这理论在中国文化中没有引起问题。大概中国文化思想向来不喜欢怀疑论（除了一篇《楚辞·天问》），更不喜欢虚无主义。中国人民也许不喜欢所谓宗教，但特别喜欢信仰，最善于造神，从三皇五帝尧舜禹汤造起，络绎不绝。

九、苦、乐问题。印度人经常苦、乐并提。佛教讲"一切皆苦",但是又宣讲"极乐世界"。修苦行确实是印度教比其他宗教更为强调,但苦行不是目的而是手段。为得到"法力"、"解脱"或实现其他意图而修苦行,这是为乐而苦,不是以苦为乐。例如雪山女修苦行是为了得到大自在天的爱情和婚姻,结果如愿以偿,两位修苦行的男女神大享其乐。所以由苦得乐,出苦入乐,正是宗教宣传所必需,而且是征取信徒的途径。宗教决不是以苦为至上,要求信徒受苦,仿佛越苦越乐。这不是任何宗教的教义。若想那样创教,只会把信徒吓走,把自己孤立起来。究竟什么是苦?佛教先说"一切",其实只提出几条,生老病死以及别离和"怨憎会"之类。但是"苦行"(这不是印度原字,原字 tapas 只是"热",不是"苦")确实是印度宗教思想中最为普遍的信仰。"苦行"必然产生"法力",有意想不到的效果。对此也不是没有疑问,但很少公然问出来。绝食和折磨自己仍然是达到目的的手段之一。这本不是印度特有的,不过这信念在印度分外强烈。佛教开始曾反对苦行,后来妥协。传到中国,竟然信仰"焚身供佛",烧香疤,剁指头,刺血写经,大违戒杀原意。好像中国有些人提倡苦行也不在印度人以下,还有点超过。但是类似佛教"头陀"的欧洲方济各教派标榜"清贫",到中国传教不受欢迎,可见中国人并不真尊苦。

十、美、恶问题。这是欧洲哲学和中国哲学中很注意的问题。美、丑,善、恶是伦理道德问题。偏偏印度人不重视。"善"和"真"是一个字:sat。"美"没有专门术语。从文化中找原因,可以说是印度的"法"和"业"使这个大问题出不来。"法"把一切生活言行等等都规定了,不能出轨,善恶美丑的界限划定了,还讨论什么?"法"就是"善"。"业"依照"因果"规律决定了一切,一切都无法改动,只有依照"法"的规定行事才有来世希望。都注定了,不由自主,那还管什么善恶美丑?命该如此,服从第一。道德规范，美丑标准，都无可讨论了。"真"也就是"美"。佛说"涅槃"就是"美"。印度艺术中有"美"，那是外人的看法和说法。中国人以为很丑的，印度人丝毫不觉得。到近代，才出现以传统哲学解说新旧艺术作品问题。这是从欧洲来的，以前说美，不过是好看好听而已。

以上略举十个问题为例，可见宗教信仰中也不是没有问题，而问题的发生则不能脱离文化的解说。如果文化不同而问题共同，则外来宗教可以传入但必有改变。如果问题不同则很难传进去，或则引起新问题而改变面貌。只有文化相同或类似而又有相同问题，那么，作为问题答案的宗教才可以不受阻滞且不经大改变而进去。文化的同异很难从表面或则符号鉴别决定，但问题的同异却较易明白。有相同问题，一听答案即有反应，不论是接受或拒绝。否则难有反应。例如犹太教的创世说是回答世界怎么来的问题。在中国文化和印度文化中不曾注意过这问题。中国除了《楚辞·天问》以外，从来是以作答案为主（《庄子》略有不同）。既有世界（这本是个印度词），有天地，还问什么有没有，从哪里来，岂非多此一问？所以中国和印度文化中对于耶和华和亚当不大感兴趣。创世说不是所有民族都有的。中国境内也只是有的民族有。

宗教是信仰，但信仰仍起于怀疑。不疑何信？不怀疑世界来历，不提问题，也就没有对上帝创造世界的信仰。凡是成为信仰的都是因为原来有疑问。"不识不知，顺帝之则。"什么也不知道，只是顺从皇帝的规定生活，那么还有什么自我感觉？在帝力之下，"不识不知"，一味顺从，不动脑筋，没有问题，那也就不发生信不信的问题，无所谓信仰了。可以说宗教教义都是回答问题的。问题越多，教理越复杂。盲目信仰就只要口宣佛号，不必讲道理。一卷真经在手，万事齐备了。上帝是不需要证明的。需要证明时便是有怀疑了。

不仅宗教信仰，许多论断中都含有问题，没有问题便没有答案。《公羊传》，还有《穀梁传》，对《春秋》字字句句提了许多问题，作了许多答案。印度古书中有一部著名的《大疏》，是解说文法经典《波你尼经》的。书里面充满了问答。对每一句经，甚至一个字，提出问题，作出答案；对答案再提出问题，又作出新答案，比前一答案正确些，便还有问题；最后才有老师的答案作为结论。这是古代印度教学生读经书加解说的记录体，是口头讨论式。时代是公元前后，比《公羊》《穀梁》稍稍晚一点。《公羊传》也是汉代儒生讲《春秋》的问答记录体。中国和印度那时的传经方式差不多。许多佛经中也是充满了问答。佛讲经说法总是有人提问题。"无问自说"反而作为另一类经的体裁。印度原来注疏也有问答体。《论语》开头便是用反问方式提问题。问"不亦说乎？"是要你自行回答："说。"《孟子》开头也是梁惠王和孟轲问答，讨论利和义。《老子》不提问题，满是回答问题的话。开头便回答怎么是"道"，怎么是"名"。仿佛自言自语，宣布指示，其实是在回答问题。《庄子·逍遥游》开始便讲寓言，明显是回答：怎么是逍遥？怎么才能逍遥？人究竟能不能逍遥？依此类推，书中的话和口头的话一样，都是一对又一对问答，不过多半残缺不全，留下许多空白给人心中会意自行填补。若不知问题，答案就难懂了。不少外国宗教书和哲学书便有这情况。

宗教信仰起于怀疑，由于有了问题。宗教理论是答案。宗教实践是检验。照这样，宗教也和科学、哲学、艺术一样，不是一时冲动或则愚昧无知的产物，而是人类有了问题并作了思考的产物。艺术仿佛不经思考，仿佛和宗教仪轨一样，只是摹仿式的创造。这不过是就片面的现象而言。艺术家和宗教家并不全是疯子式的天才，一切不经思考。他们也是要用头脑而且会用头脑的。宗教信仰不许有怀疑，那是有了答案和教会以后的事，但问题还是会出来的。布鲁诺是烧不尽的。

　　提问题，答问题，才有思想，有文化，有科学、哲学、艺术、宗教。"不识不知，顺帝之则"，不会产生什么文化，除非确有上帝创造。

1986 年

文化之谜：世界思潮

19 世纪是答问的世纪，答复 17、18 世纪提出的问题。

20 世纪是提问的世纪，答问要到 21 世纪。

20 世纪是探索的世纪，探索不断出现的新问题，不断给以新的答案和解说，但不能完全令人满意，不能像 19 世纪那样满怀信心，建立各种体系，作出仿佛是最后的答案。20 世纪的答案往往是又提出新的问题，不能结束。德国哲学还挣扎一气，也未能完成体系。

20 世纪的人类缺乏欧洲人在 18 世纪对理性和在 19 世纪对科学那样的信心，缺乏建立大体系和自以为最后解决一切问题的雄心，继续以前信仰的自当除外。

但是 20 世纪把多少世纪以来人类想象不到的事做到了。人上了天，又看到了原子中的微观世界。人所知道的宇宙大了无数倍，分子小了无数倍。人能够开始变动生物的遗传。人理解了许多以前想不到的问题，也提出了以前想不出的问题。人做出了许多新事。20 世纪又是行动的世纪，不仅提问。

但是人类对自己和对自然界一样，还是和几千年来同样的残酷，甚至更残酷无情。19 世纪以前以乐观情绪对人类怀有和平亲爱的理想更成为幻想了。连 19 世纪末一部分欧洲文人的悲观思想也遭到了嘲笑。人类对自己的认识加深了一些，自信心却并没有相应加强，彼此猜忌也没有减弱。温情脉脉的纱幕被认为虚伪而揭去了。

人类对自然界毫不留情。地球在人类手下变了样。人要化去南极洲上的冰来淹没世界。人类确实不是在童年了。是在壮年吗？还是过了壮年要进入老年了呢？假如是进入老年，为什么还会那么热心并且用力于对宇宙和对人类自己的战争呢？难道是老了会循环回去，一心想再过原始社会那种狩猎劫掠生活吗？人不能把别人当作人，只会当作某种符号和人质，那么，人的智慧用到哪里去了呢？

人还在到处传播新旧病毒，贩卖毒品，吸食比鸦片厉害得多的毒品。人类在自杀。

假如19世纪的欧洲思想家复活来观察一下20世纪的人类文化，他们会看出想象不到的变化，也许可以归纳为三个方面。

一是他们所熟悉的人类知识和思想正在向反面迅速转化。科学走向非科学，哲学走向非哲学，艺术走向非艺术，宗教走向非宗教。

二是欧洲文化在近代本来是作为中心向世界扩散的。许多新发现、新发明、新思想、新制度都出于欧洲。现在反过来了。全世界各地都发生了新旧文化冲突，包括欧洲自己。欧洲以外的潮流涌向欧洲不可阻遏。欧洲仍然能够出现一个又一个新发明、新思想，但是第二次世界大战表明，中世纪的野蛮并没有在文艺复兴时期结束，欧洲并不像18世纪和19世纪的人想象的那么理性。欧洲和全世界任何地方一样，处在极新和极旧，文明和野蛮，智慧和愚昧，现代和古代的并存状态之中。

三是人类从几千年前便开始要征服自然，到20世纪果然在许多方面能或多或少地控制自然了，能制造自然也造不出的空前精巧、能干的工具了。可是人类征服自然，自然并没有屈服，还在逐步报复。人类在毁灭地球，破坏天空，用无法消除的各种有毒垃圾的加速增长来危害自己。人类能控制自然，但控制不住自己，只会由一部分人镇压和屠杀和谋害另一部分人。这是自然的嘲弄和报复，是19世纪的人想不到的自然的反抗。

在原始人眼中，自然界是巍峨、壮丽，可怕又可爱。后来自然界成为人类的好像取之不尽的财富源泉。自然界神化了，其实是人化了。再后来自然界成为奴仆，人可以随意支使，不可怕，又不可爱。今天，自然界不再是顺从的奴仆，要默默地反抗了。人类每掠夺和欺凌他一次，他便不动声色地报复人类一次。自然界表明不是无穷无尽的财富，是有尽的而且是有毒的。人类毕竟没有真正认识自然，也没有真正认识自己，认识的只是可分析的静止的现象结构，不认识整体的变化的气质。

人类仍然是盲目的，或不如说是眇目的，睁开了看细节的一只眼，那能看深处气质的一只眼还没有睁开。人类又是近视的，只见眼前，不去看文化正在向反面急转直下。

18世纪的欧洲思想家以为，19世纪人类的理性将占上风，许多中世纪遗留的愚蠢将一扫而空。19世纪的思想家以为，20世纪将按照已经发现的自然和社会的最后真理前进，真正人类的历史必将到来，人类能够操纵自己的命运，自然将顺从人类。

20世纪的思想家怎样预测21世纪呢？前两个世纪的那种已经掌握最后真理能够充分预见未来的自信心没有出现。有的仅仅是从技术发展预想不久以后的社会和经济怎样适应更新的技术。现在人类自己制造的技术已经支配了制造者。人类已经不容易适应自己的技术，开始为自己招来的魔鬼而忧心了。对于下一世纪只有少数思想家表示了愿望而不是预言了。因为20世纪的一切发展太迅速，太出人意料了。

首先在科学方面。

爱因斯坦的相对论，普朗克开始的量子论，随后是量子力学，然后是一连串的物理学和力学的爆炸性发展。在技术方面更为惊人。中国发明的爆竹化为火箭，飞上了月球，飞过了火星，飞越了木星、土星，一直向太阳系的边缘进发，不断拍回电讯报告。人可以飞上天去观察地球，不断发现宇宙中的神奇东西，黑洞、类星体。理论领导了技术又在追赶技术。

心理学转向人类的心灵深处进军。弗洛伊德掘出了无意识的意识，对所谓精神病患者提出新的认识，影响了对人类及其创作的各种看法。"格式塔"心理学者向人类心理的另一方面探索，力图将物理、心理结合。行为派心理学将刺激反应的生物条件反射应用于心理，把人当作地道的生物而分析其心理。这一连串的对人心的科学研究所产生的影响首先在艺术上显现出来，同时波及哲学。

语言学突破了19世纪比较语言学的圈子。先是索绪尔分别了语言和言语，历时和共时等概念。随后沙丕尔探索语言和文化的关系。各种各样的语言学纷纷出现。乔姆斯基提出转换生成语法理论。17、18世纪的语言观又出来和19世纪的语言观对立了。由于电子计算机的出现，新的语言符号的出现，语言学同时连上技术学科了。语言的研究影响了哲学，哲学研究重视了语言。

对于人类社会的调查研究，20世纪有了广泛的发展，各种新的解说应时而起。马林诺斯基、波艾斯、韦伯提出新学说。虽然由于人为的隔绝，有的地区社会还没有经过科学调查，但是调查方向已经由落后转向先进，人类学名副其实要研究人类的各方面，因而出现了各方面的人类学，各种分支的社会学。

对人、对物的科学研究的技术和理论的进展还不足为奇。使19世纪科学家会瞠目而视的是科学的日益分支和日益结合。例如物理化学、分子生物学、遗传工程、生态学等日新月异。还有上天空、下海底又引起一些科学分支及结合。科学分支越来越细，交叉越来越多，自然界和人类社会日益密切结合，全部的科学结构大大变样而且还在迅速变化之中。19 世纪科学的分类和概念到 20 世纪后期已不适用。以 19 世纪眼光中的分科之学来套现在的科学只怕是会认为科学已经变为"非科学"了。

科学技术和大规模战争及工程使许多新科学理论应运而生。控制论、信息论、系统论、耗散结构论、协同论、突变论，陆续出现，还在发展。这同相对论、量子论一样无形中震动了哲学。科学有点哲学化，哲学也有点要变为科学。

哲学本是欧洲的学术体系，起先是笼罩科学的，科学算是自然哲学。到了近代，哲学不再君临并指导科学了，但哲学思想还为科学家所必具，而且哲学家也不断总结科学成就。哲学家往往是通晓科学，尤其是通晓数学的，如笛卡儿、莱布尼茨。也有些科学家喜欢哲学，如马赫、爱因斯坦、玻尔。但是在 20 世纪哲学越来越不像以前了。欧洲哲学本来以本体论和认识论为高层，其高峰被称为"形而上学"。19 世纪末期，尼采打破了形而上学。20 世纪初期柏格森、杜威、罗素从不同方面又打击形而上学。后来维特根斯坦从语言分析着手更是连整个哲学一并怀疑。20 世纪的哲学思潮大略可分两支，一是结构主义，一是存在主义。两者对立又可互相通气。两者又都结合其他科学。例如列维-斯特劳斯以结构主义讲人类学，萨特的存在主义以文学表现。纯粹的哲学家如胡塞尔的现象学、海德格尔的存在哲学，都没有能如黑格尔那样完成其体系。其他派的也类似。所以就哲学本身而言，破哲学的比立哲学的多。例如现在还在发展的所谓"解构"（deconstruction）的哲学及其文艺评论显然是破多于立。因此，以 19 世纪哲学家的体系眼光看 20 世纪的哲学发展，会认为这是"非哲学"。

艺术从 20 世纪初起就出现所谓"现代派"。以后愈出愈奇，离19 世纪及以前的艺术愈远。无论文学（诗、小说）、美术（绘画、雕塑）、音乐、舞蹈、戏剧都是这样。后起的电影和电视更是 19 世纪所没有的。连 20 世纪的当代人也有不少认为这些艺术其实是"非艺术"。现在一些艺术家和一部分艺术爱好者对艺术的看法大非昔比了。现在除了古典美学以外，若以现在的艺术为对象而讲美学，只怕美的定义和以前会很不一样了。

宗教的变化也不小。罗马教廷可以为几百年前的伽利略平反。佛教可以称为"人间佛教"。19 世纪的基督教传教士若是复活，不会认为当前所见的各个宗教和他原来知道的都一样。宗教也不像原先的宗教了。

最可惊的还是文化的矛盾冲突。随时随地都有，或大或小，甚至于在一个人身上。这大概是因为当前交通和通讯的特别迅速使全世界如同一个大杂院。还能紧闭门窗只出不进的，只有零零落落的小户人家或则大户围墙中的小院落，但也堵塞不久了。一旦决堤便有洪水淹没的危险。美国向来是文化大杂烩。欧洲人至今还以居高临下的眼光看世界，其实是自欺欺人，迟早要吃亏。西欧人在口头上、文化中，非欧洲的成分比 19 世纪的多了吧？英国的以前在殖民地发生的民族纠纷现在发生在本国了，真是报应不爽。世界已经成为一片，文化矛盾不能是哪一国独家所有或则独家所无的。到 21 世纪，人类要更多认识自己，必然会广泛、深入研究这类文化矛盾情况而不容闭上眼睛忌讳和遮掩或用新符号贴上旧货色了。

值得注意的还有文化的误解。正解本来难定，误解自然不免。不符合实际的误解也许比正解更需要研究。

例如我们中国人对自己文化的认识难道就没有误解？《礼记·礼运》中关于"大同""小康"的一段到底讲的是什么？"大同"是不是什么理想或则对原始社会的回忆？那样读法是以今解古，是康有为《大同书》的"托古"。好比孙中山写"天下为公"实在是他自己的意思而不是《礼运》的意思。《礼记》是关于"礼"的论集。

《礼运》篇以孔子观蜡（zhà）祭论"大同"开始，说的正是"礼"。"大同"理论不是理想而是历史总结，不但标出秦汉的政治社会原则而且指出了以后的历史道路。"礼"就是各安本分，没有个人，没有"私"，一切归所谓"公"，就是说，一切归于尊卑长幼有序的固定不变的社会组织整体。"普天之下莫非王土，率土之滨莫非王臣。""王"就是"公"的象征。这不是原始社会而是秦汉儒生规定的社会组织原则，而且是李斯开头在政治上和文化上实现了的。一个国成为一个"家"，尊卑长幼不可紊乱，每人只是所属的一分子而不能独立，只有一个"大家庭"。若是各人能自然而然合乎"礼"（即社会固定秩序），便是"大同"。若需要有圣人王者以强力维持这个秩序，便是"小康"。文中举的圣人是禹、汤、文、武、成王、周公"六君子"。"此六君子者未有不谨于礼者也。""父传子，家天下"的禹王算是谨守"礼"的开创者。最好的"大同"之世是"谋闭而不兴，盗窃乱贼而不作"，也就是历代君相所要求的"太平"之世。接着"大同""小康"理论的下文是提问："如是乎礼之急也？"于是一层一层论述"礼"即稳定社会秩序的重要性。引《诗》"人而无礼，胡不遄死？"后来总结到政治："是故礼者，君之大柄也。"圣人要"以天下为一家，以中国为一人"。一国是一人，一人也就可以是一国的象征了。"礼"的作用是能"治人"，而且是治人之心。"饮食男女，人之大欲存焉。死亡贫苦，人之大恶存焉。故欲、恶者心之大端也。人藏其心，不可测度也。美恶皆在其心，不见其色也。欲一以穷之，舍礼何以哉？"以"大同、小康"开始的《礼运》篇正是秦汉统一天下以后的政治社会纲领，一直遵循到清末。这同《易·系辞》的"天尊地卑，乾坤定矣"是一致的。当然这个秩序无法绝对化，仍是会乱的，是有漏洞的，而且有时出现反面；不过这个格局，这个模式，确是历史而不是空谈。这样说来的对中国文化的认识是正解呢，还是误解呢？

又如日本对中国文化也有误解。这起于日本学了一千几百年的中国文化，从 7 世纪学到 19 世纪。日本人用自己学去的中国文化来观察中国文化。殊不知日本的学习是有选择的，有改变的，学去的已成为日本文化，并不是中国的"原本"。好像日本的"假名"只是汉字的偏旁，是汉字又不全，不能把"假名"当汉字。日本人一直研究中国。甲午战胜后研究，1945 年战败后，不服气，更加研究，要"对华再认识"。其研究的勤奋和细致实可佩服，而且有不少成绩。但是终于只是把中国当作资料，见树木不见森林，戴着日本眼镜解说。例如日本一直以为中国人是一盘散沙，袭英国对付印度的故技来对付中国，将"满、蒙"、华北、华中一一分割，结果失败。日本没有认识到，中国人不是普通沙而是特种砂，往往会莫名其妙地突然发挥出和现象相反的作用及力量。有时似中庸实极端，似散而不散。若是普通散沙，如何能维持一个大国的疆域几千年之久？日本人没读懂《礼运》。

中国对日本，近代打了快一百年的交道，但是不热心研究日本。中国历代都不大研究外国。玄奘"奉诏译"的《大唐西域记》只是对"大唐"的"西域"作些描述，记些资料，给皇帝参考，并非研究外国。原因大概一来是以大国自居而不屑，二来是忌讳太多而不便。中国人对外国文化的误解，最显明的除日本外便是印度。一直用中国的佛教眼光看印度，以为印度文化即佛教，佛教即中国的佛教。这样的解说仿佛可通，因为佛教本出于印度；可是与实际不符，因为印度佛教断绝了近千年，而且有孔雀、贵霜、笈多各王朝的各不同教派，也不是中国的佛教，更不能等于大得多的全部印度文化。好比由汉字观点问印度字母。不知印度字母原来是指声音，文字形式之多难以统计，和欧洲的拉丁字母用于多国语言完全不同。近代欧洲人以希腊、罗马眼光观察印度文化，是在找寻他们的亲戚。中国也不能照样借用。中国对印度和对日本一样，正由于有所同，所以不见其异，而坚持误解，不顾事实，只管自己解说。

最易受误解的国家现在只怕是美国，中国人往往记不得美国是联邦，各州不同，纽约和旧金山不会等于所有大城市。以中国观点看，美国好像是个无"礼"的国家，和日本正相对照。其实美国有自己的"礼"。中国人又会觉得美国的"礼"也不少，很麻烦。美国人想不到中国人怎么能有那么多"礼"的规定而不觉拘束。中、美双方的"自由"不同。以美国人的"自由"观点看，中国人不"自由"。以中国人的"自由"观点看，美国人不"自由"。中国人的"自由"是"礼"的反面，是自由自在，无拘无束，独往独来，不负责任，谁也管不着，也不管别人。这是没有"权利""义务""群己权界"的"自由"，和"礼"是两极端。中、美两国的"礼"也不同。美国是"位"的结构。中国是人的结构。美国的职位是符号，指的人可变。人是活动的，不当总统即是平民。中国的人是符号，指的意义永不变。陆秀夫抱着跳海的小孩子仍是宋朝皇帝。《儒林外史》中的那个富翁对旧主子仍是奴才。"一日为师，终身为父。"美国1776年才独立，建立起世界上第一个无君主而又非希腊式的共和大国，是个年轻的国家，本国内只经过一次短期内战。美国是个少年，喜欢新鲜，什么新事物都能容纳。但美国原来十三州的开创者，从英国乘"五月花"号船到美洲的人是清教徒，国内也有天主教，不是没有保守传统的坚强气力。美国人自己之间可以有种种差别，互相间差别之多和距离之大恐怕可以超过印度，也可以超过中国。美国文化如同一个大池塘，又如一个文化展览会。20世纪中，这个不单一又无主宰的文化既收纳外来又向外喷吐，引起世界注目，作种种解说。有人以为美国"四害"横行（女性解放、同性恋、吸毒、艾滋病），谈虎色变，好像《旧约》说的那个受上帝惩罚的城就是美国。美国文化向世界提出了严重问题。仿佛是非洲、亚洲、南美洲都在美国开始了文化报复行动。到21世纪，这个世界文化大汇合的美国文化怎么样，恐怕是和其他国家息息相关的。文化的误解若引起欺凌，便难免以后的补偿和报复。那是人的不自觉的报复。非洲人曾经被掳卖为奴，文化被鄙视；非洲人的乐舞却首先在美国兴旺起来，这难道是偶然的吗？中国人过去曾大受鸦片毒害，现在世界上吸毒的比当年中国可厉害多了，偏偏中国在外。"谁实为之？"

至于自然对人的报复已经日益为人所知。生态学家不断呼吁。可惜酸雨仍在下，化工污水仍在流，废气仍在散，核废料也必将成灾，垃圾的增长速度超过处理速度，森林水土化为沙漠。太空虽大，轨道不多，将来也不免垃圾为患。大海岂能永远藏垢纳污？人类只管眼前一时利益，不顾后果，不顾子孙后代。这种情况恐怕19世纪的人会自愧不如，21世纪的人将深恶痛绝的。至于毒品弥漫，新病毒猖獗，许多青年沉溺于"迷幻"之中，更不是隐患而是显患了。

在上述这些情况下，无怪乎虽有所谓未来学也无人对下一世纪做有信心的乐观预测了。（有宗教信仰者自当除外。）

世界如此，中国当然包括在内。天空、海洋无法封闭。智慧禁果总有人吃。难免有疑，不能无问。纵不能先于其他国家而前进，也不能后于其他国家而退缩。20世纪为日无多，急起直追，避害图利，尚有希望。失去机会已一次又一次，不能再蹒跚踱方步，见覆辙而仍蹈了。

问题仍在于人类自己。如何恢复人对人的信心，然后共同对付自然的报复和自身的祸害？

试谈两例。

18世纪欧洲人（卢梭）提出过一种社会理想，成为空谈，未能实现。19世纪又有人（托尔斯泰）再提出类似理想，仍是泡影。20世纪亚洲人甘地曾企图在机器包围中以手纺车建立印度古式公社，以所谓"共同富裕"（sarvodaya）为号召，结果当然和日本的"新村"设想（武者小路实笃）同告失败。第二次世界大战以后，日本陷于贫穷困苦，有一位农民山岸巳代藏（1897—1961年）于1953年从养鸡开始改革农牧经营。1958年建立农场，约有三百人合作组织公社，经营新式无公害养鸡、养猪、养牛、种稻、种菜、种果树。1953年开始时即成立山岸会，标榜"自然与人一体，天地人调和，物资丰富，健康，亲爱，安定，舒服的社会"，取名"山岸主义"，努力实现其乌托邦理想。引斯里兰卡的"共同富裕·布施劳动"运动为同调。从儿童起共同学习，共同劳动，实现佛教的"无我执"（无私）、"平等"。实行无个人私有。这显然是又一次空想社会主义的现代试验。斯里兰卡和日本都是人人熟悉佛教基本教义的。日本的实验应用禅学、心学的理论。这事正当中国实行农业合作化和公社化的时期。这表示巴黎公社的理想仍未死亡，只有途径不同。无论叫什么名字，用什么招牌、符号，农民的这种理想在高度工业化的日本还未消灭。山岸会还在办。嘲笑和反对难免。未必有成，不能无望。也许不是现代的《礼运》吧？

1986年在北京开了国际世界语者的第七十一届大会。到会有五十二国的约两千位世界语者。不用翻译，直接对话。1987年是波兰医生柴门霍甫（Zamenhof，1859—1917年）发表"希望者"（Esperanto，后来用作世界语的名称）的国际通用语方案的一百周年，将在这位创始人的故乡华沙开第七十二届大会。国际语的方案极多，有的还是语言学家草拟的，但只有这一种生存到现在。纳粹统治欧洲时严厉禁止，也未能禁绝，战后复兴。苏联曾经一度由于政治原因使世界语运动几乎销声匿迹，后来又活动起来。作为运动，不可避免地产生一些分歧组织，不仅国际上有，中国也曾经有过两个全国性组织同时存在。但是无论在国际上，在中国国内，这一无国家语言仍然吸引着并团结着学习者，因为这种语言是有理想的，不是单纯工具。自从蔡元培、黄尊生、胡愈之等人极力提倡以后，世界语在中国从未衰亡。这说明国际主义的理想是世界性的，是有一种类似宗教的感情的。不论战争怎样频繁，世界上绝大多数的人心仍然是要求和平的。总有一天和平力量会显出胜过战争力量。也许比21世纪还要遥远，但是只要人类存在下去，这力量就会大起来。"痰迷心窍"的妄人毕竟是少数，不论危害多么巨大、长久，人类全体是不会灭亡的。这便是希望。

夕阳经过黑夜仍然会出现为朝阳。

世界文化还没有老，还能不断产生新思想。中国文化有点老态，但还可以"返老还童"。中国的孩子并不老。

只有白发老人不能重返青春了。不过还可以有青春的思想和青春的语言，只是看来不相称。

老人应当服老，不妨用老人的语言，借《庄子》篇名表达青春的心情：

难得"逍遥游"，勿忘"养生主"。
放眼"人间世"，纵横说今古。

1986 年

东西文化及其科学

　　《物理科学的概念和理论导论》，这书名真够长的，又板着面孔，有点令人望而生畏，其实只是大学课本，新式的"科学概论"，也不专讲物理学。1983 年本书上册译本出版。下册后出，一直讲到量子论、相对论，指出"推动过物理学早期发展的宇宙论问题"又回来了，正和上册一开头讲天文学的"科学的宇宙论"相呼应。译本出版已过十年。原著是 1972 年修订改编 1952 年初版的书，至今有二十年，照说又该有新版了。我见到译本上册时立即想到，这是美国试验教育改革的新课本，还得有一本中国人为自己写的同类书才好，并不仅是因为其中没有讲到中国的科学，也是为了中国的教育改革。后来知道有位中国物理学家写了一本类似的书，就忘掉这回事了。

　　现在偶然又翻出这本书，忍不住想谈谈。这是为自然科学专业以外的大学生编写的"基础教育"课本，附有习题（思考题）和参考书目。一个专业科学家对于只知他的专业的"皮毛"的人是"嗤之以鼻"的，但对于专业以外的人多少有些这专业的"骨肉"知识还应该赞成吧？文学家读但丁的《神曲·天堂篇》时知道这是当时流行的天文兼地理学家托勒密的理论的形象化诗化也不会减少兴趣吧？喜爱哲学的人对于科学发展历史和概念、规律等等的情况和道理就不想知道吗？关心文化的人更不用说了。读古书的人知道孔子说过

"譬如北辰，居其所而众星拱之"（《论语》）。在两千几百年前的春秋时代，北极星并不在北极附近。差不多同时的古希腊人就不知道北极附近有明星。《史记·天官书》天极星虚设。北极星是逐年向北极靠近的。到距今一百年以后（2095年）才达到最近点，以后又逐渐远离。孔子的这句话或者是指没有标志的天球北极，天文学知识已经很高；或者是指离北极还远的北极星，天文观察很粗疏；或者不是孔子自己说的话而是距今两千年以内东汉郑玄编定《论语》时才加进去的，那又当别论。读古书有一点科学知识比没有总会好些。何况这本书是讲科学思想的发展呢？三百多年前（牛顿前）中国的科学并不落后，中国的科学思想呢？西欧出现一个又一个科学思想家（笛卡儿等）和新思潮的17世纪，当时（康熙时）中国还很富强，科学思想却未大发展，为什么？这书中说，"一位对热力学第二定律一无所知的人文学者和一位对莎士比亚一无所知的科学家同样糟糕"。这里说的是知识，又兼指思想。皮球拍下去跳起来，自落下去，再自跳起来，第二次高度决不能超过第一次，为什么呢？这是物理，又是哲学，正与热力学第二定律有关。值得"思"一"思"吧？

知道科学发展有助于理解文化发展。例如我们常以为希腊文明是欧洲的，其实这只是指起源地和留下的文物文献的一部分，若说希腊文化，一开头就不是仅属于雅典、斯巴达城邦而没有外来成分的（参看汪子嵩等著《希腊哲学史》卷一）。公元前4世纪（中国战国时代）马其顿王亚历山大远征到亚洲印度，沿途留下希腊文化同时吸收当地文化，建了一些"亚历山大城"。在非洲北部埃及建的尤其重要，是几百年希腊文化中心。在亚洲西部的拜占庭也是希腊人建的城市。罗马的君士坦丁大帝在公元4世纪将它改建为君士坦丁堡，随即成为东罗马帝国的都城。帝国版图虽日益缩小，文化却依旧繁荣，是源于希腊的，又是兴于亚洲的。到15世纪（中国明代）才在伊斯兰教文化的包围中灭亡。君士坦丁堡成为土耳其的伊斯坦布尔。这两个名为"希腊化"实为"化希腊"的城市在非

洲、亚洲，与非洲及亚洲阿拉伯文化关系密切。欧洲文艺复兴时期
有一些希腊文献就是从阿拉伯人得来的。欧洲人托勒密的"地心
说"著作流传的是阿拉伯文译本。基督教出于东方，在罗马帝国中
心东移时成为国教。中世纪的主要神学家，欧洲人奥古斯丁吸收了
柏拉图哲学，意大利人托马斯·阿奎那吸收了亚里士多德体系，这
是改造希腊哲学。所以溯源古希腊的希腊罗马文化实际是欧、亚、
非三洲以地中海为中心的文化。然后西欧日耳曼人南下，东欧西亚
斯拉夫人南下，蒙古大军西征，伊斯兰教的阿拉伯人、波斯（伊
朗）人、土耳其（突厥）人，陆续扩大势力直到巴尔干半岛、北
非、西班牙。西班牙本是伊斯兰教帝国统治，即"白衣大食"，脱
离"哈里发"统治后才避开伊斯兰区域，觅路向西航行，想到东方
掠夺发财，这才出现五百年前的哥伦布发现"新大陆"。这在1492
年（明朝），正是伊斯兰在西班牙失去最后一个据点之年。凡此种
种都在科学及科学思想史中留下痕迹。所以读这本书不仅可以明白
近代现代一些科学概念及理论，也可以澄清一些对文化历史的笼统
说法。西方（欧）文化里的东方（非、亚）成分本来就不少，后来
几乎是东方文化向西发展的文化史。西方文化大发展只在17世纪
以来几百年间。科学的播散并和工业结合改变社会不过是近一百几
十年的事。在今天欧美，科学思想也往往胜不过野蛮迷信。西中有
东，东中有西，难以隔绝。

　　这书一再称引英国现代哲学家怀惕黑和从牛顿到普朗克等科学
家的言论，有启发性，但读者当然不必也不会一一赞同。若不作为
课本而当作科学的哲学书甚至文学书看也有意思。不懂的地方可以
跳过去。我盼望出现不同于李约瑟的《中国科学思想史》供一般人
阅读。梁漱溟讲演《东西文化及其哲学》已是七十多年前的事了。
现在是不是要有人讲一讲"东西文化及其科学"了呢？

（1995 年）

八俊图引

周穆王有八匹好马称为"八骏"。东汉末年有八位名士称为"八俊",其中有靠《三国演义》留名的荆州刘表。这八个人好像没有那八匹马有名。英国小说《格利弗游记》里,马国的马在智慧方面就比人高。不过人也有智慧特殊高超的。想一想,找一下,看能不能凑足八个。

我首先当然想到中国,立刻就发现老祖宗仓颉。他创造汉字,可算是第一聪明人。单是创新并不太难,难在所创的新能够不断发展,一路新下去,千百年还在继续变化,这才不像时装的新设计。汉字在世界文字中是独一无二的,所组成的语言也是特殊的,到今天还在不停地变,可是仍旧变不成用拼音文字表达传统留下来的思想感情。首创汉字者传说名叫仓颉,可能不止一位,就算他是这些聪明的开创者的代号吧。

第二个想到的是外国人,希腊人毕达哥拉斯,生于公元前6世纪。他发现了勾股定理。至今这定理还用他的名字标号。中国人也知道这定理,不过没有他那么早,还是谦虚一点让他代表吧。这定理真了不起。勾三,股四,弦五。勾方加股方等于弦方。这样定下了直角三角形,又发现了三内角之和等于二直角,180度,圆周度数的一半。从此有了几何、三角,一路发展,量地,测天,用途无穷无尽。也许最初想出来的人是木工，或则是建筑有三角面的埃及金字塔的人，但作出连续抽象系统思维的无疑是希腊人。有系统著作的人名叫欧几里得，生于公元前4世纪。参加发明几何学的或许有地中海沿岸欧、亚、非三洲的人，这不必争。

第三个想到的是印度人，可是难说是谁，只能说是那个发明数码零的符号的人。零的印度原名sunya，中国古译有两个：音译是"舜若"，意译是"空"。论空最多的是佛教的菩萨龙树。他说，空的理论就是中道。还有一些菩萨对空和有，或则说是零和一，0对1，议论不休。他们好像是从数码零位出发，越说越远，但没有脱离宗教所关心的问题。我们还是只讲零位吧。中国的古代筹算就是依照十进位排列筹码，零位留个空，不放筹。写出数码来也没有零位符号。古印度人也用这个方法记数，但在零位上加一个点，起个名字叫空。这个记数法传到阿拉伯人那里，转播到全世界，以后便叫作阿拉伯数字，零的符号由点改成圈。阿拉伯人又发展了代数学。欧洲人对几何图形的研究已有成绩，但在算术方面没有发展，死守用几个拉丁字母记数法不放。基督教会拒绝接受异教徒的用数码记进位的好方法，直到13世纪以后才无法再抵抗下去。现在的数学符号在全世界是统一语言。追想当初零或空的符号及意义的发明者，看到当前电脑语言中0和1的迅速交替，好像印度菩萨说的空和有连续交替，刹那生灭（无常）一样，哪能不纪念那位首创零或空的聪明人？

第四个开创者接下去是法国人笛卡儿。他结合代数、几何创出解析几何。数学工具由此大发展，科学如虎添翼飞跃前进了。他把线看作点的集合，而且是有向运动轨迹可分正负，于是有了坐标系，代数能解几何图形，几何能证方程式。运动表示时间。图形表示空间。实际上这已经是把时间引进了空间，用数学解析运动变化，计算变量和函数了，这是近代、现代科学思想的启动，上接伽利略，下开牛顿，以数学描述世界，意义太大了。不过当时未必有什么人想到时空关系这么远。笛卡儿是 17 世纪前半的人，不能完全摆脱神学思想和机械力学，最远只能走到二元论，请上帝满足于只做第一推动力而让宇宙和人自己做机械运转。他做到的比他声明自己想到的远得多。任何人都不能没有局限。不管怎么聪明的开创者也做不到和后代发展者一样。能开创就了不起。但是若没有继承发展也就没有开创了。

第五位当然是开创对空间的新认识和新理论的爱因斯坦了。1905 年、1915 年，他分别发表狭义和广义的相对论，到现在还不到一百年。对空间和物质的探索，大到宇宙，小到原子核，遗传基因，发展了量子力学，种种问题和理论有大发展，但在认识空间性质方面好像还没走多远。我不懂相对论，只知道一点许多人广为宣传的说法，时空四维，空间会弯曲，光速是极限等等。假如速度超过光速，那就会像翻译的外国打油诗说的，"爱因斯坦来指点，今日出游昨夜归。"这也就仿佛是《庄子》里辩者说的"今日适越而昔至"了。现在的人可以飞越太平洋到美国，日期可以是今天出发昨天到，不过那是由于有日界限（国际日期变更线）的人为的时差结果，与光速和空间无关，正像辩者说的不是相对论一样。我们在地面上走路，顺或逆地球自转方向，向东或向西，不觉得时间增减，在飞机上做超音速飞行，或是到人造卫星上，那就要跟时间打交道或快或慢了。空间里确实有难说明的怪事，不仅是不能超越光速，不能达到绝对零度。我们是三维空间的人，可是静止时单凭感觉不能同时直接感受长宽厚三维，必须活动才能知道第三维厚度，也就是立体的远近、大小等等。活动、运动、变化就是加入了时间。绝对静止哪有时间？我们的两眼都长在前面，永远看不见自己的后脑。要看脑后就必须活动，回头转身，那时也见不到自己的脑袋而且又看不见前面了。我们看不见自己的全身，一次只能看见一部分。我们很容易看见二维的平面，但是不能同时看见全部球面，对飘浮在空中的气球也不行。球形是立体，仍旧是三维啊。地球表面是球面，任何一长段，不论怎么平坦，都是弯曲的。我们乘火车，坐飞机，都是走弧线，但我们感觉到的是走直线。中国西北高，东南低，高处的土一刻不停随水往低处流入大海。谁都知道，可是记不住。面前摆着地球仪，我们也不觉得是在迅速转动的地球的曲面上。事实上我们是处在四维空间中，但自己不知道，不觉得，连三维也不能时刻全认识。也许是因此许多人才习惯于线性思维，非左即右，非此即彼，非友即敌，只会做一次方程。做平面思维时，看到四面就不见八方。由平面几何到立体几何不是一级。认识多面体、旋转体不容易。若要加上考虑运动变化也就是时间因素的第四维就更难了。可是我们实际上是生活在有时间变化的四维空间里，所以就会时常估计错误，算不准概率，出麻烦了。这些话自然不过是闲谈。

现在该出来第六位，依时间顺序应当是到 21 世纪了，可是现在我怎么能知道？话说回来，难道我真是那么狂妄，竟敢大胆给世界级的伟人开列排行榜？不是的。我是拿自己做实验，考察一下自己的思路，想些什么，怎么想的。照前面所想，所谈，看起来，这一次我是没有脱离语言，或说是撇不下表达思维以交流思想的手段。这不外是自然语言和数学语言，也可以说是两种思维程序和方式。艺术语言需要另案办理。若再来一次实验，说不定想到排出来的是另外一些人。不见得是学者、文人，也可能是英雄、美人，甚至是武侠、侦探，好人、坏人，谁知道？

题目不改，照旧是说"八俊"，不过既没有八，也不一定人人认为俊，名本来是不必副实的。闲谈哪能那么认真？

1998 年

两大帝国的统一场

贸易风

"起风了,西南风!"水手们大喊。

"好,起锚!"船长满心欢喜,下达命令。

他是商人,是船长兼船主,名叫西帕路斯(Hippalus),大概是生长在埃及的说希腊语的罗马人,专做海上生意。他有了一个大发现:印度洋上季候风。夏季必起连续的西南风。冬季必起连续的东北风。这正好送他在印度洋上安全来回,一年一次,稳赚大量财富。夏季,他从罗马帝国边境外阿拉伯半岛南端的港口出发,平平安安顺风到达印度河的一个向西的出海口。冬季来到,他的船满载货物再顺风横渡阿拉伯海回来,可得百倍利润。他认识到了遵守自然规律的季候风,后来也叫贸易风,发了大财。没过几年,别的商人跟上来了。大家由红海的港口出发,依靠风和水走捷径,在地中海和南亚之间打开了一条平安大道,避开了中亚几个民族的拦路虎,不出买路钱。公元第一世纪中的五十年间,每年约有一百二十只商船来往于这条道上,经营对外贸易。当时人普林尼(Pliny)估计罗马金银币外流逆差一年达到一亿之多。进口的货物主要是化妆用和饮食用的两类香料,以及珠宝,可能还有在印度转口的中国丝绸和精美的工艺品，全是价格昂贵的奢侈品，供贵族和富人挥霍，而出口的主要是金银货币，使国内硬通货日益短缺。有钱的越豪华，没钱的越穷困。这正是罗马帝国的建国初期，称为"黄金时代"。可是季候风和轻易不起风暴的阿拉伯海给这个不可一世的大帝国造出一个大漏洞。没过多少年，进货太多，货价大跌，加上金银缺乏，只好以货易货，于是利润下降，罗马和印度间的贸易衰歇了。可是东西方贸易没有断绝。有货必有人，有人必有语言和思想。罗马文化，包括它所吞并的希腊、波斯（伊朗）、犹太等国的文化，和印度文化，可能还间接和中国文化，三方面的思想交流产生了一个新的起点。这时是中国的东汉初年，印度兴起了跨越北印度和中亚一部分的贵霜王朝，都正在兴旺时期。

当然，欧、亚，或说从地中海到印度，文化思想直接大规模交流的开始是马其顿的亚历山大大帝东征。他并希腊，吞埃及，灭波斯，直达印度的"五河"流域（旁遮普），一路上建立几个亚历山大城，留下人管理并宣扬希腊文化。他的军队也会不由自主吸收当地文化思想传回去。可是这位雄才大略的年轻人只活了三十三岁（公元前356—前323年）。他被后人称为"大帝"，但并没有建成帝国。他一死，所征服的地方随即瓦解。所建的城只留下了埃及的一座，以后几百年间一直是光辉的文化中心。中国这时正当战国时代。孟子见梁惠王，见齐宣王，倡王道，反霸道，对那位纵横欧亚的霸主，对于外部世界上发生的大事毫无所知。（约在公元前318年前后，离公元前221年秦始皇统一中国还有百年。）

过了两百年，中国情况和以前大不相同，向西开放，要打出去了。汉武帝建元二年（公元前139年）张骞奉命出使西方各国，中途在国外被扣留十三年，终于回国，报告外国情况。他在国外见到四川出产的竹杖和布匹，推测西南另有出国通道。于是朝廷派兵去打通由云南出国的路，被那里的少数民族挡住了。到20世纪40年代初期，中国军队出云南在缅甸北部和日本军作战不利，经丛林进入印度东北部，证明这里原有路可通。官走不通，民间商人走得通。汉人不能通过，货物可以经他人转手通过。民间对外往来比官府早而多。官书记载的自然更少。若没有民间互传信息，朝廷怎么想到派张骞"使绝国"？《汉书》记载：汉武帝太始三年（公元前94年）"春正月，行幸甘泉宫，飨外国客"。可见已有外宾，不见得都是西域胡人，可能有更远的。又过近两百年，公元97年，东汉和帝永元九年，班超的副使甘英向西走到了波斯湾。公元166年，东汉桓帝延熹九年，大秦王安敦（Antoninus），就是罗马帝国皇帝，派使者，可能是希腊商人自称国使，由海路来到中国。当时世界上两大帝国政府好像有直接来往了，民间交流自然更多。可是这两大帝国内部都正在出大问题。财权、政权的大转移迟早不可避免。平民贫困加上民族杂居如同干柴，只等有了思想和组织的引线就会爆发大火了。

本来毫不起眼的民间宗教的新教派成了引起熊熊烈火的火种。东西两帝国一样，但双方宗教不同。两教同出于亚洲而发展方向相反。一个向西，是基督教。一个向东，是佛教。现在都成为世界性宗教，两千年来对人类思想所起的作用无法估计。

扫罗—保罗

公元第一年，中国西汉平帝元始元年，通行到现在的罗马儒略（恺撒）历12月25日，跨越欧、亚、非三洲的罗马帝国的西亚属地犹太人居住区，犹太妇女玛利亚生下一个男孩，取名耶稣。

那时，苏伊士运河还没有开凿，亚、非两洲陆地相连。耶稣随父母从犹太逃难到埃及，长大以后才回故乡。随后耶稣就传起道来，说，"天国近了，你们应当悔改。"他在海边行走，先后看到打鱼的两对兄弟，收做四个门徒。他在各处穷苦人中传道、治病，听他的话的人多了，他就到一座山上去对群众开讲："虚心（不是汉语里通常的意思，心指心灵）的人有福了，因为天国是他们的。哀痛的人有福了，因为他们必得安慰……为义受逼迫的人有福了，因为天国是他们的。人若因我，辱骂你们，逼迫你们，捏造各种坏话毁谤你们，你们就有福了，应当欢喜快乐……"他这样对人预约天国，讲了一篇又一篇道理，于是他所讲的被称为"福音"。耶稣被尊为"基督"，意思是救世主、大救星。凡是信徒，一律平等，不论原来身份高低，都是信仰基督，预备进天国的，都必须互相帮助。信仰基督的人称为"基督徒"。他的信徒越来越多。他有了十二"使徒"为他传教，事实上开始有了教会组织。核心中人实行共产，放弃个人私产，从公产里各取所需。照这样，苦难中的人单凭信仰基督就可以得到平等身份，加入互助团体，死后能进天国，于是相信"福音"的人越来越多，引起了犹太教祭司、"文士"和许多人的注意，认为这些人破坏常规，私结帮会，图谋不轨。理所当然，迫害跟着来了。

耶稣成为基督（救主）以后，到各处宣讲天国福音，最后骑驴进了耶路撒冷，受到那里的信徒欢迎。他到犹太会堂讲道，和祭司长辩论谁有权传道，更引起反对。犹太教祭司和相信他们的群众搜寻基督的信徒，辱骂甚至殴打他们，说他们奉耶稣为犹太人的王，要造反。祭司等人找不到也认不出耶稣，就用三十银圆收买十二使徒之一的犹大。耶稣在和十二门徒聚餐时说："你们中间有一个人要卖我了。"分饼给大家吃，说，"这是我的身体。"又分葡萄汁给大家喝，说是他的血。这就是所谓"最后的晚餐"。因为是十三个人同席，所以许多人忌讳十三。随后在耶稣传道的时候，犹大带一些人来捉他。犹大一人当先和耶稣亲吻，指示这就是要捉拿的人。从此有了"犹大之吻"的典故。门徒有用武器反抗的，被耶稣制止了。耶稣被捆绑送交犹太大祭司审问、定罪，随后送到罗马统治者"巡抚"（总督）那里。罗马的官认为这是犹太人内部宗教纠纷，便说，"我查不出这人有什么罪。"这一天是节日，照例可以依群众要求释放一个犯人。巡抚要释放耶稣。群众坚持不放。于是按奴隶反判定极刑，和罪大恶极的人一样在十字架上钉死。耶稣在受刑前遭到种种嘲笑、侮辱，被戴上荆棘做的冠，头顶上挂着牌子，上写"犹太人的王"。在他两边同时钉上十字架的两个强盗也讥讽他，只有几个妇女为他送终。另有一人求得罗马官府允许埋葬他的尸体。到耶稣死后第三天，两个名叫玛利亚的妇女发现尸体不见了，说是耶稣复活升天了。消息很快传开，基督在这里那里显灵。从此证明人之子是神之子，耶稣是上帝的儿子，由圣灵经过圣母玛利亚生下来，上十字架为世人流血赎罪再复活升天。十字架成为信徒得到耶稣赎罪的象征。信仰他的人比以前更多了。

基督信徒的活动在许多地方半明半暗展开，迫害他们的人就到处搜寻，发现了就辱骂甚至殴打。有一个信徒司提反和众人辩论，被捉拿到大祭司面前，他又当众宣传基督，被众人推到城外，当场用石头打死了。这是第一个有名字记录下来的殉道者。一个名叫扫罗的青年在场看见，也加入了迫害基督徒的队伍，还特别热心。有一次当他奉命去捉拿基督徒的时候，在路上忽然昏倒，有一个基督徒救了他。他自称见到基督显灵，对他说话，便受了洗礼，成为基督徒，反过来到各地热心宣传基督，受到殴打、迫害。一次被打得半死，当作尸首拖出城外，他又活了，仍旧到各地传道。他从亚洲到欧洲，到过希腊、马其顿，影响越来越大。后来回到耶路撒冷。一些犹太人捉拿他，要杀他。有人报告罗马兵营的千夫长说是出了乱子。千夫长带兵锁拿他回营。以后又应他要求用希伯来语对群众讲话，说了自己转变的经过。群众还是要杀他。千夫长再带他回营要鞭打拷问。他说自己是罗马人，没有定罪，怎么能鞭打。"有这个例么?"千夫长说,"我用许多银子才入了罗马的民籍。"他说:"我生来就是。"这就是说,他的上辈已经是罗马公民了。犹太人是奴隶身份。罗马人是自由民。他的犹太名字是扫罗,罗马名字是保罗。扫罗成为保罗,基督教也就大变化,从一个小教派发展成为世界性的宗教了。

保罗得到千夫长允许,和群众辩论。群众还要杀他。千夫长派兵暗地护送保罗出城到罗马巡抚那里去。巡抚又让他和控告他的祭司长、长老们对质。定不下罪,也不放他。巡抚期待保罗送钱。官司拖了两年,换了巡抚。保罗对新巡抚声明,他没有犯法,要上告恺撒(当时民间对皇帝的称呼),也就是告御状。再经几位高级统治者审讯,仍旧认为这是犹太人内部教派纠纷,没有触犯罗马法,不能判罪,也不能释放,就依他要求送他去罗马京城。保罗在罗马城时因为是罗马公民,虽受监禁,却有自由,自己租房子住,可以对外人谈话,写信。他在罗马传道足足两年。保罗在囚禁中给各地教徒写的信,在基督教《圣经》的希腊文《新约》里留下了十三篇。同一书里的《使徒行传》中有一大半讲保罗的事迹。他的死,据推测,是在尼禄皇帝放的那场罗马大火里,或是在大火后的镇压基督徒的迫害中(公元64年)。

保罗和众人辩论的问题,表面上是该不该对所谓外邦人传教,但思想核心却含有一个横贯世界,纵贯古今,而且正是在公元前后几百年间,西方罗马,东方中国,甚至印度,都在一些善于思考的人中热烈争论的问题。可以说,这个问题在思想上,直到现在恐怕也不能说是已经解决了。

"保罗,你癫狂了吧?你的学问太大,反叫你癫狂了。"这是后任巡抚听了保罗在法庭上当众为自己辩护发言以后说的话。保罗会讲方言和希伯来语,能用当时的通行雅语希腊文写信,懂得罗马法律,能言善辩,显然文化程度很高,又是罗马公民,所以他能用大帝国（就是那时罗马人认为的世界，像古代中国人认为的天下一样）眼光观察和思考，注意到全世界和全人类。他认为，基督（救世主）是上帝派下凡来救一切人的。谁信仰基督，谁就是基督徒，就能得救，不分犹太人、外邦人（非犹太人、外族人、外地人，不属于自己内部的外人），都是一样，在上帝面前大家平等。第一个这样认为并且这样做过的是耶稣基督的大弟子，本来是渔夫的彼得。可是在基督徒也承认是圣经的希伯来文《旧约》的《出埃及记》里再三说，上帝耶和华是希伯来人的上帝。现在保罗以罗马人的身份，到各地，以各种语言，对各种人传教，收容不同种族、不同身份、原来所属教派不同的人入教。这样扩大化自然会引起激烈争辩。现在还值得重视的不是宗教问题而是其中包含的思想分歧。这需要做一些分析、比较，才好了解。

律法·信仰

保罗所争论的对所谓外邦人传教的问题首先是律法（主要指习惯法，不是政府规定的条文，不等于法律）和信仰相比的轻重问题。区别外邦人和本族、本地、本教人的首先是律法，就是成为习惯不可改变的传统规定。当时争论的一点是犹太人的割礼（男婴割去包皮一部分）。没有行过割礼的外邦人能不能成为基督徒？这就是问题。现在的人看起来这好像无足轻重，在两千年前可不是小事。这是种族和宗教以及等级区别在人身上的标志。在印度，这就是种姓之分。在中国，这就是夷夏之别。在印度，除贱民以外，遵守传统的印度教徒必须在脑后留一撮较长的头发。直到20世纪，印度独立运动领袖老甘地还留着脑后颈上这一撮毛。两千多年前，佛教徒和一些别的教派信徒就剃成光头，不留这个小辫子，表示精神独立。中国从两千多年前就严格区别中夏和外夷，要求内中国而外夷狄。《论语》里的孔子再三论到夷夏之别。他说："微管仲，吾其被（披）发左衽矣。"若没有管仲，我恐怕会披散头发把衣裳大襟向左开了。清朝初年，满族统治者下令，汉人男子必须剃去前半头发，后面留辫子，不肯剃的杀头。所谓"留头不留发，留发不留头"。到清朝末年，汉人男子又纷纷剪辫子。不剪就是遗老。不多年前，穿不穿西服、长衫、旗袍，还是重要问题。上述的头发和衣服式样改变和割不割包皮的意义相同，都是表示内外有别，不准混淆。犹太律法好比中国礼法，当然不止这一条，不过那时保罗争辩的首先是以割礼为例。

保罗在他的书信中多次论到律法问题，例如在给罗马人（包括犹太人和非犹太人即所谓外邦人）的信里有这样一段：

> 你若是行律法的，割礼固然于你有益，若是犯律法的，你的割礼就算不得割礼。所以那未受割礼的，若遵守律法的条例，他虽然未受割礼，岂不算是有割礼吗？……因为外面作犹太人的，不是真犹太人；外面肉身的割礼，也不是真割礼。惟有里面作的才是真犹太人。真割礼也是心里的，在乎灵，不在乎仪文。

稍微联想一下，保罗在公元1世纪讲的这类话，关于形式和实质的议论，不是在古今中国也多次出现过吗？还用得着举例吗？二三十年以前的一次又一次辩论、批判，不是往往含有这种内容吗？至少是从和保罗同时的汉代起，这样的思想分歧、争辩就没有真正断绝过，不过所用的名目不同而已。包装和内容可以并重，但是在双方的关系中哪一方更有决定性？保罗不是反对律法，基督徒也要受洗礼。但照他这样解释，律法的意义有变，不重形式，那么，形式自然也会不得不有所变化了。再说中国，古代所谓礼法相当于保罗所谓律法。后来，不过是比保罗晚一两百年（公元 3 世纪），佛教随一些少数民族大量进入中国时，王弼、何晏、嵇康、阮籍、刘伶等就打出"自然"招牌，号称放弃或则破坏或则轻视礼法了。

印度同样在公元前后几百年间有过类似的思想大潮。在严格的种姓等级区别下，高级种姓的种种祭祀仪式越来越繁，禁忌越多。低级种姓的种种不满日益深重，突破传统律法的新思想、言论、行动在公元前几百年间纷纷涌现。形成大教派的是剃光头、出家、不要私有财产、自由组织的佛教、耆那教，还有许多散在民间的人数众多而没有组织的教派。到公元前后，耆那教分为两大派。佛教在原有的一些小派别基础上出现了两大分野。一是上座（长老），二是大众。前者谨守传统律法。后者向广大群众大开方便之门。重视修行的罗汉和重视度人的菩萨分头行道了。两道的不同，可以说是罗汉道的重点在于自己修行而菩萨道的重点在于度人救世。两者先后进入中国而后者更适合中国。由西域传到中原时，有史书记载的确切年代是公元 65 年（东汉明帝时），正在保罗从罗马消逝的后一年。佛教和基督教差不多在同一时期解决了对所谓外邦人传教问题，成为世界性宗教，也同样从产生自己的本土消失，成为外邦人的宗教了。犹太人始终信犹太教。印度人信的是印度教（这是外人起的总名，内有分派）。中国和尚法显去印度时（公元 4 世纪），佛教已很衰微。玄奘去时（公元 7 世纪）稍见起色。公元 10 世纪以后，伊斯兰教徒统治北印度，印度的佛教完全灭亡了。基督教和佛教，这两大宗教无限扩大化以后，内部发生各种大小分歧，这里就不必去说了。

现在回到律法和信仰的问题。两者本来不是对立的，只是对立的人用作争论的题目，其实是不能用辩论解决的。两者都是不着重讲道理的，甚至是不能讲道理的。律法比较具体好讲，不必多说。

要解说什么是成为主宰律法的信仰很难。信仰不是抽象的，但不容易说明，大概是因为汉人、汉语不习惯一般宗教用语和思路吧。还是先引保罗在他给加拉太的教会的论律法和信仰的信里的一些话来开头吧。

"我已经与基督同钉十字架。现在活着的不再是我，是基督在我里面活着。并且我如今在肉身活着是因信上帝的儿子而活。"上帝的儿子就是耶稣基督。

"他们愿意你们受割礼，不过要借着你们的肉体夸口。但我断不以别的夸口，只夸我们主耶稣基督的十字架。因这十字架，就我而论，世界已经钉在十字架上；就世界而论，我已经钉在十字架上。受割礼，不受割礼，都无关紧要。要紧的就是做新造的人。"

这是一个基督教信徒讲的话。有信仰的人和没有信仰的人说起话来是不一样的。信仰不必属于某一教派。汉族人也不是不会有信仰的。有人说过："砍头不要紧，只要主义真。"这就是有信仰的人的话。他的肉体是为主义而活着的。用保罗的话说就是自认为早已钉在十字架上了。这一位是现代中国人。古代呢？

《论语》和《道德经》在西汉都还是没有统一定本的，到东汉（公元初期）才定下来。这两部书里的孔子、老子都是有信仰的。他们信的是道，而且是同一的道，就是同一时代里的解决个人和天下的大问题的道路和理想，也是《礼运》里说的"大道之行也天下为公"的"大道"。孔子和老子的说法不同，但同是在一条道路上，各自认为自己的道最好最正确，坚信不疑。尽管孔子说："道之不行，已知之矣。"他还是周游列国企图推行他的道。就个人来说，孔子的大弟子颜回更像是老子的隔代传人，也是一个有坚定信仰毫不动摇的人，所以他能安贫乐道。孔、老本是一家，或是通家，后来分家了，因为孔子身后"儒分为八"而老子没有传人。后人的门户之见使他们越来越像不同教派了。和他们的道完全不同的另一种道是《新约·约翰福音》开头说的"太初有道"。那个道是希腊语的逻各斯，是另一回事。

公元初期，佛教传入中原后，若只说核心思想倒也简单，不过是求超脱生死（轮回），达到寂灭（涅槃）以及度人救世。照这样了解，名为佛法，其实也是一种道。于是有了三种道。一是孔子的，说是天道，实是人道、世道，讲道德，偏于肯定现世。一是老子的，仿佛脱离世道，其实所讲的道和德仍旧是世道，不过用语玄虚，不直接明白说，对于现世兼有肯定和否定。一是释迦的，说是要修行达到寂灭，不生也不死，但在达到以前还要救人救世，所以没有完全脱离世道，是以入世道达到出世道，言语上否定，行为上肯定。在那时的人看来，三条道都合汉人传统口味，长生、太平、成圣、成神，都不难接受。至于礼法、律法，各有一套，全有弹性，遵守与否，不在话下。这就是中国人特别是汉族人的信仰，通俗易懂，不仅属于读书人。不能说这不是信仰。但这和现在人所说的信仰，和保罗的信仰，大不相同。原来现在所谓信仰是个新词，不是仅指思想，还得有具体对象，而且所信仰的不仅是学说、主义之类可以有多种解说、歧义，而且要崇拜实际存在的对象。信仰和崇拜通连合一了。到现在，孔子、老子、释迦都和耶稣一样，不仅讲道而且是教祖了。

已被尊为圣的圣保罗所传的是信仰基督进天国，崇拜救星上天堂。在古代中国同一时期，公元初期，从东汉到东晋，也出现了这样的思想言行，但不是基督教。破坏礼法的人不过是为新思潮开路。谁也料想不到，从公元4世纪起，东西两大帝国的两大新宗教以后能上升到那么高的地位，有那么多的信徒，而且会持续那么长久，直到现在。

信仰·崇拜

公元前 44 年，汉元帝初元五年，天上出现大彗星，《汉书·天文志》有记载和描绘。这是在汉历四月。同一年罗马历三月，罗马的独裁者恺撒在元老院被一些人刺死了。他的继承人宣传，这是天上人间相呼应。两年后，共同执政的"后三雄"政府下令，为恺撒建立庙宇，尊他为神。这是罗马以崇拜帝王为国教，但并没有延续几代，只有恺撒作为帝王的头衔或代号长期流传，直到 19 世纪（1871 年）德国统一时，国王威廉第一还以恺撒为王号。不过恺撒活着时并没有称王称帝，只被元老院上尊号为独裁者。

恺撒被尊为神后几十年，作为"犹太人之王"被告发判刑钉上十字架的耶稣才真正以基督（救世主）称号受无数人崇拜直到今天。帝王成神的国教在罗马不过持续了几代。

恺撒被刺后，他的朋友安东尼宣布遗嘱，指定外孙屋大维为养子、继承人。这个仅有十八岁的军人两年前才见过外公，奔丧赶到罗马京城，出于意外得知地位突变，立即将恺撒的姓名加在自己的名字上面。他很快就和安东尼及另一人组成新的"后三雄"政府，把恺撒做过的事重复一遍。三雄变成二雄，跟安东尼打内战，同样打到埃及。安东尼也照样和恺撒的盟友埃及女王姑娄巴（克娄帕特拉）结合。不过结果相反。恺撒是胜利者。安东尼以失败告终，和女王双双自杀。公元前 29 年，屋大维回到罗马京城，成为英雄和统一大帝国的唯一的掌权者。但是没过多久他就向元老院辞去一切职务。元老院不同意，认为他是帝国不可缺少的领袖，在公元前 27 年奉上称号奥古斯都。希腊罗马的城邦共和制度告终，三头政治也完了，改为元首制。奥古斯都是没有帝国和皇帝之名的，统治跨欧亚非三洲天下的西方秦始皇。他迅速使自己成为活着的神，建庙，修祭坛，让全国的官、民、奴都崇拜他。他执掌大权四十年。公元

14年，奥古斯都逝世。耶稣基督十四岁。这是中国王莽天凤元年。《汉书·天文志》记载，这一年又出现大彗星。当时罗马和中国汉朝同样流行天人合一的占星术信仰，民族和宗教众多，思想混乱，统一的政治经济迫切需要统一的精神支柱。这大概就是奥古斯都企图建立帝王崇拜的国家宗教的原因。因此，我们还得知道那时的表现思想的语言文化的大体情况。

罗马帝国的主要文化流行语有三种。一是古老、高超、丰富的希腊语，通行于东南欧、西亚、北非，也是罗马人上层用的高级文化语。二是拉丁语，是罗马人的本族语言。公元前后出现了大演说家兼散文家西塞罗，大诗人魏琪尔，拉丁语也成为官方语言，通行于意大利、西欧、中欧。三是希伯来语，是犹太人的语言，有古文献集，只通行于本族人中。但犹太人除聚居西亚外还散居各地，多数人经商于城市，在京城的也很多，所以算是全国性的独立一族语言。他们信仰和崇拜的神是上帝耶和华，本来只是本族的神。希腊人拜的是奥林匹斯山上的健康快乐的男女群神。罗马人接过来起了拉丁名字，每年为几位神各举行庆祝节日，仿佛就是国教。可是全国上层虽有通行语，民间并没有统一的语言和宗教，方言很多，不拜共同的神。上述诸神以外，还有从埃及来的女神，从波斯（伊朗）、印度来的太阳神以及其他神，分别为不同职业的人所崇拜，例如水手、商人、军人等各拜各的神。帝国的统一需要精神上的统一，因此奥古斯都确定崇拜帝王的宗教，立恺撒和自己为大神，活在人间受礼拜。但是自封的神留不住人心。想得好，做不到。此时出现的基督徒不拜群神和皇帝，因而得罪，大受迫害。

奥古斯都做不到的，耶稣、保罗做到了，只因各自说了一句话。

耶稣说："天国近了。"

保罗说："耶稣基督复活了。"

天国美妙，谁不想进？下层人生活苦，想进天国享福。上层人生活好，更想进天国永远享受。怎么进去？信仰崇拜耶稣基督。他是人之子，又是神之子，在十字架上钉死，受苦难为世人赎罪，死了又活了。基督是希腊语的词，所含的意思是救世主、大救星。谁肯做他的信徒，谁就能得救。要崇拜基督，他已经流血为你赎罪了。再佩十字架，在自己身上画十字，自己也上了十字架赎罪了。清洗了罪孽以后自然轻松进天国了。律法是次要的，只需要受洗礼，向教会做贡献，就可以成为得到平等互助的教徒了。保罗打破犹太人的律法，对所谓外邦人、外人，一视同仁，使基督能得到普遍信仰。先在下层穷苦人中流行，后来越受迫害越兴旺，扩展到了上层。掌权的太监也信教了，最后进入宫廷。君士坦丁大帝中兴罗马帝国，公元 312 年，第四世纪，颁布米兰敕令，宣布基督教合法了。七天一休息的星期日由政府公布实行。基督的生日成为圣诞节。基督的生年成为纪元第一年，后来竟是公元了。

教会势力大了，就和王权对立抗争。帝国分裂，教会也分裂，内部又出现各派，对外也"以其人之道反治其人之身"，把自己受过的迫害加于别人，不仅对异教徒，而且横扫所谓女巫（妖女）。只要有人指出看见某女夜里骑扫帚在天上飞，就聚众把她烧死。把疾病、死亡、灾祸的责任归于女巫（妖女）。不过这些都是后话。

同一时期，在东亚也上演了同类戏剧。东汉时佛教传入中国中原，但无论胡人、汉人，很少人能懂佛祖释迦说的教义，无常、无我、寂灭等等，只知灵魂、轮回、因果、报应很新鲜，而这些是佛要求超脱的，印度的一般信念，不是佛所特有的。好在外来和尚多，什么经典都带来，来一部，译一部，越来越多。于是发现佛有很多，有过去佛、现在佛、未来佛，三世诸佛。释迦佛是现在佛，说完法入涅槃了。未来佛是弥勒，现在还是菩萨，在兜率天上享福，将来才下凡成佛。有《弥勒下生经》《弥勒上生经》为凭。崇拜弥勒佛可以上升兜率天宫到佛的身边，将来再和他一同下凡，做他的弟子。这太好了。弥勒菩萨的声望一时竟超过释迦佛。可是修行法门不明白，而且居然有造反的人打着弥勒下凡旗号做号召，所以通行不广也不久。到4世纪末年，东晋时，住在庐山的和尚慧远博学多能，约了一百多人组织"莲社"，提倡崇拜阿弥陀佛，主张念佛修行，往生净土。这一教派默默推行，到了7世纪，唐朝，盛行起来，直到今天。阿弥陀佛流传众口，名声高过释迦佛了。原来这位佛爷虽然已经成佛，但是并未寂灭，自有佛土，在西天，名为极乐世界。阿是无，弥陀是量，合起来就是无量。原经文中有称无量寿的，有称无量光的，汉语里音译的只是无量佛。据说，他成佛时立下誓愿，若有人口念他的佛号，他必知道。那人临终时若一心念他，他必前来接引那人去西天他的佛国，出生于极乐世界，不管那人生前有过多大罪孽，是行恶还是行善。这就是往生净土，换句话说，到佛国（天国）去复活。这一念佛法门简便易行，于是出家人、在家人见面就是一声阿弥陀佛。信徒挂上一串念珠，一百零八颗，念一声，数过一颗，一天念无数遍，这就是修行。这佛法传得如此之广远，以致清末民初通俗小说里的道士居然也开口闭口无量佛了。

同一时期又传进来一部《妙法莲华经》，简称《法华经》，是综合性经典，内容丰富。其中有一章（一品）专讲观世音菩萨的神迹。他的特点是闻声救苦。危急中念他的名号，他立刻就来救苦救难。菩萨都是男身，但他常现女相以便接近群众而且显得慈悲。他的称号就成为大慈大悲救苦救难观世音菩萨。这比临死才得佛接引去极乐世界复活的效率更高了。当然观世音，简称观音，随即名声大振。到明朝出了小说《西游记》，书里说，连神通广大的猴子孙悟空遇到急难也只好请观音搭救。小说现在化为电视剧，小孩子也知道这位菩萨了。

中国的，至少是汉族的佛教是崇拜阿弥陀佛、观世音菩萨的。至于立地成佛和即身成佛一类的修行更为直接，但实际也更为困难。例如禅定，出家人里认真修炼的不会很多，一般人不过是口头禅，说说而已。

公元 1—4 世纪，相当于中国的东汉到东晋，西边是基督教，讲天国、救世主、复活，东边是佛教，讲极乐世界、阿弥陀佛、往生净土、观音救苦救难。主要是崇拜，不是单纯信仰理论。理论有大发展，那是修道院和和尚庙里的事。在中国，情况不同，可能是因为希腊、罗马、印度都从古就有演说、辩论的习惯，而中国好像没有。太学和书院里不提倡辩论。历来习惯的是"不是东风压倒西风，就是西风压倒东风"，"一边倒"、唯一论。这是另一问题，这里只谈崇拜。

简单说，崇拜的意思就是一句拉丁话：Do ut des，就是说，我给为的是你给。这是交换，是贸易，崇拜不等于信仰。教徒不等于志愿殉道者。神若不赐福，不救苦，那就不拜，不献祭，磕头也是假的。

这样看来，公元 1—4 世纪，中国的东汉到东晋，欧、亚、非三洲相连的大陆上好像已经有了一个共同的思想信息场了。这可能是两大帝国的平行发展，正因为同是大帝国又平行同步，所以言语行为的接触交流更容易起作用，可以形成一个场。公元 5 世纪，罗马帝国分裂为东西，中国出现南北朝，仍平行同步。

统一场

崇拜必定有对象。对象不论叫什么，怎么说，实际上总是一个活人，或者是死而复活的人，所以活对象若是死了，就要接着崇拜他的遗体、遗物。埃及的法老王要在金字塔里保存木乃伊尸体。基督教徒不但尊重殉道者的遗迹，而且朝拜圣地，为争夺耶路撒冷出动几次十字军。基督殉难的十字架成为圣物。佛教徒尊重佛在火化后的遗骨（舍利），也朝山、拜圣地。汉族有修坟墓、立碑的古老悠久传统，要为祖先、圣贤立神主，作为代表，以便跪拜有对象。形象化的是神像。古希腊、印度用石雕，有大发展，留下许多艺术品。现代用更坚固的铜像。中国很早就有泥塑像、陶俑，后来有极生动的四大金刚、五百罗汉的雕塑，可惜的是不容易长久保存。陶进化为瓷。中国瓷器本来独步全球，于是有了瓷制的观音像。这些将崇拜对象具体化或者物化可以说是有全球一致的想法，不知道能不能算是一种场。统一场中少不了分歧，不会是处处一样。

崇拜实际上是一个一百年来新用的外来词，所以容易讲出它的世界性。汉语古来用不止一个词表示这个意义，随对象而不同。崇拜父母和祖先叫作孝。崇拜帝王，奴隶崇拜主人，叫作忠。《论语》里的孔子提倡孝，另外还有《孝经》。忠可不是他提倡起来的，他说的天子不过是统一帝国的招牌，君不过是一国的首脑。不知从什么时候起，忠等于忠君而且有了绝对意义。但是忠于什么还是大有讲究。例如宋朝的岳飞是公认的忠臣，被当作反叛杀了。他"精忠报国"，要"还我河山"，指的是谁的国，谁的河山？当时宋朝有两个皇帝被金国俘虏去了，又有新皇帝。他收复失地，迎"二圣还朝"，有了三个皇帝，谁做主？宋朝第一代皇帝就是"陈桥兵变，黄袍加身"起家的，最忌讳有兵权的人。三个皇帝稍有不和，一出乱子，难保"岳家军"不会照样给岳飞披上黄袍。那时的河山还的"我"就不姓赵而姓岳了。岳飞报国，报的是谁的国？他忠君，是忠于旧君，不是忠于新君。他完全有造反的可能性，所以说罪名是"莫须有"，说有就有，说没有就没有，是防患于未然，预防措施。大家心里明白就是了，是说不出来也不能说出来的。由此可见，"忠于"什么很难说。忠不等于崇拜，更不是信仰。有哪个皇帝相信，对他磕头喊万岁的就一定是忠臣？说穿了，意义只有一个，那就是 Do ut des，交换，不赚也不能亏。最好是一本万利。

谈了半天，谈的是古代两大帝国的一件事。能不能说这里有统一场中的平行线？难说。不过历史发展是仿佛有节奏的。公元初期几百年好像是突出的一节，欧、亚、非三大洲开始真的连成一片了。

1998 年

十字街头象牙塔

　　古希腊雅典的一个运动场附近，有一所仿佛花园的地方。园中游径上时常出现一位五十岁左右的老人自由自在来回散步。他身边紧跟着一些年轻人。一路上，老人口中断断续续说话，好像是随意谈天。青年们却都是聚精会神仔细听讲。有时也有问答，谈笑风生，夹着辩论，又不大像上课。不散步时，老人在附近一处房屋里静坐或是写些什么。青年们有些写字，看书，有些人谈话，讨论。有时，大家在室外或室内聚到一起，听一人讲演，或是互相论辩，不是各说各的，而是争论不休。这样过了十几年。由于形势有变，老人不得不离开雅典，两年后病故。可是这个地方的名字 Lyceum 传了下来，意义改了，不是散步的地方，而是学院了。17 世纪末期，法国巴黎新建一所讲学机构就以此为名。原来的那些走来走去在散步中讲学的人称为逍遥学派。那位老师就是世界上真正能算作伟大思想家和伟大学者的少数人之一的亚里士多德。他实在是世界上第一部百科全书的初版化而为人。他讲的方方面面的学问的希腊语名称都成了后来直到现在的那门学科的欧洲语名目，尽管是内容已大有不同。例如，伦理学、政治学、诗学、修辞学、物理学、形而上学（后物理学）、动物学、生理学、逻辑学等。还有他用的许多术语，如范畴、实体之类也传到现在照旧为人所用。可惜他讲的话那时当然没有录音，他写的书和讲授提纲以及学生记的讲义、笔记都散失了一千多年，只在亚洲保存一些。到15世纪欧洲文艺复兴时期才有人尽量收集，不断有人发现、整理，但已经残缺不全，而且往往分不清也断不定是不是确属他的亲笔了。

人的知识、思想是不断扩大、变化、前进的。两千几百年以前的圣人说的话自然有很多都过时了。所以这位逍遥派祖师真正留到今天还为人有意无意大量应用的主要是他关于语言思维的分析。除非你用的是非语言思维（非理性、直觉、灵感之类），你就很难逃出他设下的圈子。这就是主（语）、谓（语）、全称、偏称、肯定、否定（S、P，AEIO）等等。他开创了逻辑学，也打下了理性语法的基础。他开创了修辞学，内容自然和现在的不大一样，他讲的是哲学。

不谈这位圣人的学说，谈谈他的逍遥教学。办学院不是他的发明。他自己就在柏拉图的学院里学习过。柏拉图的前辈苏格拉底经常教导别人，但不是办学院的。他没有留下著作。从柏拉图所写的以他为主角的对话集看来，他是随时随地和人谈话进行教学的。和他们差不多在同一时期而稍早一些，雅典等地出现了不少无定所教师，笼统称为智者。不过，当时雅典人用这名称专指那些收学费，教青年知识和思想方法，以达到能演说、善辩论目标的散居教师。这个词传到后来成为诡辩者的同义语。20世纪的学者才为他们正名，认为这个名称的意义作为辩士还不恰当，应当尊为智者，因为他们用知识换取钱财并非耻辱，而他们所传授的知识和思想范围广泛而内容深刻，教人运用语言和思维的能力更有价值。但是那时雅典人可不这么认为。智者们不但被人看不起，还受到迫害。有的就去外地，有的还被判死刑。连不算智者的苏格拉底也受到公审，判决死刑服毒。他们的罪名主要是不信神和引导青年入歧途。实际上这些人没有反宗教，不反对希腊的那许多神，不过他们的思想言论在一般人眼中看不惯而且觉得危险而已。智者们的著述全部失传，只留下别人传的他们的片言只语和零星理论。他们之所以蒙受诡辩恶名，柏拉图等名人对智者的批判也起了作用。不过恐怕也不能说完全是冤案。一位著名智者留下来的一句话是："人是万物的尺度。"这样抬高了人自然就会贬低了神。崇拜神的人听了这话当然不会高兴。苏格拉底自辩说是相信神的话，但他还是到处去找证明。神的话不用说句句是真理，还需要什么证明？这不是怀疑神、不信神，是什么？

话说远了。回头再谈教学形式。柏拉图在雅典郊外建立的那所花园学校的名字 Acddemy（英）现在已经成为欧洲语中研究院的公用名。他在那里和学生一起讲授并讨论许多高深哲学问题，留下一些以苏格拉底的名义唱主角的对话集。这个闭门构拟由哲学王管理的几何图形似的理想共和国的研究院可以说是脱离尘嚣的所谓象牙之塔。尽管柏拉图本人曾参与政治以致流放他乡，他的学校还只是专门研究学术的场所。智者们就和他不一样。他们到处为家，谁出钱请教师，就去教谁，简直像是江湖卖艺的。可以说他们的学校是在十字街头。亚里士多德的在空地上逍遥散步教学仿佛是兼有二者的特色。到 20 世纪初，印度的泰戈尔在野地上办森林学校，在树下上课。开始时仅有五个学生，包括他的一个儿子（后来发展成为国际大学，就渐变为普通学校了）。这种教育形式有点像古希腊亚里士多德式。但泰戈尔是打算恢复古印度的老传统，与希腊无关。这就引导我们去看同一时期，即公元前 6 世纪以后的几百年间，是不是曾经有过世界性的同类教育潮流。

放眼一看，不禁大吃一惊，原来从西到东，从希腊、埃及、伊朗、印度到中国，依据我们现有的文献和文物知识，在这几百年间，世界（亚、欧、非）各地都有无定所的游方教师传播知识、思想、信仰，而且继续下来，一直和有定所的学校教育并行。在这公元前几百年的全盛期以前一定还有长期的传统。例如荷马游行各地演唱史诗就是用这种形式教育听众。不过缺少文献记载无法知道详情。忽略这一方面，只重视学校课本，也就是所谓经典，那自然会有一些文化的传播与发展中的问题难以解决。现在不妨简略观察一下人所共知的显著情况。

在希腊西边的意大利半岛上，公元前6世纪，也就是中国的春秋后期，出现一个组织，为首的名叫毕达哥拉斯。这些人说希腊语，在各地活动，曾有一个时期在一个城邦得势掌权，使国力强盛。后来被推翻，首领失踪，从者分散各地隐蔽起来。组织形式没有了，但他们的活动并未随即停止，仍有影响而且长期流传，可以说是直到今天未断。他们自己没有文献留下来，只在同时和以后的别人的著作中保留了一些记述。这些人是游动教育集团成员，又是实际政治家、宗教活动家。通常说他们是教派或学派都不准确、不全面。他们有宗教信仰，有组织戒律，保守内部秘密。据说他们主张灵魂不灭，生死轮回流转，甚至到处都是生命的精灵，还认为有地下世界，即地狱。说这一集团有宗教性质是不错的。但是这些人的言行在当时地中海文化里是独特的，和希腊的宗教大不相同，反而和同时期的印度次大陆上流行的许多教派很有相似之处。他们的政治主张和行为明显是反对当时的希腊城邦实行的民主。他们主张和实行的是后来所谓寡头政治，既非君主，也不是民主，大概像是后来罗马的前后三雄统治。更重要的是他们的学说。据说哲学和数学这两个希腊语词是他们创始的，一直应用到现在的不少欧洲语言中。他们认为地球不是宇宙中心，不是太阳绕地球转。据说哥白尼承认受到这一说法的启发而研究日心说。他们分辨出了天体的视运动和真运动。他们特别看重数，说是一切出于数，因此在数学方面尤其有贡献。直角三角形的三边关系，即勾股定理，到现在还称为毕达哥拉斯定理，是他们首创的。他们提出并企图说明奇数、偶数、质数以及它们之间的关系，还尝试证明几何图形和数的关系，说，点是 1，线是 2，平面是 3，立体是 4。他们还依据数考察音阶之间的关系，对于后来的音乐理论也是开创。在哲学方面，他们说，对立或相反是基本定理，列出十项，首先是有限和无限。这无限概念也是他们的创见。长期以来，这个教派或学派或游行教育集团或兼有宗教政治哲学科学理论及实践的奇特组织的来源和去路都不清楚，但讲文化历史、哲学史、科学史以至于宗教史的都少不了要提到他们。现在看来，他们的活动正是那一时期欧、非、亚三洲的传播思想和知识的游行教育大潮的一部分。这些人是名副其实的教师。他们的教化是面向群众，不限于一地，不拘于一格，在十字街头。但是他们的学说很专门，表面粗浅，内容深奥，只好在象牙之塔里学习研究。所以他们所建立的是十字街头上的象牙之塔。自己内部互相切磋、辩论，对于广大的听众则是传播、普及新知识、新思想，又迅速，又有效。他们是以毕达哥拉斯为首的或说是为宗师、为教祖的游行教师队伍，是兼有宗教、哲学、数学、科学、政治的理论和行动的特殊组织。

北非洲的埃及一带在古代是地中海各种文化集中、交流、传播、发展的区域，差不多延续到 15 世纪欧洲文艺复兴。公元前 6 世纪时也是这种情况。传说毕达哥拉斯就到过埃及。那里当然有游行教育，但详情不悉。

亚洲的波斯帝国（伊朗）占据广大地域，和希腊作战不止一次。公元前 4 世纪马其顿王亚历山大率领希腊大军远征印度通过这里。还有希腊军曾进入境内参加内战失败后狼狈退回，其中一个将领色诺芬写出《远征记》传了下来。有武必有文。这里有所谓拜火教，拜光明，反黑暗，起源可能早，但现有文献较晚，约在公元前后。此教传入印度存到现在，信教族称为帕西人（波斯人）。其派别传入中国，变相流入民间，后来叫作明教，也许和明太祖朱元璋参加的元末农民起义军有关系。波斯人和拜火教以外，有说希伯来语的犹太人和犹太教。他们的经典为基督教所接受，因为耶稣基督是犹太人。中国前汉时人说这里和中国西域邻近的国家是大宛、大夏、安息。可惜现在说不清楚公元前几百年这一带的思想知识传播情况。可是一越过冰雪（喜马）堆积（阿拉雅、阿赖耶）的喜马拉雅山脉向南到印度次大陆，这时期的情况就比较明白而且热闹了。

雪山以南有两条大河由北而南一向东一向西流入大海。在这两河及其分支流域的广大平原上散布着森林、农村、城镇。大雪山挡住了北边的寒气，所以这里气候炎热，只有雨季、寒季凉快。大约公元前6—前5世纪时，这一大片土地上出现了种种不同思想的游行教化高潮，热闹非凡。本来这里的居民中有一些自称婆罗门种姓的人，以替人家行祭祀、做法事、念经咒为业。他们拜的神多种多样，相信的是上有天界，下有地界，人死后有灵，做法事必有善报，语言、语音有特殊性能和神秘意义。经咒只有他们会念，自己内部口头传授。祭祀、做法事的复杂方式、程序也是他们内部秘传，不写下来，不教外人。到这一时期，情况发生了大变化。

有一些人进森林修道，带家庭，收徒弟，传授新的神秘道法，也不外传，仿佛是许多小集团建立自己的象牙之塔。他们自己生产，独立生活，不归属任何人。他们修的什么道也不公开，也不著书立说发表。后来渐渐有零星文献传出，称为"近坐"（upanisad），大概是师徒密谈传法的意思。陆续一篇篇传出来，有长有短，成为经典。接着有人照样写，成为一种文体，中国向来译作《奥义书》。其中最古的最为人知的"圣言"有两句，一是"那个，你就是。"或翻译作"你是那个（它）。"（tat tvam asi）一是"非也。非也。"（neti，neti）对这些书里的理论和传说历来有种种不同解释。这些人的理论和实践显然和那些念经作法的婆罗门不同，可是后来被人归作一脉相传了。

又有一些人到雪山上或旷野里修炼道法，说是"热烤"（tapas），意思是修苦行。他们用种种方法磨练身体和精神。有的方法过于奇特，难以确定是神话还是事实。不过有些好像是锻炼身体和精神的方法，有系统理论解说传了下来，称为"瑜伽"，意思是联系、结合，古时意译为"相应"。不同教派各有自己的一套，名同实异。其中有静坐修炼调节呼吸的一种，仿佛中国的道家的或者禅宗的修行。形式上可以说是一类，但有根本区别。如果没有真正可靠传授，千万不可自己独学，容易"走火入魔"。瑜伽功现在还有，而且几乎传遍世界，但现代的这些不同方法和说法是不是和印度古代传统一致就难说了。这些人和那些早期念经咒做法事的婆罗门也不是一回事，可是后来被人归到一起了。

另有一些人走上十字街头，在乡村和城镇里游行讲道，公开传法授徒。有的个人独行，分散传道。有的结成团体，日渐庞大，内部又分派别。传授的思想内容高深，但能简单化传向大众。内部辩论深奥而激烈，分歧越来越大，对外宣传却常用说唱故事形式，浅显易懂。他们真正建立了十字街头的象牙之塔。据说这一时期出现了几十种这样的派别和理论。传法人都是靠得到信徒的施舍做生活费，没有别的职业。他们用知识和思想换成物质维持生活，和古希腊的收学费的智者是同一路上的人。这些人中的两大集团至今还在。其中之一限于本土，近来才向外发展。另一个长期广泛传播、开拓、分支、发展，在两千年前就已经国际化，成为世界一大宗教，而在本土反而消失了将近千年很难复兴。以下稍做详谈。

公元前 6 世纪在印度河、恒河流域的大平原上同时出现了两位伟人。一位被人称作耆那，意思是胜利者。他所建立的宗教也就被人称为耆那教，一直传下来，在现在印度还有不少信徒，近来据说也开始向境外邻国传播。另一位被人称作佛陀，意思是觉悟者。他所建立的宗教也就被人称为佛教，如今已传遍全世界。两教所宣传的教义有共同之处，例如，都承认生死轮回世间是苦，要求修行达到超出生死的解脱也就是寂灭境界，都提倡出家剃发修行，放弃财产，靠乞讨生活，有组织戒律，戒杀生，不过也可以在家修行，遵守不那么严格的戒律，等等。但这只是表面，实际上双方差别很大。耆那教认为世间充满可见和不可见的生命，万万不可伤害，所以至今都以戒杀为最高的第一教条。他们用的"戒杀"（ahimsa）这个梵文词在佛教里也是一个术语，中国古时翻译做"不害"，但佛教戒律里的戒杀生用的不是这个词。这个词的英文翻译通行世界，汉译是"非暴力"，意义广泛，由宗教、道德扩大到政治。两教的戒杀相同而又不同。耆那教有"可以是论"或"也许是论"或称"非一端论"（syadvad）是独有的。佛教理论把无常、无我越讲越深，越广，也是特殊的。这仅是举例说明理论差别。耆那教对出家人严格要求一无所有，因此连身上披一块布也不行，只好裸体。炎热地方的人穿的本来就少，古时人对于袒露也不怎么避讳，裸形修道的也不只这一派，可是教内仍有分歧，于是分为两大派。一是天衣派，原文的意思是以空间为衣。现在还有，不过不常出来传道了。一是白衣派，用白布裹身。两派分裂后各自独立，连所传经典都分派了。佛教出家人身披袈裟，是染色的，名称原是指那种颜色。也分裂为许多派别，传到各地各民族，也有变化。双方同有的最大变化恐怕是原来游方教化以乞讨为生，后来有了庙宇，坐受布施，逐步扩大，有学问的出家人就探讨理论，互相辩论，进行著作，分歧越多，文献也就越多了。特别是佛教传入中国，见什么就译什么，不怕重复，保存的比原文留下的更多。结果是高深教理从十字街头进入象牙之塔（塔本是佛教用语），最后是大堆的很少人能全读而且读懂的原书及译文，由各派教师做各种解释传授了。

雪山以北向东便到中国古时的西域、现在的新疆。公元前6—前4世纪正是春秋后期和战国时代，黄河长江流域热闹非常。从孔子开始有了带门生周游列国讲学论政和著作的风气，出现了诸子并出即所谓百家争鸣的现象。不过跟前面所说的相比较就显出很大的差异。无论是地中海沿岸还是印度次大陆，那时的游行讲学者主要不是为政治、为参政做官，而是各有一套学说，在中国一般人看来不免是在象牙之塔里钻牛角尖。他们是以讲学授徒说话为业，著作为辅，所以对语言修辞、思维方式都很重视。尤其是在印度，教祖及门徒都重口传而轻书写。咒语更是一连串的声音不可错乱。佛经开始总是"如是我闻"。《楞严经》中说："此方真教体，清净在音闻。"这和中国的以政治为先，人事为主，不能行道就由本人或门徒或托名的人用文字著述流传，不一样。文体也有差别。外国的对话像口语，论文像讲演记录。中国的除孔、孟的对话由门徒记下的是生动的口语而且往往有戏剧性以外，《庄子》里的多半是假借拟作的对话就有时显得造作、生硬。此外，署名老子、墨子、荀子、孙子兵法等的书几乎都是文章，不注重对话。《韩非子》一开头就是"臣闻"，更是上奏章，提建议，论政策了。依我看，就现存的文献说，那一时期的中外著名作品，若论文体的精美多变，那是中国的高，若论语言的生动活泼，那是外国的强。还有，中国诸子发言立论的对象，书中所记的听的人，门徒以外多半是君侯、掌权者。外国的书中口气除对门徒、学生外多是对一般人说话。亚里士多德做过亚历山大的幼年启蒙老师，但他的书是为逍遥教学的学院学生讲的，不是为哪位王爷的。柏拉图策划的理想国里，当"哲学王"的也不会是真正的君主，掌权者对于那样的国王不会有多大兴趣。佛陀的信徒中有国王，但他说法的对象不是"转轮王"。中国是帝国，有天子、诸侯。外国是一些城邦和分散的独立小国，也许是因此，中国的游行教师会更多将面朝上提主张、建议，外国的游行教师更多面向普通人吧？

接下去中外历史上出现了重大的分别。

公元前 4 世纪以后，罗马兴起，前 1 世纪，前三雄中胜利的独裁者恺撒被刺，接着他的外孙又在后三雄中成为独裁者，建立罗马帝国，自称奥古斯都，是第一代皇帝。不久，犹太人耶稣诞生了。这就是公元第一年。耶稣成为新宗教的教主，被信徒尊为基督，就是救世主。犹太教徒不承认，把他钉死在十字架上。但是基督教日益壮大，终于得到帝国承认为国教。罗马教廷的教权随后超过了王权。5 世纪西罗马帝国灭亡，教权更大，一切教育文化都归教会掌管。后来许多王国中有的王权渐大，要和教权对立。12 世纪后期，巴黎的一些学术组织合力建成一所学校，就是巴黎大学的前身。1200 年，法国国王宣布巴黎大学正式成立。可是没过多久，大学的领导权仍归教廷，由当时的教会管理。大学设置四科，文科是基础科，高级的是神学、医学、法学，实际上神学贯串各科，经院哲学居于统治地位。在哲学争论中不合教廷宗旨的学说和意见一概不准讲授。直到 15 世纪文艺复兴和宗教改革以后才有变化，大学学术开始脱离宗教管辖。

东罗马帝国虽然勉强维持到 15 世纪才亡，但疆域越来越小。公元 7 世纪伊斯兰教先知阿拉伯人穆罕默德创教后，势力迅速发展，向东传教到波斯（伊朗）全境，也传进中国，向南进入印度次大陆，向东南传到马来半岛、印度尼西亚群岛，向西包围东罗马，占领非洲的埃及和欧洲的西班牙。政教合一的称为哈里发的一代又一代教主同时掌握教育文化大权。不过内部分成了两大派。一直到 20 世纪初期，土耳其发生革命，伊斯兰教各国才各有不同变化。他们在早期曾经吸收东罗马的希腊语文化传播到欧洲的拉丁语文化中，对文艺复兴起了作用。

中国的情况不一样，不是以神的名义，而是以帝王名义直接掌管文化教育。外国尊的是神。中国尊的是圣。在诸子周游列国讲学见诸侯以前，据孟子说，殷、周已经有庠、序，也就是国立学校，但此说似乎尚未核实。春秋战国时是诸子游行无定所讲学。公元前3世纪秦统一天下，设博士官，收弟子，有了统一的正式官学。汉代继续设博士并成立太学即全国唯一的最高学府。规定经过推荐和考试才能入学做官，以儒家的经书为唯一必修科。最高考试的主考官是皇帝本人。考生要面试，即殿试。考题是策问。考卷是对策。主题是国家大事、高深理论。"臣闻""臣谨对"正规化了。考试答卷要写成文章。前汉时最有名的对策是贾谊的"痛哭流涕长太息"的《治安策》和董仲舒的所谓"天人三策"。读书为了应考，应考为了做官，所以读书必须读政府所规定的经，附加读史也就是收集讲经的资料。民间读书教书的都当然以此为准则。打柴也不忘读书的朱买臣终于自学成才做了大官，后来人把他的事迹编成戏一直演到现在。这个读书、考试、做官的内容虽然历代有改变，但程序历时两千年以上毫不动摇。清朝设有翰林院，就是皇帝亲自主持的读书写作班子。考到最高层殿试被皇帝看中录取的有希望选上翰林。但仍要按时作文给皇帝批阅。有的人被看中能入皇帝的南书房"行走"，名为陪着读书，实是得到接近皇帝的特权。期满"散馆"考试后分配官职。有人被派出去当"学政"，成为"学台大人"，代表皇帝当主考官到地方上用考试选拔人才。这一套经过长期演变而固定下来的程序是中国独有的，对中国文化思想影响之大无法估计。孙中山认为这是中国特色，因此在他拟出的"五权宪法"中有考试权，在政府五院中有"考试院"。真正重要的还不是形式而是考什么。中国特点是考文章，而文章是直接间接对皇帝跪着说话。当然不能像贾谊那样"痛哭流涕"，只能歌颂、浮夸、说大话、讲空话、排列漂亮话。不仅考试要歌功颂德，连写信也必须在"大人阁下"之后紧接着"恭维"一通四字六字的对偶句套语，说好话歌颂并祝福对方。学会这一套很不容易。这是当秘书，古称记室或书记，是考不取的文人的出路之一。三国时陈琳，唐朝大诗人李商隐，干的职业就是这一行。若不懂这些考生、书记之类行业，恐怕对中国文化尤其是文学的了解难深、难全、难透彻。这种文风不足为奇，印度古诗文也有浮夸风，不在中国以下，但是连内容立意都得遵照、揣摩当时阅卷者、朝廷、皇帝的意思，这就是由考试做官决定的中国独有的特色了。这种诗文作法很快成为习惯，扩大开来，就是以"上峰"的意思为自己的意思而自己没有意思。应考、应酬所作诗文都是像秘书替主人写信、办公文一样的代笔。若有人自己有什么要写，那就只得另取体裁或则换笔调用隐语了。这也许是汉语古典文学作品风格复杂多变，典故和歧义繁多，因而难懂处超过其他语言文学的原因之一吧。

　　从以上所说看来，外国的教权，中国的皇权，是千百年间文化教育的主宰（近代外国又加上财权，不必多谈），有定所教育是主要形式了。仔细考察就会发现并不如此。权的力量无论如何广大深远，究竟是有限的，不能遍及一切，深入人心，永恒不变。所以同时照旧另有民间的种种不同的教育形式。可以说是一在上，一在下，一处显，一处隐，一是威力堂皇，一是潜力巨大。举例说，中国的最古文学结集《诗经》本来有四家传授，前汉时立于学官，应考必读，可是到了后汉，四家全亡了，反而是没有列入学官的姓毛的传授的《毛诗》独自流行到现在。再说，游行教学就从来没断，不过是口头语言占大部分，文字记录仅是留下的痕迹。例如，基督教、伊斯兰教、印度教都曾有过同佛教相似的托钵僧游行四方，募化、说法，所宣传的不大合乎正统规定甚至违反，可是往往被别人归入那一教的名下，而那些宗教的名称又多是教外人取的，不足为凭，所以这些人对于加在他们身上的那一宗教的牌号是游离的。他们的水平高低不等。杰出的常是诗人、思想家，歌唱自己的创作、宣讲自己的思想。中国更有一特色。民间说唱一直未断。势力一大，官府就会采收入官，当然加以删改编订。最早是《诗经》，收罗风谣，然后是汉代乐府。官府力量来不及办这件事了，于是上层文人加以利用。《楚辞》大概就是这样编订出来的。词、曲、小说都照此轨迹演变。这一过程有利有害，不必多谈。这是广泛的民间教育行动的一种则毫无疑问。老百姓的关于三国、隋、唐等时期的历史知识是从这里来的。他们知道的曹操、诸葛亮、程咬金和历史书上不一致。曹操的白脸很难改成红脸，足见其潜力之大。差不多各国、各民族、各时期都有过这样的象牙之塔和十字街头的双重教育形式。仅看一面很难说明民族文化的显、隐两面，很容易犯以偏概全的毛病。

　　谈来谈去，话说回来，那位古希腊的逍遥教学的老人亚里士多德已经两千四百岁了。现在还能那样在花园里散步讲学吗？抬头一看，面前是广场，广场是一座高楼，什么十字街头，什么象牙之塔，全不见了。在愕然中，我听到了一阵笑声。不知怎么，我忽然相信，发笑的是讲《逍遥游》的庄子。他也有两千四百岁了。不过他爱说"悲夫"，怎么会笑呢？难道逍遥之中不分悲和喜吗？那又何必计较教学形式呢？

1998 年

二 圣

　　古代圣贤好像往往是成对的。不妨看看欧洲和中国的几位哲学思想家。

　　从古希腊算起，柏拉图、亚里士多德是一对。一个讲两世界，"理念"世界才是真的。一个讲本质及其属性。中世纪讲神学的，先是奥古斯丁，讲《上帝之城》，是新柏拉图主义吧？后来有托马斯·阿奎那，把亚里士多德也请进神学，说古希腊这两位异教师徒并不是互相敌对的，而是串通一气的。"吾爱吾师，吾尤爱真理。"学生说这话表面上背叛了老师，实际上还是继承他的。两位都可以在基督教神学中携手，同为上帝效力。近代开始，权威消失，圣贤多得很，最出名的大概是笛卡儿、培根。前者以"我思故我在"闻名。后者留下来的名言，在中国也许是"知识就是力量"，而不是破除"偶像"。快到现代了，当然康德、黑格尔有最高的"知名度"。一位的招牌是"物自体"。另一位的匾额上前面是辩证法，后面是绝对精神。所谓欧洲古典哲学仿佛是到此为止，最后两位巍然如西湖边上的南北高峰。

　　在中国，毫无疑问的最早的"二圣"是孔子、老子。一儒、一道，都是开山祖师。佛教是外来的，不论怎样变化，拜的总是"西方圣人"，这不算。那么，下一对是谁？一个是董仲舒，以"天不变，道亦不变"出了名，是大儒家，讲"春秋大义""天人感应"。另一位配得上的恐怕只能是比他晚得多的王弼。他是讲《易》《老》的玄学家，早夭，名声不大好。汉魏以后要算唐代，可是大哲学家不怎么多，文学盖过了哲学。两位文学家兼哲学家的是韩愈、柳宗元。韩是大儒家，树立了"道统"。柳在这十几年前曾以《封建论》骤享盛名，看来不大正统。再以后就是宋代的朱熹、陆九渊了。朱是道学先生，在元明清三代独霸儒学，至今余风犹烈。陆不大正统，很快就被压倒了。幸而明代出了王守仁，继承了这派心学，却打着"朱子晚年定论"的牌号，和朝廷尊崇的朱学暗暗相对。朱是明朝皇帝的本家，公开反朱是不行的，可是谁也知道王是反对朱的。明朝皇帝亡了国，许多人不说是由于皇帝糟糕，倒说是王学捣乱的结果，王也就被压下去了。这以后到了近代，异说纷起，随后外来的把本土的比了下去，谁是圣贤，难说得很了。

算了一通哲学"二圣"账，并无比较之意，倒是从文学角度看出点有趣的苗头。柏拉图瞧不起诗，拒之于理想国之外；可是他写的《对话》往往诗意盎然，讲美学也从他算起。亚里士多德作《诗学》，却是道貌岸然，诗意欠缺。奥古斯丁有部《忏悔录》算得上文学著作吧？笛卡儿、培根都会写文章。殿后的"二圣"的文章和道理艰深得很。幸而黑格尔有些书是讲课记录，还像点文章。孔子讲诗又删《诗》，"放郑声"。他讲的诗是庙堂的雅颂，政治外交伦理道德，不是文学。老子"绝圣弃智"，他的玄言奥语倒有诗意，还有韵律。韩、柳都是文人兼诗人。殿后的"二圣"朱陆也是文采不足。他们都作诗，还以诗论战，可是诗味不足，重"理"轻文。

哲学和文学好像总有点矛盾，甚至在一位圣人身上也会表现出来，可是又好像联结着解不开。道理难讲，算是文、哲"二圣"吧。

1988 年

平行名人传

公元初期，罗马帝国的普卢塔克用希腊文写的《希腊罗马平行名人传》，我很早就知道，后来看到英译本时忙着别的，只能匆匆翻阅，无意全读了。至今留下较深印象的是罗马大将费边用迂回拖延战术和持久消耗战略，以缓进对急进，打败入侵的汉尼拔，留下名声而被同时人讥笑。直到 20 世纪萧伯纳等人还用他的名字组织费边社鼓吹社会主义。非洲迦太基的大将汉尼拔打进罗马纵横驰骋，终于失败回国，最后死于他乡，有点像我们战国时燕国的乐毅。这本《名人传》在欧洲文艺复兴时期走红，莎士比亚的几部罗马历史剧从中取材。作者著书原意是借对比古人发表自己的伦理道德思想，结果是作为历史书流传，最后只被认为是文学名著。是不是文学比较能经历长久供各时代各种人欣赏不失时效？

我忽然想到这本书是由于对这种平行比较发生了兴趣。普卢塔克将一个希腊名人和一个罗马名人配对，平行写传。这成为一种体裁，在外国好像是前无古人，后少来者。但在中国史书中却是大家习以为常的体例。《史记》的列传不立栏目而往往将同类的人相连。《货殖列传》将几位有理论有实践的经济学家排在一起。以后史书都有"儒林""文苑"等传将历史人物分类排比，也就是平行立传。此外还有没有平行传记？

我想到这一点是由于有人向我提到《三国志》，晋朝陈寿的这部书本来不是官修史书。那是私人著史开始的时代。三国不是一个朝代。《三国志》只是一些传记，没有志、表。在这方面，陈寿倒像普卢塔克，希腊罗马不属于一个时代，名人却能排队评比。三国鼎立其实只有四十几年，从公元220年曹丕建魏，汉朝灭亡，到公元265年司马炎灭蜀又灭吴随即称帝灭魏建晋。因此晋朝习凿齿著论文认为晋不是继魏而是承汉，如同汉不是继秦而是接着周朝。当时朝廷为了掩盖司马懿父子同曹操父子一样"挟天子以令诸侯"，有一番争论。《三国志》把后汉末期算进魏，把汉臣曹操作为魏皇帝。到唐太宗主编《晋书》时就亲自写出司马懿的传，不说是魏臣而作为晋皇帝。这样一来，《后汉书》中没有曹操、曹丕的传，《三国志》中没有司马懿、司马昭的传。人和事都有而没有独立传记，照这样，周、汉、唐三大朝代包了历史。转变和创立制度的秦、魏、隋夹在中间，还有个复古失败的"新"朝王莽，全都含糊过去，只剩挨骂了。唐朝还有个短命的"周"朝武则天也是一样。历史书总是必须符合当时朝廷需要的。后来的官修史书更不必提了，直到《清史稿》还出现这类问题。（对孙中山应当怎么提？）

不谈史书，还是谈平行传记。秦始皇、王莽、曹操、隋炀帝、武则天历来是平行并列挨骂或受捧的，只看当时需要如何而定。这且不说。曹氏父子和司马父子正好是成双成对"先后辉映"的。《晋书》里引习凿齿的论文，替司马懿说话，想表明他不当皇帝而做臣下的苦心，也就是明为臣而暗为帝。所以称帝的不算皇帝，而称臣的反倒是皇帝。唐太宗保留习凿齿的议论而亲笔给了司马懿几句不算恭维的评语，处理得绝妙，符合自己身份。

和司马懿配对，曹操不如诸葛亮。"六出祁山"，两军对峙，你不打我，我不打你，双方都是兵权在手，"将在外，君命有所不受"。只有该死的魏延要去出兵子午谷，真打，想统一天下，自己立大功。不知他安的什么心，真是有"反骨"。诸葛亮的"隆中对"早就建议刘备，明反曹操，暗袭刘表、刘璋。让吴去对付魏。自己夺汉本家的地盘，决不要真打曹操，反曹只要喊得响，调子唱得高就行。明对敌而暗对友，指东打西，这套谋略可以上溯管仲，下到曾国藩，而以诸葛、司马为魁首，连日本都学去了。第一次世界大战，日本对德国宣战，打的是中国的青岛，占去不还，以致巴黎和会引起"五四"运动。第二次世界大战，日本高唱打欧美白种人，实际上攻打、占领和奴役的是亚洲黄种人。

《三国志》本身很简单，不过是分列三国，排列出一些名人传记，表明晋朝司马氏不是篡魏而是继承汉朝，这部书经裴松之一注，加了许多花絮，再一变成《三国演义》，就大非昔比了。又有毛宗岗评点修订，再成为京戏，化为电视剧，各取所需，家喻户晓，实际结果无非是宣扬曹操、司马懿、诸葛亮的三位一体的谋略罢了。骨子里是一套平行三人传。若照普卢塔克将名人一一配对，写出平行传记，也许可以显示历史奥妙。不知有没有人尝试？曾国藩、李鸿章的传记不是已经有人写成小说了吗？两人正是诸葛、司马的继承人。但小说作者好像并没有觉察古今历史中平行人物的奥妙以及时势和名人的内心。唐太宗评司马氏可就高明多了。

也许世上名人生来就是一对一对的。前有亚历山大从欧洲打到亚洲，后有成吉思汗从亚洲打到欧洲。前有牛顿，后有爱因斯坦，有了莫扎特，就有贝多芬。至于同时的就更多了。有张三就不能没有李四。"两间余一卒"，不是太寂寞了吗？因此，既生"瑜"，必生"亮"。

1995 年

闲话哲学

甲:《中华读书报》记者1995年年初访问由美归来的李泽厚教授。李说:中国只能说有"半哲学"。真是"快人快语"。这自然是以欧洲哲学为标准的说法,就是说,中国没有,或很少有欧洲的那种所谓"纯哲学"或"形而上学"。我看这是许多人都知道的事实。"哲学"以及"思维""存在"等术语和系统都是外来货,和"圆寂""空""有"属于一类。一说中国"哲学"就必然要用欧洲的一套说法在中国古籍中寻找对应,把中国的讲成外国的,往往忽略了中国独有的。

乙:那么,用"中国本位"讲外国,行不行?我若用阴阳、理气、仁智等等讲柏拉图、康德,怎么样?讲可以由我讲,只怕外国哲学家不懂我讲的是什么,不承认我讲的是哲学。可以用五线谱记二胡曲,能不能用工尺谱记钢琴曲?

甲:吴宓在日记中记过陈寅恪早年说,中国哲学不行,史学高超。《吴宓与陈寅恪》里抄了这一段话。这类话,大家"心照不宣",不过不说出而已。一说"哲学",就落入欧洲系统的圈套,"相形见绌"了。我们没有修道院和寺庙去住下做"终极关怀"。

乙:欧洲、印度、中国三方确实是"殊途"而不见得"同归"。彼此所关心和所问的问题不同。欧洲人问的是"思维"和"存在",

或者说"人"和"神"，前提或出发点是灵魂不灭。印度人也问"人和神"，但着重在信仰，出发点是"轮回""业报"。中国人问的是"人和人"，着重在行为，对"神"是"敬而远之"，不问。出发点是"活人"，所以讲"长生不老""往生净土（极乐世界）""即身（立地）成佛"。这也许是因为中国人从最古就着重祖先崇拜，父传子，子传孙，传后代。神都是活人，或者活人死而为神。欧洲人，或者说是地中海沿岸的欧、亚、非三洲边缘的人回答自己提出的哲学问题，传到现在。中国人不问那些问题，所以也不理睬那些答案，用他们的说法是取为我用，和历史上对待佛教理论一样。

甲：算了。我们是闲谈，别谈什么哲学问题，免得惹人笑话。

乙：那就讲讲故事。胡适是哲学博士。他的博士论文我记得是讲"先秦名学"，也就是中国古代逻辑学。听说当时难找审查人。汉学家懂汉文，不懂哲学。哲学家懂哲学，不懂汉文。谁也不能断定中国古代有没有逻辑学，甚至有没有哲学。结果只好分别请人审查通过。

甲：分别审查不稀奇。冯友兰的《中国哲学史》上册出版时要作为清华大学的丛书，请哲学家金岳霖、史学家陈寅恪各写一篇《审查报告》通过。这两篇名文都是发挥自己的见解，一讲哲学，一讲史学，除建议通过外，乍看好像都没有讲冯的哲学史，再仔细想想，原来两人讲的就是哲学史，或中国思想史。若作为书评，无论思想内容、学术见解、表达方式，借用日本围棋界的说法，都是"超一流"的。可惜还缺少"笺注"来揭发其中的奥妙。不知道我记错了没有。

乙：说过不涉及专家之学，你自己犯忌了。再讲故事。蔡元培当北京大学校长，开办哲学系，看到梁漱溟的《究元决疑论》（？），请来开印度哲学课，讲义是《印度哲学概论》。中国哲学史当时是一位老先生讲，冯友兰那时还是学生，据他说，讲了一年才讲到周

107

公，连孔子都没讲到，原来讲的是《易经》。那时很少人懂得什么是哲学史。因此，一知道胡适在美国成了哲学博士，论文是《先秦名学》，讲中国逻辑，立刻请来开这门课，讲义是《中国哲学史大纲上卷》。中卷卡住了，讲不清佛学。胡适研究禅宗是考证历史。于是请来了汤用彤。他在哈佛大学研究欧洲哲学，学过梵文、巴利文，在"支那内学院"讲过印度哲学（外道），学过佛典，所以他开出了"印度哲学史""欧洲大陆理性派哲学""英国经验派哲学""魏晋南北朝佛教史"，后来专讲"魏晋玄学"。一个人兼教欧、印、中国三方哲学的好像还没有第二人。他不像熊十力、冯友兰那样费工夫去创造哲学体系。他讲的是史。

甲：说来说去，说的是哲学还是历史？30 年代初期，胡适和张东荪各自做过一次公开演讲。胡先讲"什么是哲学？"张后讲"什么不是哲学？"各讲各的，各有各的道理。

乙：我看还是陈寅恪说出了奥妙，中国人长于史而短于哲。我看中国人对史和诗也不愿意分清。

甲：所以现在《周易》神气得很。这是中国独有的包罗万象的文献，要什么有什么，诗、史、哲全有，还有另外的。欧美人进去如进迷宫或宝山。他们没有阴阳、乾坤。

乙：陈寅恪提到的"湘乡（曾国藩）、南皮（张之洞）"难道不神气？不过不露面就是了。

甲：再回头谈李泽厚。他说是已译《论语》为白话。原来他是在构拟又一个孔子。看起来照旧是史、诗不分，不知哲在哪里。《论语》这部书，要分别齐、鲁各弟子和汉朝人所传，要作形式内容分析，可能出现种种"孔子"。有"原始佛教""原始基督教"，谁能讲"原始儒家"？依据什么？

乙：别谈了，到此为止吧。

1995 年

108

"解构"六奇

法国德里达等人提倡的所谓"解构",七八十年代在美国神气起来。我们不可望文生义,也不可认为这只是和结构主义"对着干"。外国人不那么重视学术招牌,不大管"正名",只讲术语和逻辑。德里达的文体很古怪,用词特别,推理不同寻常。若不明白当代欧美人心中的参照系,不注意他们以为大家都已知道而没有讲出来的话和要探讨的问题,不知德里达拼命反对"逻各斯中心"传统是怎么回事,那确实不大好读。不过加以中国化解说似乎也还可以懂。试试看吧。姑且解说一下六条奇谈怪论。

一、言在意先。这是什么话!语言是表达意思的,怎么能反而在先呢?戳穿了说并不奇怪。一是说,思维不离语言,一进行思考便进入已有的语言框子。有的历史小说和电视剧中古人讲话用"绝对""可能"之类现代新词,可见作者构思时用的是现代语言。二是说,语言中的意义是由收到语言的一方得出来的,所以在后。唐朝李商隐的一首"锦瑟"诗的语言已存在了一千年,但最近还有人从中读出新意义。

二、字在言先。这又是奇谈。没有语言,何来文字?其实,这个"字"指的是形象和轨迹。讲话之前必有客观的或则主观的已有轨迹,不然便说不出话来。说"你好"也必先有个"你"。语言不

109

能无前提而出现。可惜欧美人讲来讲去不过是拼音文字，只能设想汉字而不懂汉字的奥妙并不在象形。我们用汉字作为表意符号，很容易便明白语言中的声音是可以在形象之后的。这同表演艺术很相像，例如配音便是形在音先，好比望字读音。

三、无中生有。《老子》早已说过"有无相生"，但这里说的是"有"依赖于"无"。《老子》说的是"当其无"才有"用"。任何对象中都有不能直接见到的"无"。需要有中见无，无中见有。书中、话中，有许多是没有说出来的。书中作者和话中的事也是不在眼前的。接收艺术信息若只见其有而不见其无，就只能得到一堆无意义的感觉材料了。

四、异中有同。这看来容易其实很难讲，所讲的是黑格尔用的一个词。这个词现在译为"扬弃"，从前曾音译为奥伏赫变。从这里可以一直讲到《管锥编》论"易"，以后还得讲下去。德里达解说这个德文词的法文译法也费了大事。不过我们可以照一般理解，不多追究，因为我们都知道辩证法有矛盾的同一性。

五、古不离今。我们说的古实际是今。电视播放评书《杨家将》，并没有把我们带到宋朝去，反倒是使宋朝在我们眼前和耳中出现。夜间抬头望银河，那都是多少万年前（用地上时间计算）发出的光。我们眼前见到的是"古"时的星。任何点都是面，是立体，有头有尾有过程。不论人或物都是"事件"，可以当作"文本"来读解。这并不玄虚。我从书中看出岳飞和从你口中听到南极是一样的。出现的都是今，"现在"，不在远处。

六、反客为主。德里达大讲"寄生"即"食客"这个欧洲词的希腊原义，其实无非是"衍义"。印度美学中早就说，"字面义"是次要的。而"领会（暗示）义"是主要的。中国人也早就说了："人莫不饮食也，鲜能知味也。"（《中庸》）中国人和印度人都说"韵""味"。破什么"逻各斯中心"，不过是西式的"不可言说"

"不可思议"罢了。

照我看来，从哲学美学方面说，80年代的欧美的孙悟空还没有跳出中国、印度、日本古代如来佛的手掌心。作为中国人来说，我们的祖先确实想到了很多现代世界上的思想问题，不过各有各的思想方式。今天世界上还是从欧洲出来的问题和想法最发达，所以我们也还得做孙悟空而不能总是满足于做不动摇的如来佛。

1987 年

模糊逻辑

我们讲中国哲学史不必仅照外国格式。我们习惯的思想方式或逻辑和外国的不同。古希腊的"神谕"、欧洲中世纪的神学、印度的"圣言量"都没有中国的广度和深度。《论语》："学而时习之，不亦说乎？"从学习必定悦的"公理"出发，不许不悦。《孟子》："王何必曰利，亦有仁义而已矣。"非此即彼。这都是所谓"天下之通义"，无可争辩。什么者，什么也。这似乎是"实际"逻辑。"实际"是有矛盾的，模糊的，变化的，所以我们的逻辑不以矛盾为意，而且善于用矛盾；也不求明确，更不怕变通。例如中医学，系统严密而术语含糊，应用多变，讲究"辨证施治"。兵法是"运用之妙存乎一心"。"虚者实之，实者虚之"，"实际"是无法封闭、限制的，所以我们的逻辑也是开放的，一切取为我用。我们有自己的一套，无论什么经、子都是这样。史里面从《左传》的"君子曰"、《史记》的"太史公曰"到《通鉴》的"臣光曰"都一样。金圣叹评点小说、戏曲，也照样。中国古人擅长于史。逻辑就是史，史就是逻辑。史就是宇宙进程，人在其内，复杂多变，虚实兼备，神人不分，不可确定，喜活忌死。这也许可以说是一种模糊逻辑吧？用欧洲的明确逻辑来套，只怕是像"方枘入于圆凿"，除非化进"模糊"里去就通不过。我们的逻辑未必没有优越性，需要进行探讨和解说。

1988 年

几何式哲学

中国人学外国哲学不一定要依照外国人的学习程序，可以先着重学习自己所缺乏而人家习以为常的。例如欧洲哲学中有的和几何学是一类模式，这对我们可能是要先学的。柏拉图、笛卡儿、斯宾诺莎、莱布尼茨都看重几何学。亚里士多德、康德、黑格尔也是这样，不过把几何换成逻辑，好像解析几何。这一套我国不是没有，而是没发展，不习惯。至于欧洲哲学中不属于这一类的也不止一套。培根、洛克、休谟在一边，中世纪的神学家和贝克莱在又一边。有的同犹太、阿拉伯、波斯、印度的哲学思想可以相连，好像是定理天上来不求证而自证的另一种数学。所有这些要另案办理，用另外的学习法。还有尼采、叔本华、柏格森、杜威、罗素、胡塞尔、海德格尔等一百多年来的，尤其是近几十年的，学习法又要不同。不论学习什么，先要知道自己。不明白自己的思想底子而去学人家的，很难学进去，或则进去了又出不来。好比在宣纸上画油画，吃力不讨好。不妨编一本为中国一般人读的外国（先是欧洲）哲学浅说，跳出外国和中国的学案格式，要用自己的对照，但不要套。

1988 年

旧

学

新

知

书

《旧学新知集》自序

近两三年来的一些文章，加上 30 年代的一篇和 40 年代的一篇，合成一集，题名《旧学新知集》。这会使人联想到朱熹的诗句："旧学商量加邃密，新知培养转深沉。"因此需要声明：书名只用了诗句前半，后半不仅用不上，而且恰好相反。这集子里的文章是稀松、浅薄的。这只是一些读书笔记，甚至可以说是不读书的笔记。这不是故作谦虚，而是实情。发表出来只是因为里面多少有点自己的意见，也许可供参考。为了说明，写一些话在前面，算是自序吧。

大约 1978 年以后，我才再到图书馆去公然看一点不是指定非看不可的书。许多年没有这样看书，从前学过的几乎全忘了，世上的新书和新学全不知道。无论中文书、外文书，看起来都只是似曾相识。我仿佛返老还童，又回到了六十年以前初读书的时代，什么书都想找来看看。图书馆中新书不成系统，东一本，西一本，外国刊物也不容易看到。那时我不能算是读书，只是像好奇的小孩子一样看书。看着，看着，随手写下一点小文，试试还会不会写十几年或几十年前那样的文章。笔也呆笨，文也不好。不料《读书》杂志创刊，居然肯打破栏目壁垒，刊登我这些不伦不类的文章。从此一发而不可收，不由自主地拿起笔来。1981 年先把一些同一范围的新旧文章合成一集，题名《印度文化论集》，交去出版。很惭愧，没有几篇像样的，还不如在这前后出版的三本翻译，可以沾原作的光。1983年将新写的一些文章又合成一集，题名《比较文化论集》，也出版了，里面有不少是《读书》刊载过的。现在编成的这一集，其中很多也是《读书》上刊登过的。加上两篇旧的，是因为有人向我提到而原来刊载的杂志现在不易找到，内容和近来写的有点关系。由这四十年、五十年前的文可见我实在没有多大进步，写的不过是小学生的作文练习。这些书印数很少，使出版社耗费资金，我很感不安。

这些年我健康情况不佳，几乎没有参加学术活动，缺少向前辈和同辈请教的机会，对许多国际会议和来华学人茫然无知。我的新的老师和信息来源是几位青年，其中有大学生和研究生。我不是导师，他们可能把我当作世外闲人，有时光顾和我闲谈，使我获益不少。我随着青年的兴趣跑，似乎受到感染，胆子越来越大，什么问题都去插嘴，实在不自量力。直到今年，人越老，来的客越少，图书馆也难得去，应当搁笔了。所以才编这一集，名副其实是未全忘的一点旧学加上从年轻人启发而来的一点新知。

为什么我说现在看书仿佛是回到了童年呢？因为那时我就是这样读书的。教师要求我读的书我要读，但同时我又看一些自己要看的书。我有了两套读书序列。人家要我读的书当然给了我不少益处，我自己要读的书给了我也许更大的影响。家里的书非常杂乱，全是旧书。新书、新杂志只有到小学里看。我还到小学老师家里去向师母请求背地开放老师的书橱。这样，毫无系统，半懂半不懂，匆匆翻阅，什么书都看。有的书翻过去再也不看了。有的书全看一遍，又摘看不知多少遍。我胡乱看过的书比人家要我读并背诵下来的书多得多。于是我成了一个书摊子，成不了专门"气候"。我好像苍蝇在玻璃窗上钻，只能碰得昏天黑地。不料终于玻璃上出现了一个洞，竟飞了出来。那是小学毕业后的1926年，我看到了两部大书。一是厚厚的五大本《新青年》合订本，一是四本《中山全书》。这照亮了我零星看过的《小说月报》《学生杂志》《东方杂志》。随后又看到了创造社的《洪水》和小本子的《中国青年》。我仿佛《孟子》中说的陈良之徒陈相遇见了许行那样"大悦"，要"尽弃其所学而学焉"。可是学的路子不对，照旧杂乱无章，粗枝大叶。这种两套读书习惯使我一辈子成不了专门家，到老来又还原成为小孩子。这大概可以贡献给青年作为反面教训。读书只要一套，不可两套。比如写字，要规规矩矩临一种帖，在"九宫格子"内学，不可三心二意写出了格子。应当遵守规定，照外来的要求读书，心无旁骛，这才能考得状元，当上宰相。《儒林外史》的马二先生说，孔夫子生在而今，也要做举业，这话是一点也不错的。

古人说"温故而知新"。我不容易看到新书、新刊物，不大了解中外学术新进展，无法作专门之学，只好"温故"。是不是也能"知新"，自己不便判断。下面再略略谈一点对读书的想法。

我从小到老学语言一种又一种，兴致不衰，但是没有一种可以说是真正学会了，自己嘴上讲的和笔下写的中国话也在内。语言究竟是怎么回事？越学越糊涂。就广义说，语言是交流信息工具。那么动物也可以说有语言，甚至植物也在互相通过香气之类中介交流信息。太阳、星辰、河外星系都在不断向我们发信息。但是语言总是指人类的语言。这不仅仅是中介或工具。人类社会创造了商品，却又产生所谓"商品拜物教"。是不是有"语言拜物教"？不敢说。人能创造工具，但工具一被创造出来，它就独立于人之外。好像上帝创造了人以后，或则说人创造了上帝以后，被创造者就不完全服从创造者，创造者就不能完全认识被创造者了。于是被创造者往往还会支配无知的创造者，创造者会受被创造者支配而自己不知道。这个创造者和被创造者（创造物）的关系是人类对自己所创造的世界的关系，也是自然界对自己内部创造出来的人类的关系。人类语言是特殊的工具，是特殊的通讯工具，是特殊的交流信息并能指使行动的中介。一个人对自己讲的话也不能知道它的全部意义，就是说，只能知道自己所要表达的意思，不能完全知道别人听了以后所理解的意思。一句话讲出以后就不属于讲话的本人了，它同时属于听话的人了，也就是独立出去了。这好像人类创造了生产力和生产关系却不能由自己意志去支配它们一样。浮士德召了魔鬼来，就得受魔鬼支配。问题在于他和魔鬼之间订下的是什么契约。这往往自己也不知道。语言也可以说是这样一个魔鬼。到现在我们也还没有弄清楚，究竟和它订下的是什么样的不可违抗的契约。弄清楚了，我们便能支配魔鬼了，也算是得救了吧？

我小时候读过梁启超在小说《新中国未来记》中译的拜伦的《哀希腊》诗的一段，至今还记得：

马拉顿山前啊，山容缥缈。
马拉顿山后啊，水波环绕。
如此好河山也应有自由回照。
难道我为奴为隶今生便了？
不信我为奴为隶今生便了！

这大概是从日文转译的，很不准确，但仿佛是拜伦化身为梁启超用汉语曲调重写的，写给清朝末年的人读的。当时英国诗人拜伦的声名从欧洲各国一路响到了日本和中国。苏曼殊的诗句有"独向遗编吊拜伦"。鲁迅的《摩罗诗力说》现在更为大家熟悉。可是拜伦的诗却长期没有译出多少。等到出来了很忠实的翻译时，拜伦的诗已经不能那么激动人心了。

郭沫若译的歌德的《浮士德》的开篇独自那几句，我小时候读过，至今也还记得：

> 哲理呀，法律，医典，
> 甚至于神学的简编，
> 我都已努力钻研遍；
> 毕竟是措大依然，
> 毫不见聪明半点。

这像是郭沫若自己化为歌德用汉语写下的。可是后来的较严谨的翻译却不像这几句容易为我记住。这也许是先入为主吧？

梁译拜伦有点像曲子，郭译歌德有点像顺口溜，都不像翻译，不用对照原文也能想到是译者重作。鲁迅和周作人译的《现代日本小说集》就完全不同。那分明是日本人在说汉话，或则不如说是我们可以从汉文读出日本话。这也是我小时候读过至今印象还深的。这有点像鸠摩罗什和玄奘翻译的佛经，让人由汉文读出原文。旧译白话《新旧约全书》也类似。这是叫中国读者用汉语讲外国话，同梁启超、郭沫若叫外国人讲中国话恰成对照。两者各有千秋，都不像现在流行的翻译。

我举幼年所读书的例子，想说明语言和文体能显出不同花样，使知道世界不多的孩子发现不同的语言世界。实际上不仅是不同语言、不同文体能表达或使人感到不同世界，整个语言就构成一个比我们直接由感觉得到的大得多的世界。例如一间"房子"、一个"人"，我们决无法同时见到对象的全面，但语言却使我们不经过拼凑就得到一个整体。夜间望天上的星可以得到一个感觉世界，由银河、星座等说法又可以得到一个有组织的由语言表达的世界。语言世界不是一个独立自在的世界，却是一个可大可小超过一个人直接感觉所得的世界。这是人类的一个个群体各自共同创造的，有变化的，有复杂系统组织的，大小不定的，大家共同而又人人有所不同的世界。婴儿生下来先进入感觉的世界，接着一步步进入语言的世界。一座舞台，一眼看去是一些不同形状和颜色的东西，只有语言能说出其中的门、窗、桌子、椅子、人等等。走出剧场，不见舞台，用语言能复述出来，唤起或则再造印象。从来没有直接感觉到的东西也能经由语言而知道，例如地上的南北极和天上的"黑洞"。我们感觉所得的是一个零碎的、片面的、系统不完全的、得不到整体的世界，但我们所创造的语言世界却总是一个有组织的世界。它不如独立于其外的世界那么大，但它总是比任何一个人所能感觉到的世界大。每一个人都在一个或大或小的语言世界之中。彼此处在一个共同世界中，但各自的世界是交错的，不是等同的。缺少听说语言能力的人、动物、植物以至无生命的物体之间的交互传达信息关系不属于人类语言这个层次。对一般人来说，一个人既生活在一个现实世界中，又生活在一个大家共同而又各有不同的语言世界中，无论如何出不去，自己困住了自己。不可言说的世界也是不可思议的世界，是另一回事。

语言化为文字，换了符号，成了文本或一本书，又出现了另一个语言符号世界。书本世界不能完全符合口语世界。书本被创造出来以后自成一个世界，自有发展并且限制了进入其中的人。人进入书本世界以后常常通过书本认识世界，和通过语言认识世界一样。这个世界对一个人来说也是可大可小的。它不是一个人单独创造的，也不是人人都相同的。

人类除现实生活的世界外还能通过自己的创造物认识世界。人所创造的通讯（交流信息）中介不仅有语言和书本，还有艺术和数学等，各自构成不同的世界。语言和书本的形态也不止一种，所以可以说，一个人可能生活在几个世界中，确切些说是在他所认识到的几个世界中。当然这几个世界都出于一个世界，但又和那原始的世界不同。一个小孩子和一个天文学家同时看的天是一个，但两人所认识的天彼此大不相同。小孩子只见到一个天，天文学家见到了两个天：一个和小孩子所见的一样，另一个不一样。讲共同的天的语言彼此才能通信息。天文学家讲天文的语言，小孩子不懂；他还没有进入那另一个世界。艺术和数学等等也是这样。不同的语言说着不同的世界，或则说是宇宙的不同世界形态。所有的各种世界本身都是开放的，但你若没有进入那个世界，它对你就是封闭的，似存在又不存在，没有意义，你从中得不出信息。任何人都能看见一个数学公式，但只有进入那个数学领域的人才认识那个公式，其他人只见到一排符号，站在无形的封闭的世界外面，不得其门而入。

由此可以说读书是读一个世界，读一个世界也好像读一本书。后一句怎么讲？是不是可以这样解说：看一本书要知道它的意义，也就是书中的世界。读世界也要知道它的意义，也就是这个感觉所得的世界中的世界。这同听人说话一样，不止是听到一串声音，还要知道其中的意义。若是听到自己所不懂的语言，那就不懂意义，收不到信息，或则说是没有进入其中的世界。认识一个人也是这样。对不认识的人只知道外形，对认识的人就知道他的或多或少的事，也就是这个人的世界。严格说，这只是自己所知道的那一部分，是自己组合起来的那一部分，不是那个全人。因此听话、读书、认识世界都不能不经过解说。看一幅画和听一支歌曲也是同样。这都要经过解说而进入一个世界，也可以说是由自己的解说而造成一个世界。解说不能无中生有，所以有来源，有积累，有变化，也可以不止一种。这些都可以用读书来比譬。从一个个字和一个个句子结合读出整个文本的内容，也就是由解说构拟出一个世界。有各种各样语言（口语、书面语、数学语言、艺术语言等），有各种语言的世界。我们都生活在一个多层次世界中；有的人的世界的层次少，有的人的多。

我幼年时到手的书都看，老来才明白这是对五花八门的世界发生好奇心，想通过书本进入一个又一个世界。几十年过去了，仍然觉得不得其门而入，却还是想由读书去读各种世界。这真是如《楚辞》的《九章·涉江》开头所说：

余幼好此奇服兮，年既老而不衰。

可惜我把语言世界、书本世界、艺术语言世界、数学语言世界、感觉所得的现实生活世界等弄混淆了，没有分别不同层次，只知其同，不知其异，更没有知道解说的重要，不知道所知的世界是个经过解说的世界，好比经过注释的书，而且对解说也还需要经过解说。由此我一世也未能解开世界的九连环，不知道这个连环的整体。我只明白了所处的是一个不能不经过解说的隐喻的世界。这样，我的新知也可以说是一个失败的教训。

我从读《三字经》《论语》开始认字读书，从中国书读到欧、美书，又读到印度书（包括一点印度的伊斯兰教的书），还想读日本书，可是来不及了，只好重读中国书。兜了一个圈子，结果是一无所得，所知道的只是自己的无知（当然我这句话没有古希腊哲人的深意）。不过也算是周游列国一番，不无所见。见到了什么？没有见到高楼大厦、高速公路，只见到书本和现实混淆的模糊的语言世界。我从20世纪初期读书、读世界，读到20世纪末期，只见所读的世界是滚滚洪流，其中漩涡不断转移，不见静止，却又随时有静止的整体。我只有"望洋兴叹"了。

我幼时遥望银河听人说牛郎织女，青年时用小望远镜看到了仙女座星云，这是唯一能用肉眼看见的河外星系。我还曾在冬天彻夜不眠想观察天上狮子座的流星雨。宇宙之谜的解答不断引起好奇心，但我终于在"宫墙万仞"的数学物理语言的解说之前无法进入。同时我又对诗的世界解说也兴趣浓厚，却同样只能在艺术语言的解说之前望堡垒而叹息。也曾试图进入哲学、史学、宗教等语言所解说的世界，结果还是"钻之弥坚"。我从小到老读书一直没有读进去，原来是因为不明白读书就是读各种世界解说，书中世界并不就是生活的现实世界。又只知道把读书当作解说世界，却不知道读世界也是读书，读解说。"实迷途其未远，觉今是而昨非。"无奈"夕阳无限好，只是近黄昏"。不禁有"厚地高天，堪叹古今情不尽"之感。现在引早年自题所作旧体诗的两句骈语作为结束：

　　空中传恨，岂同竹垞之词？
　　壮夫不为，甘受子云之诮。

1985 年

文化三型·中国四学

眼前道路无经纬

皮里春秋空黑黄

——薛宝钗

△听说你近来看了几本新书，又有了不同寻常的怪论，是不是?

□这是你听来的，不是我说出的。

△那么你现在说说，好不好?

□我要说的不见得是你要听的。你听去的也未必是我说出的。对话不容易。现在有人进行问答，如同接见记者或口试，这不是对话。有的双方经过别人翻译，成为三人双重对话。还有的仿佛是对话而实际是聋子对话，各说各的。也有的进行辩论，不聋了，仍旧是各说各的。我们能不能对话而不属于这几种?

△我不知道你怎么看柏拉图式和狄德罗式的对话，或则《论语》式、《孟子》式、《金刚经》式等等对话。恐怕你说的那几种还不能概括。

□概括? 谈何容易。现在很多人谈论中外文化；又有人进行中外对比，说是比较文化；都未必能概括所说的对象。有时看来有点

126

像比较三角形和正方形，或者比较空气和灵魂。各比其所比，各有巧妙不同。

△不论怎么说，讲文化的定性、变革、动向，总是反映世界上文化"交会"时产生的所谓"张力"（或说矛盾激化）吧？这是世界性的世纪末的焦灼状态。各国论文化者的目光都是从本国望到世界，或者从外国望到本国；讲的也许是往古，眼光却遥指下一世纪。不论讲得多么抽象或超然，总会有狐狸尾巴在隐隐现现。

□19 世纪末欧洲有文学中的"世纪末"颓废派。现在不是颓废而是惶惑。世界上的人，不论生活圈子大小，眼光远近，地位高低，恐怕是不安的多而安的少。不过有的人是自安于不安，不觉得。也有人喜欢别人不安，唯恐天下不乱，可并不想乱自己，结果却往往是事与愿违。

△你不由自主又在概括了。也许是欧洲人喜欢分析而中国人喜欢概括吧？

□你也是在概括，自己证明自己的话，你也是中国人。

△你也是中国人。那么，你对世界文化也会有概括看法吧？

□请问，怎么讲文化？是照符号学或者结构主义的路子，还是照诠释学（解说学）或者存在主义的路子？现在又在吵什么解构主义，是想打破这两种路子，好像还没有定型。前进了一些，提出了新问题，做了新探索，甚至文体也有新花样（如法国人德里达），不过还是可以用前面两条路子概括吧？至于实用主义，那是到处都有的，不在话下。

△据我看，国际上讨论的主题是客观性，问题在语言和思想。据我所知，法国人黎克尔想打通一条合二而一的新路子，但仍是偏于一方。他将弗洛伊德化为"玄学鬼"，好像是企图把 20 世纪的各种思潮，语言学、心理学、物理学，包括相对论、量子论和格式塔理论等等都纳入一个思想体系。看来喜欢概括的不仅是中国人。你

我前面说的不准确。

　　□可以有种种概括法。我想从思想传统来概括。目前世界上争论文化和哲学的都着眼于传统。德国伽达默和法国德里达都解说过传统。结构主义人类学者法国列维-斯特劳斯的概括原始社会思想也是追溯传统。传统是指传到今天的。这是逃不出也割不断的，仿佛如来佛的手掌心，孙悟空一筋斗翻出十万八千里也出不去。因为这不仅仅是在时间和空间的量度之内的。现在外国人提出的"语言先于思想"（伽达默）或"书写先于文字"（德里达）的问题，仍然是客观性（结构、系统）或主观性（主体、意识）的问题。这也是如何看待传统的问题。这样说有点玄虚。外国人照他们的参照系说话，对于中国人又隔了一层。加上或换上中国传统哲学说法也会同样玄虚。我们还是用普通人的语言来谈吧。

　　△普通就是寻常，也就是一般，这也是概括。

　　□概括文化，划分类型，虽然出于20世纪，也是古典或古董了。我们为了从所谓东西文化或者中外文化的说法稍稍前进一步，不妨在世界文化中概括出大类型。我看可以概括出三个（当然不能包罗一切）。这是很普通的看法，但也不是持各种观点的人都承认的，只算是概括的一种吧。这三型是：一、希伯来—阿拉伯型。二、希腊—印度型。三、中国—日本型。

　　△你说的这三型毫不新鲜。听听你的解说。

　　□三型名称只是符号，并不是说中国人个个必属于中国型。三型中可以用第一型为标尺。这一型中的要点是：一、上帝。有一个上帝创造世界和人，主宰一切。二、原罪。人类始祖违反上帝禁令，被逐出乐园。从此人类有了后代，个个人生下就有罪。要到世界末日审判时才能回乐园和上帝再到一起。三、灵魂。每人都是上帝创造的灵魂。灵魂是不会消灭的。四、救世主。上帝为拯救人类使世上出现救世主（弥赛亚、基督、先知），信仰他的人得救。信仰不需要讲道理。五、"选民"。人类中有的人，例如犹太人，或则信仰基督、耶稣的人，信仰先知穆罕默德的人，是上帝的"选民"，受到上帝特殊眷顾，是从乐园来又回乐园去的。其他人属于另一种。这一文化型可以把犹太教、基督教各派、伊斯兰教两派、一直到上帝教都概括在内。这种文化可说是有上帝和一元的文化。

△我可以由此推出第二型。那是无上帝和多元的文化。所谓上帝是指创造一切并主宰一切而又独一无二的上帝。古希腊和印度都没有这一类型的上帝。他们的神不是上帝，管不了什么事，而且多得很，互不相下。他们的神都很快乐。人也不是生来有罪命定吃苦而是以享乐为第一要义的。希腊神话、宗教和哲学以及印度教各派、耆那教两派都是这样。佛教也是这样，有过去、现在、未来（这三个原词都是印度字）三世佛。佛多得不计其数。说一切是苦，只因以乐为标准。苦不是第一义。乐不了，才处处觉苦，力求从苦中解脱，"往生极乐世界"。没有灵魂、原罪、救世主、"选民"。无论阿弥陀佛或则观世音菩萨都是要你颂他的称号。闻声救苦，不叫就不见得会应了。神、佛、菩萨、耆那（大雄）和救世主的意义不同。"我""命"和灵魂也不同，仿佛是没有个性的。

□这两型都要用宗教语言说，因为各种形态的宗教历来是文化的综合表现，最为普及。可是文化并不只有宗教形式。文化是遍及各方面的。"上帝、救世主、选民"不是都采取宗教形式和名称的。灵魂可化为意识、自我、主体、存在等等，哲学家一直追问到今天。"乐园—世界—乐园"的公式，黑格尔的绝对精神也没能逃出去。这两型文化的想法对立而问题共同，所以可以用第一为标尺而说第二。若以第二为标尺，以印度为准，那就要首先提出循环论。世界是无始无终的。有始有终的世界是要循环、要重复的。循环的宇宙有始终而又无始终，"如环无端"。人也是要"轮回"的，生而复死，死而复生。希腊只讲人神相混，无始无终，不重循环而重还原，另有发展。希腊讲的智和印度讲的智不同，但都不是信仰。重还原，于是哲学上有柏拉图、亚里士多德以及赫拉克利特、毕达哥拉斯等人的种种宇宙解说。他们都从外而内，从现象到本质，由二元、多元追一元。印度讲循环也是说明多而实一，无穷而有限。他们说的不是希伯来—阿拉伯那样的由上帝到人再由人到上帝的循环，而是生老病死、成住坏空这样的循环。这一文化传统并没有随古希腊、罗马灭亡，仍散在各处，不限于印度，特别是在哲学思想中。

△中国—日本文化为什么列为第三型？看来好像是前二型的混合。用第一型做标尺来看，这一型更原始些，还没有达到第二型，更没有达到第一型。

□19世纪欧美人从基督教观点出发持有这种进化论的看法。近代印度也有不少人受其影响，极力把印度传统文化的多神解说为一神，但并不成功。20世纪中对所谓原始社会思想的看法改变了。野蛮未必低，文明未必高。18世纪的卢梭讲复归自然，并不是倒退而是前进。现在对原始文化改变看法也不只是历史的如实还原而是要前进。大家看到了文明的德国暴露出纳粹的野蛮。现在的人忽然大讲传统，有两种情况：一是保卫被破坏的，一是去破坏现存的。两者都可以打出传统的招牌。其实革新也有类似情形：有的是迎新，有的是复旧。两者都可以打出新招牌要求改变现状，和打出传统招牌一样。

△仍以第一型为标尺，这第三型该怎么解说？

□说中国—日本型，因为日本已有不少发展而中国也正在变化，只说中国概括不下日本。这一型的文化也同第一型对立，却又不是第二型。简单说，中国是无上帝而有上帝，一而又多，多而归一。也许正因此你说看来好像是前二型的混合或者未完成，其实是另一类型。中国没有创世兼主宰的上帝，但是又有不固定的上帝。

中国是把前二型中分为双重或者三重的都归入人间。乐园和地狱都在现世，可以"现世现报"，从根本上改变了印度的报应说。可以"魂飞魄散"，又从根本上否定了不灭的灵魂。中国可以收容前二型，但必加以改变，因为自有一型。中国重现世，因此重人，可是中国传统说的"人"不等于前二型文化所认为的人。第一型的人是归属上帝的灵魂，大家都有原罪。第二型的人是无拘无束各自独立或者各自困在"业报"中一切注定的人。中国的是另一种"人"。有些欧洲语和印度语中有不止一个人字，而汉语中只有一个。"人格""人道"，中国没有相应的传统词，只好新造或用旧词改新义。在社会表现中，对待人的中国的律、刑决不等同于罗马和欧美的法，也不是印度的"法"（佛"法"、"法"论）。中国的礼、俗也不相当于欧美的法。不能把同类作为相等。中国的"心""物"在哲学中和欧洲的、印度的都不相同，因为文化中的"人"不一样。在中外对话中恐怕不止是人、心、物、法这几个词各讲各的，还有别的词，由于意义有差别，也是对话的障碍。我们往往只见其同，不见其异。例如"对话"就可以不专指两人相对讲话，其中有歧义。

△所以不仅要研究正解，还有必要研究"误"解。为了破除中外对话的障碍，找不到共同语言，只好用彼此了解的对方语言。一个讲英语，一个讲日语，双方又不能共用法、德、俄语，只好是讲英语的懂日语，讲日语的懂英语。那样，各讲各的，可是又各自懂得对方说的是什么。中国家庭中有夫妇各讲自己方言终身不改的。

□可是要懂得对方必然要有个翻译过程，或者说是自己不觉得跳过去又跳回来的过程。对传统文化也是这样。我们要能把传统文化用两种语言解说，要能同传统"对话"。

△文化范围太广，还是缩小到可以扩充为文化的哲学思想核心吧。不过我们不是还原古人怎么想，而是问古人想的和讲的现在怎么样。这是传到今天的传统。然后，传统语言化为今天语言，中国

语言又化为外国语言。这是现在和过去的对话，又是中外对话。由解说而了解，又由了解而解说；由主观到客观（文本、原作者），又由客观回到主观（解说者）。这个循环过程是对话过程，也是思考过程，又是转化过程。从书本理论到实际行动也是这样一个循环过程。在解说之中，从符号到意义，得出代码本结构，再由符号体系到意义体系。由部分到全体，又回到部分，由语言到意义，又回到语言。如此等等，都是日常不知不觉进行的对话和循环过程。隐喻意义不同于符号意义；还有"剩余意义"和言外之意。象征不同于符号。象征既是能指，又是所指。例如神像不是神，却等于神，同样不可触犯。"故居"的意义往往是新居，有新意义。如果照这样进行对传统文化思想的"翻译"对话过程，那么我们对中国文化可以挑选什么书来着手？

□照这种途径，我觉得有四个对象是有中国兼世界意义的，可是被忽略很久了，不妨由此着手。已经有国内外讨论的大题目不在内。这可以说是四种学吧。一是公羊学。二是南华学。三是法华学。四是阳明学。

△这不正是儒、释、道的史学、哲学、宗教学、政治学吗？这是现在还存在的传统吗？难道要把这四者说成读史之学、处世之学、传教之学、经世之学吗？

□还不仅如此。《春秋公羊传》既是汉朝今文经学的要籍，又是清朝龚自珍、康有为等改革派想复兴或改造的经典。书的内容是史论、制度论，又是表现诠释文本的方法，又是由口传而笔录的对话及思考过程的文体。这是非常重要的一部书。古今解说不少，还需要现代解说。"尊王"思想在日本明治维新中起过作用。"大一统"（不仅原意）的说法我们现在还在用。既有历史意义，又有现代意义，可作很多新解说。《南华经》即《庄子》，正是现在国际间哲学语言中所谓"寓言""隐喻""转义"的书。《逍遥游》《齐物论》，古今有多少解说和应用？不久前还在人们口上说和心中想。就其意义的多层复杂和文化影响的巨大说，岂止是道教的主要经典？是否可以说是一部流行的处世秘诀？其中的宇宙观也未必不能像《老子》那样和现代天文学及物理学挂钩。《法华经》全名《妙法莲华经》，原文本的语言是文白夹杂，内容是包罗万象。和印度孔雀王朝佛教之间有很大距离。可能是公元前后南亚次大陆西北部由大月氏人建立的贵霜王国的流行读物。书由西域进入中原，鸠摩罗什的译本传诵极广，一直传到日本。其中的"三乘"归一（三教合一）以及观世音（包公、济公、侠客）闻声救苦是中国文化思想的一部分。古今以至全世界研究的人很多，也有用现代方法解说的；但是中国还缺乏以现代"语言"作新解说。至于王阳明（守仁），近来才在国内有人提到，不以唯心论而摒弃。王学是有大众影响的。日本明治维新志士曾应用王学。在明末清初衰落，实际上暗地仍有发展。不但由他可以上溯朱熹、陆九渊直到汉代的《大学》，而且可以由他的"知行合一"下接孙中山的"知难行易"。他提出的四句话可略改数字："无善无恶心之体，有善有恶意之动（心之用），知善知恶是良知，为（行）善去恶是格物。"这样，"无、有，心、物，体、用，善、恶，知、行"五对哲学范畴都有了。"物、心"对上了"天、人"。他说的"心"指什么？"良知"指什么？从前人人都会说"凭良心"，这是什么意思？他为什么这样说？对什么人说话？有什么影响？就这个人说，他既做高官，又被贬谪到最低层；能文、能武；有儒、有禅；既重事功，又讲义理；具有中国人心目中的诸葛亮式格局，却不是柏拉图的"哲学王"。

　　△这也是第三型文化和前两型相区别的一个要点吧？不但又合（一）、又分（多），又常、又变；而且又文、又武，赞美文武双全的风流儒将。像中国这样的多战争、善兵法、长于武术而又重文的

文化，世界少有。

　　□中国"人"的理想形态？既不同于希伯来的"选民"，也不同于希腊和印度的"英雄"。王阳明属于这种孔子（至圣先师）式的具体而微的"完人"（包括缺点），也属于神化的老子（太上老君）式的"仙人"（包括俗气）。还有一点，阳明学要研究的"上下文"是，上承秦、汉、唐、宋、元，下启清代、民国的明代的关键时期（15、16世纪）的文化和思想。这也是全世界文化大汇合、大转变时期（15世纪末哥伦布到美洲发现"新大陆"）。至于王守仁这个人的是非功罪、高大或渺小，那是另一问题。提出这四部书，讲的是学，是思想和文化，不限于书本及其作者。《传习录》和《大学问》并不是王阳明自己作的书，是他的学生记的。

　　△至于这些在今天中国的文化思想中还有没有，是什么形态，起什么作用，和现代化有什么关系；若消灭了，那又是为什么；这些更是另一层的问题。我们的"三型""四学"就谈到这里吧。

　　□我们的对话是一个思考过程。意见不一定正确，总算是一个思考结果吧。

1987 年

传统思想文献寻根

　　传统是什么？我想指的是从古时一代又一代传到现代的文化之统。这个"统"有种种形式改变，但骨子里还是传下来的"统"，而且不是属于一个人一个人的。文化与自然界容易分别，但本身难界定。我想将范围缩小定为很多人而非个别人的思想。例如甲骨占卜很古老了，早已断了，连卜辞的字都难认了，可是传下来的思想的"统"没有断。抛出一枚硬币，看落下来朝上的面是什么，这不是烧灼龟甲看裂纹走向吗？《周易》的语言现在懂的人不多，但《周易》的占卜思想现在还活在不少人的心里而且见于行为可以察考。又如《尚书·汤誓》很古老了，但字字句句的意思不是还可以在现代重现吗？人可以抛弃火把用电灯，但照明不变。穿长袍马褂的张三改穿西服仍旧是张三。当然变了形象也有了区别，但仍有不变者在。这不能说是"继承"。这是在变化中传下来的，不随任何个人意志决定要继承或抛弃的。至于断了的就很难说。已经断了，早已没有了，还说什么？那也不是由于某个人的意志而断的。要肯定过去而否定现在，或者要否定过去而肯定现在，都是徒劳无功的，历史已经再三证明了。

　　传统思想要古今互相印证。今人思想可以凭言语行为推断，古人思想只有凭文献和文物。可以由今溯古，也可以由古见今，将古籍排个图式以见现代思想传统之根。我想来试一试。

想看清自己的可以先对照别人的。有个参照系可以比较明白。那就先从国外当代思潮谈起。

20世纪，再短些说是从二次大战结束到现在的五十年间，国外的文化思想有一点很值得重视，那便是对语言各方面的再认识。向来大家以为语言只是工具，思维的工具，思想交流或通讯即互通信息的工具，手段，是载体，容器，外壳。现在认识到语言不仅是工具，它本身又是思想，又是行为。语言不止有一种形式。口语、书面语以外不仅有手势语、艺术语言、科学符号语言，还有非语言。语言还原到逻各斯。这个希腊字在《新约·约翰福音》开头译作汉语的"道"："太初有道。"恰好，汉语的道字是说话，又是道理，又是道路。道和逻各斯一样，兼有语言、思想、行为三义，是言、思、行，也是闻、思、修。由此，对语言分析出了两个方面：一是语言和道的结构性和非结构性。二是语言思维和非思维，或说潜在的意识。前一条是通过语言学的认识。后一条是通过心理学的认识。这也可以用从逻各斯衍化出来的另一个字来表示：逻辑。那就是逻辑结构的，或说是理性的；以及非逻辑结构的，或说是非理性的。这样较易理解，但不如用逻各斯包孕较全。就我前些年见到不多的外国有关新书原文说，平常所谓人文科学或思想文化或文化思想中争论的问题，核心就在这里。包括文学艺术在内，文化上到处是两套思想和说法好像水火互不相容。我看这可以和我们的传统思想的坐标轴通连起来观察。老子说："道可道，非常道。"两种道：常道，非常道。孔子说"天下有道"，"天下无道"，也是两种道：有道的道和无道时行的另一种道，或说是无道的道。他们说的是不是逻辑的和非逻辑的，理性的和非理性的，结构性的和非结构性的，语言的和非语言的？确切说，彼此大有不同，但概括说，是不是穿长袍马褂和穿西服的不同？是不是中国话和外国话的不同？

我看中国和外国的思想的不同不能笼统说是上述两套道的不同。中外不是"道不同，不相为谋"，而是各自有这两套道。外国的，例如古希腊的苏格拉底前后有不同，或说是毕达哥拉斯和柏拉图的不同。后苏格拉底的柏拉图和亚里士多德的不同，不论怎么大，仍属于逻各斯一类，不属于非逻各斯。前苏格拉底的毕达哥拉斯却能把勾股定理看成是神秘的原理，逻辑的仿佛成为非逻辑的，数学变成非数学。赫拉克利特论逻各斯和亚里士多德的思想不同，而和印度有些佛经中说的惊人相似。基督教神学采纳了柏拉图和亚里士多德的学说，而奥古斯丁和阿奎那好像又回到了苏格拉底以前。我们震惊于外国的科学发达，常忘记或不注意他们的神学也比中国发达。牛顿、达尔文、爱因斯坦都通晓神学。

现在回到中国的坐标轴。孔子和老子的道是在一条线上各讲两种道，彼此不是两极端，所以当出现另一条线上的异端的道时就混乱了。那一端不叫道而叫法：佛法。汉代开始在西域流行，汉以后迅速扩展到中原以至全中国。这法和原来的道似乎在许多方面都是"誓不两立"的。这是不是逻各斯和非逻各斯的对立？有一些，但不全是，因为佛法本身也包含了这两种的对立。佛法内部的争吵和斗争以及对外的努力一致，比中国原来的孔子之道和老子之道的对立更激烈得多。仔细看看，孔、老两家的道，也像佛家的法一样，本来也包含着这种对立。因此异端来后可以由斗争而合并。说中国和外国的思想对立不是确切的说法。说有两种思想的对立，在中国和外国的表现不同，主从不同，比较合乎实际。

从以上所说看来，很明显，我是站在逻各斯或道或逻辑或结构一边说话的，因为我要用语言说话。若是要我从另一边说话，那我只好不说话，无法说话，或者只有用另一种语言说话，用非结构性语言说话，或者用形象的或非形象的艺术语言说话，可惜连艺术语言中也避免不了这种对立。

现在我把上面想讲出的意思缩小到文献范围以内，再缩小到中国的汉语文献，包括翻译文献，试试看能不能理出一个系统来。凡是系统都有漏洞。没有网眼不能成为网。但是有建构就容易看清楚。当然这是"但观大略"，好比格式塔心理学的看法，一眼望去看那张脸，不必仔细分辨眉毛眼睛鼻子嘴的几何图形，就立刻能看出是美人西施还是丑女嫫母，不论她是微笑着还是皱眉毛。这样一眼望去其实并不是模糊笼统，而是积累了无数经验，包含着经过分析综合成立的不自知觉不必想到的"先识"的，否则就下不了格式塔（完形）的判断。婴儿初生，可以认识乳，但要分辨出乳以外的母亲和其他女性还需要积累。他不会说话，用的是非语言思维。我这样用心理学比喻，正像国际上近几十年不少人试从逻各斯去说非逻各斯那样。其实这也是中国从前人用语言说明非语言那样的。以上我所说的太简略，不能再展开，对于已知近几十年中外有关情况的读者来说，不论他们同意或不同意的程度怎样，都会知道我所说的是什么以及为什么要这样说。每人心中都有自觉和不自觉的自己的思维线路，网络系统。我所说的可能对别人有参照的价值。

　　简单说，我想从文献中追中国传统思想之根，追到佛"法"的"六经"和孔、老的"道"的"六经"。先说"法"，后说"道"。文献中只列出"经"，因为这在事实上和理论上都是思想的根。蔡伯喈的《郭有道碑》文中说："匪唯摭华，乃寻厥根。"可见现在常用的"寻根"一词在文献中也是有根的。莫看枝叶茂盛四方八面，追到根只是一小撮。人人知道的才是根，但是彼此题目相同，做的文章不一样。

　　先说外来的佛法的根，只看译出来又流行的经中六部。

　　一、《妙法莲华经》。这是一部文丛。思想中心是信仰。任何宗教离不开信仰，没有信仰的不是宗教。有信仰，不叫宗教也是宗教。信仰属于非逻各斯或非"道"，不能讲道理。讲道理无论讲多少，出发点和归宿处都是信仰。有理也信，无理也信。信的是什么？不用说也说不清楚。讲道理的方式多是譬喻或圣谕。对一个名字，一句话，一个符号，无限信仰，无限崇拜，这就是力量的源泉。这部经从种种方面讲说种种对佛法的信仰，不是讲佛法本身。信仰是不能分析的。信仰就是好。"就是好来就是好。"这就是非结构性语言。妙法或正法如莲花，也就是莲花。经中有大量譬喻。通行鸠摩罗什译本。读任何一品都可见其妙。有原文本，但不一定是鸠摩罗什依据的本子。这类文献在古时都是口传和抄写流通的。

二、《华严经》。这是更大规模的文丛。思想中心是修行。仅有信仰还不成为宗教，必须有修行。修行法门多种多样。修行有步骤。经中说明"十地""十迴""十行""十无尽藏""十定""十通""十忍""十身"以及"五十三参""入法界"等等境界、层次、程序。不管怎么说，切实修行才知道。空口说信仰不能算数，要见于行动。没有行为，一切都是白说。修行境界如何美妙，那就请看"华严世界"。"华严"就是用华（花）庄严（装饰）。汉译有八十卷本流行。还有六十卷本，四十卷本。部分有原文本。

三、《入楞伽经》。这也是文丛。和前两部经的兼有对外宣传作用不同，这部经好像是内部高级读物，还没有整理出定本。思想中心是教理，要求信解，本身也是解析一切，所谓"五法、三自性、八识、二无我"。宗教也要讲道理，佛教徒尤其喜欢讲道理，甚至分析再分析，但不离信仰和修行。这是逻各斯，又是非逻各斯，是神学中的哲学，所以难懂。不是入门书，不是宣传品，仅供内部参考。讲信仰的，讲修行的，道理比较好懂，然而"佛法无边"，所以讲宗教道理深入又扩大到非宗教，其中包孕了种种逻各斯和非逻各斯道理，可以用现代语言解说，也就是说很有当代新义，几乎是超前的预测。对比另一部同样专讲道理的《解深密经》，就可以看出，那经后半排列三大菩萨说教，是整理过的著作。《楞伽经》的涵量广大，辨别佛法与外道的理论同异，更可显示佛法要讲的道理的特殊性。经中少"中观"的破而多唯识的立，又有脱离语言的"不可说"，在中国曾有很大影响，出现过"楞伽师"。译文有四卷本、七卷本、十卷本。有原文本，不是译文所依据的本子。各传本互有歧异，详略不同，可见原始面貌尚未确定。鸠摩罗什、真谛、玄奘都没有译，若为更多读者需要，应有一个现代依据原文整理并加解说的本子。

四、《金刚经》(《能断金刚》)。这像是一篇文章，是对话记录体。思想中心是"智慧"，要求悟。这种智慧是佛法特有的，或说是其他宗教含有而未发挥的。讲的是逻各斯和非逻各斯的同一性，用现代话说，仿佛是理性与非理性的统一。这与《楞伽经》的分别层次不同。经中一半讲深奥的道理，一半宣传信仰本经。所说的道理不是一项而统一于所谓智慧即般若。本经编在更大的结集《大般若经》中，有玄奘译本。另有几种译本。通行鸠摩罗什译本。有原文本，不一定是翻译依据本，但歧异不大。《楞伽》《金刚》都说要脱离语言文字，而语言越说越繁、术语越多。

五、《般若波罗密多心经》，简称《心经》，或《般若神咒》。这是一篇短短的咒语体的文章。思想中心是"秘密"，或用现代话说是神秘主义。经中网罗了佛法从简单到复杂的基本思想术语而归结于神咒，或般若，即"智慧"。这本来是六波罗密多即到彼岸法门之一，现已成为独立大国包罗一切。这可以说是佛法道理的总结本而出以咒语形式。不仅末尾几句不可译，全文都是咒语。咒语就是口中念念有词，把几句神谕不断重复以产生无边法力。我们对此并不生疏。不过真正咒语读法是要有传授的。"心"是核心，不是"唯心"的心。有多种译本，包括音译本。通行玄奘译本。有原文本。音译本也就是用汉字写的原文本，或说咒语本。

六、《维摩诘所说经》。这是一部完整的书，可以说是教理哲理文学作品。《心经》是密，对内；这经是显，对外。看来这是供非出家人读的。思想中心是融通。中心人物是一位居士维摩诘。他为种种人以种种方式说法。说法的还有散花的天女。经中故事和道理都可以为普通人所了解接受。若说前面五经都是内部读物，《法华》《金刚》不过是包括了对外宣传，这经就是对外意义大于对内。有三种译本，通行鸠摩罗什本，文体特似中国六朝文。玄奘译本未流行。未见原文本，有藏译本。我不知道近年有无原文发现。

以上佛法六经，分别着重信、修、解、悟、密、显，又可互相联系结合成一系统。这里不是介绍佛典，只是查考深入并散播于本土传统思想之根中的外来成分。伏于思想根中，现于言语行动，不必多说，读者自知。

现在再说中国本土自己思想在文献中的根，也是六部经。因为是我们自己的，所以只需要约略提一提。书本情况和佛典的原来情况类似。传授非一，解说多端，影响极大，寻根实难。

一、《周易》。这是核心，是思想之体，不必远溯殷商，从东周起一直传到如今。这是一部非常复杂而又有相当严密的程序或体系的书。有累积的层次，又可说是一个统一体。累积上去的有同一性。思想中心能不能说是乾坤即天地的对立统一？统一于什么？统一于人。人也就是自然。统一中的基本思想是一切有序又有变。"用九，见群龙无首，吉。"真妙！这一思想成立之后就绵绵不绝持续下来，或隐，或显。"《易》之兴也，其于中古乎？作《易》者其有忧患乎？"（《系辞》）这话好极了，千言万语说不尽。

二、《老子》。《易》是体，《老》是用。这在两汉是不成问题的。司马迁的父亲司马谈讲得很明白。汉文帝好"黄、老"之术。所谓汉武帝崇儒术不过是太学中博士的专业设置，是士人的做官途径，与帝王官吏无大关系。皇帝喜欢的照旧是神仙。《易》《老》都是符号的书。《易》密，《老》显，所用的代码系统不同。两者都是一条一条的竹简书，不过《易》可以有序排列，而《老》似乎无序。两书相辅相成，是中国传统思想核心的两面，都是上供帝王下供世人用的。如果古人不通密码，也像现在的人一样连文字都看得那么难懂，怎么能传下来？早就亡了。古人当然也是各懂其所懂，不懂就尊为神圣。由《易》《老》发展出两翼：记言，记事。

三、《尚书》。西汉初的伏胜是秦朝的博士官。主要由他口传的《尚书》二十八篇是政府原有的和增加的和构拟的档案，自然有缺失。这是甲骨钟鼎刻石以外的官府文告集，也就是统治思想大全，是《易》《老》的具体发展验证。这是记言的书，包括了政治、经济、法律、军事，还有和《易》的序列思维同类的《禹贡》九州，《洪范》九畴、五行等等。

四、《春秋》。《公羊传》本，参照《榖梁传》本。《左传》本另案办理。这本来是鲁国记政事的竹简书，一条一条的，依年排列，是有序的档案，是记事的书。由《公羊传》发挥的《春秋》的事加上《尚书》的言，是秦汉思想发展《易》《老》的两方面。《公羊》尊王、一统、"拨乱世，反诸正"等等思想贯穿于全部中国历史。

五、《毛诗》。西汉毛亨所传本。本来不是官书，从东汉起，官定的齐、鲁、韩三家《诗》不传，独传下《毛诗》，成为《诗经》。这是官民合一的又一传统思想表现。《书》记言，《春秋》记事，《诗》记情。《风》是中原各国民谣和个人创作由官府选集配乐舞的歌词。《雅》《颂》是帝王的雅乐，专业歌手及官吏的作品。后来天子失势，大约从东周起，中央政府便没有这种文化职能了。所以《孟子》说："王者之迹熄而《诗》亡，《诗》亡而后《春秋》作。"这是说，中央政府名存实亡，统一的天子的"采风"（汉代又建乐府）没有了。各国不编集诗而记自己的政事了。孟子说的决不会是没人作诗了，没有民谣了，说的是政府。《毛诗》的思想中心是官民一致歌颂帝王统一天下。《毛诗》的《序》就是说明诗的政治用意。《大序》还说："言之者无罪，闻之者足以戒，故曰风（讽）。"这也许就是四家《诗》中《毛诗》独存之故吧？这传统一直未断。四十年前，我们不是全国上下都是诗人，民谣铺天盖地吗？

六、《论语》。这不是官书，是孔子办私学传授礼，传授《诗》，传授《春秋》以后，各派弟子一传再传下来的言行杂记。在汉代不显。好像与《易》《老》不合，其实孔、老思想之间有渊源脉络可寻。唐以后成为首要典籍。东汉郑玄合编三种传本为一部以后有种种解说。元、明、清三朝由帝王钦定朱熹一家《集注》独尊。为什么在佛教思想进来以前和以后《论语》地位大变？此问难答。除思想有特色外，还有一点很明显，那就是文体。书中有很多对话，不属官府，而属民间，还不限于师徒。有一些个人思想感情活动的简要生动记录。人物性格相当鲜明，不是道具。书中包含了最初的小说戏剧片断。不过多数仍是君臣、师徒对话，不是地位平等的讨论，所以和前五部经一样，陈述及判断多，缺少推理论证。值得注意的是书中有了一些未完整表达出来的推理而不是名家的悖论。例如有子论"本"，孔子驳冉有，等等。这是古籍中稀有的，是中国式逻辑。此经的思想中心可以认为是说理。二十多年前此书还是"大批判"的对象，可见至今还是一个幌子。

以上六《经》中，《易》《老》用的是符号语言。《尚书》记言，《春秋》记事，用的是官府语言，另有一种密码本。《毛诗》用了官民间通行的带暗示性的艺术语言以配合乐舞。这对于由中原而达全国的通行语"官话"的形成有很大作用，所以孔子说："不学《诗》，无以言。"又说："诵《诗》三百，使于四方。"独有《论语》与众不同，声名后起而一千多年来影响最大，甚至进入谜语、笑话。其中原因有一条是不是由于个人在社会中的地位改变以及文体更接近外来的佛经对话？《论语》比前五经更确认个人是显然的。此点应重视。

佛法六经和儒、道六经相比，差别显然。佛法的个人性明显，倾向于分散。儒、道这方面则政治性极强，倾向于全体，集中。也可以说，双方的轴线一致而方向相反。佛法是从个体到全体，无序。孔、老是从全体到个体，有序。《老子》骂统治者决不是反政治，倒是提出了一套更高明的政治见解。所以汉、唐、宋大皇帝都自以为懂得并且欣赏这一套。小国寡民自给自足的小单位如公社更有利于大帝国天子的统治。工商业交通发达，诸侯强盛，帝国就不容易照原样维持安定了。中国的神仙也是非常世俗的。印度本土缺少大皇帝。佛法赞转轮王，佛国气魄浩大，更接近中国的多方一统。在印度，佛法除在三个大帝国时期兴旺以外，终于灭亡，传到中国反而发展，尤其是为兴盛起来的少数非汉族民族的帝王崇奉。孔、老思想离不开天下和天子。佛国无量构成"世界"：可以合于"天下"。至于逻各斯和非逻各斯，双方都有两套，前面已说过了。

以上云云不过是老人闲谈。以下列出两个图式：

图式一：本土的，偏重逻各斯

图式二：外来的，偏重非逻各斯

1995 年

虚字·抽象画·六法

印度人念咒，中国人画符。印度佛经每部一开头都是"如是我闻"，是听来的。中国人向来轻视"耳食"，嘲笑"以耳代目"，不信"道听途说"，认为"耳听是虚，眼见为实"。印度书籍历来以口传为主，在"贝叶"上刻字较晚，在纸上抄写更晚。印刷书籍19世纪初才开始。所以晋朝法显去西天取经，居然许多庙里无经可抄，全靠口头传授。中国人从刻甲骨起就写字。竹简和帛书以后，很早发明纸张。晚唐五代已刻板印刷。这两大发明竟不为印度邻居所重视，没有传过去。腓尼基人将埃及象形字变为拼音以后，许多语言全用拼音记录。印度也用拼音字母，形式多样。各地语言照音拼成文字，分歧很多，只有背诵古文基本一致。日本借了中国汉字去也作为拼音字用。唯有中国独传汉字，重形不重音。古今和各地读音不同，一个字可念成几个音，但字形一样。有时念起来听不懂，一看就明白了。《诗经》的《国风》，各地读音不会一样。写下来，未必都经过翻译，就和《周南》《召南》《雅》《颂》没有多大语言差别了。印度的佛经，用巴利语传下来的，在东南亚各国都没有翻译，保留原文。近来有译文，念的仍是原文。中国不同，一进来就译成汉文，除咒语外不念原文。西藏也是传进来就译成藏文。印度的菩萨"观自在"，经过中亚一传进中国，便成为"观世音"，简化为"观音"。"音"也要"观",中国人很能欣赏。正好配季札观乐(《左传》)。也许是自从画八卦以来,中国人就重形过于重音。东汉已有《说文解字》,而南朝才讲四声,《切韵》到隋朝才定下来,宋朝才有《通志·七音略》。

以上说的情况人人都知道,但注意的人不多。重形象是中国人思想的一种习惯倾向,是心理结构或模式中的一个特点。"抽象"这个词是外来语。记得小时候听说,有人自作聪明,解释"抽象"是从事物中"抽"出一个"象"来,传为笑柄。"对象"也是外来语。总离不开"象",离不开画八卦的老一套。这两个词现在成为普通话,但怎么解释,只怕不但不识字的茫然,连识字的也未必说得清楚。

再举两个外来词。"逻辑",本来译为"名学",后来改为"论理学",终于通行了"逻辑"。据有人解说,这是译音兼译意。"逻"是演绎,"辑"是归纳。语源上溯到"逻各斯",仍是译音,种种意译都未通行。"逻辑"已成为中国话,往往有中国用法,向外国话还原会有困难。"理性",据说也是译音兼译意的外来语,好像是从康德那两部书定下来的。什么是"纯粹理性""实践理性"?"理性"就是英文字 reason 的译音,又表示康德哲学中的意义。这本来是普通字,又成为哲学术语。现在变成了中国话,又有了中国用法。"逻辑",忘了是译意;"理性",又忘了是译音。用来用去,仿佛大家都明白,其实很不容易解说清楚。为什么译音?恐怕有一个原因是抽象词难译。我们的思想习惯是喜欢有个"象"。"道"本来是道路。"仁""气"之类本来也都是有"象"的。"先验"在我们一般中国人看来是不可思议的。所以康德那本《纯粹理性批判》开头说一切知识起于经验,读来正合我意。我们从来都是相信经验,以为过去可以当成未来的。可是第二段引到"先验"就有点隔膜了。以后这也"超越",那也"超越",恐怕能跟着他"超越"过去的人不多。好在他有他的"批判"，我们会我们的"批判"，照我们的了解来"批判"他就是了。不仅是康德，柏拉图的那个什么"理念"，经过种种翻译尝试，不知现在是否已经定下来了。这些例子都是老词，现在又引进了许多新的。不少是从科学技术的词转化的，我们也能广泛运用。往往一篇文章好像是用汉字写成的外国词的组装，却又未必能直接倒回去还原成为外国话。有的文章中，中国思路的外国话不比外国思路的中国话少。有些论中国的哲学、文学、艺术的话很像是外国人说的，却又不像外国话。仿佛出现了一种中外合资的语言和思想，没有化而为一，是联而不合。这是题外话，由讲中外语言思路不同想到的。

再举个例："存在"这个词是外来词，是非常难办的一个词。在欧洲以及印度的语言里很简单。他们的"是"和"有"是一个字，而这个"有"不兼"所有"的意思。"有"只是"有一个人"的"有"。所以这个最普通的词变成哲学术语对他们也不陌生。哈姆雷特的著名独白开头就是这个字，可难为了中国译者。有种种译法，现在好像是变成"活还是不活""存在还是毁灭"了。汉语的"是"和"有"没有统一起来的词。"有"又有歧义。所以只好译成"存在"。"存"是在时间中继续。"在"是在空间中定位。都不是超脱时空的抽象词。外国这个本来普通的词原是朦胧、模糊的，变成汉文，更加晦涩。什么存在主义，什么"此在"，不比当年的"涅槃""佛性""刹那生灭"容易懂。可是外来新词用起来也有方便之处，因为它朦胧、模糊，可以灵活运用。

中国人了解外国人思想，若懂了对方的语言，也许可以比外国人了解中国人思想稍微容易些。我们会中国话，习惯于中国的思想方式，还往往不大说得清楚自己的思想，无怪乎外国人学会了中国话，和中国人打交道或则读中国书，照他们的一套来理解，就往往觉得难懂了。这不妨碍他们喜欢讲《易经》《老子》，因为这也有方便之处，同样是由于朦胧、模糊。

将中国、欧洲、印度、日本的语言和其中的思想习惯比一比，这是一件极有趣味的事情。我们中国人比较知道一点汉语中的思想习惯。我觉得，好像比别的语言思想更为突出不同的是符号性质特强。这引出两方面：一是特别喜欢对偶，对于对偶很敏感。好像代数符号，总有正负两面。二是特别喜欢形象，善于用形象表达抽象。符号有两个基本点：一是能为感觉所知。在这方面，我们重形过于重声。二是由本身引出另外的"意义"。这不仅是外国所谓"隐喻"。这两者是汉字的特点，也是汉语的特点，又是我们思想习惯的特点。符号化的语言和思想，外国不是没有，只是不如中国的强烈、普遍、持久。"言近而旨远"，"因指见月"，是我们的特长。这两句话中也都有对偶，有形象（近、远，指、月）。古今这类例子不可胜举，不限于诗、赋。有兴趣可以从古书一直查到报纸，俯拾即是。"一天等于二十年"。"东风压倒西风"。这些不都是我们所喜欢而又容易记住的形象符号的词句吗？

啰嗦一大通，不过是想由此谈谈符号化思想的三点表现。话休絮烦，点到为止。

虚字。这是本身没有独立意义但对其他词或全句有意义的符号。有点像外国话的语尾或介词，但不是附属品。单独指示疑问的"吗、么、呢"符号好像是别的语言中少有的。日文中有个问话尾巴。世界语中有个标示疑问的词，不知创造者柴门霍甫是不是从汉语得到灵感。（世界语数词构造与汉语相同。）印度语中有个词可以加上去使全句变为疑问，可是那个词的本身意义是"什么"，并非虚字。《千字文》末尾说："谓语助者，焉、哉、乎、也。"向来认为，虚字是"助"词，不能独立，用其独立意义时便是另一个字，不是虚字了。其实虚字不是可有可无的助手，往往在全句中有举足轻重的作用。《论语》："礼云，礼云，玉帛云乎哉？！乐云，乐云，钟鼓云乎哉？！"（《阳货》）"觚不觚。觚哉！觚哉！"（《雍也》）用了那么多虚字。减少一个便会使全句失去意义。"君子人欤？君子人也。"用意全在两个虚字上。"欤"表示不定。"也"表示确定。可以说，虚字是表示抽象意义的符号。《论语》中很多虚字，实中夹虚，接近口语。《易》《老》中几乎不用什么虚字，符号居多，接近数学公式。《易》《老》中所用的"实字"大都和"虚字"类似，是别有用意的抽象意义的符号。孔、孟是讲实事的，所以用虚字在实字中表示抽象意义。"不亦乐乎？""亦有仁义而已矣。""乎"和"而已矣"所指示的意义是很难用普通话一句说出来的。这些是特殊词，是表达抽象意义，如疑又不疑的问、限定等等的符号。"道可道，非常道。"便是确定了表示抽象意义的符号"道"了。从《论语》《孟子》《易经》《老子》的语言、文体也可以窥见其思想模式以至"心态"有所不同。后二者更多断语，更自信，抽象虚字少。所有这些都表示，中国人表达抽象的方式自有特色。

抽象画。据说现在世界上抽象画盛行。中国对此好像是难于引进推行。我看若就"画"的传统一贯的"所指"来说，抽象画自成一类，不必算"画"，可称为"意象图"。若将"画"字的意义扩大，凡是色彩（黑白在内）和线条、点、面构成的平面图形，不论表形或表意，都叫"画"，那么，抽象画也算是画的一种。照广义的画说，中国早已有了抽象画，而且很多，很好。一是藻井之类，特别是西藏的许多为外国人赞为神秘象征的"曼荼罗"。这些本是画，不必多说。二是汉字书法。不但篆书和草书，对不认识的人来说，是抽象画，隶、楷、行书也是。中国书法的奥妙，就在于能以图形表达抽象（包括思想、感情），是"意象图"。用刀斧在石壁上顺势凿出的"杨大眼"之类魏碑的字形，也能用毛笔在纸上写出来，成为有特殊美的字，其实就是画。中国字和中国画互相通气。表面上一是抽象的，一是形象的，实际上两者有同一性质，都是符号，一样的"言近而旨远"。若就书法字去求词句的意义，那就好像见画的是苹果便想吃一样了。可是书法又不能完全脱离词句意义。类似画中的形象，词又是帮助了解书法的"画"义所不可少的。例如王羲之的《兰亭序》和颜真卿的《祭侄稿》。文以字而显，字以文而意义更丰富。孙过庭《书谱》中说了他从王羲之的各种帖找出写时的各种心情。这是他对书法符号的一种解说。看字如同看画。单是文章，那就经常是借助于想象而以形象词表达抽象意思了。陆机《文赋》："谢朝华于已披，启夕秀于未振。"若将形象中的抽象意义概括再表达为"承先启后"或则"批判继承"，和原文能一样吗？后者为有限，企图确指；前者为无限，所指边界模糊。诗、文与书、画在中国是通气的，全是以形象表抽象，妙在符号的运用。中国哲学也有同类特点。讲中国书法美学，若参照外国的种种抽象画理论，也许可以有新意。用中国书画理论讲外国画也会同样，难在化为现代语言，更为费力。例如可试用"六法"解"蒙娜·丽莎"。

六法。南齐谢赫的"绘画六法"自张彦远作唐人解说以来，不但千余年有种种解说，而且现在尚有争论（见《美术研究》1989年第1期吴甲丰文《解惑篇》）。我也想提一点外行看法。中国习惯，列举一二三四的并不都是平列。（印度也如此。南齐时佛经已来，可以互证。）不但主要的或在首或在尾，而且用字遣词常用符号意义，即由此见彼。说"罕能兼之"也不能证六者平列，而是有总有分，有主有从。吴甲丰文引宗白华之说（《美学散步》）得其要旨。但六句读法尚有分歧。（钱锺书亦有一说。）我以为，若以第一句为总纲，指全局，则所列似可一分为四，读成"一曰：气、韵，生、动是也"。四字不连读，各为当时常用术语，亦即符号。"气"为道家言。"韵"亦自有涵义。程千帆多年前即有《陶诗"少无适俗韵"韵字说》一文（现收入《古诗考索》），由《世说新语》证晋时流行之"韵"字有"风度""性情"等义，惜未继续研讨。"六法"若首指人物画而非静物画，则"气、韵"并非一事。"气"指人所凭借（形）、"韵"指人所显现（神）。"生、动"二字亦可分开讲。"生"（活的，非死的）指形，"动"（非静的）指神。"形""神"对偶也正是六朝时思想习惯。"气"欲其"生"，"韵"寓于"动"，以后释前，形神交错，如两仪、四象。准此，下句是否可读成"二曰：骨法，用笔是也"。是技法总纲。再以下各句是否亦可将四字一分为二，以后释前？我对美术完全外行，所见极少，不敢置喙。

我越来越觉得中国古人的符号思想，由显见隐，由此及彼，"见微知著"，在古书中处处可见。"寓言十九"不仅《庄子》有，其他书讲理论时也常用故事或史实或形象以表达抽象意义，甚至用词也如此。《庄子》讲庖丁解牛"以无厚入有间"。真谛译印度文中的宇宙构造的最小基本单位（今译解为原子）为"邻虚"（玄奘改译"极微"）。两者都可为例证。这不是不立文字的禅宗所独有而是我们的思想习惯。不妨抄一段《论语》："子夏问曰：诗云：'巧笑倩兮。美目盼兮。素以为绚兮。'何谓也？子曰：绘事后素。曰：礼后乎？子曰：启予者商（子夏）也。始可与言诗已矣。"（《八佾》）所引《诗经》的三句都是形象的。孔子和子夏的对答也不是抽象的。可是三者是三件事，如何连得起来？这就是由此及彼，用形象表达抽象，又转为另一形象表达。这正是符号化的语言和思想。《论语》另一处，孔子称许子贡说："赐（子贡）也，始可与言诗已矣。告诸往而知来者。"（《学而》）情况类似。在《论语》中，"学诗"是和"为政"相连的。诗不仅是文学。由此可见，中国人不是不会"抽象思维"，而是用形象语言符号作"抽象思维"。这是思维的一种形态。若将形象化为符号，便可出现抽象的数学公式。中国语言习惯最喜举数概括，如"三纲、五常""三教、九流"之类，亦是符号语言。至于这样的情况今天还有多少存留，那是另一问题了。

1990 年

台词·潜台词

谈话必有对方，正如下棋必有对手。

一个人谈话是自言自语，也就是以自己为对方。或则是有看不见的听众，现在的，将来的，甚至过去的古人。这在舞台上叫作独白，这也可以是旁白，实际上是不对台上人说话，而对台下人说话。古今中外的作书人大概都是这一类。

下棋的两个人的无声对话，口不言而心谈话。有时心中的话还没有变成语言，你来我去互猜心思。你这一着棋是什么用意？我该怎么回答？猜出你的，再用棋子语言表示我的。所以下棋称为手谈，一点不错。

用语言讲话和用棋子讲话属于同一类型。书上的话和口头的话有些不同，仍是一类。互通信息，互猜心思，彼此心中有数。不过猜得对不对，合不合对方的意，那可不一定。谈话和下棋面对面，可以当场验证。用书谈话，作者在先，读者在后，那就难以取证，大半是各说各的。

英国19世纪作家盖斯凯尔夫人在她的小说《克兰福镇》中说过："她自己心中有数，我们心中也有数，她知道我们心中有数，我们也明知她知道我们心中有数。"这下面应当还有一句话，作者没有说出来："不过大家都不说出来罢了。"

在舞台上，说出来的话叫作台词，没说出来的话叫作潜台词。不说的话往往比说出的话更重要。演员的本领常在潜台词上。

两人谈话称为对话。若有不说话的第三者从旁听到，若能再想到对话中的潜台词，好比看人下棋或摆摆棋谱，也别有趣味。戏剧、电影、电视、小说的吸引人常在这种趣味之中。中国古书记录一些对话，虽没有柏拉图的对话录那样世界著名，却也是别具一格。记下的决不是录音报道，自有记者的用意。他加了佐料，甚至就是他的创作也未可知。不过这一层往往被人忽略。

不到一百年前，读书的小孩子在"发蒙"以后正式读的第一部书是《论语》，这里面有不少"至圣先师"孔子和别人的对话记录。书中有注，多半是揭露潜台词，同时也是作注者的台词，里面还有他的潜台词。小孩子不知道这些，心中无数。可是用小孩子的眼光一看，又会看出另外的潜台词，会发出小孩子的问题。这会遭到大人谴责：小孩子懂得什么？书上讲的还有错？不可胡思乱想自作聪明。一句句读下去，能背熟就好，将来受用无穷。不懂不要紧。"书读千遍，其义自见"嘛。一遍遍重复，书上的也就变成你的了。

《论语》是孔子的对话或独白的记录，不见得忠实，但花样很多。研究并发掘孔子的潜台词的人和书古今中外多不胜举。他是圣人，自当如此。不过大家都重视圣人之言，不大注意谈话对方。对话的门人弟子是贤人，还有人注意。此外的对手就进入冷宫了。他们好像是陪圣人说话的道具。其实，将圣人和非圣人的对话合看，加上可以挖出来或则加上去的潜台词，也许别有风光。

例如孔子和阳货的对话。一个是圣人，一个是奸臣吧？总之，是掌权的坏人。这两人怎么谈得起来？记的是，开头阳货找孔子，孔子不见。送来了礼，一口猪。圣人不能缺礼，必须回拜。可是又不愿见他。于是打听到阳货大人不在家才去拜访。这个行动也是语言。其中的潜台词是："还了礼，可还是不见。你不在家，这不怪我。"偏偏运气不帮忙，在路上遇见了。很可能是阳货权大，手下人多，消息灵通。孔子名气大，行动无法隐瞒。所以阳货一得到情报，立刻堵上路口。这有点像廉颇堵蔺相如演"将相和"的形式，内容可大不同。这一相遇，圣与非圣之间出现了来回几次对答。阳货很不客气，到末了，直逼中宫，将了一军，说："年岁不饶人啊！"（"岁不我与。"）孔子回答："好吧，我答应你，我要出来做官了。"（"诺，吾将仕矣。"）这里有什么潜台词？一个心里说："我知道你不愿意在我手下工作，偏要逼你出来，看你怎么说？"一个心里说："你是掌权大官。我不过是个退休的老头，我拗不过你。你用一层又一层大道理（仁、智）逼我不能不承认。可是答应尽管答应，这是口说无凭。做不做官，还是我自己做主。大不了我跑出鲁国，再去周游列国便了。"这一篇精彩对话的记录者或则报告文学作者自然也附有潜台词。那就是，大家看看圣人怎么对付小人的。他以礼来，我以礼去，他讲道理，我顺着他。我本来要做官，答应也不是假话。可是到不到他的手下，那就不一定了。这类报道也许起先口头流传，也可能书面抄写，用篆字刻在竹简上。到汉朝，成为经典，从此又有一代一代人一层层发掘潜台词并且写出或讲出或想出自己的潜台词，也就是所谓心得体会。这一段话便是我的读后潜台词写成了台词，同当年初读时小孩子想法差不多，不免"贻笑大方"。

孔圣人的谈话对手很多，研究起来也许可以成为考什么学位的论文。这且不提。再谈谈"发蒙"后的第二部书。那是"亚圣"孟子的对白和独白的记录。大概书写工具有了发展，不但记的对话多而且篇幅也长了。有些谈话对手很不客气，简直像是有意挑衅的。孟老夫子的火气也不小。对王、公竟也有时针锋相对给他下不去，还背后说什么"望之不似人君"。当然也有时巧妙地绕弯子引对方上钩。有时当面给人颜色看，"隐几而卧"，比孔子的托病不见又让人知道更为严峻。

　　有一次孟老夫子带一群门徒来到滕国。住在高级宾馆（上宫）受招待。不料住房的窗子上原来有双鞋子忽然不见了。宾馆的人找不到。有人就问："老夫子的随从怎么这样藏起人家的鞋子来了？"孟子立刻反问："难道你以为这些人是为了偷鞋子来的吗？"那人只好回答："大概不是吧？"（"殆非也。"）接下去的几句话好像是那人替孟子作了解释，打圆场，说："您老先生开班招生，对于来入学的人是'往者不追，来者不拒'的。愿来学的就收下了。"这些话是替孟子开脱，却又仿佛是不否认有人偷鞋子。好像是说，孟子收门徒，来去自由，无法保证。（"往者""来者"和《论语》中"往者不可谏，来者犹可追"不见得一样。朱熹注说是不究既往，不查历史，与"来"对不上。）这段对话为什么会记下来？朱熹在注中说，这"合于圣贤之旨，故记之"。这到底是怎么回事？因为不知问话的人是谁，所以很难明白。只有"来者不拒"这句话倒是一直传到了今天。

　　不明白谈话的对手，难以追寻潜台词，圣人的话也就难以明白。《论语》中有个原壤，不知是什么人，挨了孔圣人一顿骂，又挨了一棍打，也没答话，或则是答话没有记下来。他怎么得罪了孔子？书中只说他"夷俟"，据说是蹲在那里等待孔子来，无礼已极。朱熹老前辈注解说，这位是孔子的老朋友，大概是老子一派，放弃礼法的，因为据说他曾经"母死而歌"。这是顺手给老子一棒槌。孔子说他幼年时不听话，长大了无所作为，"老而不死是为贼"。于是用手杖敲他的腿（以杖叩其胫）。大概潜台词是："看你还伸不伸出腿来！"那时没有椅子，古人是跪坐在席上的。伸出腿来当然是不敬，所以要挨打。原壤年纪不小，一辈子不知做了什么错事，说不定是什么事也没做，惹得圣人这样大发脾气，一点也不心平气和，不但动口，而且动手。孔子这时应当比原壤还要大几岁，为什么会骂一句"老而不死是为贼"？这句话竟然流传后世。孔子骂"贼"在《论语》中记的不止一次。"乡愿，德之贼也。""贼夫人之子。"圣人教导人"非礼勿言""非礼勿动"。圣人骂人、打人不用说都是合"礼"的。平常人可就不行了。只有圣人才配说，"礼法岂为我辈设哉？"（说这句话的不是圣人）。不是守礼才成为圣人，而是圣人的一切都是"礼"。孔子"七十而从心所欲不逾矩"。圣人到了七十岁就可以随心所欲了。非圣，例如原壤，那就是"贼"了。圣人就是对。"贼"人就是错。那还用说？这话本身就是潜台词，不需要说出来。习以为常，众所周知。

台词，潜台词，都不离问答；是语言，也是思想。考虑就是自问自答。没有问题也就没有思考。可是人类据说是"有思想的芦苇"，所以潜台词不断出现，而且和台词之间大有微妙关系。怎么能知道？从对手方可以知道。和下棋一样，一来一去，一问一答，用棋子说的话和没说出的话不会完全一样，却又可以推测出来。双方对话同时互测潜台词。

《文选》中有些问答文章是假设的，不是记录。宋玉的答楚王问最有名。其中的"阳春白雪""下里巴人"的话至今流传。东方朔、扬雄、班固的问答文章，从前也有很多人会背诵，现在不行时了。司马相如的一篇《难蜀父老》，假设皇帝派的使者和四川父老的对话，宣讲开发西南的正确，驳斥地方上人士的意见。对于这篇对话的潜台词有不同猜测。金圣叹认为"纯是切讽天子，更于言外得之"。说这不是歌颂而是批评。对《子虚》《上林》两赋也有这样看的。这位司马先生以词赋得到汉武帝恩宠，写的文章有"迎合上意"的，可也有内含"谲谏"的。这篇台词是不是绕弯子说话的"反讽"呢？

说到金圣叹，他的文学批评主要是揭发潜台词。他评《西厢》，常揣摩戏中人心理，也就是潜台词。他评《水浒》，大挖宋江、吴用的潜台词，由此推出施耐庵的潜台词，还腰斩出一个"贯华堂古本"来证明。有人认为，那里的所谓施耐庵序也是金圣叹冒名顶替的。金圣叹喜欢批"应读作"什么。这就是说，书里记的是台词，而"应读作"的是潜台词。

何止金圣叹？中国古代文艺批评中有不少是发掘书中的潜台词以至于书的作者的潜台词的。对于诗文"命意"下"诛心"之论正是我们的古代读书前辈所擅长的。这一点，当已有不少大文论及，不必多说。

清末（光绪年代）陈廷焯的《白雨斋词话》说："金圣叹论诗词，全是魔道。""圣叹评传奇，虽多偏谬处，却能独具手眼。至于诗词，直是门外汉。"原因是金推重欧阳修的词，而陈不同意。陈说冯正中（延巳）的词"意余于词""不当做艳词读"，即潜台词不"艳"；而欧阳永叔（修）"不过极力为艳词"，即潜台词也"艳"。这明显是说，冯词的潜台词比欧词的高。可是这很难说。陈以为辛稼轩（弃疾）词"蓦然回首，那人却在，灯火阑珊处"是"了无余意"。可是随后没有过多少年，王国维《人间词话》却以这句词为一种很高的境界。很明显，陈只读台词为"艳词"，没什么潜台词好说。王却读出潜台词为抒写一种境界，那就不同了。究竟这些说法是辛的潜台词还是陈、王二人的台词，其下另有潜台词呢？作《新五代史》那么方正的六一居士欧阳公怎么会"极力为艳词"，而为官人品不高的冯正中君反而不是为"艳词"呢？原因何在？

作品和作者也可以看作台词和潜台词，不会完全一样。《白雨斋词话》也说："诗词原可观人品，而亦不尽然。"举了一些例子。又说："冯正中（延巳）《蝶恋花》四章，忠爱缠绵，已臻绝顶。然其人亦殊无足取。""诗词不尽能定人品，信矣。"诗文是台词，人品是潜台词。台词高妙，不一定潜台词同样好。"口不应心"，虽非必然，却是常有。司马相如、金圣叹也是这样。说不定中国古代诗文和诗人、文人有这样一种"传统"。原因可能是用于社会的文和处于社会的人极难一致。司马相如的文有两面，正如他的人有两面。用现在的习惯语说，他的一生和文章都是悲剧。遭遇很曲折，文章需索隐。文名极大，读者很少。到现在他又以附于妻子卓文君而留名。这岂非悲剧？

几年前看到法国德里达的几本书。对于他的所谓"解构"，我难以发言，只写过小文《"解构"六奇》。他有两篇文是一中有二。平行印出两篇，或纵（上、下），或横（左、右）。不知是不是一是台词，一是潜台词。反正我看后莫测高深，觉得两篇都是台词，无非捏合到一起而已。说两篇文是"合二而一"和"一分为二"都无不可。自己已经说出来，"潜"于何有？《小五义》中的"黑妖狐"智化口中发誓，脚下画"不"字，也不能一张嘴同时说出两种话来。这样文章，不指为"故弄玄虚"，也算是白费气力，因为难得有人明白，明白了又能得出什么？无非是台词之外有潜台词，或则是解开"双关语"。

以我浅陋所知，欧洲人论文，从德里达上溯一直到亚里士多德、柏拉图，对于潜台词的重视似乎都不如中国。他们极力要把潜台词变成台词。现在是一面着重分析台词本身，另一面又着重挖掘没讲出的潜台词，"分道扬镳"。然而，总之，都是要把不明白的讲成明白，把明白的讲成数学公式，其实是更加不明白。中国自从毛《诗》大《序》提出"比、兴"起，经过《文心雕龙》直到《人间词话》，都不放弃讲潜台词。但讲法是把明白的讲成不明白，不明白的讲得更不明白。好比佛家讲《妙法莲华经》，把一个"妙"字讲得无穷无尽。（竺法护译"妙"为"正"便不妙了。原文此字 sad 在这里只指"正法"之"正"，也是"真"，单讲才深奥。）我们看轻潜台词不过是近几十年的事，到不了一百年。可是找"黑话"之风有一时期还声势浩大，仍然是重视潜台词的传统。可见不说不等于没有。

台词是明白讲出来的，可以分析；潜台词就不然。欧洲人历来大多讲求明白，说话要划清边界，极力把不明白讲成明白，连"神秘"也明白说出；可是也往往越追求讲得明白越不明白。罗素、维特根斯坦就是眼前例子。海德格尔更不用说。中国人历来大多讲求不明白，或说含糊，说话常闹边界纠纷，往往把明白讲成不明白，引起过不少人愤怒。可是偏又有人不断称妙，所谓"妙不可言"。"不可言"就是潜台词不能转为台词。印度人处于中、欧两者之间，摆的架势很明白，喜欢一二三四报数，但演的什么又不明白；很讲划界却总是划不清；仿佛是台词和潜台词不分。也许正因此，欧洲人把他们认作本家，而中国人也把他们看作亲戚。"此在"（欧），"刹那生灭"（印），"方生方死，方死方生"（中），三句台词仿佛可以相通，但潜台词恐怕是大不一样：一个肯定，一个否定，一个不定。

世界正在迅速变小。世界上的种种台词和潜台词也正在激烈冲撞汇合。看来可能是世界台词越来越趋向欧洲语言，而潜台词反而像是越来越向中国语言接近。"中国的"和"中国人"并不相等。围棋是中国的，围棋的世界大赛冠军不一定是中国人。所以我这句"卜辞"并非中国人自高自大，不过是一句旁白而已。

1990 年

食人·王道

　　偶翻阅司马光《资治通鉴》卷二五七，见到"宣州军始食人"。接着看下去，又一处记："有相啖者。"再看下去，又记着："不耕稼，专以剽掠为资，啖人为粮。"再翻到卷二五八又有："城中食尽，人相啖。"以下又记，杀了一个人"脔食之"。再以下记："悉焚扬州庐舍，尽驱丁壮及妇女渡江，杀老弱以充食。"还有："斩首万余级……军无食，脯其尸而啖之。""脯"是干肉，可以储存，不止吃一顿了。果然，卷二五六记："军行未始转粮，车载盐尸以从。"这一句下面有胡三省的注作了解释："以死人尸，实之以盐，以供军粮。"卷二五八还记在打仗时叫阵说："欲得尔肉以饱士卒，可令肥者出斗。"人肉也成为商品。卷二五四记："贼买人于官军以为粮。官军或执山寨之民鬻之。人值数百缗，以肥瘠论价。"可见"官"和"贼"之间还有人肉市场。倒霉的是"民"。卷二五七记："官军掠人，诣肆卖之。驱、缚、屠、割如羊豕，讫无一声。积骸流血满于坊市。"从这"讫无一声"说，人像羊而不像猪了，被杀吃也不会大喊大叫的。卷二六三记："是冬大雪。城中食尽。冻馁死者不可胜计。或卧未死，已为人所剐。市中卖人肉，斤值钱百。犬肉值五百。"人肉价只有狗肉价的五分之一。想来不见得是因为味道有优劣，而是由于人肉比狗肉容易得到。人究竟比狗多。这是供求律决定的价格。

以上这些只是随手一翻所见，只是从唐僖宗到唐昭宗的一段时间。这是在黄巢之后，不能算在号称"杀人八百万"的那位齐朝皇帝账上。这是一千年前的记录。其实人吃人的事早就有。《公羊传》（宣公十五年）就记了春秋时围城中"易子而食之，析骸而炊之"。（《左传》同）唐朝张巡守城，曾食人。绝粮后食物的次序是：马、雀、鼠、妾、奴、妇人、老弱男子（卷二二○）。唐朝以后，宋朝岳飞的《满江红》词中有"饥餐胡虏肉""渴饮匈奴血"，还算是"壮志"。值得注意的是，以上引的这些都不是由于天灾，而是由于人祸，不能埋怨老天爷。

五代时还在继续吃人肉的例：后汉有个大官"好食人肝。尝剖而脍之。脍尽而人犹未死。又好以酒吞人胆。谓人曰：'吞此千枚，则胆无敌矣。'长安城中食尽，取妇女幼稚为军粮，日计数而给之。每犒军，辄屠数百人，如羊豕法。"（卷二八八）不作为粮食也可以被杀。后梁时一位刺史"尝召州吏议曰：'吾欲尽杀百姓，可乎？'吏曰：'如此，租赋何从出？当择可杀者杀之耳。'"大概是出不起租赋的就被杀了。他又"纠民为兵。有言其咨怨者"。于是"悉集民兵于开元寺，绐云犒享。入则杀之。死者逾半。在外者觉之，纵火作乱"。结果是"闭城大索。凡杀三千人"。到后晋时，有一个官搜刮太凶，"民多逃亡。尝出过市，谓左右曰：'人言我驱尽百姓。何市人之多也？'"（卷二八二）这也和杀人吃人差不多。可见百姓的用处是出租赋供军粮，没有粮食出，便以自身为粮上供。

为什么要吃人？因为没有饭吃。没饭吃，只好把供饭吃的人拿来当饭了。由此我才有点明白，为什么从孔、孟、商鞅起，治国讲"经济"（古义）的都那么唱低调，要求的总不外乎让老百姓吃饱饭，加上国家（政府）有武器。"富、强""耕、战""王、霸"等等都是以此为基础，达到"府廪实，甲兵强"。原来几千年来，中国人大多数经常饿肚子。所以首要之务便是把肚子填饱。商鞅的"耕、战"不必说，孔、孟的抄一点看看。

孔子的只抄《论语》。说得不多，但很扼要。问老夫子如何"为政"，有不同答法。有一条最简明。他说："足食，足兵，民信之矣。"（《颜渊》）有了粮食，有了武器，老百姓还能不信从吗？没饭吃，也得"信"。"自古皆有死，民无信不立。"（同上）可是没饭吃究竟不好受，可能会吃人。所以要提倡颜回："一箪食，一瓢饮，在陋巷，人不堪其忧，回也不改其乐。贤哉，回也！"（《雍也》，又见《孟子·离娄》）颜回当上孔门首席大弟子，原来是他善于挨饿。他"屡空"，结果是"不幸短命死矣"。恐怕和营养不良有关。吃饱了又怎么样？孔子说："饱食终日，无所用心，难矣哉！不有博弈者乎？为之犹贤乎已。"（《阳货》）吃饱饭没事干，还不如下下棋。那时的"博"大概还不是赌钱，只比赛胜负。想来能吃饱饭的人很少，所以下棋消遣即可对付。若是很多，棋就不够用了。孔子的门人子路说得痛快："加之以师旅，因之以饥馑。"（《先进》）乘人挨饿去打他。这把"足食、足兵"的奥妙讲透了。

"亚圣"孟子更是把吃饱饭当作"王道"的首要之务。你看他把"老者衣帛食肉，黎民不饥不寒"以及"八口之家可以无饥矣"，一遍又一遍地重复（《梁惠王》《尽心》），说"文王之民无冻馁之老者"（少者免不了），断言只要让老百姓吃饱饭，"然而不王者未之有也"。战国时杀人如麻，比起"易子而食之"（交换孩子吃）的春秋时代，不会少吃人。所以孟子说："庖有肥肉，厩有肥马，民有饥色，野有饿莩（殍），是率兽而食人也。"（《梁惠王》）他宣称：要统一天下，"唯不嗜杀人者能一之"。因为"今天下之人牧，未有不嗜杀人者也"（同上）。"嗜"就是爱好成癖。"人牧"一词好。"民"就是被"牧"的羊。养肥了也不过是为的可以杀了吃。能不嗜好杀而养羊的当然是"王道"了。要"牧"而不杀，那是要求太高了。说"王道"能统一，可惜历史证明的恰恰相反。秦始皇算不上"不嗜杀人者"吧？在他以后统一天下而"不嗜杀人者"，仍然"未之有也"。孟老夫子苦口婆心恐怕也只是着重一个"嗜"字。杀人不可避免，能不成为"嗜好"，就很不错了。真是低调政治啊！也是他说的，"制民之产，仰不足以事父母，俯不足以畜妻子，乐岁终身苦，凶年不免于死亡，此惟救死而恐不赡，奚暇治礼义哉？"（《梁惠王》）孟比较孔似乎更现实些。这也许是战国比春秋的时代环境"氛围"更严酷些吧？不过两位圣人都把吃饭当大事，这是一致的。（孔子讲究吃，不只是"食无求饱"，见《论语·乡党》。不过那篇未必是及门弟子所记，倒像是综合报道，难免有水分。）

"府廪实，甲兵强"是历来政治家治国的奋斗目标。吃饭第一，打仗第二。吃饭也为打仗，打仗也往往为吃饭，所以二者是"为政"之本。所谓"社稷"，说穿了就是土地和粮食。"民为贵"，不过是他们能种地长粮食"以供其上"，而且没有粮食时还可以贡献自己身体。"君"可就不行了，就得靠他们养活。所以孟子说："民为贵，社稷次之，君为轻。"（《尽心》）仍然是吃饭第一的道理。没人在土地上种粮食就没饭吃，没饭吃就要死亡，这还用说？

中国从古代到近代、现代，好像是一直为吃饭发愁。人口多时愁，人口少时也愁。例如战国、五代，战争频繁，人口不多，地力也未尽，还是要以人为粮。所谓"救亡"实际是怕人家来抢粮食，自己吃不上饭，说不定还要连自己带妻子儿女都供外来人吃，这就要"揭竿而起"了。什么"天下""国家"大道理，不是说给老百姓听的。皇帝的亡国是失去财产、权力，即富与贵，和庶民的亡国是不一样的。"救亡"成为口号，是抗日战争前几年才提出的。日本军阀的"三光"政策是"亡"的具体含义。八国联军打进北京时，慈禧太后吃窝头，赛金花据说开仓放粮，也全是围绕着吃饭。刘鹗也是因为擅自开仓赈济饥民才被发配充军去新疆的。

吃人肉的历史已经成为历史了，但是能仅仅以不吃人为满足吗？吃饭问题还不能忽视。吃饱了再识字进而读点书，这恐怕是生存的最低要求了。可是为什么几千年间问题依然存在呢？原因可能是为求生存而生存始终是会原地兜圈子的。生存之外一个人还要生殖和发展吧？不前进就后退，正像识字而不读书，很快就会"复盲"一样。欲望无止境。大贤人颜回是不能作为学习榜样的。可尊敬，但不能吸引人去学他。"知足常乐""知足不辱"，这些教导是只有多少"足"了的人才会点头，却也未必能实行的。孔子还"知其不可而为之"（《宪问》）。孟子还说："予岂好辩哉！予不得已也。"（《滕文公》）不论讲什么中国、外国、古代、现代哲学思想，若忘了中国还有以亿计的还在忙于吃饭而且还不识字或识字而不读书的人的思想实际，讲多少豪言壮语、微言妙道，恐怕都是不中用的。高超的思想最多也只是在识字读书人的圈子里热闹而已。对症才能下药。《本草》《伤寒论》当然要讲，治病还得"辨证施治"。我们的哲学祖师爷说的话还得时时记着。古希腊哲人说："认识你自己。"孔子说："知之为知之，不知为不知，是知也。"（《为政》）"反思"一下，我说这一番话，说不定是有点"强不知以为知"呢。还是闲话少说吧。

1990 年

秦汉历史数学

我是谁

我是谁？——这是金庸的一些小说的一个（不是唯一）主题（theme），或不如说是"母题"（motif）。石破天在《侠客行》的末尾提出这个问题。他不知道自己的父母就在眼前。"西毒"欧阳锋在《神雕侠侣》中也提出这个问题。他一心钻研武艺入了魔，忘了我，不认识自己，不知是什么身份了。武艺也是艺术。艺术会使人入魔，例如画家凡·高，还有诗人李白投水捞月的传说。《天龙八部》里的乔峰或萧峰为知道自己的身世，是汉人还是契丹人，闹出多少事。同一书中，先是和尚后成道士终于当驸马的虚竹一直不知道自己的出身，忽然被认出来了，原来是一个被遗弃的私生子。父母就在眼前，一是高僧，一是大恶人，立刻父母都自杀了。一出现就灭迹，他还是没有父母。《飞狐外传》里的胡斐，《神雕侠侣》里的杨过，都没见过父亲，但一心要确定杀父的人以便报仇却又临时犹疑。这些人问的是"我"，实际上全是查考自己的上一代，也就是要弄明白本身所得到的遗传基因，生理的、心理的、社会的（即种族、阶级、阶层、行帮、等级、地位之类的面貌，例如"政治面貌"）身份，种种不能由自己选择而要由自己负责的从出生就接受

165

下来的基因。这类基因，个人有，民族、国家、帮会等比较巩固的集体也有，那就叫作传统。传统比个人基因更难认识，因为心理的、精神的成分更多。好比集体的潜意识，在许多人的行为上表现出来时，大家认为当然，一般不予追究，不以为意。不认识自己传统，仿佛不能直接看见自己的后脑，没有人会大惊小怪。想全面深入分析和理解集体传统很不容易。文献不足，思想难抓，看法各异，方法无定，于是往往是"言人人殊"，对于本身传统只好含糊了事或者争论不休了。可是"我是谁"还是得问，因为传统来自过去，存于现在，影响未来，多少明白一点也比糊涂好。但必须从提问开始，不同问题有不同答法。古希腊哲人说过，"要知道你自己"。这句话里的"知道"不是指知识、评价，是说要理解。真正有"自知之明"，谈何容易！

从世界看中国，这是一个大帝国，有两三千年历史，奇怪的是能够"合久必分，分久必合"，延续下来。清朝以后没有皇帝了，大小军阀混战，列强瓜分，各划势力范围，一个紧邻强国干脆出兵占领人口稠密的区域的大部分。经过世界大战以后又打内战，可是在外敌环视之下居然能迅速站了起来，依然是一个统一大国。全世界正对这个奇迹刮目相看，不料又不断内部自起风波，滔滔不绝。许多人正在叹息老大帝国不容易返老还童，忽然出现了新面貌，再一次要与强国试比高了。问题不断，乱子不少，就是不倒。分而又合，衰而复兴，外伤累累，内力无穷，使观者眼花缭乱，仿佛一谜而难破谜底。从古以来大帝国不少，在历史长河中多半是一去不复返。罗马帝国几百年就分裂。东罗马帝国（拜占庭）虽有一千几百年历史，亡国后即踪迹不见。奥斯曼帝国横跨欧亚，蒙古人的几大汗国赫赫一时，大英帝国几乎想包罗世界，也都一一退位了。日本帝国是岛国，有"万世一系"的天皇，基本一统的大和民族，长久存在似乎不足为奇，和中国不同。人口数居世界第一的中国怎么走过几千年能江山依旧？这对于怎么再走下去是紧密相连不能割断的。这个传统之谜，巨大的"我是谁"，不能不问。

答问很难，谈话容易，何妨在大题之下钻探一个小点试试。

不知有汉

我们自称汉族，说的是汉语，可是对于公元前后四百多年的两个汉朝（前汉、后汉或西汉、东汉）知道多少？陶渊明的《桃花源记》里说，那里的人"不知有汉，无论魏、晋"，现在有些人恐怕也和他们差不多了。汉代是帝国，帝是什么，先得问一问。

古时中国不自称帝国而说是天下，皇帝本来叫作天子，秦始皇在公元前221年兼并六国，统一天下，自认为超过了三皇五帝。又是皇，又是帝，就自封为始皇帝。也就是第一个皇帝。在他以前的周朝天子，在西周时还是封贵族为诸侯各自建国的主持封建的共主，到东周进入春秋、战国时代，就仅存虚名，靠"五霸"等一些诸侯维持不倒了。公元前256年，最后一个周天子结束了历时约有八百年的前后两个周朝。这时离秦灭六国统一天下还有三十多年，仅有称王的诸侯，没有天子或皇帝，秦国独霸天下以后，取消分封建国的诸侯制度，划天下为郡县，由皇帝直接统治，派官员管理，原来的一些板块合并成一整块。皇帝周围设立丞相等官职，分担任务协助皇帝。朝廷以下有层层官吏，全国形成一座官僚金字塔。皇帝孤家寡人独立在尖顶上好不威风。不料仅仅过了十几年，第一代皇帝一死，第二世皇帝就不争气了。陈胜、吴广两个小兵造反，接着没落贵族项梁、项羽，最底层的小官吏刘邦、萧何也起兵反秦，亡国余孽纷纷起兵复国，秦朝就灭亡了。可见这位高高在上的皇帝真是孤独的"寡人"，秦朝官僚金字塔的建筑材料不是石头而是泥沙。毛病首先出在皇帝独断专行，缺少由他控制的可以经常运转的有力的枢轴以推动整个帝国的官僚大结构，丞相等等只是谋士、办事员，不是主持人，以致他突然死在京外路上，小儿子就可以乘机不发消息而假传圣旨，害死长子和大将，自己继承帝位，再消灭丞相，实际成为更加孤独的"独夫"，于是亡国了。由此看来，皇帝是个虚衔，一个名、位，至高无上，但不一定等于统治全国的实际权力。好比数学上的零，本身什么也没有，不过是表示一个不可缺少的位。但在前面有数字再加上表示乘方的指数时就有了意义。可以达到无限大，一个零点可以显出数轴上的正、负，零发挥作用时力量无穷，失去作用时什么也不是。秦始皇开创了帝国的规模，但没有创造成功帝国运转的机制。要再过六十多年，经过汉朝的文帝、景帝到汉武帝时才建立起一个有力的帝制运行中枢，从此时断时续，皇帝有时掌握最高权力，有时只是名、位、傀儡，一直到两千多年以后不再有皇帝了，中枢体制才变了样。

秦始皇不仅创立了帝国规模，还建设了帝国的基础条件。主要的，在经济方面，是全国统一市场。在文化方面，是全国统一文字。这就是所谓"车同轨，书同文"。没有这两个条件，大帝国不能持久，有了以后，政权可以换主持人，帝国照旧，还会扩大，分裂不论多久，还能再合并、统一，尽管元首会改换种族，例如蒙古人主宰元朝，汉族人主宰明朝，满族人主宰清朝，像走马灯旋转一样轮流，还有南北朝的北朝也不是汉族称王称霸。世界历史上的大帝国能维持长久的都缺不了这两条。例如，英帝国属地曾经遍于全世界，这是在水陆交通发达正要形成世界统一市场的 19 世纪，而且帝国推行英语作为属地的文化上层的共同语言。英国女王取消东印度公司，自兼印度女皇时，立即办两件大事：一是兴建纵横全国的铁路干线，二是成立东、西、南三方三所大学用英语教学，培养为帝国所需要的人才，还从中国学去一些古老办法，例如文官考试制度，这样就统治了比本国大了多少倍的属地将近一个世纪。

历史本身不管功罪、善恶，只认识发生事件的功能、效果。且看秦始皇在统一天下之后十二年间做了什么大事。

修建万里长城。这件事名声很大，但就其原来目的而言，可以说是功能、效果几乎等于零，没有能阻止北方匈奴族的南下，而且封锁对方的同时也封锁了自己。本来秦曾打败匈奴，占了大片土地，随即修筑长城。匈奴北去后内部发生变化，有了秦始皇式的领袖，东西征服邻近强族，又南下收复失地。而中国正在楚汉相争，茫然不以为意，也顾不上。到汉高祖即位第七年，匈奴又要南下，才亲自带兵去打，又信息不灵，不知敌人已有准备，皇帝差一点做了俘虏。这是后话。长城工程浩大也只是在北方各国已有的基础上加工。但是总体设计和烧砖、运输、砌墙、堆土、调遣劳力、支配供应等工作证明当时以手工劳动为主的工业技术和经营能力的强大。

修建首都阿房宫和地下宫（陵墓）。项羽烧秦宫室的大火比两千年后英法联军烧圆明园的火可能更大，史书说是烧了三个月，毁灭的艰难证明建设的宏伟和内藏的丰富，说明工业能力的强大，秦陵兵马俑的出现成为实物证明。

修建全国性的驰道，可以说是当时的高速公路。一条是由西向东，从陕西到山东的大路干线。再从干线分出由北向南的三条干线。由干线分连各地的支线。这和两千多年后出现的铁路格局相仿。20 世纪前期，连接北京和上海、杭州的一条，加上连接北京和汉口、广州的一条，共两条南北线，还有连接陕西、江苏的和河北、山西、山东的几条东西线，纵横全国。

疏通航道，开凿运河。大规模的连接可以通航的黄河、淮河两大水系的鸿沟的疏导工程，打通了战国时期的国界隔绝。特别是秦始皇派大军南下经略岭南时命令史禄（监禄、监御史禄）管运粮水道。这位水利专家修建了通连湘江和漓江使长江和珠江两大水系相会的运河，开山凿渠用斗门上下水位以便航船升降来去。这一伟大工程到后来汉、唐、宋、明续修，叫作灵渠，对于航运和灌溉发挥了巨大作用，加快沟通了南北。

统一并简化文字。废除六国互有歧义的文字，改用秦篆写官方文件，并以刻石代替铸鼎。民间通行了写简化的隶书，奠定了通行到现在的汉字基本形式。编定规范简化字的读本。文字简化又统一，便利了书写简帛，流通信息。

统一度（长短尺寸）量（升斗）衡（秤），所用工具必须由政府制造。规定田亩大小。规定车宽以便通行全国道路。

统一币制。规定上币黄金和下币铜钱的重量。

值得注意的有一件事。因为度量衡上必须刻规定的诏书，陶制量器就在泥胎上用刻了字的木印十个字一组印上四十字的全文。这可以说是以后活字印刷的原始想法。

设置博士官职，任用少数读书识字的儒生，可以收弟子传授学业。"坑儒"杀死的是全国儒生中的一部分。官学以外禁止私学。愿学政法律令的人要向官吏学习。有"挟书律"，禁止私家藏书，技术、占卜之类除外。这就是说，文化教育由政府统一掌握。

移民。那时国土广大，人口大概还不到一亿。一统天下以后就调拨人口，把十二万户豪富连家族、家奴搬迁到首都和地广人稀的地方，打败匈奴后，在占领的河套区域建几十个县，迁移内地罪人去居住，发动几十万人去南方，在岭南同当地人杂居。这样大规模在全国范围内调配人口显示帝国政府的威力，消除原先六国间的障碍，使区域财富重新分配，发展生产，融合民俗。若不是交通便利，政令统一，是办不到的。

以上这些措施都是统一天下后的十二年里做的。当然在战国时期有些事已经开始，灭六国的一段时期内有的事已逐步推行，可是秦始皇在位总共只有三十六年，这样短的时间里，在这样广阔的国土上，做这样多的大事，决不是匆忙想出的，而是经过长期研究考虑的。由此可见，秦始皇在着手消灭六国以前就清楚知道，他不是从周天子手里夺取一个现成的帝国政权，接管天下后可以为所欲为，或者像以后的皇帝那样仿效前朝，"以其人之道反治其人之身"，或者有什么样板可以照搬，他是要并吞六国，合原先七国为一个统一的内部没有国界隔绝的新的天下，不是要做旧天子，是要做新皇帝，要创立一个真正"史无前例"的新国家。因此他必须设计蓝图，从事创建。创作的主题只有一个，就是统一，消除境内一切造成隔绝的人为的或自然的障碍、界限。这位始皇帝做到了这一点，可是缺少为长期巩固统一所必需的政权中枢的有效运行机制。这要等几十年后经过汉朝几个皇帝才形成逐渐稳定的基本格式。从那时起，一个能长期持续、断而又续，变形不变性的大帝国就建构起来了。

再看这一切措施的实际主要受益者是谁。那就是商品，商品的运输、贸易、流通，商品的载体即商人。汉高祖即位第八年就命令"贾人（商人）不得衣锦绣"。毛绒、驾车、骑马、持兵器，当作另一类人，可见商人不但富起来而且有势力足以惊动皇帝了。

为什么秦国自从商鞅立下以耕战为主的基本政策，理论上也是以农为本，以工商为末，重本轻末，可是工商业一直发展，富人越来越多，发财越来越大呢？很明显，有本就有末，上帝不能创造只有一头的棍子。有生产就有消费、有交换，财富分配不断转移，连锁反应，经济发展。若横加阻挠，整个社会的经济生活就要出乱子。耕需要农具，战需要兵器，没有工业，工具从哪里来？盐、铁等大工业可以官营，小工业、奢侈品制造业只好民营。官可以主持专卖品的商业，小商品不能不民营。由空间差获利的转运，由时间差获利的囤积，禁止不了。经济发展必然同时发展贫富差别，具有自己的不道德的道德标准。货币出现后自然会有一切向钱看的人心所向。那时的战争不是现代的全面战争。离战场远的地方照样做生意，还可能有利用战争发财的人，古今一样。何况秦始皇的相国吕不韦就是大商人，这位皇帝还表扬过四川大富人巴寡妇清，于是汉高祖出来限制商人了，以后的统治者也一再压抑商人，官和民都看不起并痛恨官府里和民间的奸商，但仍然少不了奢侈浪费摆阔，给商人供给财源。人人是思想反对，心里羡慕，行为促进，于是商业就不能不在挨骂受气遭迫害中发展了。历史好像也正是在这样明一套暗一套的两面里前进。例如高利贷，历来被人当作罪恶的标本，但毛病是一个高字，若单说信贷，它正是钱庄的灵魂，银行的业务，也就是越来越要主宰世界的金融行业。贷款都有利息，无息贷款恐怕类似所谓无私援助，不是没有回报的。不赚钱还是什么生意？商品的集散结成市场，聚为城市，可是同时，商君的耕战为本，强本抑末思想，也就是孔子的"足食、足兵"和现代的高产粮食、大炼钢铁、以粮、钢为纲，都不是白说的空话。这类思想像循环小数一样，和厌恶商人、富人、市场、城市罪恶的心理、情绪，在历史上过一段时期就起大作用，产生大变化。

这样看起来，我们的帝国就是从周天子脱胎到秦汉几个皇帝建构的。可是在以后的发展中怎么老是重复，到不了工商帝国再向金融帝国前进呢？

功能函数

汉高祖即位第一年不过是汉王，到第五年消灭了西楚霸王项羽，才正式登基成为皇帝。随后在宫中设酒宴招待群臣，问了一句话，要求回答："吾所以有天下者何？项氏之所以失天下者何？"

刘邦真不愧是中国历史上第一个平民皇帝。刚打完八年仗，他胜利了，就要总结自己和敌人的成功和失败的原因（所以者何？导

172

致胜利、失败的原因是什么）。败者要找败因以免再犯，可以理解。胜者忙着找原因的很少。胜利已经证明自己正确、高明，何必再问？君问臣，臣也不过是歌颂成功的，批评失败的，还能说什么？可是刘邦问了，还要求讲真话。有人答了。他不满意，说："公知其一，未知其二。"另给出他自己的答案。可见他是自己先考虑过，是郑重其事的，不是偶然想到的。没过几年，因为他说诗书无用，陆贾对他说，"居马上"得天下，不能"以马上治之"，用军事手段可以得天下，不能用军事手段治理天下，并且举历史事实为证。他知道自己错了，"有惭色"，便向陆贾提出一个更高层的问题，要求他说明"秦所以失天下，吾所以得之者，及古成败之国"。这问题太大了，是问政权的理论和实际了。作为答复，陆贾一连交上十二篇文章。皇帝对每篇文章都说好（称善），"左右呼万岁"，场面很壮观。这些文章合成一本书，叫作《新语》，也就是"新的理论"。现代人说"枪杆子里面出政权"，也有人说，夺取政权和巩固政权靠"两杆子"，就是枪杆子和笔杆子，甚至说"政权就是镇压之权"。可见这个问题至今也没有一致的答复。重要的是提出问题。刘邦是提出关于政权的深浅两层问题的第一个，也许是唯一的一个皇帝。以后贾谊的《过秦论》（论秦的过失）就是答复后一问题的一部分。不过这个问题太大，实在不能算是问题，只是个题目，可以做文章，不能求答案，好比数学里的无理数。还是刘、项得失问题比较具体可以谈谈。

值得注意的是刘邦自己的答案。但是最好先了解项羽的答案。他做西楚霸王是有本领的，有充分的自信，在失败自杀前，他对跟随他的残余的二十八人说，打了八年仗，经过七十多次战斗，从没有败过，现在失败是"天亡我，非战之罪也"。为了证明，他当时就去敌阵中杀了一个汉将。本想东渡乌江，觉得没脸见江东父老，自杀了。项羽的答案简单，他有本领战胜，但是天不要他胜，所以败了，根本不服刘邦、张良、韩信的十面埋伏，更不会认为这是对方预计的在淮河流域打最后决战的歼灭战，是古代的淮海战役。他不知"谁笑到最后才笑得最好"，不懂战争不是单打独斗，不是摔跤比赛，更想不到得政权以后该干什么。他失败了，还不知道怎么败的。刘邦和项羽完全不同。他对比双方，承认自己的本领并不出色，谋略不如张良，安定百姓、办理后勤不如萧何，指挥作战不如韩信，可是这三位"人杰"为他所用，他会用他们。项羽仅有一个范增是人才，还不能用。因此一胜一败了。这一段话里有很多意思。一是要有人才而且知道是什么才，二是人才要能充分发挥作用，作用要对己有利，对敌不利。话里还显示，用人才有先决条件。一是明确知己知彼。刘邦清楚知道自己在哪一方面不如哪一个人，包括敌人。他初拜韩信为大将谈论对敌战略时，韩信第一句话就问他自认为比项羽如何。刘邦承认不如项羽。然后韩信才对比双方说出自己的意见。两人随即决定攻楚的部署。他知道别人的长短，同时知道自己的长短，而且是客观的、现实的。二是以能达到目的的功能、效率为标准，不顾其他。这要求能克制自己的本性、习惯和感情。例如，韩信攻下齐国要自立为齐王时，刘邦大怒，刚骂出口，张良、陈平立刻踩他的脚。他马上明白过来，改口派张良送印去加封。这一套制胜法宝，他的儿子汉文帝学去了，按照另一种形势做另一种安排。到他的曾孙汉武帝更能发挥，不过由于地位已经稳定，做得未免露骨，心也太狠。以后的各代皇帝，会这样做的，成功；不会这样做的，失败。历史毫不客气。

其实，刘、项胜败的关键早在秦灭亡时，也就是鸿门宴前后，就定下了，正好证明刘邦的这一段话。那时项羽正在和秦军做主力决战。刘邦从另一路不攻打，不抢掠，只招降，直达京城。又赶上秦二世被赵高所杀，赵高又被秦孺子婴所杀，秦王投降不打了。刘邦的大军一进城，将官们都去抢财物，唯有萧何先入城"收丞相府图籍藏之"。他首先掌握了天下各地的地形、出产、户口等全面情况。刘邦一见秦宫的豪华,马上想住进去。樊哙劝他回军,不要住宫中,他不听。张良又劝。他才听从,回军,召集"诸县父老豪杰",宣布约法三章。项羽打败并收降秦军随后赶来,听到消息,大怒。项军比刘军多了几倍。范增对项羽说,刘邦本来贪财好色,现在入关后什么也不要,是有大志,快打。于是有了鸿门宴。刘邦带着张良、樊哙等一百多人到鸿门见项羽。刘说自己也没想到能先入关破秦,劝项不要听小人挑拨。项告诉刘,是刘的部下某人说的,露出了底,把自己的内线帮手送给对方杀了。范增叫项庄舞剑要杀刘邦。张良叫樊哙带剑盾闯进来,一副拼命的样子。张良说,这是刘邦的随从。这当然吓不倒项羽。项赏樊哙酒肉。樊哙拔剑在盾上切肉,说:死都不怕,还怕酒?接着说了一番话。也许项羽只听进了一句:刘邦先破秦,入京,"毫毛不敢有所近",还军霸上等候项羽。项羽先听范增说过,又听樊哙说,相信刘邦没抢财物,放心了。他本是为得财宝来的,说过"彼可取而代也",是想当秦始皇第二的,没有解放人民建立新国家的打算,于是把民心又送给刘邦了。刘邦借故出来,带樊哙等四个人逃回本营。张良估计他快到了,就向项羽、范增各献玉器,报告刘邦已经回宫。范增把玉器扔在地上,说,夺项家天下的必是姓刘的了。可是项看不起刘,不以为意。他带兵"西屠咸阳,杀秦降王(孺)子婴,烧秦宫室,火三月不灭,收其货宝妇女而东。秦民大失望"。这个鸿门宴故事,司马迁在《史记》里写得有声有色,传诵千古。当时除项羽自己外,这几人里连范增都知道项不是刘的对手必败无疑了。关键人物正是刘邦说的三杰。只是韩信还没从楚军逃到汉军来,暂时是樊哙起作用。韩信一到,由萧何推荐,刘邦接受,这个政权核心结构便由四人组成了。

单就功能说,一个虚位的零对经济、政治、军事构成的三角形起控制作用。这个三是数学的群，不是组织、集体，是核心，不是单指顶尖。三角的三边互为函数。三个三角平面构成一个金字塔。顶上是一个零，空无所有，但零下构成的角度对三边都起作用。这些全是只管功能、效果，不问人是张三、李四。所谓"有德者居之，无德者失之"。德应当是指作用，不是指随标准变化的道德。秦始皇布置天下而没有建立这样的核心。李斯孤立而失败。项羽仅有一个范增，还不起作用，等于没有。他们不知道，刘邦不取秦宫财富，萧何却取了秦的最大的财富，统治天下的依据，全部图籍、档案，发挥了最大的作用。张良定计先据汉中，韩信筹划攻楚战略。三方全起作用，尚未得天下而已有取天下和治理天下的准备了。刘邦虽是零，无才无德，高居坚实的金字塔之上，就代表整个金字塔了。这个小金字塔高踞全国王、侯、太守等组成的官吏巨大金字塔之上，统治天下，难得的是他清楚知道这个奥妙，而且宣布出来，巩固下来，成为模式。例如一千多年后，李自成进北京，过了皇帝瘾，赶回西方老家去享福，是依照项羽的模式。多尔衮使范文程、洪承畴、吴三桂各自发挥作用，以汉制汉，入关得天下，是依照刘邦的模式。当然这些全不是他们有意抄袭的，是历史遵循自己的公式，不随任何个人意志为转移的。

从争天下到治理天下，一贯起主要作用的是萧何。他怎么能有这样的见识？因为他是县吏，是行政基层组织中的一员，留意并熟悉行政运作，知道文献是工作的保留依据，他又能看得懂，所以一举就得其要领。刘邦本是亭长，是行政基层组织的细胞，所以也明白这一套。连小说《水浒》里的宋江也是县吏。晁盖是保正，也是相当于刘邦的职位，行政细胞。吴用出谋划策，相当于张良。加上武将林冲，如同韩信。这个组合甚至身份都符合汉初模式。历史不会开玩笑，面孔冷冰冰，该怎么样就怎么样。谁想命令它变脸，办不到。它只看功能，不看人脸色。可是这个模式好像只适合夺取天下，对于长期安定治理天下不大管用。于是汉高祖死后，吕后闪电似的掌了权。陈平、周勃推翻吕氏，迎来二十三岁的刘恒做皇帝，就是汉文帝。在他的手里，政权最高层的小金字塔变成了另一种隐形运行枢轴。

不由人算

汉文帝在位二十三年，只活了四十六岁。他可是历史上承先启后的皇帝，不但在前后两个汉朝，而且在有皇帝的时期，都少不了他所经历并处理过的问题。看史书里的记载，他仿佛没有做过什么大事。有几年竟好像什么事也没做。据说他的指导思想是所谓黄、老思想，讲究无为，其实也就是孔子在《论语》里说的大舜的"无为而治"。儒者司马光显然不看重他。《资治通鉴》没记他多少功绩。不过那三卷多书倒像是一部很有趣的政治小说的提纲。他用轻松的方式应付严重的问题，不像他的孙子汉武帝那样喜欢铺张、夸耀、"好大喜功"。一开始关于去不去京城做皇帝的一幕就是生动的戏剧性场面。他一登基就派带来的两个亲信掌握要害部门，可是这二人以后没有飞黄腾达，他避免了任用私人的嫌疑，第一年他迅速动手对付两位功臣元老，陈平和周勃。这可不仅是对付两个不好对付的人，而是改变前辈创业的核心结构，一点不动声色就形成大权独揽。然后他一步一步解决军事、外交、内政、经济的重大问题，使秦始皇留下的摊子大大发挥作用，同时也给后世留下了不断出现的几个难解问题。

汉文帝任命新大臣，批准陈平的意见，让周勃为第一首相（右丞相），陈平为第二首相（左丞相）。随后向全国发布第一道诏书，废除家属连坐法，有罪只处罚本人。臣下请立太子，他又再三谦让，说出一些道理，最后才依从建议立太子刘启（汉景帝）。"母以子贵"，立太子母窦氏为皇后。这位也是信黄、老的。她有两个弟弟，小时被卖，这时出来认姐姐。大臣怕又出吕后，找可靠的人陪他们住。他们也没做官。接着下诏书，救济穷苦人，八十岁、九十岁以上老人也得到赏赐。有人献千里马，皇帝不受，下诏书说，他不受任何献礼。于是他显出一副不会独断专行任用亲信的老好人形象。大臣放心了，百姓高兴了，他的地位稳了，需要权来巩固地位了。

无为不是无所作为。皇帝熟悉情况以后就动手了。有一天，他问首相，天下的司法和国家的财政情况。周勃一无所知，急得出汗。他又问陈平。这位本是很有心计的谋士，先听到问题时心中已有准备，立刻回答：司法由廷尉管，财政由治粟内史管，请陛下问他们。皇帝毫不客气，追问：事情都有人管，你管什么？陈平不慌不忙回答说：陛下命我做宰相，是要求我协助天子，上理阴阳，下遂万物，外抚四夷，内亲百姓，使各官尽职。皇帝说，很好。这个"很好"不仅是说答得好，而且是说，问题就这样解决了。既然一个说不知道，一个说管不着，大权只能由皇帝独自掌握了。三言两语，取得全权。果然，周勃听人劝告，交上相印。无人接替，只剩下挂名宰相的陈平了。从此三公成为名誉职位，后来竟像替罪羊，往往下狱自杀（规定宰相不上刑场），以至有人知道要做宰相就连忙再三辞谢不敢当了。第一次黄、老思想显示出高效率。刘邦创立的三角形的直线变曲线，角没有了，成为圆圈，是零的符号代表皇帝了。

第二件大事随着来，新皇帝更显出他的才干。秦始皇平定南方时，设桂林、象郡，由史禄开通湘桂运河，便利来往。北方人赵佗在那里任官。秦亡，赵兼并各郡，自立为南越（粤）王。汉高祖派陆贾去加封，说服他称臣做藩属。吕后断绝贸易，不给牲畜、铁器。赵佗宣布独立称帝。这时常攻打长沙等地。汉文帝决定给赵修祖坟，找来并优待他的本家兄弟，仍派陆贾做使者带一封信去，信中一开头就说，"朕，高皇帝侧室之子也。"一句话就和吕后划清了界限，说自己是封赵佗为王的汉高祖的儿子，与吕后无关，而且自称为朕，是派赵佗去南方的秦始皇规定的皇帝自称，表明身份。信里说明已经优待他的兄弟（实际是作为人质），也不愿开战，因为以大攻小，"得王之地，不足以为大，得王之财，不足以为富"，死许多人是"得一亡十"（表示战则必胜）。现在允许南越自治。可是一国有了两个皇帝，所以派使者去，但愿双方"分弃前恶"，一切照旧。话说得非常谦卑，又不失皇帝身份，给足了对方面子。含义是，摆出情况，是战，是和，你瞧着办吧，就看你的了。重要的是，使者正是上次封他为王，让他知道不能与汉为敌的辩士陆贾。因此陆贾一到，"南越王恐，顿首谢罪"，宣布取消皇帝称号，回信开头自称"蛮夷大长老夫臣佗"，地位降低，只剩下"倚老卖老"了。信中声明过去是不得已，"今陛下幸哀怜"，从此"改号不敢为帝"了。南越照旧是中国的一部分。不用兵戈，得到统一，黄、老思想又一次显示出高效率。一封不像皇帝口气的表面温和的信，不提任何要求条件，竟能使对方害怕服输，仿佛是最后通牒，成为名文流传，足见古时文章的难懂的妙处，意在言外。当然必须有许多条件配合，才能强而示之以弱，用谦逊掩盖高傲，使对方不敢"敬酒不吃吃罚酒"，才得成功，不会成为笑柄。

显然，指导汉文帝行为的黄、老思想里含有效率观念，重视功能，喜功而不好大，务实而不求名，少投入而多回报。这正是司马迁的父亲司马谈总结道德家时所说的"事少而功多"，也是《论语》里的孔子所重视的"举一反三"和"闻一知十"，是从价值交换中得来的计算盈亏、本利的考虑，是孔子门徒精通货殖的子贡所擅长的经营要点。它的对立面是"不谋其利""不计其功"，不惜用一切代价，不懂劳动价值，滥用人力资源，憎恶"奇技淫巧"，喜欢包装、排场、大屋顶、肥皂泡。

这些（还有对内，例如周勃、淮南王。对外，例如匈奴）巩固政权、皇权的大事的处理成功不必多说，需要提出的是由汉文帝开始直到后代多少年也难以解决的大问题。

第一就是如何选用人才，发挥功能，使皇帝轴心有效运行。汉文帝试行几项办法。他亲自提拔有能干名声的官吏，由他们的推荐招来平民做官。第一位这样出身的名人是二十来岁的年轻人贾谊，既有文才，又有见识，可惜有的建议难实行。将这一方式制度化便是要求天下各地官员举"贤良方正"到朝廷来量才录用。后来这成为一项可用可不用的措施，到清朝初期还变名为"博学鸿词"实行过。从汉武帝起，皇帝对举荐上来的人进行考试（策问），后代演变为科举，最后和皇帝制度一同终结。还有"上书"向皇帝提意见一条路。上书人多半是官，汉武帝时也有些出身微贱的平民上书奏事而做大官。可是这些还没有解决真正难题。"孤家、寡人"需要亲近助手，实际是隐形的稳定核心。能干的皇帝如文帝、武帝会灵活运用周围的起这类作用的人，无能的就不行了，非有不可。于是他身边能干的人自然会发挥有效功能了。首先是后妃。无人可信，只得用妻妾了。汉文帝的皇后窦氏在儿子汉景帝时就出面干预政治了。后妃中起非常大的作用的前有汉朝吕后，后有唐朝武则天，清朝慈禧太后。女的不出面，她的家里人会出来，就是所谓外戚。汉文帝时还不显眼，汉武帝时就露头了，外戚王莽出来掌权篡位，前汉亡了。另一类近侍是太监，他们在后汉公然出面，结束了刘家的王朝。明朝的几位太监更出名。清末也有。这个隐形的核心很厉害，能使天下官民逃不出网罗。最著名的太监是明朝的魏忠贤。他的工具是操生杀大权的东厂、锦衣卫。秦二世皇帝用的赵高也是宦官，即太监。这核心是皇帝权力的支柱，又是一个王朝的送终者。皇帝换了家族，这一套戏剧迟早要重演。这个坚强稳固的权力核心像不倒翁一样维持中国的帝王专制长期不变。核心散而复聚，天下分久必合。历史是只管功能不问善恶的。这个核心是个常数。但里面的人是变量。

第二大问题是在经济方面，即农业和商业的矛盾。农业（种植、畜牧）是食物的来源，商业是工业的延长，当时叫作本与末。从商鞅起，政策是重本轻末，但做的事往往是压抑本而为末开路。种地的越来越穷，活不下去，跟人造反。做生意的挨骂，社会地位低，可是发财，生活好。贵族、官僚、地主、阔人少不了他们的奢侈品供应，双方通气甚至互兼。汉文帝时，贾谊建议重农，积粮，说，"今背本而趋末者甚众"，非常危险，应当使民归农，"使天下（人）各食其力"。皇帝采纳了，就在即位第二年春下诏"开籍田"，皇帝"亲耕"，象征他是第一个种地的。这个有名无实的表演传下来，到清朝末年北京还有"先农坛"，只怕皇帝从来没有过，更不用说耕地了。当年秋天文帝又下诏劝农，"赐天下民今年田租之半"，以后还屡有减租的事。可见皇帝确实想广积粮，备战、备荒，可是仍不见效，历史是只管功能，不问意图的。到第十二年，晁错提出意见，对比说农民和商贾的贫和富情况极明白动人。

> 农夫五口之家，其服役者不下二人，其能耕者不过百亩。百亩之收不过百石……勤苦如此尚复被水旱之灾，急政暴赋，赋敛不时，朝令而暮改。……于是有卖田宅、鬻妻子以偿责（债）者矣。而商贾……无农夫之苦，有千百之得，因其富厚，交通（来往、勾结）王侯。……此商人所以兼并农人，农人所以流亡者也。

他提的"使民务农"的办法是"贵粟"，就是富人纳粟可得官爵、免罪，贫民可减赋税，"损有余，补不足"。他又补充说明：先得的粟可供边防军粮，军粮够支五年时就纳粟交郡县，归地方用。郡县够用一年以上时"可时赦，勿收农民租"。这就是说，要钱找富人，别找穷人。皇帝听从他，下诏劝农，又"赐农民今年租税之半"。可是效果仍旧不大。大概是富人有法使要出的钱转嫁到穷人那里去。农业上不去不能说是农业技术问题。从文献、文物看，那时技术已有进步。但是那标准的五口之家，吃不饱还能投资养耕牛、换工具？能源只靠人力，就多生男劳力。人口加，地不加，更穷。好技术节约劳力，多余的人得往外跑，成为流民。他们想不出合作、联营，想到也做不到，做到也做不久。能用新技术的只能是兼并小农的豪强。他们的土地规模大，能投资，能雇人，但要纳粟得官名，需要花钱交结官府，而且人力资源无穷尽，比畜力好使又便宜，由于种种原因，看来富商、官商对推广新技术未必有兴趣，不肯多投入。而且经济生活里总有一个可说是边际效用限制，再加上超经济掠夺的因素，即使对象是古代经济也不容易简单理解。汉文帝在去世前几年又下诏说，连年粮荒，民食不足，列出许多原因、问题，要群臣、首相、列侯、地方官、博士，大家讨论，提建议。总而言之，这个问题，两千年前汉文帝解决不了，后代也看不出有谁解决得好。从秦、汉起，农业在长吁短叹哭泣中前进。商品、市场、城市在挨打受骂中发展。历史不管人的道德、感情，走的道路好像是种种圆锥曲线，要想了解恐怕需要数学，但不知是什么方程式。

第三大问题是工业问题，又是金融问题，还有不知道是什么的问题。从秦起，盐、铁、铜钱都是官办的，但实际上由于需要越来越大，产地越来越广等情况，成为官员管理，民间承包，仿佛是特殊的公私合营事业，出现无数大小弊病。直到清朝末年，盐官、盐商还有钱有势。炼铁业类似。汉武帝的儿子昭帝时有一次关于经济政策的大辩论，记录的书名叫《盐铁论》。铜钱即货币，一开始就具备价值尺度、交换中介、流通工具、储存手段等功能，是财富的标志，当然应归公家即政府掌握。秦始皇统一币制，通用半两钱。汉高祖嫌重（实际是需要钱），改为五分钱（可以少用铜多铸钱）。钱太轻，太多，马上通货膨胀，"物价腾踊，米至（一）石（米要价一）万钱"。汉文帝五年改造为四铢钱，"除盗铸钱令，使民得自铸"。贾谊、贾山反对，皇帝不听。结果是，得宠的大夫邓通受赐铜山铸钱，吴王的国境内有铜山铸钱，又有海水煮盐，两人都成了大富翁。"于是吴、邓钱布天下"。原来所谓民营仍是官营，不过不是政府而是个人。货币量扩大表示市场需要增加，市场扩大表示商品的交换、流通兴旺，消费和生产互相促进，是良性循环。但是这对农业生产好像关系不大，本末颠倒。不过对于城市和王朝的兴衰，市场是否景气有决定性的作用。这要看商品、货币的功能能不能得到发挥。《汉书》说，汉初朝廷穷，压抑商人，吕后时才松弛。这说明秦始皇的有利于商品流通的各项建设起了作用，商人不穷。到文、景时有七十多年，"府库余资财，京师之钱累巨万，贯朽而不可校（没法数）。太仓之粟陈陈相因，充溢露积于外，至腐败不可食。"富足了，可是问题来了。钱、粮堆在仓库里，不能发挥功能，等于废物。必须使市场交换正常运转，消费和生产互相促进。于是汉武帝时豪华、铺张、高消费，而且对外扩张，派张骞去中亚探路，又打通西南夷，还开拓由番禺（广州）南下的海道，使对外贸易热闹非凡，这些都不仅是可能而且有必要了。汉文帝节约，汉武帝奢侈，是必然的，前人积蓄给后人浪费，向来如此。这样虽然能维持繁荣，但农业不能同步发展，内外市场上充斥的主要是奢侈品，出口的也是锦绣等高价工艺品，穷人买不起，内需容易萎缩，再生产不能扩大。这虽然算不上泡沫，也像大屋顶的基础不牢固，盛极而衰几乎是必然的。后来王莽以"新"为国名而复古倒退，前汉就由衰而亡了。不过问题没有解决，历史仍旧沿着由数字信息组成的种种曲线，向商品、货币、市场可以充分发挥功能（包括促进农业）的更加扩大的一统目标前进，但任何一国、一地区若企图独霸这个不可捉摸的世界市场，那是妄想。

历史确实是数学，虽是人所创造，却不知道人的感情爱憎和道德善恶，只按照自己的隐秘公式运行。历史前面挂着从前城隍庙里的一块匾，上写着四个大字："不由人算"。

1999 年

风流汉武两千年

所谓传统就是现在中的过去，未来中的现在。

秦始皇构建了大帝国的框架，组装了硬件。汉武帝确定了大帝国的中枢运作机制，加上了软件。

并非"戏说"

弘农郡（河南灵宝）有一处地方名叫柏谷，开了一家客店。一天晚上忽然来了一群人投宿，为首的是一位十八九岁的青年，器宇轩昂，还带着兵器。店主人疑心他们是盗贼，暗地约了一些青年人，准备捕捉他们。他们要饮料也不给，说，没有水，只有尿。主妇看情形不对，对主人说，不可冒失。我看这不是平常人。为首的人相貌和神气都很特别，又有兵器准备，你不要闯祸。主人不听，主妇把他灌醉了捆起来。约来的人都散了，主妇杀鸡做饭待客又道歉。第二天，客人走了。没过多少天，官府来人带这一对夫妇到京城见朝廷，他们才知道，那为首的青年客人是当今皇帝。

皇帝下诏：店主妇，奖赏黄金千斤。店主人，用做羽林郎，在近卫军里效力。

皇帝的赏罚是树威立信，不必说理由。说到做到，不讲空话，更没有谎话。若是说了不算，言行不一致，那就是"不信则不威"。威权、权威，没有信，少了威，权也要成为问题了。重要的不是道理，是效果，是对以后的影响。

这皇帝不是清朝的康熙、乾隆，是两千多年前的汉武帝。这故事也不是小说、电视剧，是历史，记在号称从不说谎的宋朝司马光亲手主编的《资治通鉴》里。从汉到宋约一千年，从宋到现在又差不多一千年，两千年了，还像新鲜故事，像是什么《施公案》或者新武侠小说，或者竟是关于什么大官深入民间考察的报道。到了"天高皇帝远"的时候，主要人物换成清官、侠客，皇帝私访成为"戏说"了，不过模式没变。这里面的社会心理可不就是传统？中国老百姓一心盼的是天下太平，出现好皇帝、清官、侠客来打抱不平，为民除害，几千年不变。由此可见，历来社会上公平很少，强暴居多。人民求的是平，公。

汉武帝刘彻十六岁继承帝位，以后将他登基那一年定为建元元年（公元前140年）。从此各朝代皇帝都有了年号，一直到清朝末代皇帝溥仪的宣统三年（1911年）。上面说的是刘彻当皇帝初期的事。这可以说是他亲自直接从民间选拔人才。拥护他的人有赏，看错了，把他当作匪人，想要害他的人也用，放在军队里管起来，以观后效。可见在他初登宝座后就开始注意人才的选拔和任用了。不过这一次他的本意不是访人，只是顺带发现了民间可用之才。他常常夜间带随从出去，自称平阳侯，在田野间打猎，糟蹋庄稼，受到百姓号呼辱骂。有一次还几乎被地方官抓去，由于显示御用物品，表明是特殊人物，才没出事。他常常这样在民间惹事，觉得不方便，于是沿路修行宫，后来扩大建立占广大土地的上林苑，引起一位奇人东方朔自称"罪当万死"，说这样做有三不可。皇帝就派他做太中大夫，赏赐黄金百斤，留他侍候在身边。皇帝打猎喜欢亲自追逐猛兽，又引出文人司马相如劝他不要冒险。皇帝也说好，夸奖他。可是照旧修上林苑，打猎，还让司马相如作《上林赋》。这两位都是皇帝登基不久就"招选天下文学材智之士"时，从上书论时事得失的"以千数"的人中选出来的。他们的任务就是写文章，陪皇帝谈话，还得提不同意见，甚至说皇帝有错，就是所谓"讽谏"。皇帝对他们"以俳优蓄之"，作为艺人，有赏赐，但是"不任以事"，很少任用。有的人有职有权了，多半没有好下场。例如那位打柴、读书、休妻、做官，又被写进戏曲演到现在的朱买臣就是一个。史官司马迁为投降敌人的李陵说话求情而受刑还保留官职著述，又是一个。他自己也说是"主上所戏弄，倡优所蓄，而流俗之所轻也"。文人受流俗轻视，有流传下来的名文可证：楚国宋玉的《答楚王问》、西汉东方朔的《答客难》、扬雄的《解嘲》、东汉班固的《答宾戏》（俱见《文选》）、唐韩愈的《进学解》（见《古文观止》）。韩愈"不顾流俗""收召后学"，当老师，作《师说》，结果是"犯笑侮""得狂名"，因为"今之世不闻有师。有，辄哗笑之，以为狂人"（见柳宗元《答韦中立论师道书》，选入王力主编的《古代汉语》）。20世纪六七十年代的反老师，反"师道尊严"不是"史无前例"，破"四旧"，反传统，恰恰相反，正是继承千余年以上的旧传统。

命令地方官举荐"贤良"是从汉文帝时（公元前178年）开始的。到汉武帝即位头一年就下诏要求"举贤良方正直言极谏之士"。皇帝亲自"策问"，要求"对策"。问的题目是"古今治道"。原先就是博士的董仲舒作长篇大论答题，最后归结到《春秋》大一统（以一统为大，尊一统），提议"诸不在六艺之科、孔子之术者，皆绝其道，勿使并进"。丞相卫绾上奏章说，所举的"贤良"中有讲申（不害）、商（鞅）、韩（非）、苏（秦）、张（仪）学说（后来所谓法家、纵横家）"乱国政者"，"请皆罢"，一律斥退。有学者讲理论，又有大官提建议，皇帝批准了。可是这不过是以后的"贤良"做应考文章都得引孔子语录作为指导而已。所谓儒术，意义模糊，皇帝喜欢的儒恐怕主要是尊一统，尊天子，定尊卑的言论。丞相只否定论实际政治的法家、纵横家，不提"黄（帝）、老（子）"，也还是得罪了爱好"黄、老"的朝廷，其中就有太皇太后。丞相卫绾随即被罢免。升官的又是几个好讲儒的。有个赵绾建议修"明堂"，还推荐他的老师申公。皇帝便派使者，备礼物和车马去迎接他。他到京城见天子时，天子问他"治乱之事"。他答：为治不在多言，只看"力行"。皇帝正在爱好文辞，听了便不做声，看他已有八十多岁，请来了，只好给个官做，让他去议论"明堂""巡狩"之类的事。哪知他的这位学生儒者赵绾胆大，讲忠不讲孝，竟敢去管不悦儒术的太皇太后，请皇帝不要事事请示这位老祖母太后，落得自己下狱自杀还连累别人。丞相、太尉同被罢免，申公也回家去了。这样的事在一千几百年后的清朝末年，康有为又照样演了一次，让光绪皇帝得罪慈禧太后，闹出政变，闯了大祸。汉朝的少年登基的刘彻可精明得多，不犯这类错误。那位崇尚老子的太皇太后认为"儒者文多质少"，也就是言多行少，要用"不言而躬行的"。这倒好像是和儒者申公的话相仿。可见那时对儒、老的了解和后来的不全相同。不过儒生往往爱谈论时务，又不识时务，这倒是古今相通的。

汉武帝即位时离汉高祖建国（公元前206年）已有六十五年。经过吕后、文帝、景帝的统治，需要巩固大帝国的政权，治国者要有周朝初年周公制礼那样的创新精神和才能。秦始皇用武力统一六国，创下大帝国的规模和政权，建立了金字塔式的，由最高的皇帝层层控制到最下层郡县的政权统治的结构，但是缺少可持续的运行机制。事实证明，用武力可以夺取政权，单凭武力不能长期巩固政权。陈胜就是军人，在军中起义推翻秦朝。由汉文帝、景帝的历史经验，可知政权的力量出于人。人是活的，制度是死的，由人而变化。必须有一套选人用人的机制。文帝开始了选（拔）举（荐）、策问（考试）的试验。武帝大加发扬。地方官举荐，本人自己也可以上书皇帝，都由皇帝亲自面试、选用。元朔元年下诏说，地方官不举荐"贤良"的有罪。举荐的不合格，或是举了坏人，当然也有罪。这样的选拔、举荐、征召、考试、上书献策自荐，然后由最高峰皇帝钦定去取，从汉武帝开始，到孙中山主张设考试院，形式虽有变化，制度模式早已成为传统。19世纪英国统治印度时居然学习中国，设立印度文官（I.C,S,）考试制度。其目的就是培养代理人。据说当时英国议员麦考莱说过对殖民地任用当地官员的理想要求：人不是英国人，但是思想、言论、行为都是英国式。不过英国仿效的仅仅是那种统一塑造人才的模式。汉武帝的这一创举，集合了周文王访姜尚以来的成功和失败的历史经验，又经过他几十年的亲自实验，包含着很多内容，决不仅仅是科举考试。后来的统治者也不是个个完全懂得和运用其中的种种奥妙。他们也有适应新情况的新形式，但精神照旧。例如：秦设博士官，汉继续，收博士弟子办太学，一直传到清朝的国子监，但这些虽有时繁荣，学生多，仍不能算是培养人才的机构，而是特殊衙门，博士是官。办教育从来就不是政府的职能。政府的任务是定方向引导、管理、监督，以及主持考试定去取。至于选拔、任用文武官吏也不是只靠科举这一条"正途"。做官的道路多得很，朝廷用人的方式复杂多变，状元宰相很少。

得到官府选拔，朝廷征召，照说是好事，可是也不一定。有名文《陈情表》为例。作者李密，西晋人，曾在蜀汉做官。到晋朝又被推荐、征召。他不去，上了这一篇"表"，讲道理，带感情，用的是古时的大白话，不是骈偶体，成为流传下来的名篇。唐太宗主编的《晋书》将此文收在李密的传里。《文选》《古文观止》《古代汉语》都选了。现引其中叙述举荐、征召的一段如下：

前太守臣逵察臣孝廉。后刺史臣荣举臣秀才。臣以供养无主，辞不赴命。诏书特下，拜臣郎中。寻蒙国恩，除臣洗马。猥以微贱，当侍东宫，非臣陨首所能上报。臣具以表闻，辞不就职。诏书切峻，责臣逋慢。郡县逼迫，催臣上道。州司临门，急于星火。臣欲奉诏奔驰，则刘（祖母）病日笃；欲苟顺私情，则告诉不许。臣之进退实为狼狈。

这哪里是请客？分明是抓人。地方官举荐，可以辞。皇帝要人，赏官做，又怕嫌官小，随即升官，要去侍候太子。还能抗拒吗？实在是狼狈。于是作出了这一篇《表》。先扣大帽子。"伏惟圣朝以孝治天下"。晋朝篡魏，不能提倡忠，只能号召孝。说自己是为了尽孝，离不开祖母。而且"臣密今年四十有四。祖母刘今年九十有六"。还有，"刘日薄西山，气息奄奄，人命危浅，朝不虑夕"。祖母活不久了。再说，"臣少事伪朝，历职郎署，本图宦达，不矜名节。今臣亡国贱俘，至微至陋……"声明自己知道身份是俘虏，不讲守节，赏官一定去做。请皇帝放心。这一番话竟使朝廷放过了他。皇帝说他孝。《晋书》把他列入"孝友"一类。现在看来，他的真心也许是怕这时自己名气太大，朝廷希望过高，侍候太子实在太危险，过些时，火候低了，再说。果然，他在祖母死后去就职，就不那么受重视，不久便离开太子去做地方官，再以后因有人揭发他口出怨言，被免职回家了。西晋终于由于"八王之乱"争王位而亡国。大文豪陆机只因被一王重用做大官，以后被处死。他为司马王朝殉葬，实在冤枉、可惜。李密仿佛是有先见之明。这《表》不仅文章好，效果更好，成为名篇并非偶然。

这样，在科举、考试以外，加上推荐、征召，真好像是要网罗

190

人才，一个不漏了。可是漏网的大有人在。从汉朝征"贤良""孝廉""秀才"到清朝征"博学鸿词"，总有逃避不肯应征的。这些人到哪里去了？远自传说中的许由和《论语》里记的孔子时代的隐士起，到清乾隆时作《儒林外史》的吴敬梓不应征"博学鸿词"，连秀才也不做了，跑到南京去挨饿、受穷，有各种各样的人物。有逃名的，当然也有像姜太公、诸葛亮那样终于被请出来做大官的。还有考不取的人才，如作《聊斋志异》的蒲松龄，另有各种出路。出格的就做了吴用，帮助宋江造反。这里讲的都是文人，武将另案办理，情况不同。总而言之，要想把真正人才一网打尽，好难哪。

秦始皇建造了有阶梯的官僚金字塔。汉武帝布下了搜尽天下士的大网。合成为周朝比不上的大帝国的稳固结构，历时两千多年，断裂后还能重建。这是世界历史上称得上大帝国的国家都比不起的。不过这个塔和网所用的材料不是砖石，是人，而且从成分到整体都是随时有变化的。操作者是"孤家""寡人"，独一无二的皇帝，加上不可信赖又不得不信赖的后妃、太监、外戚、同族本家、大臣。如何使机构运转对帝、对国有利，是不好说、不可说、不便说、不能说甚至是说不出的。这叫作"运用之妙，存乎一心"。用得好，国兴。用不好，国亡。当然这是从帝一方面看国的。换一个参照系、价值观，例如从各种阶层的老百姓方面看，评价就不一样了。讲理论，很难。中国人讲道理的习惯不是几何证题式，而像代数方程式，常用比喻作为理由，有种种花样。还是把行为当作语言来观察、印证，由事见人，由语言见思想，比较方便。现在看汉武帝的中枢机制，谈谈那时的三位大臣。

三人行

有个汲黯，上辈世代做官，武帝即位时，他已是在皇帝身边供差遣的官，是崇尚黄、老而不喜儒的人。皇帝派他出差。他回来后报告：远处相攻是当地习俗，不必天子派人过问，所以他走了一半路，了解情况后就回来了。近处失火也不是大事，不必忧虑。可是路上看到有一万多家遭灾荒，出现了人吃人，这才是大事。来不及请示，就"持节"（节是皇帝给使者的信物）传旨开仓放粮救济贫民。现在上缴回"节"，请治罪。皇帝认为他做得对，免罪，派做地方官。他学黄、老，清静，无为，着重选用人才和处理大事，不苛求小节。过一年多，地方大治。于是召回，官列于"九卿"。他不拘礼，当面指责人，对皇帝也一样，"犯主之颜色"。东方朔也"直谏"，但"观上（皇帝）颜色"，所以不得罪。皇帝招纳儒者，又说"吾欲"这样、那样。汲黯说："陛下内多欲而外施仁义，奈何欲效唐（尧）虞（舜）之治乎。"这等于说皇帝学儒做不到或者是假的。于是"上怒，变色而罢朝"。真生气了，可是并没有降罪。后来还说，古时有"社稷之臣"（能保天下安定的大臣），像汲黯这样也就差不多了。皇帝对别的大臣不讲礼貌，对汲黯是不戴帽子不见，来不及戴就躲进帷中，叫人去传旨照准。汲黯说儒是"怀诈饰智"讨好"人主"，说讲法的"刀笔吏"是"深文巧诋"陷害人。皇帝不喜欢他，终于罢了官。几年以后又用他做地方官。他想留在朝廷，说自己有病，不能办地方上事务。皇帝说，那地方难治理，你可以"卧而治之"。过十年，他死在任上。到后代，他的名字成为直言敢谏的大臣的代号。唐朝杜甫有诗句："今日朝廷须汲黯。"其实，有汲黯而没有汉武帝，恐怕也不会有好结果。

　　同时又有个公孙弘，年过四十才学《春秋》杂说，算是儒生。汉武帝初即位招贤良文学时，他已经六十岁，被征为博士。派他到匈奴去当使者。他回来报告不合皇帝的心意，被认为无能。他便辞职回家了。过一些年，又一次招贤良文学。地方上又举他，他不肯再去。地方上的人很坚决，他勉强去应考对策。题目很大，问天文、地理、人事，如何达到上古时的"至治"。他的答卷开头就说，后来不如上古是因为"末世""其上不正，遇民不信"，随后说了一条条治道。对策的有一百多人。评卷的将他列为下等。可是皇帝一看考卷，提拔做第一名，当面见他"容貌甚丽"，又"拜为博士"。他上奏说，周公治天下一年变，三年化，五年定。皇帝问他自认为才能比周公谁贤。他说，不敢比，但是一年变，他觉得还是慢。朝廷会议时，他只讲个起头，"使人主自择，不肯面折庭争"。他早年做过狱吏，所以熟悉"文、法、吏事"，而又"缘饰以儒术"，很快升官。和汲黯一同见皇帝时，他总是让汲黯先说意见，自己随后讲（不用说是已经看出了皇帝的脸色），常得到听从。大官商量好共同提意见，到皇帝面前以后，他顺着皇帝意思就背约反了原来的提议。汲黯当面质问他，本来是共同的建议，他现在背约，"不忠"（不守信）。皇帝问他，是不是这样。他说："知臣者以臣为忠。不知臣者以臣为不忠。"皇帝认为他说得对。因为他说的意思是，他只对皇帝一人忠，对别人就不必忠。汲黯说：公孙弘"位在三公"，做了高官，"俸禄甚多"，而家里用布被，这是欺诈。皇帝问他。他说，"确是这样。在'九卿'中跟我最好的是汲黯。今天他当着朝廷问我这话，真是'中弘之病'，说得很对，这是钓名。不过我听说，管仲在齐国当宰相，很奢侈，齐国称霸。晏婴也当齐国宰相，很俭朴，齐国也强了。我现在的情况是这样。若没有汲黯忠心，陛下怎么听得到这样的话？"皇帝听了更认为他好。他不但很快当上宰相，而且破例封侯。他做宰相到八十岁逝世。《史记》说他是"外宽内深"，对于得罪他的人，他表面上仍旧和好，以后有机会就报复。杀主父偃，贬董仲舒，都是他的力量。

还有一个张汤，本是小吏出身，一直升官到司法部门（廷尉）。这时，皇帝重视"文学（文章、经典的学问）"。他"决大狱，欲傅（附会）古义"，就请"博士弟子"一起研究《尚书》《春秋》。看出犯人是皇帝想要定罪的，他就派严厉的人去审问，是皇帝想要释放的，他就派宽厚的人去审问。他治狱虽严而对待宾客和朋友好，又"依于文学之士"，所以丞相公孙弘屡次称赞他。后来他的下属"三长史"联合告发他泄露朝廷机密，使商人囤积货物从中获利与他分享。于是皇帝派人审问他。他不服。又派他的同事去对他说："你治人罪，害死多少人了？天子是要你自己处理。你还辩什么？"他便上奏说是"三长史"陷害他，然后自杀。随后查他家产，所值"不过五百金"，证明他是酷吏，但不是贪官，正像清朝末年刘鹗的小说《老残游记》里所描写的清官那样。和他同时代的司马迁也是把他写入《酷吏列传》。他死后，家属打算厚葬。但他的母亲不肯，说他是大臣，被人说坏话害死了，还要厚葬干什么？于是薄葬，像穷人一样。这话传到皇帝耳边。皇帝说"非此母不生此子"，有这样的母亲才有这样的儿子。于是杀了那三个长史，连丞相也自杀了。又用他的儿子张安世做官。这个儿子很能干，官越做越大，封侯，连下一代也做官。以后代代是侯，做高官，直到王莽灭西汉后还保留爵位。到东汉光武帝时，张汤的后代仍做到大官而且另封侯。张家被称为汉朝显赫门第，世家。

以上说了汉武帝的三个大臣，不是筛选出来的，是随机取样得来的，资料也不过出于《史记》《通鉴》《汉书》，但由此可以窥探汉武帝怎么主持朝廷中枢机制的运转。至于地方官僚机制和武将的任免，那就比较复杂而且汉武帝时还没有来得及立下传统模式，不能涉及了。

先看这三人怎么做上朝廷大官的，也就是他们的出身、经历。汲黯是世代在朝为官，仿佛贵族或专业传家。张汤是父亲为吏，他也本来是小吏，由大官推荐，凭能力升官的。公孙弘是早年为吏，四十岁以后改学《春秋》为儒，六十岁得到地方官荐举，应召对策当博士，不中皇帝的意而辞官回家，过十年又重复一次，被推举去报考，忽然得到皇帝赏识做上高官。这三人的三条道路恰好是后来两千年一直存在的：家传、提升、特选。这和秦以前主要靠血统、游说、推荐不大一样，到后代已成为模式，留下轨迹了。

再看他们做大官的结果。汲黯不断对皇帝发出不中听的言论，惹得皇帝生气，甚至当时退朝，虽未降罪，最后仍因小罪免官当了几年老百姓。皇帝由于民间私铸伪钱币不好办又想到他，找他来，派他去做地方官。他不去，说是有病，愿意留在朝廷。皇帝大概知道他是想继续对皇帝提意见，就说，地方的事难治理，有病可以"卧而治之"。他做了十年太守，死在任上。他死后，皇帝让他的弟弟、儿子、外甥都做了高官。张汤自杀后子孙代代为官，成为一大家族。公孙弘的儿子做官得罪被免去官爵。到朝廷封功臣后代时才有后人得封"关内侯"。看来三人的结果都还算好，不过只能代表一方面。另一方面，抄家灭族的高官可能更多。汲黯谏过武帝，说他又好求贤，又好杀人才。皇帝笑他是傻瓜，不知道人才是杀不完的。

再看他们的政治思想来源和派别，真实的和标榜的都算。汲黯是学"黄、老"的。这是当时的风气。汉武帝好神仙，求长生，也许就是学黄帝。说他尊儒不过是指定考试用的经典、学说和太学的教本。汉初，书很少，古书多尚未写成定本，只有儒生各派传授自己的经典。他们在齐、鲁的传统没断。鲁儒读古书以外还讲《礼》，靠言传身教（见《史记·孔子世家》中"太史公曰"，参看《儒林列传》，孔子后代抱礼器找起义的陈胜）。那时习惯把这一类叫作"文、学"，是讲究文章、书本、字句的学问。另有当时习惯叫作"文、法"的，是指修订、解释律令文字和审判、定罪的学问。有这类本领的官吏被叫作"刀笔吏"。张汤学的是这一种，他参加制定律令。不过他也请博士讲《春秋》，利用古义，因为朝廷（皇帝）正在重视"文、学"。公孙弘本来做过狱吏，因罪免职。后来学儒,一再受推荐成为博士,得到皇帝赏识。汲黯极力反对这两人,可见他是依据"黄、老"的政治思想处在对立面。那时的"老"不等于后来所谓道家和道教的《老子》。"儒"也和宋、元及以后说的不大一样。朱熹在他的《四书集注》末尾引程颐说程颢的话,"千载无真儒",把汉儒都赶出门外,公孙弘当然不免要算是伪儒了。《论语》里一再说"无为"。例如:"无为而治者其舜也欤!"(《卫灵公》章)又多次称赞"隐者""逸民"(《微子》章中最多)。孔、老在前汉初似乎还是"通家",到后汉末年,孔融这样说就成为"典故"流传了(见《后汉书·孔融传》)。除《老子》外,现在没有"黄、老"的经典。从汲黯的言行看,不像后来所谓道家,和同时期的司马谈(司马迁的父亲)所说的六家学说里的"道德"一家也不很相同(见《史记·太史公自序》)。笼统说,外国哲学不离神学,中国哲学不离政治思想,而中国的政治是很难明白讲出来的,所以对于这三人的思想还是少说为妙,说也说不清楚,连他们自己也不见得了了。古代中国不像外国。欧洲、印度和中亚的哲学多与宗教相关,有教会、教派背景,壁垒森严。中国若说有宗教,那就是"皇帝教",一统天下的教,天下太平的教,只能有一不能有二的教。这是从朝廷到民间的,渗透各方面的,普遍思想信仰。这一思想仿佛是起源于孔子作《春秋》,在实践中创始的是秦始皇,建立并完成的是汉武帝,一直传下来,成为帝国的精神支柱。这是不是"黄、老"的"黄","黄帝教"?也就是齐国公羊高传下来的《春秋》大义?难说。

再看这三个人在朝廷中枢里所起的作用,也就是在汉武帝指挥运转枢轴的机制中的职能。汲黯的特色是在朝廷上公开讲"怪话",批评大臣甚至皇帝,居然真是"言者无罪"。有一次皇帝生气竟当场退朝也没有给他治罪。起先曾经派他做地方官,他不去。调任中枢,他才就职。后来还是出去做地方官,然后再次入朝廷。到末尾，他被免职居家以后，又派他去做地方官。他说有病，想不到能再见皇帝，愿意留在皇帝身边，明显是仍想继续尽原来的职责，发表不同意见。可是皇帝不让他留下。他治理地方很有成绩，只掌握大权，管大事不管小事，可见他的抱负。皇帝和他一样，大事自己拿主意，不能由他做主，所以只让他说话，不让他决策。这便开创了一个发言提意见而不负责任的职能和官位，就是谏官，也叫"言官"。官名常变。后代称为御史或是"拾遗""补阙（缺）"，找遗漏，补缺陷，负责监察官吏，直到对皇帝提意见。历史上真向皇帝进谏的官很少而且往往得罪、惹祸，所以汲黯就成为稀罕的标本了。《史记》作者司马迁和他属于同一时期。《史记》（《汉书》同）里记的他的发言都是在朝廷公开说的，最后一次也是传到皇帝那里发表了的，可以相信为档案材料。他是名副其实的"言官"。

张汤是管刑事律法有贡献的。中国的法律是刑法，着重的是前例。清朝的法典是《大清律例》。《红楼梦》中贾探春代管大观园时也必须依照王熙凤定下的先例办事。说"史无前例"，那就等于说可以为所欲为了。

公孙弘当宰相好像无所建树，因为他只照皇帝的意志办事，于是成为"言听计从"。仅在外事和边防方面他有一点不同意见，不过头一次碰钉子罢官，以后就不表示意见了。公孙弘当宰相，名为总管，实是遵照皇帝旨意的最高级办事员。这三位参与中枢最高决策的大官的职能，用现代话说，正好是监察、司法、行政。18 世纪法国孟德斯鸠所主张的三权都有了，只是缺少议院的立法权，也管不住帝王的钱口袋，仅仅有议员的发言权。汲黯不过是英国下议院中的"国王（女王）陛下的反对党"的议员。无论执政党或者反对党都属于帝王。反对党是国王（或说是选民）派来监督执政党的，职能是挑政策的毛病，提对立的政见和监察官吏。史书记载的汲黯的发言就是这样。

古代中国有没有立法权？当然有，不过只能属于圣人。古圣人是孔子，立的法是《春秋·公羊传》，条文和案例俱全。当今圣人是天子，圣旨就是法律，"言出法随"。《汉书·食货志》里说："自公孙弘以《春秋》之义绳臣下，取汉相，张汤以峻文决理为廷尉，于是见、知之法生而废、格、沮、诽、穷治之狱用矣。"这里明白说是这两人合作定下了法，礼法、刑法。"知、见"是说，知道、见到犯罪的而不举报就有罪，沮（阻止）以至于诽（谤）命令的都要"穷治"，就是一查到底，一个也不放过。接着说："其明年"淮南王和衡山王谋反的大狱的结果是受连累"死者数万人"。由此可见，近代的三权那时虽然具备两个半，但汲黯的小半权起不了多少作用。可是究竟立下了有监察职能的官断断续续一直到清朝。这个职能若是消亡，那个王朝也就离结束不远了。西汉在武帝以后就是例证。这样的中枢机制是历史上其他帝国少有的，也许是从秦、汉起的这个大帝国能够独存两千年的因素之一吧。汉武帝不喜欢汲黯在身边，可是从不降罪，显然是保留一个"言官"，给他发言的权利，但不给他实行他的意见的权力，有宽容之名而无采纳之实，有利无弊。这当然不是说，汉武帝已经能明确分别权利和权力，有了比现在有的人更好的对于权的二重性的超前认识，只是说他有远见，能在最高中枢决策机制里设立监察职能而已。

再从指导思想方面看这三人。用后代说法，公孙弘是儒家，张汤是法家，汲黯是"黄、老"即道家。不过《汉书·食货志》是从经济论到政治的大文章，其中明显是把标榜儒和法的二人，公孙弘和张汤，合说的，意思是，汉高祖宣布"父老苦秦苛法"因而只立"约法三章"，从这二人起又有苛法酷刑了。两人本来是吏，利用儒作为门面。可是他们利用的《春秋》是史，怎么又是法呢？其实孟子早已说过了，"孔子成《春秋》而乱臣贼子惧"，又说，"《春秋》，天子之事也"（俱见《滕文公》章）。可见他们和孟子同样是把《春秋》作为立法加案例的书。这是西汉的注重经典字句以外的"公羊学"。董仲舒讲"灾异"，夹杂阴阳家，是另一种"公羊学"。公孙弘用以"取（得到）汉相"的《春秋》大义主要是尊天子，攘夷狄，"尊王攘夷"，也就是严君臣之分，重内外之别，严办内、外的反、叛。可是王莽以后出了问题。从东汉末年起，可能是由于土地迅速沙漠化，北边和西边的匈奴等民族或向西去，或向内地移民。于是东晋有"五胡十六国"，接下去是南北朝，非汉族统治北方。隋、唐仍民族杂居。五代十国里非汉族不仅称王而且被认为是一个朝代，其中还有"儿皇帝"。宋、辽、金、西夏时多国并立，汉族没有统一天下。元、明、清三朝是蒙、汉、满三族"轮流坐庄"。"攘夷"是汉族立场的说法，长期一直不好说，不但"公羊学"衰落，从蒙元朝起，"五经"的地位也不如《四书》，不是本本都人人必读。清朝道光年间，龚定庵（自珍）再倡"公羊学"，那是因为有了新的"夷"，英、法、俄等国来侵，非攘不可了。至于"尊王"也有问题。《春秋》尊的王是天子。西周天子不过是"共主"，东周的更加有名无实。战国公羊高讲《春秋》传到西汉盛行，适应秦皇、汉武两位"货真价实"的皇帝的帝国需要。可是以后的天子，除唐太宗、明成祖等少数汉人外就要数蒙古族人元世祖和清王朝一代的康熙、雍正、乾隆了。所以"尊王"也不大好讲。有意思的是，公羊高虽然长期不露面，他的"阴魂"一直不散，精神不朽。例子不远，义和团的"扶清灭洋"，"五四"以后国家主义派的"内除国贼，外抗强权"，"北伐"时期唱的"打倒列强，除军阀"，一脉相承，都是尊什么和攘什么，拥护什么和打倒什么，尽管内容、形式、语言多变，而思维模式和实际指向没变。自从春秋、战国以后，秦皇、汉武以来，由汉武帝和三位大臣的实例可以看出，不管叫作什么黄、老，儒、法、道，甚至中国化了的佛（法王、空王），"万变不离其宗"，思维路数来源基本上是《春秋·公羊传》：尊王、攘夷，"拨乱世，反诸正"，"大一统"，"为尊者讳，为亲者讳，为贤者讳"，"为中国讳"，人、我，善、恶，褒、贬，界限分明。照这一种说法，汉武帝时代不仅出现了超前的政权中枢机制，而且发展了一种政治指导思想持续下来，这是世界各帝国所少有的。罗马帝国第一代奥古斯都创立的拜皇帝教不成功。几代以后帝国就分裂、瓦解。东罗马（拜占庭）帝国历时虽长，也像中国的东周、南宋，不成为大帝国了。罗马大帝国亡后没有一次又一次恢复，不像中国。

汉武帝最后还留下了托孤一幕也成为后代模式，可是接下去的是一连串的朝廷的宫廷内部的夺权斗争，帝国中枢机制变换，帝国也开始走向衰亡了。

秦始皇确实是皇，汉武帝不愧为帝，公羊高是大宗师，可是他的隔代传人没有认他为原始掌门人，《春秋·公羊传》的地位至今也不崇高，尽管其中有些话和思想我们并不陌生。

1999 年

《春秋》符号

《春秋》是一部什么书？

公元前2世纪汉景帝时朝廷立《诗》《春秋》"博士"。从这时起《春秋》便成为官学的专业课本。解释《春秋》的《公羊传》在先，《穀梁传》在后，成为官定讲义。所谓《春秋》经文实际上是在两部《传》里的，没有留下独立的《经》。西汉末年传出古文字的《左传》由刘歆校订出来。西晋杜预编订《春秋·左传》分列《经》《传》。三《传》的《经》并不完全一致。《汉书·艺文志》所记《春秋古经》下注"公羊、穀梁二家"。东汉熹平时刻的石经只余残石。晚唐、北宋才有人直求本经，还是抛弃不了《传》。直到今天，约两千年，没有人能说出在公羊高所传本文之前，鲁国史书《春秋》（不论孔子修订过没有）是什么样子。现在讲《春秋》只能是西汉初由口传写定的《传》中的《经》。除非从战国时代的古墓中发现竹简，谁也见不到《春秋》的完整本来面目。春秋时政府有史官记朝廷大事，周王及各国都有。独有鲁国的一条一条竹简归了孔子一派的儒生（知书识字的人），又一代一代传了下来。秦始皇焚书，各国史书都烧了，偏偏他所最不喜欢的"颂古非今"的鲁国儒生没绝后。人坑了，书没全焚掉，真是奇事。论述《春秋》最早的除《传》外只有《孟子》和《史记》。《孟子》传自战国，后汉才有赵岐注，写定大约在前汉时。司马迁作《史记》时用《春秋》经传资料及其他书编了《十二诸侯年表》，好像是《春秋》的提要。一《经》一《表》现在就是《春秋》的文本，都是分年序列。大概《经》是简书，一条一条。《表》是帛书，一卷一卷。

从《春秋》文本和两千多年的种种解说看来，我们可以说，《春秋》本是新闻纪事档案，成书后便已成为中国人的一部符号手册，和《易经》的卦爻辞同类。两千多年来中国人的思想"传统"（从古至今传下未断的统）来源在文献中有很大一部分在这两个文本及其解说之中。另有一部分见于《诗》《书》。此外大都是比这些较晚的文献遗留，当然甲骨金文不在其内。不论原本原义，对这些文本的符号解说的历史表示了中国人思想史的一个重要部分。《易》乾卦开头是"乾、元、亨、利、贞"。五个字都有可供各种解说的意义，以后许多卦中也屡次出现。《春秋》开头是"元年、春、王正月"。六个字也都有可供索取的意义。《易》是卜卦之书。《春秋》是经世之书。一通宇宙，一通天下，又俱可为立身之用。历代贤豪的解说都挂原书牌号发挥自己当时当世的思想意见。对原来文本说，都"伪"。对解说者的时世说，都"真"。以古说今，千篇一律，符号之妙就在于此。

现存最早的对《春秋》符号的总解说见于《公羊传》和《孟子》，两家几乎一样。

《孟子·滕文公》总结为一句话：

《春秋》，天子之事也。

《孟子·离娄》之说《春秋》和晋国及楚国的史书是"一也"。又说：

202

其事则齐桓、晋文，其文则史。孔子曰：其义则丘
窃取之矣。

《公羊传》在昭公十二年下说：

　　子曰：春秋之信史也，其序则齐桓、晋文，其会则
主会者为之也，其辞则丘有罪焉耳。

　　两书未必互相抄袭，有共同传说来源的可能性更大些。值得
注意的是第一次分析出了书中内容分几项。史、序、会、辞和事、
史、文、义。这是把辞和义，史和事分析开了。这恰恰是一种对符
号的看法，由此指彼。把辞和义加在孔夫子名下也是取一种符号意
义，挂上一块金字招牌。从此《春秋》和《易经》一样成为取之不
尽用之不竭可作种种解说的符号大全了。论述诸侯本是史官在天子
符号下做的。所以是"天子之事"。孔子没有天子招牌而行天子之
事，没有名义符号，所以是"有罪""窃取"了。因此，孟子又用
孔子的嘴说："知我者其惟《春秋》乎？罪我者其惟《春秋》乎？"
（《滕文公》）大有含义。
　　不仅内容和文辞，便是年数也可以有符号意义。《春秋》记
二百四十二年。《史记·十二诸侯年表》加了年数。从封侯前后算
起，是"共和元年"庚申（前841），在平王东迁（前770）以前
七十年，在《春秋》开始的鲁隐公元年（前722）以前一百二十年，
而终于周敬王四十三年（前477）甲子，即孔子卒后两年，总共恰
恰是三百六十五年，合于一年四季的天数，也就是《书·尧典》说
的"期（太阳年）三百有六旬有六日，以闰月定四时成岁（阴阳
合历年）"。《史记》表列年数就是与一年（四时，太阳年）的日
数（三百六十五日多）相合，表示这是"天数"。这是秦汉方士与

儒生相结合时所熟悉而惯用的手法，以后也有传承，看古书时常会见到。

再看《孟子》第一篇《梁惠王》，其中说到齐宣王问："齐桓、晋文之事可得闻乎？"孟子说："仲尼（孔子）之徒无道桓文之事者，是以后世无传焉。臣未之闻也。"这不明明是和他自己不止一次讲《春秋》桓、文的话不合吗？紧接着第二篇《公孙丑》一开篇就讲管仲。这不是齐桓公的宰相吗？这一篇中又讲齐桓相管仲"不劳而霸"。到《告子》篇又大论五霸，说"五霸，桓公为盛"，还具体说到葵丘之会的盟约五条。《论语》中也有孔子赞管仲，赞齐桓"九合诸侯""一匡天下"的话（《宪问》）。孟子不知道吗？当然可以解释说，这是不同弟子所记，传了几代，有增减，而且答齐宣王时为了要讲"王道"，所以不谈"霸道"，以及齐鲁所传有别，等等。可是为什么"五霸"只讲桓、文，而说的事中又有桓无文？以桓为"霸"的代表也就是以桓为符号。所以孟子是以人（齐桓公）和事（桓文之事）为符号说明《春秋》是"天子之事"，由此发挥自己尊"王"道抑"霸"道的政见的。孟子是把《春秋》作为符号书的。庄子以"寓言"做符号而暗示。孟子以真人真事为符号而明言。两位大师的思想路数一样，都属于中国人以符号推演的非数学的特殊数学思维的传统。

不妨再看看公羊的《传》和司马的《表》怎么阐释《春秋》。《穀梁》可算齐国公羊的鲁国分支。《左传》晚出，内容须经过层次分析。

现在不考古代经解，何妨作今天的符号解说？先试捉几个问题：秦汉之际史官怎样看当时的天下大势？桓、文有什么大事？现在可以从里面看出什么古人没说明而现代可解说的意义？为什么晋文流亡十九年在位只九年竟能和在位四十三年的齐桓并列？他有什么伟大业绩？其中有什么现代可看出的意义？五霸中还有三霸，而且吴、越也是霸，实为七霸，何以不提？"霸"是不是开国际结盟大会当主席而且动不动就发兵打别国干涉内政？这几个问题能不能有相连贯的解答？

区区小文只当闲谈，不能也不必旁征博引劳神伤力去回答问题。不过近来想到这些，不免觉得多少年多少人费力去演算论证的大多是真、伪，正、误，是、非，善、恶之类解经说史问题，是古人为古人而作。现代人可不可以提出现代的问题，问一问现代人才会注意的问题？这样，既不是跟着古人跑为古人服务，也不是要古人跟我们跑为现代服务，也不是显功力，露才华，只是对某一点或方面提问，试作少许现代的探索和认识，也就是对古代符号作一番现代解说。前面提出的问题不过是继续中国人的传统思路，以《春秋》为符号书，再探索一次所记符号的意义。自己回答是办不到的。问题依然太大，太麻烦，还得分析，引证，若是作新《东莱博议》似乎不必。以下谈点闲话，起个话头，只算是"入话"而已。土里土气，更说不上引什么 etic、emic、ethos、eidos 等等已不算新鲜的洋玩意儿来壮胆了。

话说周平王为西戎所逼东迁洛阳之时（前8世纪），现在中国版图内已经明显形成几大文化"场"，也就是说，同种族以及不同种族的人有共同生活思想习惯及生产与文化知识技能而聚居的大片小片地区。首先是中原或黄河流域文化，或说殷周文化，有通行语言（雅言）及文字和较高的生产生活水平。周围其他族文化比不上中原，因而不能不时常来抢劫，还利用各种机会移进来定居，也不能不学习中原的优越的文化通行语和文字，同时也把自己的风俗习惯和骑射等特长带进来。东边山东半岛的沿海地区本有夷人，现已在殷商占领下化为齐国领域。东夷此时只是指徐、淮以至东南的吴、越。至于南蛮、西戎、北狄各是统称。他们不止是一族，各自有文化，但缺少统一语言和文字，这只有向中原学习。物质文化可以边学习边发展。精神文化必然是随语言文字渗入。因此，见于文字的文化记录便不能不以中原为主。实际上人早已混杂了。从周武王伐殷纣起就不纯了。秦本是周的挡箭牌，在霸西戎以后成了大敌人。晋与北狄交往频繁，晋文公重耳的母亲就不是同族。他一逃难就去狄人处。周游列国时还到处结婚又抛弃（名言是："待我二十五年而后嫁。"），也不合中原文化习惯，楚更是将长江流域的人及文化联合起来而大发展。开头是周封楚以镇南蛮，结果是楚强大后成为大患，"问鼎"中原。吴、越起于东南。吴季札到中原来聘问时吴已有相当高的文化，引泰伯当祖先。齐人孙武和楚人伍子胥都曾帮助吴胜楚又胜越。随后楚人文种、范蠡又助越灭吴。终于吴、越都并入楚国。战国末期楚国都城从原在长江中游的郢一直向东搬到淮河边上的寿春。中国成为西北秦与东南楚争霸的局面。"合纵""连横"即两大阵营对抗的表演。《史记》列年表是从三代、十二诸侯、六国到秦楚之际，然后是汉兴以来的新诸侯和功臣年表。《三代世表》序中特别提到"孔子因史文次《春秋》纪元年正时日月"。这一种着重纪年月四时次序排列人事的线性思路不仅贯串中原文化而且通于楚文化。如《离骚》一开头便说祖先谱系和自己生年。在这样的时间线中每一人一事都可以当作符号而含有意义。当时的大势在《春秋》本经及三《传》和《论语》《孟子》《史记》中都有认识而各有不同，尽管这些书都是以鲁国为坐标，以孔子为招牌而排定其他作出解说，而且都是在前汉写成定本的。

只以齐桓、晋文作为两个符号一看，这几家就各有不同。把三《传》中引的《春秋》本经中有关记录一看，不见有什么对这两位特别看重。《孟子》举这两个符号来概括全书主要是伸张自己的王、霸理论，宣传仁政（非暴力）胜过甲兵（武力）。这和《论语》中孔子称赞齐桓的攘夷狄抵御外患不一样。《论语》中感谢管仲使大家免于"披发左衽"，大有明末遗老怕剃长发留辫子而清末遗老怕剪辫子留短发的风味。齐桓之盛在于葵丘之会（僖公九年）。《孟子》还特别提出会上盟约五条（《告子》）。然而《公羊》并未称赞此会。《穀梁》记了盟约五条，和《孟子》不同。《左氏》只说盟会后要"言归于好"。《年表》中记的是开会时周天子赐肉命齐桓"无拜"，好比赏个勋章。还有件重要的事是齐率诸侯与楚盟（僖公四年），算是南北议和。楚人毫不屈服。著名的齐楚"风马牛不相及"的话由此传下来。《左氏》描写生动，但没有站在齐一边。《公羊》不叙事而论定齐桓"救中国而攘夷狄"。《穀梁》只简要论述会盟。《年表》只记事。《春秋》经文中没显出重点。在这几部书中齐桓公小白并不能代表《春秋》，没有赫赫功勋，不过是召开国际大会自任主席。西戎的秦和蛮夷的楚日益壮大。混杂狄人的晋即将伐齐。齐桓除表面尊王外也不能代表中原文化，实在是声名超过实际，不过是个"霸"的符号。他初即位就攻鲁报仇，长勺一战反被鲁国曹沫打败了（《齐世家》未说）。他的大业乃在于不记仇而用了管仲治国达到富强，有了相当高的国际地位，比天子还神气，却没有称王篡位。若没有这位能干的相爷替他办事，弥缝纰漏，他早就被许多"内宠"和三个小人易牙、竖刁、开方谋害了。说他"尊王，攘夷""兴灭，继绝"，不过是画成符号，树为大旗，转眼便烟消火灭，只剩名字。

　　《年表》中"僖十六年"有一条是三《传》所无："重耳（晋文）闻管仲死，去翟（狄），之齐。"管仲一死，他离开狄人跑到齐国想干什么？为什么管仲不死他不去？大有文章。（看《晋世家》）由此再看晋文。这是个复杂环境中的复杂人物，一生是一部长篇小说（《东周列国志》写的远远不够）。他在外流亡十九年，在狄人处住了很久。齐、楚、秦都到过。在楚几乎被害。最后是秦国派兵送他回国即位。中原小国对他不礼遇，可见他不仅出身不纯正而且相当异族化，所以在齐国一享受就不想走了。他在位九年的最大业绩是城濮之战打败了楚国（僖二十八年）。《经》直述其事。《公》《穀》都简略。只有《左》大书特书写成著名大战之一。《孟子》吹捧他而一句实事没有，可见他也是个符号。人和事是重要的，桓、文也了不起，但并不像符号所指那么单纯而高大。晋文的重要意义恐怕是在齐将衰而秦楚强盛时以一个并非纯正中原文化的人来作为捍卫中原文化的旗帜。所以他一直和齐桓并列而说不出或不便说出其中缘故。他助过周天子，但并不真尊王。

《左氏》在"僖二十二年"下记了可能是事后的预言，说辛有见披发于伊川，知百年而为戎，"其礼先亡矣"。中原文化（礼）的异族化和异族文化的中原化是东周时期令有识者焦心的大事。自从武王在孟津聚诸侯各族人（《书·牧誓》列了八个，称为"西方之人"）征服殷商以来，就是这个边境和移民问题越闹越大。知书识字，记各国史事，因而对文化感受特深的史官之所以"尊王"，是主张以周为首联合防止异化，即"攘夷"。无奈中原文化的代表者，周的后代鲁国仅有一群书呆子，武士曹沫很少。殷的后人宋襄公更加迂腐守旧，勉强算作五霸之一，代表中原当大会主席，实在不称其位。司马迁在《年表》序中只说了四个强国，齐、晋、秦、楚。说在周初封时都"微甚"，后来"晋阻三河，齐负东海，楚介江淮，秦因雍州之固，四国迭兴，更为伯（霸）主"。这仿佛是地缘政治学观点，四国刚好在东西南北四方。齐、晋多少还属中原文化。秦、楚就说不得。后来吴、越并入楚，田齐衰而晋分裂，从此一直是秦和楚，西北和东南，争霸之局。南北对峙，华夷互相渗透。从汉朝（混合文化）经过"五胡乱华"及"五代十国"，直到元、明、清三朝才由蒙古族、汉族、满族轮流坐庄达成一统。但问题并未解决，最后反而加上了海外来的史无前例的更大的文化冲突。汉兴时司马迁在《六国表》序中说，"或曰：东方，物所始生（东配春）。西方，物之成熟（西配秋）。夫作事者必于东南，收功实者常于西北。"他又在《秦楚之际月表》序中说，秦始皇废裂土封侯制度，又"堕坏名城，销锋镝，锄豪杰，维万世之安。然王迹之兴起于闾巷，合从（纵）讨伐轶于三代，乡（以前）秦之禁适足以资贤者为驱除难耳"。这就是说，秦始皇搬起石头砸了自己的脚，适与愿望相反，老百姓造反时一切防范措施不过是为他们扫除障碍罢了。所以有见识的前汉徐乐上书说："天下之患在于土崩，不在瓦解，古今一也。"（《汉书》本传）从刘、项兴兵到洪秀全挖空清朝廷都是历史的无数次表面重复。外国也不免。拜占庭帝国和奥斯曼帝国遗留下的问题至今仍在。不仅古今，而且中外，"一也"。所以桓、文虽很快就失去符号效应，而《春秋》作为符号书一直应用到清末康有为，以至辜鸿铭，甚至日本明治维新时还提出"尊王攘幕"（幕府即诸侯），这难道是偶然的吗？

1985 年

《论语》中的马

——科学，技术，是一？是二？

——自然，人事，孰重？孰轻？

忽然想到了马。

马有过辉煌时代。马曾经在亚洲东西南北纵横驰骤。印度的最古文献"吠陀"中歌颂马。印度大史诗《摩诃婆罗多》中的最大祭祀是"马祭"，由王族武士举行。中国史书称赞中亚大宛的名马。在台湾大学创建考古人类学系的李济教授说过，不仅有丝绸之路，还有彩陶之路。我想应该还有横贯亚洲的名副其实的上古"马路"。

驯服野马很不容易。马一旦为人所用便显示出威力。匈奴人、突厥人、蒙古人以及中亚许多古代民族无不凭借马而辉煌一时。更古些时，在中国黄河流域，马的发挥作用是拉车，特别是战车。车上一个御者指挥马，一个射者弯弓搭箭远射，胜过手持兵器的任何步行人。至今秦始皇墓的大队兵马俑还在地下排列成仪仗队，显示两千多年前的无比威风。

马的特长在于其力度和速度。发现这一点不难。驯服野马为人所用就不容易。认识力度、速度以及效率的意义而加以推广，那就是文化思想的发展，不是任何人、民族、国家都可以轻易做到的了。把马作为交通工具也是发挥马的作用。但若只供贵族官僚摆架子显身份，不能广为平民百姓所用，那就是把马当作装饰品了。马不是文化。用马和识马是文化。认识马的意义是文化思想。闪电的迅速，古人早已见到。但直到富兰克林做实验才把天上的电引到地上，然后才为人所用。无线电、原子能，无不如此。可以用来加强人的能力，也可以用来杀害人，进行大破坏。关键在人。人的事才是文化。

科学只认识世界。无论发现什么定律都不能直接变动世界的一丝一毫。科学化为人的技术，才能改造世界。怎么改造？是加强还是破坏？技术也管不着。那是在于人。要在人的社会文化思想发展变化里找答复。不分别科学和技术，再把人做的事的责任和原因归咎于科学认识和技术发明，这是思想不清晰，会引起一些不能答复也不必答复的问题。科学、技术、文化、思想相通而又必须先分别。

"白马非马"不是我们的两千几百年前的老前辈就知道了吗？发挥了什么实际作用？庄子观察到了浮力现象。阿基米德也发现了浮力。两人的想法，或者说思维的线路，大不相同。船和航运的发展不是他们的功劳，那是技术。

不妨看看《论语》这部古书里的孔子怎么认识马和看待马的。

东周"春秋"正是马车的辉煌时代。《论语》里是用"千乘之国"表示富强的诸侯国家的。那就是有上千辆的车子。每车用四匹马驾驶，称为"驷"。"百乘之家"那就是次诸侯一等的大夫的属地，称为"家"，不称为国。至于"万乘之国"，那是到战国的《孟子》里才有。《老子》里出现过一次。"乘"，马车，战车，是富和强的标志，好比几十年前讲钢产量。《论语》中讲这些"乘"以及"大车""小车""兵车""御"车的不算，"司马牛""巫马期"是人名，也不算，此外提到"马"的有八处，试检查一下。

一、今之孝者是谓能养。至于犬马，皆能有养。不敬，何以别乎？

这是把马当作牲畜，和狗一样。

二、陈文子有马十乘，弃而违之。

这里说的是作为家产的马车。放弃了，自己出国。

三、愿车马衣轻裘与朋友共。
四、乘肥马，衣轻裘。

这都仍是作为用品，产业。

五、孟之反不伐。奔而殿。将入门，策其马，曰：非敢后也，马不进也。

这个故事，《左传》里有。《公羊传》《穀梁传》里没有。打败了往回跑。跑在后面的叫作"殿"，即"断后"，保护本军，挡住追军，是立了一功。这位孟之反自己说不是立功，是马跑不快，打了马一鞭子。这一次齐鲁之战，孔子的学生冉求、樊迟都参加了。孔子称赞败将有道德，"不伐"，不夸耀自己，不吹牛。实际上，马是冤枉的。孟之反是说假话。这里的驾战车的马是作战工具。

六、厩焚。子退朝。曰：伤人乎？不问马。

这是别人记孔子言行的话。马棚起火烧了。孔子上朝回来，问人有没有受伤的，不问马。朱熹的注说，孔子不是不爱马，但更看重人，来不及问马。又说是："贵人贱畜，理当如此。"这里还是把马当作家畜、家产看待。孔子上朝、退朝必定乘车，因为他说过，做官当大夫的"不可徒行"，自己不能徒步走路。看来他上朝、退朝的驾车的马不在马棚里，安然无恙。厩里不知还有几匹马。伤了，跑了，当然没有人重要。

七、有马者借人乘之。

这还是认马为家产，工具。"借人"是借给别人。

八、齐景公有马千驷，死之日，民无德而称焉。

这里的马仍是作为家产。"千驷"照说有四千匹马，就算是夸大，实际上也不会少。然而无德，所以无名可称。1972年山东临淄出土的殉马坑里有几百具排列整齐的马尸骨，据说就是齐景公墓，可见这里说的是事实。但这里有问题。有"千驷"就是"千乘之国"。马大批殉葬，战车谁拉，岂不要报废？齐景公死了，继承人怎么肯做这种伤损国力的事？值得注意的是，这里孔子讲的是"驷"，不是"乘"，可见这些马不是战马，大概是宠物。所以王爷一死，后人就不肯花费草料养只供观赏的废物了。

《论语》里孔子讲到马，没有一处注意到马本身，只把它当作一件东西，不提马的特点。这不是要求古人现代化，因为《论语》里还有一处提到马，观点就不一样。

驷不及舌。

马快也赶不上舌头动得快！就是说，讲的话比马还快。话讲出去就收不回来，不比马还可以停下回来。这里讲的是速度，讲到点子上了。不过这话不是孔子讲的，是他的学生善于言语的子贡讲的。子贡又善于"货殖"，也就是做生意。孔子还夸他"亿则屡中"。就是说，他不但注意市场信息，而且能够正确预测（亿，臆），还多半测得准（中）。《史记》里记载，子贡不但会做买卖，发财，而且是一位能言善辩的外交人才。他曾出国一次便影响五个诸侯国的兴亡，真了不起。子贡也是《论语》中注意到自然现象的一位贤人。

子贡曰：……仲尼日月也，无得而逾焉。

太阳、月亮是谁也跳跃不过去的。

子贡曰：君子之过也，如日月之食焉。过也，人皆见之。更也，人皆仰之。

他说："君子"犯了错误好像是日食、月食。错的时候人人见到。改正的时候，人人钦仰。他注意到日食、月食的情况，观察自然现象，用来比喻人事。

孔子也说过"譬如北辰"。用天上的北极星比喻人事。他也说过快慢，时间长短。可见他不是不知道，只是不重视，思维方向在人间，在事物对人的用处，不在事物本身。这是技术观点。也可以说是价值观的问题，一切工具化。他说过"欲速则不达"。没指出不达不是速的问题而是速的方法问题。

特别值得注意的是，还有另一位孔子，和这不同。那是在《孟子》里。

孔子曰：德之流行速于置邮而传命。

这是孟子引孔子的话，在《公孙丑》章中。这句话提到了信息（"传命"）、传播（"流行"）和设立驿站（"置邮"），像烽火台一样一站一站把信息传下去。这样传播信息很快，但是"德"（包括正面、反面，好的、坏的）传播起来比这"邮传"还要快。这真是非常现代化的思想了。这第二位孔子同发现风力、水力的庄子一样（见《逍遥游》）已经到了科学的边缘上了，可是连什么技术也没有发明，更不用说去发现什么自然界本身的定律了。实在是"不为也，非不能也"。

再举一个马的例，是《周易》的卦爻，更古。

易卦中以乾卦象天。天的象征是龙。六爻爻辞中多处说龙。又以坤卦象地，地的象征是什么？

> 乾：元、亨、利、贞。
> 坤：元、亨、利、牝马之贞。

原来地的象征是牝马。可是爻辞中没有说马。凭什么牝马即母马能配上地？决不是由于生殖。马一胎只生一个。猪一胎生得多，怎么豕不能配地？我看道理很明显。龙是天上空中最活动的假想生物，是天上活动力量的象征。地上最活动的真实的生物就是马。马成为地上最大活动力量的象征，所以马能配天上的龙。坤卦辞、爻辞说的都是地。方向是"西、南、东、北"。形象是"直、方、大"。这已经到了测量地的几何学的边缘上了。还有爻辞：

> 龙战于野，其血玄黄。

天上的龙怎么下到地上来打架了？和谁打架？龙和龙打必在天

上，空中。在地上就和马打，比一比谁的力量更大。乾龙属阳。坤马属阴，因此必须说明地是牝马。龙、马都是力的表现和象征，后人便常说"龙马精神"。

《易》是变易即变化之学，所以将变化归于可知的数，用符号表示。这可能是从甲骨占卜延伸出来的，也可能是独立而相关的思想。这是中国科学思想（认识世界）的开始系统化。这里说的只是卦爻和卦辞、爻辞，不算"十翼"中的发展。那些解说又各有层次，不可混淆，需要先分别。解释乾卦的孔子不是《论语》中的第一位，也不是《孟子》中的第二位，而是《易》解中的第三位。一比较就可见其不同。

想当初，被人驯服了的野马开始大显威力，以类似飞鸟的速度和超过飞鸟的力度到处奔驰，真是所向无敌，如同杜甫说的马"所向无空阔，真堪托死生"。马很可能是在西亚、中亚、南亚的平原上驰骤，一直到东亚的黄河流域，在这片广阔大陆上踏出一条又一条"马路"。马出现不久就受到我们先人的赞叹，用来象征大地，配上天上夭矫的神龙。马的远胜过人的惊人速度正像火车、汽车初出现时以及无线电、电子计算机、电脑初发展时一样。然而现象人人见到，道理也人人能知道，化为人能操纵的技术时人人都乐于利用，至于深入钻研其中的规律，那就不是人人时时处处都可以做到的了。这种追求认识自然界的人无论何时何地都只是少数。欧几里得、阿基米德等人的学说在地中海边也几乎失传千年以上。阿基米德还是死于无知（只知他是敌人）的乱兵之手。

中国人的技术发明从古到今在世界上都是数一数二的。不是第一个发明者，也是第一流的仿造者，而且能使技术艺术化，仿真超过真。但科学和技术不是一回事。长于其一，不一定就长于其二。这不是能力问题而是使用能力的方向路线问题。这里并没有高低优劣之分，也不能说是有本末之别。正像科学院和工程院并列一样。

我们很早就发明了罗盘。但是磁学是世界上到近代才有的。说孔子的思想不向科学发展，甚至也不重视技术，这一点决不是贬低孔子。何况书中记载的明明有不止一位孔子。

上古的人总是很熟悉男人女人的人的自身，而把自然界看成神秘，力求用占卜等方法去了解自然。到社会发展起来，人事复杂了，这才需要转眼到比自然界更加变化莫测的神秘的社会和人自己。社会结构简单时，人所了解的人自己主要是属于自然界的人的行为。社会复杂化了，以孔子为代表的一群思想家才转过来将社会的人而不是自然的男人女人置于自然界之上。这是思想上的一次大转变。

中国人在春秋时代完成了一种独特的思维线路（不只是方法）。可以明显察觉的一是线性思维，二是对偶思维。这都是从《易》卦爻延伸出来的，而对偶思维在孔子和老子那里更发挥得淋漓尽致。从这一点说，岂止几部书中的几个孔子本是一个，连老子和孔子在根本思想上也是一个。作为思想家他们是一类的而且可以说是一致的。这种线性和对偶的思维线路一直传到今天未断，仍旧可以在世界上独放光彩。然而有思想有能力是一回事，能发挥自己的能力是另一回事。这话说得太远了。我已写过一篇《春秋数学：线性思维》。如有可能，想再写一篇《论语数学：对偶思维》。只怕是眼和手已不听使唤，有心无力了。好在这是有心人一望而知的现象，有没有人写出文章倒是无关大体的。（《论语》的四百多章"子曰"中就有四十章完全是对偶体，加上平列的就更多了，还不算包括其他人的"语录"。）

1996 年

诸葛亮"家训"

甲：大家都承认家庭教育的重要性。何妨谈谈古人的"家训"著作。这好像是中国特有的。

乙：不到一百年前，流行的是《朱子家训》。全名是《朱柏庐治家格言》。这位"朱子"是清朝初年人。《家训》开头是"黎明即起，洒扫庭除，要使内外整洁"。中间有两句传诵很广：一粥一饭，当思来处不易。一丝一缕，应念物力维艰。全篇教训是"勤、俭"二字。这篇文不知怎么没人提了。

甲：从前还有一部著名《家训》是北朝颜之推的《颜氏家训》。周作人在北京大学教"六朝散文"时讲过这本书。颜之推是南朝人在北朝做官，处于鲜卑胡人治下，不得不委曲求全，又想保持南方传统，有难言之隐。书中说到有人学习鲜卑语"伏侍公卿，无不宠爱"，但不愿子弟去学。正当此时，日本已占东北，将占华北，这书好像是给即将处于日本统治下的中国读书人作思想准备的。

乙：这本《家训》不好谈。从前流行的一部《家训》是《曾文正公家训》，是曾国藩写给两个儿子的家信，教他们怎么读书做人。

甲：曾国藩是个政治人物，戴上的帽子很多，更不好谈了。汉朝有个伏波将军马援。他有一封信教训子侄如何做人，说有两个人可为模范。一个是忠厚老实人，一个是才华外露的聪明人。他愿意子侄学习前一个，不愿他们学习后一个。他说，学出名的聪明人，学得不好就是"画虎不成反类犬"。学当忠厚老实人，安分守己，不得罪人，学得不好也是刻天鹅刻成了野鸭子，不比画虎像狗惹人笑话。这两句话流传很广，但不像他的豪言壮语"马革裹尸"的口气。

乙：马援也是问题人物，不好谈。我想起另一位名人的教诫儿子的信，可以谈谈。写信人是诸葛亮。信见于宋朝初年的类书《太平御览》，收入《集》中，大概是真的。不过一百字吧，很容易背下来。看起来容易懂，真想懂，又觉得不容易。信中的"淡泊明志"的话，引用的人不少。可是"淡泊"怎么就能"明志"？"明"的什么"志"？

甲：原文是"非淡泊无以明志"，说是只有淡泊才能明志，很肯定。下一句是"非宁静无以致远"。上文是"静以修身，俭以养德"，下文是"夫学须静也，才须学也，非学无以广才，非志无以成学"。句句字字都有很多涵义，懂已不易，要学着做就更难了。

乙：我记得信中最后六句话："年与时驰，意与日去，遂成枯落，多不接世，悲守穷庐，将复何及！"可见他是主张"接世"、应世、用世，而不愿守着茅庐不出山的。依我看，曾国藩的《家训》大都是诸葛亮这封家信的发挥。教的是在家立志读书，准备的是将来应世，有所作为。

甲：说到应世接世，唐初的《北堂书钞》和宋初的《太平御览》都引过诸葛亮的一句话："吾心如秤，不能为人作轻重。"这恐怕和"淡泊""宁静"的道理一致。秤的表示轻重是客观的、独立的、自主的，不能为人所指挥，听人说是轻就轻，听人说是重就重。

乙：孔明先生是中国的大名人。《三国演义》《三国志》加上《注》传播了他。杜甫和李商隐都有诗赞扬他，可见在唐朝他已经是"大名垂宇宙"了。但无论怎么变化，其核心未变。他的思想见于他的著作。《三国志》和唐初、宋初两部类书中的引文已经足够。这几篇可以算在理解中国人传统特色的文献之中。奇怪的是为什么不见有人钻研。读文献在精不在多。读通几篇不容易，因为需要广泛照应其他无数篇。例如诸葛亮说宁静才能致远，就可以想到武则天出宫当尼姑是她一生的转折点。她经过五年静修"反思"，再回到宫里就变成另外一个人。她学佛，学成了皇帝，奥妙在哪里？

甲：这人是挨骂的，不要谈下去，免惹麻烦。

乙：那就还是谈诸葛亮，听你的。

甲：历史上的和传说中的诸葛亮都是中国传统一大特色。他上承张良、韩信、萧何，将三人集于一身，下开或明或暗或好或坏学他的后代。我若说，非懂诸葛亮无以懂中国，行不行？

乙：我无法回答。

（1995年）

父子对话：八股文学

贾政：宝玉，你这个不肖子，整天在大观园里玩耍，不好好读书上进。我知道你的心思，以为我们世家子弟，有祖上余荫，不必去跟平民百姓一同考试做官，降低身份。你记不记得，圣人说过，"君子之泽五世而斩"？你看过《史记》，大约不去看那些年表，不想想那些王侯功臣传了几代？何况仰靠祖宗出生入死的汗马功勋，不想自己立业，这就是不争气，没出息。为父的当这一名员外郎，是蒙天恩浩荡念当年国公爷为朝廷效力而来，每日兢兢业业，总觉得那些凭念书考试得功名的学士们心中暗笑我。要知道而今不比当年打天下时立功第一了。我们这些贵戚子弟再不努力凭本事去和平民争高低，整日价闲游浪荡，这样下去怎么得了！

宝玉：大人教训让孩儿出了一身冷汗。

贾政：你嘴里这样讲，心里不服气。你这样年纪，在这样家里，见不到一个用功的人，自然不愿读书。

宝玉：孩儿不是不喜读书。前天看了《庄子》，昨天又看禅宗《语录》，每天背诵杜诗。只是觉得圣经贤传背过了也就是了，记在心里就好。那些敷衍圣贤的现成话，把一句话讲成一大篇，重复来重复去，照一定格式做文章，不过是禄蠹们求做官的敲门砖，实在没有意思，算不了文章，念不下去。更不愿仿作。

贾政：你说出心里话，这很好。你说"禄蠹"，什么是"禄"？就是朝廷赏赐的俸禄。做官为朝廷办事，得俸禄"养廉"，不去讹诈老百姓，正正当当，有什么不好？为父的觉得只有每天上朝，每月领下这点俸银，才于心无愧。全家人都是吃祖宗饭，这饭又是从哪里来的？还不是朝廷顾念上辈功勋赏赐的？我们这些后辈为朝廷做了什么事？难道不是蠹虫吃国家钱粮，吃老百姓缴纳给皇上的血汗钱？这样的饭吃得长久吗？说到八股文，这也不仅是应考过关用的，也是学文章做学问的基本功夫。代圣人立言就是学圣人说话，揣摩圣人的心思，学做人的根本道理。难道和圣人想的讲的不一样才算好？圣人说"思无邪"。我们难道要思有邪？圣人说"学而时习之"。你就是不学不习，应当把这句话揣摩体会，好好做上这个题目的十篇八篇八股文，改改思想。不听圣人的话，将来做官怎么听皇上的话？庄子、禅师是异端，你把异端的祖师当作圣贤，学他们的讲话，这不也是做八股文又是什么？不过是道教八股、佛教八股就是了。做儒家八股，应科举得功名，为国出力，为民办事，不比出家当和尚道士吃人家供养高强吗？杜少陵的诗应当念，要学他的"每饭不忘君"，学他的"致君尧舜上""穷年忧黎元"。再说，八股文是几百几千年文章的结穴，是入门的根基，你说说有什么不好？

宝玉：命题作文，格式固定，不说自己心里话，替别人说话，这就不好。

贾政：我问你，听说你和姊妹们结了一个海棠诗社，出题白海棠，限韵作七言律诗，这不是和八股文一样吗？做八股立意不能出题，你作白海棠诗能说成牡丹富贵花吗？七言律诗还限韵加对仗讲平仄一点不能错，这不是八股诗吗？题是白海棠，你心里话能"骂题"吗？八股文题是圣贤的话，你心里想的就该向圣人学，不一样就要改成一样。这同你作白海棠诗就要一心想着洁白一样。什么庄子、禅师，不过是另一类人尊的圣贤教人做另一类八股罢了。我们还是要先背诵儒家的《论语》，圣人语录。有了八股基础，再看那些异端，就知道为什么圣人说"攻乎异端，斯害也已"。没有圣人的语录打底子，就去读异端的语录，就走入邪道了。这不是为做官，这是学做人。要读圣人的书，听圣人的话，做圣人的好学生。再说，《诗经》的雅、颂，《书经》的典、谟、训、诰是作者自己讲心里话吗？是代帝王宰相周公讲话。这就是圣人之言，八股的题目，八股的榜样。你会说，屈原的《离骚》不是八股。你想想，他开口就说"帝高阳之苗裔兮"，家世显贵，可是他不肯闲游浪荡，要忧国忧民，口说美人芳草，心存帝王将相，这才有了第一篇《骚》，成为以后多少诗赋的八股题，本身成为《骚》八股的"程文"。他的《九歌》也是颂神的诗，和雅、颂一路。汉朝的更不必说，赋、乐府、对策、史传都是上呈帝王的，都照帝王的旨意说话，都是代圣人立言。所谓讽谏也是一样。再往后科举考试直到而今。从贾谊、董仲舒起就是做八股文。不做儒家八股的就做道家八股、佛家八股，还有自称不做官其实是做不成官的隐士八股。你翻开《昭明文选》，除了开创的以外，有多少不带八股气的？本朝的八股文从"经义"来，是遵守"放之四海而皆准"的圣人指示的。也许将来要废，可是换上来的一定是新八股。不是这种经，就是那种经。古往今来诗文不是八股的少得很。你说说看，不是八股的文章有哪些？小说戏曲不能算。

宝玉：我看袁家三兄弟公安派的文章，还有钟惺、谭元春竟陵派的文章，可说是抒发性灵的。

贾政：袁家三位和钟惺哪一个不是进士？不做八股能中进士吗？谭是乡试第一名。他不做八股能中解元？这些人先学做八股，做了官出了名以后才停下了，究其实还是八股出身。不懂八股的人不知道，他们后写的文章是另一类八股，照样是有框子有程式为他人立言的，不过这些人都不把正规八股文收入文集，出全集为了不全出，仿孔圣人删《诗》。你就被瞒过了，不明白全集都是删改过的。将来你中了进士，放了实缺，当然就不做八股文，可以去做性灵一类的另一种八股了。

宝玉：那还不是敲门砖？

贾政：想入门就得敲门，饿了要吃饭。吃饱了，你才可以高谈"饿死事极小"。

宝玉：八股文千篇一律，太死板，我念不了几篇就要打瞌睡。

贾政：那是多数平庸之作。律诗、律赋也是和试帖诗一样千篇一律。不论哪种文体都有好有坏。自从洪武朝以来，八股文格多次修改，八股文风代代不同。归有光号称学《史记》以古文名家。他本来是一代八股文大家，开创了一种文风，此刻不时兴了。正像韩愈，他反对骈文八股，创出了散文八股，照旧是为人立言，有一定体式文风，成为新八股的祖师。他说"凡古于言必己出"。那就是说，今人于言不是"己出"了。

宝玉：照大人的说法，八股文无处不在，成为最高的妙文了。

贾政：那又不然，不可一概而论。考场八股不会出好文章。状元的墨卷往往不通。但八股精神贯串于从古到今的诗文之中。八股是入门，是一把钥匙，不懂它不行，被它限住了更不行。你讨厌八股，可是你的想法全是照八股程式，自己不知道。这就是因为你不懂八股。读懂了八股才能分别，才能不做八股。你回去好好想想。

宝玉：是，大人。

金圣叹评曰：父是结构主义者，子是解构主义者。父是现代的，子是后现代的。第三代如何？等着瞧吧。

（1995 年）

八股新论：评罪

八股定罪已久，还有什么可以评说？

自从 20 世纪初清朝廷废科举以后，八股文销声匿迹。明清两代五百年间汗牛充栋的八股文选本和《闱墨》（考卷刊印本）以及为做八股用的入门书、参考书忽然之间消灭干净。"五四"新文化运动以后更是"臭名远扬"，"永世不得翻身"了。何必再提？

八股文从前称为"时文"。名家的文集都不收容。刻印"时文"稿也另作一集。乾隆皇帝钦定官修的《四库全书》只将明朝的八股文选出一集作为标本，其他一概不收。可见最高主考皇帝并不认为八股文是上等文学，名义上尊崇，实际上鄙视。奉诏编这部选集的方苞是清朝"时文"一大家，又是"古文"一大家，桐城派的开山祖师。连他也不重视八股。在搜罗他的集外文的《方望溪遗集》中有篇《李雨苍时文序》，开头便说："余自始应举即不喜为时文，以授生徒强而为之，实自惜心力之失所注措也。每见诸生家专治时文者，辄少之（瞧他不起），其脱籍于诸生而仍如此者尤心非焉（嘴里不说，心里不赞成）。"他还在别的文中鄙薄八股，明显认为这只是敲门砖，中试"脱籍"做了官以后就该抛弃。此外对八股不满甚至声讨者更多。大学者如顾炎武，在学术著作《日知录》中，大文人如吴敬梓，在小说《儒林外史》中，各自发表了不同的谴责。由此可见，八股的地位表面上极高，实际上极低，所以一旦不用于考试做官立刻便成废物。唐朝人应考的诗，宋朝人应考的论，还能流传，与八股大不相同。八股已成垃圾，还有什么可说？

然而在五百多年的长时期内，无数读书文人为学做八股而花费无穷心力，这岂不是一大文化现象？读文学作品当然选高而弃低，研究文学史却要"细大不捐"见其全貌，以免依据片面便下断语不能恰当。八股本是元朝和明初开始定为考试科目的"四书文"，溯源于宋朝的"经义"考试。创始者的文章据说是政治家、古文家王安石的。为什么八股要请他为祖师？"拗相公"王老先生确曾讲过经义，有新说，但留下的"经义"文大概是托名代撰的。陈言老套的八股为什么要以他为旗帜来标榜？八股是不是"形亡而神在"（借尸还魂）？原形不出世，"元神"未必散，岂可置之不理？

要追查，首先要论罪名。不是洗刷而是定罪量刑。一笔抹杀不是理解的办法，而且往往没有实效，甚至适得其反。

八股的罪看来不过这么几条。

一是限制了思想，其实只是限制读书人的思想，限不住文盲。指定《四书》加朱熹的《集注》为标准，不许"越雷池一步"。于是别的书都不读，不知"三《通》四史是何等文章，汉祖唐宗是哪朝皇帝"。"案头放高头讲章，店里卖新科利器"（徐灵胎《道情》）。于是思想不出《四书》，祖师只有朱熹，思想都僵化了。

二是糟蹋了文学，其实糟蹋的是书本上的文学，毁不了口头流传的文学。读书人钻研学习刻板定式的八股文加上同样刻板定式的试帖诗，头脑僵化，不仅不会灵活思考，而且不会写文章。八股文只要调子对，不管语句是否通顺。"天地者乃宇宙之乾坤。吾心实衷怀之在抱。久矣夫千百年来已非一日矣……元后即帝王之天子。苍生乃百姓之黎元。庶矣哉亿兆民中已非一人矣……"（见梁绍壬《两般秋雨庵随笔》。《丛话》亦引）。这两股文何尝不对仗工稳音调铿锵？这样堆砌相同词句做花架子，摆气势派头，岂不是"干净彻底全部"的废话？这样的"时文"占了读书人的时间精力，占了文学的上风，诗词歌赋论文小说由八股文人去做，还能有八股老套以外的新发展？

三是害了朝廷，毁了国家。以八股取士，中进士点状元的都是书呆子，会做破题、小讲、对偶，不懂治国安邦，背诵经书，不知实际。朝廷用这样的人做官，怎么能办好事？对外不能抵抗外族，让皇帝安稳坐朝；对内不能振兴经济，让朝廷多收赋税；朝廷用的都是这种书呆子，江山怎么坐得稳？老百姓更不必说，在这样的大小官儿的治下，只有倒霉受苦，有冤无处诉。翻来覆去背诵模仿《四书》和朱《注》文句，一心揣摩皇帝恩威，考官好恶，当时风气，文章做不通，官又怎么当得好？"甘蔗渣儿嚼了又嚼，有何滋味？辜负光阴，白白昏迷一世。就教他骗得高官，也是百姓朝廷的晦气"（徐灵胎《道情》）。

一伤思想，二害文学，三毁国家，八股的罪名不外这样三项吧？这都是事实。几乎是从有八股以来就有反对者。他们的说法未必有多少在这以外。现在八股已经"盖棺"，这也成为"定论"，并没有错，用不着翻案。但是我们不应停留在这里。当八股"在朝"行时之际，指出缺点，说它坏话，一针见血，入木三分，都好。当八股已经"入土"或"火化"之时，作"史臣曰"的论断就需要全面一点，客观一点。仍然持一面之词就不妥当而且也不是前进一步深入一层了。判罪之后就要量刑，那就不应该是一律"罪该万死""死有余辜"了。不妨摒除意气，考察一下八股的罪行究竟有多大。

首先是八股亡国论。这个罪名太大，帽子不合头。文章和书本和以读书求做官的人都没有那么大的本领。中国历代社会中的思想文化不是占人口中极少数的识字读书人能包办的，不是更稀少的哲学家、思想家能全部代表的。八股文不过是上骗下、下骗上的蒙混人的工具，负担得了那么大的责任吗？八股四书文起于元朝，是由蒙古族皇帝批准推行的；成于明朝，是中期才完成的；以后到清朝，由满族皇帝制定程式体裁，还陆续有小的变动；到道光以后就衰微了。光绪时期，越来越多的读书人无心做八股了，取消八股是顺理成章的了。蒙古族、满族以及明朝汉族的皇帝中有哪一位是会做八股的？仅仅是乾隆皇帝喜欢舞文弄墨以配合或粉饰他的"十大武功"，下诏出了些主意，那也是给人家去做，和自己不相干的。对国家兴亡第一要负责的不是皇帝吗？他们都不是八股文人。"天下兴亡，匹夫有责"，便决不应当把匹夫之责和帝王将相之责等量齐观混为一谈。

明朝八股兴盛，汉族朝廷亡于满族，所以明清之际的读书人把明亡的罪责一归之于王阳明（守仁）的讲"良知"的哲学，二归之于八股文章。读书人总喜欢过于看重书本，不读书人又对书本有神秘感，所以书本不是被吹捧得过火，便是被咒骂得难听。书本力量说大不大说小不小，是有限度的。不是书本自身起作用，更不会突然见效。明朝之亡是亡于皇帝太监的腐败。崇祯皇帝吊死于煤山，他自己应负最大责任，不能怪八股。洪武、永乐两位开国皇帝是雄才大略得天下，残暴统治定天下，不是仗八股文。永乐皇帝的得力军师是和尚姚广孝，与八股无关。不上朝而修定陵的万历，刚愎自用又多疑残杀大将的崇祯，游江南的风流少年天子正德，信任乳母客氏及其"对食"配偶太监魏忠贤的天启，这些皇帝和另一些多半年纪轻轻只知玩乐把国家事推给太监和大臣的皇帝之中，有哪一个是会做八股的？恐怕连《四书》也不会读。刘瑾、魏忠贤等掌权太监未必认得多少字。严嵩和张居正等大臣会做八股，他们为自己和为朝廷搜刮老百姓的本领是八股教的吗？《四书》说"省刑罚，薄税敛"（《孟子·梁惠王》)，他们照办了吗？明朝之亡是亡于李自成、张献忠等人的起义。这些起义军人不但不会做八股而且是痛恨八股文人的，因为文人是做官的坯子，欺压农民的预备队和啦啦队。起义军中的文人如牛金星、宋献策也不是八股好手，未必奉《四书》为宝典。明朝之亡又亡于清朝。入关的摄政王多尔衮，率兵南下灭明屠城占地的豫亲王多铎，帮助清兵得天下的吴三桂、洪承畴、范文程，哪一个是八股文人？反过来，八股文人中效忠皇帝死而不悔的书呆子倒不少。例如拼去十族来多管朱家皇帝的家务事的方孝孺，谏皇帝而惨死的杨继盛、杨涟、左光斗以至清朝的大时文家、大古文家方苞都是。方望溪（苞）老先生只因文字狱中犯人戴名世的《南山集》内有一个方孝标被认为是他而下狱，几乎处死。皇帝知道了，不但不平反，反而"加恩免死"，叫他到"旗下"去给满人当奴隶。他能教王子念汉文书，却又好多嘴管闲事，得罪了几位王爷。幸而皇帝知道他的为人，免了奴籍，还给官做。他仍然"直言敢谏"乱出主意，终于归老林下，算是逃得了一个"善终"。究竟他对于乾隆朝的治或乱起过什么作用？不过是一句评语：呆里呆气好多讲话，不过还是为皇上好，是忠君的。如此而已。这些俱见全祖望给方苞做的神道碑，大体事实不会假的，否则怎么能堂而皇之在墓前树碑。何况全祖望是黄宗羲一派的史学家？方苞命途坎坷，除文章外并无什么建树，对清朝的武功和内忧外患说不上影响。

　　总而言之，八股对国家社会有害，害处首先在读书人身上，对于不读书不识字的人，占多数的人民全体，为害没有那么大。八股的兴盛时期，起作用大的年代，不过是从明中期（成化、弘治）到清中期（道光、咸丰），即15世纪中叶到19世纪中叶，大约四百年左右，明清之间还中断了一段。这时期民间文学发达，反八股的一部分文人异常活跃，逐渐形成了极有力的新思想、新风气。这已是现在人的常识就不必多说了。"老门生三世报恩""钝秀才一朝交泰"，写的不就是这时期的八股书生，不就是描绘他们的文学作品吗？朝廷皇族的更迭不等于国家的兴亡和社会的变革，书本及文人也不等于国家与社会，这还用说明吗？用不着了吧？若是国家兴亡由于八股，那么，清末八股消灭了，中国怎么不见兴盛起来呢？其影响所及不过是文事而已。对于其他只可能有间接影响。

八股误国论的又一方面是说朝廷以八股取士做官以致大小官员都是书呆子，所以皇帝亡国社会退化。这也有事实为凭，但说法很不确切。由八股考取做官的并不全是书呆子。忠臣奸臣能干人废物都有。八股只是敲门砖，不能限制人做官以后抛弃八股发展才能。方苞说过，唐宋古文八大家中除苏洵一人以外都是早早考中做官的，所以可以在做官以后抛弃时文做古文。（苏洵是苏东坡的父亲。《三字经》中说"苏老泉，二十七，始发愤，读书籍"。）这种说法还不能减轻多少八股之罪，因为毕竟是读《四书》学八股的书呆子比聪明人多，做不成官的比做成官的多，坏人和无用之人比好人和能干人多，用八股敲开朝廷之门以后发展才能的人少。要定罪大小需要考察中国两千多年来帝王将相和道府州县"父母官"统治机制及其运转的实际。为什么明清几百年乃至秦以来两千多年用书呆子废物做官的多，而居然一代又一代能机制不变，照样维持统治，而且农民起义成功以后还是照样不改变机制只换人呢？不说原理，只看事实。原理普遍适用，事实是中国自有特色，非罗马帝国可比。

从秦始皇到清宣统，高踞统治全国宝座的帝王将相并不是科举出身，像明朝张居正那样的极少，这不必说。重要的是直接治民的地方官。这些官中糊涂的多，精明的少，能为老百姓办点好事如开封府尹包拯和海瑞、况钟的"清官"更稀罕，但是统治仍旧能长期巩固，为什么？有人埋怨中国老百姓太老实，软弱可欺，有人以为由于孔子老子教导了文盲而其他圣贤如墨子等没起作用。不知那些只靠耳闻目睹和传说及习惯生活的不识字人并不知道圣经贤传那一套。把责任推到受害人一边，不说是为害人者开脱，至少是不合事

230

实。官是只知捞钱，对上"多磕头，少说话"，对下多讲话，少办事的，例外很少。统治不能只依靠他们。在统治机制的运转中起作用的也不是他们为主。还不可忘记，汉朝有藩王，唐朝有节度史，宋有藩镇，明又封王，亡国时有福王、唐王、鲁王、桂王，这些都是地方官管不了的。清朝中央集权不封王类似秦朝，但人口增多，社会复杂，所以统治机制也复杂化了。地方上汉人巡抚位高责重而权小，藩司理财，臬司秉刑，大权在统领"旗下"军队的满人总督"制军"手里。各处重地的"旗下"驻军是地方官管不了的。到太平天国时，汉人曾国藩的湘军和李鸿章的淮军是在已被或者将被起义军占领的地区活动起来的。清军统帅本是满人胜保和蒙古人僧格林沁。洪秀全和曾国藩从不同的双方在十几年间削弱了清朝廷的原来统治力量。太平天国亡后，汉人掌了军权，当上了有名有权的总督。淮军接替了湘军，李鸿章继承了曾国藩，又培养了袁世凯练"新军"，终于乘民军和新军起义之机代替了清廷。无数的地方小皇帝公然出面代替了从西周以来的天子。事实上，不论有没有一统的皇帝，从周秦汉以来就是这样的实际统治机制。书生贾谊上《治安策》所"痛哭流涕长太息"的就是天子统一得还不够。他想恢复秦始皇的一统中枢独治江山而以"仁义"为方略。这是地道的书生之见。汉文帝知道实际，所以称赞他而不用他，派他到长沙去了解藩王真相。汉景帝用晁错削藩国失败了。直到清初废三藩，还和吴三桂打了一仗，才去掉了高层的土皇帝，但并没有改变机制。要动摇这个政治体系非有更大得多的经济发展和社会变革并储备足够的人才不可。这在 19 世纪末和 20 世纪初是办不到的。因此，把帝国王朝的几千年传下来的统治要科举出身的八股书生文官全面负责是不符合历史事实的。

皇帝在上面靠周围的后妃太监大臣，在下面是倚仗什么人统治的？其一是官，文官武官大官小官都在内。其二是僚，是官的辅佐，也是实际起作用的。三是吏，是无官之名而有官之权的执行者。四是差，名为"役"而实是老百姓头上的顶头"父母"。所以官中的读经书做八股的书呆子只是这官僚及官吏加官差机构中的一小部分。他们离不开僚吏差出主意办实事。他们难得行善而作恶多端，但不能把罪恶都要他们承担。责有大小，罪有轻重，八股书生占的一份不会很大。

文官的"出身"，汉代是经地方绅士名流推荐，考核在其次。唐代是经过科举考试，还要加上大官推荐。宋元明清都是以科举为正途出身，但旁门邪道不少。明清考八股而捐官不断。不能说当文官的个个会做八股。所以八股有罪，但不可扩大，扩大了，就减少其他罪犯的负担了。

两千多年的帝国统治机制以人为主。人在机制中的地位关系推动其运转。可列简表如下：

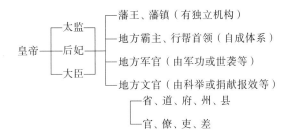

这些人中多半读书识字，所以老百姓很容易把书生和"官家"等同起来。治国和做官需要用文字通信息，但主要依靠的不是文字，一看《尚书》便知，越古越是这样。春秋战国时言语和文字并行，"言语"仍比"文学"优先，由《国语》《国策》《春秋》三《传》可见。孔门四学科的排列是：德行、言语、政事、文学（《论语·先进》）。

在这样的政治机制的运转中，无论采取什么方式作升官途径，实质不变。文字上考什么体裁，用赋，用策，用诗，用论，用八股，形式变化，实质效用变动很小。会作诗赋比会做八股四书文讲经义究竟哪样好些？对于做官和进行统治都一样，差别有限。不过诗还可以作为交际应酬工具，对个人说比较优越些。会作策论，会讲治国安邦大道理，讲经论史头头是道，难道就能治国家管百姓？他去做官还是得依靠幕僚、胥吏、差人，还不能得罪那些管辖不了的地方霸主，少不了"护官符"。汉代萧何本来是吏，后成为宰相。《水浒》的宋江也是"郓城小吏"出身。京剧《四进士》里的宋士杰是被开革的小吏，会打官司，告倒了几员大官。包公也得有王朝、马汉当差抓人。张良是幕僚。李鸿章也当过曾国藩的幕僚。张之洞的幕僚中更有些近代名人。僚、吏、差都是专业化的，世代相传。差是奴隶，入另册，不能应考。僚是要学的。清代书中常有考不中便去"学幕"的话。"绍兴师爷"天下闻名。他们是"刑名"师爷，是问案子"司法"的，不但要懂得"律例"，还得有机谋，会从案子中为官为自己谋取利益。秦汉开始要人"学律"。"刑名"之外，以清代为例，还有"文案"师爷，是起草公文，当秘书兼参谋的。"钱谷"师爷是收赋税造假账的能手。这三类师爷都是要学习多年，有门户，有帮派的。除极少数能干的官以外，"官"总是以僚为灵魂，以"吏"为手足的。明是官使用僚和吏，实是僚和吏操纵官。秦始皇规定学律准备当官吏的"以吏为师"。"吏"（当时包括官）是官中之官，是官的老师。这一行是秘传的，没有课本。官出缺，有僚和吏可以"署理"代行，衙门不会垮。光杆子官，没有僚，没有吏，再没有差人、随从，那就什么事也做不成，衙门不能发挥任何统治机能了。

八股时文不过是明清两代考试做官的工具。要说清楚其政治机能不能不从明清上溯到秦汉的做官途径，亦即统治者维持其统治机制运转的人事新陈代谢方式。由此才可以定八股的"助纣为虐"罪的大小。八股里虽然包含着官和僚的秘诀，如揣摩题意，分析圣言，讲漂亮空话，装腔作势之类，但一般读书人学不到，起的作用不大。至于八股本身对文学及思想所犯下的罪行是一言难尽，但也不妨略察数例，只看清代前期。

清初蒲松龄是《聊斋志异》作者。他屡试不第，到古稀之年才得一贡生，相当于秀才。这是八股之过吗？八股影响他做官，并未影响他作文。《聊斋》是叙事为主。八股不叙事。他会作骈文。《聊斋》的《自序》中说："集腋为裘，妄续幽冥之录。浮白载笔，仅成孤愤之书。寄托如此，亦足悲矣。"八股是和骈文通气的，"八比"对偶即为骈体。《聊斋》中仿《史记》"太史公曰"体的"异史氏曰"和八股的"小讲"往往类似，一句一转，有起承转合。在《司文郎》中说到有趣的"破题"。不少篇涉及科举，对考试及考官颇致不满。从这些可以看出，他做八股文应当是同样有才华的。他应县考、府考可以高中，到省考即落第，说明决非八股文章做得不好，也不能全归之于命运不济，而多半是他的文章才华外露不合时宜，主司不肯或不便录取，甚至不能欣赏。《聊斋》中已有牢骚，书外另有一故事可证。

相传明万历时有一次试题是《不能死，又相之》。题出于《论语》，是有人批评管仲说，他本是公子纠的臣子，公子纠被齐桓公小白杀了，他没有殉节，反而归降了小白，当宰相，辅佐他成为五霸第一名。考生中有一人自认文章好而落第。领回考卷一看，原来有一段对偶被一位房考官点断了句子。这人见"也"字就点断为一句，成了"既为纠也，臣则宜为纠也。死既不为纠也，死亦不宜为桓也。相……"在上面批了"费解"二字，只说难懂，还没说不通。其实这两股"起比"应当读作"既为纠也臣，则宜为纠也死。既不为纠也死，亦不宜为桓也相"。明白如话。古时在考卷中和记这故事的《丛话》中都是不圈点断句的。如我看得不错，这段文实在不难。"也"字当作衬字，不在句末，《论语》里就有"柴也愚"

"回也不愚"等等，所以并不难读，而考官竟不懂。蒲松龄若屡次碰上这样的考官，分在他的"房"里，他的不同寻常的骈文和拟人的笔调不中式是可以理解的。这不是八股文体之过。他的屡不中还屡赴考也可以理解。据说明朝有个唐皋也是屡考不中。他自己在书斋壁上题了几句话，也是对偶两股。"愈读愈不中，唐皋其如命何！愈不中愈读，命其如唐皋何！"后来竟中状元（《丛话》）。蒲松龄的赴考大约也有这种不服气之意。倘若他中了状元做了大官，也许就不会写《聊斋》，至少很难写出《司文郎》那一类的妙文以及许多牢骚和谴责了。即使考试不用八股，他不做八股，也未必就能多写好书好文。这不是空谈，可举一例，蒲松龄的朋友王士禛，即清初有名的诗人王渔洋。

渔洋山人王士禛中进士，当尚书，还有谥号王文简公。他当时是诗坛盟主，提倡"神韵"的诗论，看过《聊斋》加批语，也写过类似的《池北偶谈》。他的八股文怎么样？引一段为例。题目是《考诸三王而不缪（谬）》，出于《中庸》。原来的上下文是讲"王天下有三重焉"。朱《注》引吕氏说，"三重谓议礼、制度、考文"。题的上下文是"君子之道，本诸身，征诸庶民，考诸三王而不缪，建诸天地而不悖，质诸鬼神而无疑，百世以俟圣人而不惑"。这是《中庸》的语调，口气很大。《大学》说"平天下"。《孟子》还在讲得天下，定天下。《论语》说"天下"指的是周朝的天下，仿佛现在说世界。《中庸》说"王天下"和《孟子》不同，好像是天下既已定了。也不是《论语》中的周朝天下，周已归入"三王"成为过去了，此时至少已到战国末期，甚至是秦朝，已经是"车同轨，书同文"了。此题只是中间一句，"三王"指夏禹、商汤、周文王。这三朝也是"三统"。王士禛的文中结尾两"比"如下：

夫监于有夏，监于有殷，古之人垂以为训焉；而君子之不缪顾如此，则道之隆也。道之所在，三王治其先，君子治其后，合三统以成三重，而知《谟》《诰》不必相袭，统以至人之学问而适见其同。

乾道资始，地道代终，古之人效以为则焉；而君子之不悖固如此，则道之至也。道之所在，天地为其隐，君子为其著，合三重以立三才，而知坛坼所以报功，配以王者之功名而不以为僭。

这里一点"神韵"也不见，只是贯串全章之意去阐发这七个字的一句题，其实是重复述说。他是中式做官的，不必天天忙于练习八股去应考了，有充分精力作诗写笔记小说。然而他的八股既不见才气，小说又赶不上《聊斋》，诗的理论虽高，作品却不见高超，轰动一时，随即与一般诗人为伍。唱和很多的名诗《秋柳》，开头是"秋来何处最销魂？残照西风白下门"。很像"破题"。不过以"白下"（南京）隐指南明之亡，暗示遗老之不幸。这就是《秋柳》的"神韵"所在吧？可见八股做得多少，官运是否亨通，与诗文成就高低没有必然联系和重大影响。说不定蒲的不中反而比王的中式做官为幸运，当然这只是指文学成就而言，生活上就差得远了。

再举一例是袁枚。这是个风流才子，早早考取进士，做了一任知县以后便辞官不做逍遥自在。他的诗名很大，比他的前辈渔洋山人似乎还传得较久。这也许要归功于他的《随园诗话》。他的诗论是将王渔洋的"神韵"改为"性灵"。两人都好像是针对八股文和试帖诗而发议论。袁和王一样好像是诗作比不上诗论。他也写笔记小说《子不语》，记"怪、力、乱、神"，仍赶不上《聊斋》。他会作骈文，也作"古文"。他的两段八股和王的那两段一比，笔调不同显而易见。一个拘束，一个流畅。王渔洋作《中庸》题，原来上下文及全书都是向有天下者献策，而王只拘守题目。袁作《论语》

题《宽则得众》，讲帝王要对臣下及黎民宽厚，不要苛刻，这样才可以得到众人，使"天下之民归心"。袁文有两股如下：

当缔造之年天意苍茫，谓帝王之自有真，亦群雄所不服。乃数年而刻诈者败，又数年而失事机违民情者亦败。后舞前歌而登封受禅者仅一人焉。夫用人不过爵禄，杀人不过兵刑，何足消磨豪杰哉？及父老携杖而谈王风，史官援笔而为实录，不得不推本于豁达为怀，推心置腹，当机立断，正直无私，以为有此数大德而当年足以平矣。

在委裘之日宝箓初膺，谓中兴之自有期，亦官家所乐闻。乃误于刑名法术者半，误于宦官宫妾者又半，风雨下通而馨香上奏者仅数君焉。夫前有祖宗之忠厚，后有子孙之经营，此际尤征学问哉！乃诏诰之事已颁，起居之注已定，莫不叹为法网何疏，嫌疑何寡，早朝宴罢，嚬笑皆严，观其行此数十年而太平不必问矣。

袁不显用典而露才，王用经典语以炫学，两文正像两个人（不一定是两作者自己）。题目不同并非主要。一题"三王"，一题按上文也是讲夏、商、周。王拘泥于经。袁纵横于史。王的两股有点"合掌"重复。袁的两股，一说创业之君，一说中兴之主。他把汉高祖的"豁达为怀，推心置腹，当机立断"都装进去了，又把"刑名法术"和"宦官宫妾"等不是上古三代的事也装进去了。当然，王的题点出"三王"，袁的题没有明说主语，所以王不能讲以后历史而袁可不顾时代，但文章的语调不同不能说是只由于题目。袁用"委裘"，指先帝已逝，新君将立，典出《汉书》，不能望文生义，此外都好懂。全段文暗指一些史事，不知道也可以读下去，如同说话。王的文不然。读"监于有夏，监于有殷"，就得知道《论语》里的"周监于二代，郁郁乎文哉！吾从周"。读《谟》《诰》就得知道《尚书》中有《大禹谟》《皋陶谟》以及周朝的《诰》。还有"乾道""地（坤）道"又得知道《易经》。"三重"见上文。"三才"是天、地、人。所有这些在当时是常识，在今天便会成为读文的障碍。古人诗文不用典的极少，越到后世越近于不可能不用典故和成语。有两种用法。一种是明显用典，不知典故就不能懂。一是暗中用典，不知典故也能读下去，不过可能误解。前者典雅，后者流畅。像八股这样死板拘束的文体中仍然有这两派，可见文体不能完全拘死活人。正如同词曲字字都考究音韵，仍然可有各种风格出现一样。汉文古典除了《诗》《书》《易》《春秋》、三《礼》及较早的诸子因为前无古人或少古人而大致不定文格以外，以后便由这些作品树立文格。虽有变化如诗体变为五、七言以至长短句词曲，文分出四六言骈体及散体，但格式总是越来越繁越严，到八股而登峰造极，只有僵死的结果而别无出路了。说这是汉文文体发展的结果之一可以，说这是八股之罪也无不可。同时，从前面引的一些八股中可见词句总有别扭不通顺处，这是八股的通病，只讲腔调和字句格式不顾文法。例如袁文的"何足消磨豪杰哉"很顺。对句"此际尤征学问哉"就显得勉强。有人说文"不通才得中"，虽是激言，并非虚语，所以考卷"闱墨"少有好的，不如平时"文课"。

八股，甚至古代汉文文体的多数，有一重要情况是用于考试或上下对话。八股和《四书》流行几百年本身不会有多少对国家社会的功罪问题，但对人说，用以应考就不同了。蒲松龄的考卷看不到了。上面引的王渔洋和袁随园两位诗人的八股是否能中，那就要看一时的风气和主考官（代表皇帝）的好恶标准了。"房考官"是否看中推荐也很重要。有人喜此，有人喜彼，这在古时叫作命和运气，今人可以叫作机会或"随机性"，佛家称为缘分，是难以预定的。《聊斋》里这类故事不止《司文郎》一处，蒲老先生想必是有感而发。倘若他做了大官就不知会怎么写了。王尚书士祯的《池北偶谈》中有什么这类例子，我记不起来了。

为了显出僵死的八股文体在有些人笔下也能发挥一种心情，多少有点"言志"的气息，再抄两段。

袁枚有一篇八股，题是《学而优则仕》。这出于《论语》，是孔子的门人子夏（卜商）说的，现在人还知道这句话。其中有两股，一说不学而仕不行，一说学不优而仕也不行。必须照说题意，又可借题发挥。

> 岂无豪杰之流不学而亦多事业？不知：有才不学，则仓猝立功，纯杂与古人分半。无才不学，则奉行故事，功名与胥吏争长。君子以为，不学而仕与不仕同，学而不仕与不学同，故辞僚友而不疑，当大任而不动。其一仕也，上以报国家养士之恩，下以雪处士虚声之耻。

> 岂无迂阔之士信学而反多拘执？不知：误以为优，则得诸野者必失于朝。不待其优，则贫于身者岂富于国？君子以为，吾甚爱学，尝愿不优以留其学，吾尤爱仕，尝愿不优以重其仕，故郑重以赴功名，即酝酿以成功雷雨。其一仕也，大则竹帛表生平之经济，小则文章抒黼黻之英华。

这不需要解说，更不需要注译，略知文言就可以懂意思，熟悉文言更能够欣赏其笔调。当时未必讥讽，但现在若用口头语说出来说不定会引人发笑，还是在板面孔的文言中见笑意为好。题只有一句，所以只针对为学而当官的。再加一句"仕而优则学"，自然还会是强调学，又针对当官不学的了。子夏的原话可以有各种讲解。应考当然只能照朱熹的《注》，自己写文章就可以和骈文散文一样发挥。两股文中有些句子是本身相对，所以和另一股中的本身相对的句子字数不同。这是八股允许而四六律赋所没有的。这是紧中有松，便于发挥。

　　总而言之，从文体方面说，八股有罪可分两股说。一是这文体集中了汉文作文传统中的一些习惯程式又固定下来，达到极峰，因而僵死如木乃伊，不能再有发展。二是它成为中国科举传统中最后的限制最严的工具，又重腔不重意，不顾词句通不通，只准代言，不许露出己意，在狭隘天地里捉摸转圈子，于是重复说空话，对皇帝说假话，成为习惯，出现定式，永恒不变，因而也成为木乃伊。可惜人是活的，人活了，八股就死了。

1991 年

八股新论：文"体"

讲到八股文本身，可以分两方面谈论，一是体，一是心，或者说是形和神，即文的"体"和文的"心"。

说形体又可分两层。一是文（语言）的形式，一是文（语言）的功能。实际上两者很难严格分开。

先讲形式，论八股文"体"。

中国汉语用作书面语言的文字是表意的单音节符号，和记音的拼音字母不同。这个特点使书面语可以独立发展，可以比拼音文字的书面语离口头语更远，仿佛成为另一种语言，也可以上口，但不能充分发挥口头语的功能，却可以有口头语所没有的功能，如文字游戏。从开始在龟甲兽骨上灼刻文字连缀成文句起就可能已和口头说话的句子有区别了。这区别比用拼音文字的书面语和口头语的大。拼音文字不能大量只用一个字母或一个音（音节）做独立的表意语言符号，而汉字却可以。用拼音字母的语言表现词的转换和关系是用语尾变化，如梵语、拉丁语，或用词内音节变化增减，如阿拉伯语，其书面语要记音，都不能像汉文即汉语书面语这样以单音字为基础而本身变音或字与字连缀而变化。单个汉字可以或拼凑或分裂辗转孳乳变出很多样子，而且可以借用或转用，一字而多形多义，或者多字多音而一义，或者简化多字多音为一字，如"子"

是"夫子"或"儿子"或"君子"，或者多字多音重复合成一义，如"伟大""在下（我）""云云"，而且可以一字本身变音或不变音而表达不同意义和语法作用，如"孟子见梁惠王"，"冉有季路见（现）于孔子"，后一个"见"字可不改音也可不加"于"；"解衣衣我"，后一个"衣"应改音也可不改。以单个音节的字为单位可以颠来倒去变换意思。句中词序既固定，如"子曰"不能变为"曰子"，又能颠倒，如"不我欺"即"不欺我"。可以变通，如"伤心"和"心伤"。可以缩短简化，如《论》《孟》《学》《庸》。因地域广大方言众多以致一字可以各地各时读音不同而俱知其义。单字组合的成语和典故越来越多且有变换。虚字的或有或无也和口头语不同。书面通行语和口头通行语不一致，又如书面上可以简化词语及句法格式，成为通行符号语言，类似电报句子。如此等等。从一开始就独立发展的汉文，即书面通行语，在几千年间有很多发展变化。同是书面通行语的印度梵文和罗马帝国的拉丁文以及伊斯兰世界的阿拉伯文都类似汉字，而由于用拼音字母就没有用汉字才能有的一些花样。从比较语言学观点说梵语和汉语距离很远，但从文体学观点说梵文比拉丁文离汉文还近些。例如梵文诗中也有回文诗句，同音诗句，但总是别扭而且稀少，只算文字游戏，不能像汉文回文诗如"醒莫更多情，情多更莫醒"（纳兰性德）那样自然。梵文和拉丁文可以简化变化以便上口说话通行。汉文在口头上从来只能半文半白，很难用文言作长篇大论，上口就要繁化。汉文译梵文佛典往往可以逐字翻译，虽然古怪，仍能接受。例如"如是我闻"，去掉原文词尾，保存原文词序。由汉文译梵文便不行。如"道可道"，不加语尾便不可通，而又难加。尽管梵文可以连用长复合词减去语尾仿佛汉文，仍不及汉文花样繁多，很难字字对偶。汉文的这种特色经历几千年，从甲骨文卜辞直到现代白话文，和文学形式有密不可分的关系。到 20 世纪末期汉文的这一传统才仿佛要同印度的梵文一样"不绝如缕"，只怕到 21 世纪就会断绝，像古希腊文那样了。

八股文正是把这种汉文文体特点发挥到极端的典型。若没有汉文的这些特点就不会有八股文。怎么出单句、半句、截搭题？怎么作"破题""小讲"？怎么作整段对偶的"八比"（八股）？都离不开汉文特点。汉文能填充格式腔调似通非通而又通。戏词中有"马能行""地流平""开言道"之类。八股文中也有不少类似的半通句式。汉文容易"望文生义"，易懂又易误。这是难点，仿佛是优点，又是缺点。八股出题作文有时利用这类特点使人为难。清代一大文字狱即因八股考题"维民所止"被人告发为"雍正"砍头成为"维""止"。

八股的特点首先是命题作文。出题和"破题"中花样繁多，非汉文不能有。例如，"子曰"二字可以出题。有名的"破题"是："匹夫而为百世师，一言而为天下法。"现成的对偶句子成为"子曰"的恰当题解。前一句破"子"，后一句破"曰"。恐怕没有另外任何语言能照样翻译还成为这样有气势的文句。便是说成口头汉语也怕不行。"孔夫子说"怎么能是文章题目？只有尼采的书名《查拉图斯特拉如是说》可比，但也多了一个"如是"。有人汉译此书名为《萨天师语录》，这才像中国书名。"一个人成了多少代人的老师，一句话成了天下的大法。"这是日常口头讲的话吗？这怎么能独立？又如另一个故事说，《论语》中每章起头差不多都是"子曰"。前面为表明是另一章便加个圆圈，这个圈儿也可作为题目。"破题"是"圣人立言之先，法天象焉"。说是圣人讲话（子曰）之前要模仿天圆的形象。还有，明朝诗人何景明（大复）是"前七子"之一，少年即出名。有人考他，出题为《梁惠王章句上》。这是朱熹注的《孟子》七篇的第一篇前半的篇名。何作的"破题"是："以一国僭窃之主，冠七篇仁义之书。"前半指梁惠王是诸侯自称王，后半指《孟子》开头的标题。第一章中孟子开口便讲仁义，所以是"仁义之书"。照语法说这是一句，照文体说分为两句，互相对偶。诸如此类故事极多。其中的妙句一变白话就无意味，甚至不成文理，和《诗经》的"关关雎鸠"变成"水鸟（鱼鹰）嘎嘎叫"差不多了。

还有个故事。有个新任知府去谒见乾隆皇帝。皇帝问他出身，知道是监生捐的官，便面考他作"破题"。出的题是"周有八士：伯达、伯适（括）、仲突、仲忽、叔夜、叔夏、季随"（《论语》）。皇帝还说他已作上句是，"纪八士而得其七"，要他续下句。他随口对答："皆兄也。"自然而准确。于是"龙心大悦"。没过一个月，这人就升了官。这里泄露了八股文体的又一特点是对命题的人作文。考官都是代表皇帝的，所以作文也是面对皇帝讲话。不论是直接间接，都要像孔子说的"祭如在，祭神如神在"，仿佛就在面前殿试，要"对大廷，魁多士"（《三字经》）。所以无论层层考试多么困苦，经受多少磨折，也有那么多人忍受，好像《圣经》中约伯接受上帝的考验。明末艾南英（千子），清初蒲松龄，都有文描绘考场困苦。艾文详尽，见《丛话》，文长不录。

总之，八股文是汉文的文学语言和文体形式凝聚的样本，和用表意的孤立字形的汉文书面语密不可分，是不能翻译的，译出来只有无意思的意思。它本身的形式就是内容。汉文文学中很多这种情况，八股文是突出的例子。古诗文译成现代话，除讲故事和讲道理以外，还像个文学样子能为现在一般人所欣赏的怕是不会很多了。汉文的这种书面语的模糊性和灵活性，起承转合的结构，抑扬顿挫的音调，在有意思又无意思又有意思的八股文中充分表现出来了。

现在讲功能。一方命题，一方作文，考生面对层层考官直到皇上，这就是八股的功能所在。功能决定文体，文体反映功能。

语言的功能是传达信息。没有信息可传达的语言便是废话。八股传达什么信息？信息都在题目里了，不许少也不许多，所以全篇都是废话。学做八股就是学讲废话，讲朱熹所解释的孔孟的话。为什么要讲废话？因为有人要听，要评论讲得好不好。什么是好？什么是坏？废话之间也大有区别。废话不废。学讲废话是一种训练，训练一种说了等于没说的说好听的话的本领。

传达信息必有双方，所以语言不论口头书面都是对话。自言自语是说给自己听，自己兼作双方。写稿时是作者，改稿时便成为读者。实际上写作时自己同时也在读。那么八股的听话对方是谁？做八股给谁看？向谁传达已经传出了的信息？对方是从阅卷的房考官到正副主考官最后到皇帝。皇帝是当今的圣人。八股说古圣人的话给今圣人听。发蒙的塾师教作文和评作文时就代表圣人即当今的皇帝，并不是朱子，更不是孔子、孟子。有个故事（见《丛话》）说乾隆皇帝在避暑山庄，偶然有大臣之孙中式去见。皇帝叫他默写考卷，看后以为说错了。又调来进士前十名的考卷，发现都是一样说法，随即批示：十名都一样就不好处罚，若只有一个人这样讲就必定重罚，以后断不许讲错。文中之错确实是只有皇帝才看得出来而且认为严重的。原来题目是《子曰毋》，出于《论语》，是孔子弟子原思做了宰官，孔子给他"粟九百"。他不受。孔子说"毋"，不必推辞，可以给邻里乡党。这些文章都把孔圣人当作了有国君地位，又将鲁国君当作了周天子，全从国家公款立论，忘了那只是孔子说的话做的事，用的不是周天子的钱。皇帝自然要说是名分不对，借此立威，显出自己精明，使臣下小心。所以学八股，教八股，评八股，名为代表圣人孔子，实是代表当今皇帝，时时处处不能忘记了这位最高统治者，要仔细揣摩"上意"。立意不对，文章好也没用，还会有祸。因此，做八股也是练习"对策"，如何迎合上意。不用说这是学习做官之道，顶头上司直到皇帝是首先要重视的。

八股对话是讲废话而不像废话。这很难。怕出格闯祸就只好重复。最低级的是重复词句。据说有个老童生须发皆白还赶考。主考想一定要取他，一看卷子，笑了，只好勉强取在榜尾。题目是《周公谓鲁公曰》(《论语·微子》)。考卷中有一段说："不观周公乎？不观鲁公乎？不观周公谓鲁公乎？不观周公谓鲁公曰乎？"出这样的题，无怪乎他编不出什么漂亮废话。中式考卷也未必比这文好多少，不过巧妙些就是了。

以废话传达无信息的信息，仍可有信息。因为语言文字，尤其是汉文，若是属于文学的，就多有歧义，或者说"指他"的意义，不属"能指""所指"之列。印度古典诗论中八九世纪时兴起"韵"论，认为诗有字面义、内含义和暗示义，诗以有第三种义为高。这种"指他"的意义或说"韵味""暗示"还得分析。需要照对话的发出与接收及信息与载体的格式分析其多种多样。例如前面引的"不观周公乎"一段，可谓废话之顶峰，但又可以引人（不是所有的人）发笑。笑什么？笑的就是它所指出的非字面又非内容也不算暗示的另外的其他意义。这可能是说废话过头了，引起发笑。这几句废话一点不错，用词造句都正确，吟诵起来音调也合格，这是通常文体式样共同所有的，必是有什么另外意义引人发笑。因此废话是无意义，又不是全无意义，要看用于何处，对什么人。八股也同样，而且是集中表现。无信息的语言不能说是"表达"什么，但仍给人以"印象"，所以仍起语言对话的特殊功能（欧语中"表达""印象"这两词有联系）。

从文学体裁说，兼及形式和功能两面，八股也可以说是集中表现。照现在说法，说理、抒情、叙事三者在八股中都可以有，因为题目来源的《四书》中都有。八股中只是叙事稀少，受字数限制，必须叙也不过是一句或几句。照古代分类法也相仿。直到汉末，"文"并没有独立作为文学或词章。《论语》中所列的孔门弟子分科，"文学"和"言语"分开，指的是做文字记录的本领。刘歆《七略》和班固《汉书·艺文志》都是合举艺文笼统说。汉魏之际曹丕的《典论·论文》才列出奏议、书论、铭诔、诗赋四类。晋代挚虞的《文章流别》不传。最早的文学体裁分类是萧梁时的昭明太子萧统的《文选》和刘勰的《文心雕龙》。二人同时，刘勰还是"东宫舍人"，依附过这位太子，但《文选》的《序》和篇目与刘的书中所列不完全一致。《文选》的编目次序也不全依《序》。刘的排列类似萧，但立论不同，把"文"扩大为包括一切。这扩大也是还原，本来《易经》等古书就这样看。《论语》中孔子说"天之将丧斯文也"的"文"，朱熹说就是"道"。平实的是《文选·序》，奠定了一直到清朝姚鼐的《古文辞类纂》的分类。较晚的曾国藩的《经史百家杂钞》又遵循刘勰的扩大理论。李兆洛的《骈体文钞》自有分类。刘勰的分别体裁和他的文学理论相连，应当另论。单看《文选·序》可以发现特点。首先是提出了文"随时变改"的历史观点，指出了后代对前代"踵其事而增华，变其本而加厉"。先说文籍的产生，再说狭义的"文"的发展，然后做体裁分类，同样做历史叙述。排列是赋、骚、诗。随即说诗到"炎汉中叶，厥望渐异""各体分兴"。然后细分文的颂、箴、戒、论、铭、诔、赞，随后是诏、诰、教、令、表、奏、笺记及其他，有的只是依题目用字及实际应用分栏目，如碑、碣、志、状。最后说明书中不选的是经、子、策士说客的议论，史书只收赞、论、序、述，原则是要求"事出于沉思，义归乎翰藻"。这两句话也正是清朝桐城派古文家姚鼐说的义理和辞章。他说的还有第三是考据，近古才有，《文选》自不会提。这许多文章分类在体裁形式和名称用字上八股文没有，在实际内容上八股文差不多都可以有。原因也是在《四书》中多少都具备，所以随着出题也定了文"体"。从上述各种分类看，文章基本是对话的各种形式。八股集中表现出这一点。

中国古代的对话不仅是你、我、他三种人称，重要的是对话人的身份地位关系，万万错不得。写成文章又有读者和作者的身份关系。在作者中又有自己和代别人的分别。前两方面容易看出来，下对上（奏议、上书等），上对下（诏、令等），大致平等不明分上下（书笺），共有三种。诗、赋、骚都有讽谏意义，所以是对上的居多，后来就自己发牢骚或显才能给同等的人看得多了。这种下对上的对话或陈述，最早在《诗经》《楚辞》中，汉代越来越多，后来逐渐转移，这是体裁的一变。另一方面，本来代笔只是祭祀时用的诗文，如《诗经》的《大雅》和《颂》，《楚辞》的《九歌》。后来就为长官以至为报酬而作文。司马相如为被冷落的皇后作《长门赋》，可说是最初的卖文，不过不用买者本人口气。到魏晋时书记（秘书）行业大盛。陈琳竟然以此著名。《文选》中收的他代曹洪给魏文帝的信里还说是陈琳有事不能代笔，所以亲自提笔，其实还是陈琳代写的，公然说谎，收入《文选》也算是陈琳的文章。那时已是南朝梁代，早已亡了的魏时王爷管不着了。这一代笔之风是中国汉以后古典文学中一大发展。从"拟"什么人作什么诗起，一直到八股文"代圣人立言"，都是训练代笔的。最高可以到代皇帝作诏书，代作诗，最低是代人写信，摆"拆字摊"。《文选》中还有代人"赠内"的，即为别人作诗给妻子（陆机《为顾彦先赠妇》）。明朝方孝孺就是因为不肯代永乐皇帝起草即位诏书而被灭十族的。这一文风在八股中发挥得淋漓尽致。《四书》中各种地位人物关系的对话都可以在八股中表现。

功能和形式相连，为发挥对话功能就要讲究出言的形式。文章用语基于汉字汉文的特点，前面已讲。形式的另一面是文章结构。

《文心雕龙》把"文"的本体和功能吹得很大，但细察一下其中上篇列举的体裁仍是着重在对话。这是秘书的职责，也是文章的能事。用对话观点读古代文章可以发现，八股的结构正是集中了或说凝聚了这一方面。早就有人说过，八股体式《四书》中就有，甚至可以比拟戏曲中的台词（《丛话》）。

八股结构的一种说法是要有"起、承、转、合"。这个格式当然是古已有之，到八股才固定下来。具体说结构，八股规定的是要有"破题""小讲"，然后一股和另一股对比，共"八比"成四对。每股短则一两句，长则一大段。还可以拉长分割，大股中夹小股。种种花样只是以对偶分解题意。有的题本为"两扇"或两方面。这既训练文才，又训练思路，注意分两点立论。还有"承题""起手"之类是连接转换，有的很巧，有的是硬接。从经书到古文、骈体（对偶）、诗（律诗）、词（上下阕）甚至曲子、小说，都可以照八股分析结构，查出八股发展的来源。明清八股极盛，集中了也就僵化了，于是空空洞洞只剩下形体的骷髅，衰败而灭亡了。坏是坏在定死了。从出题到作文，从形式到内容，全成为无信息的废话，岂有不死亡之理？但不能因此说其中结构全要不得因而实际上取消了古代文章的这一方面，反而可以用八股为钥匙去打开古代文章的这一方面。不引例不明，一引又太多太长，现在溯源，只举《论语》一篇全文为原始八股结构之例。

《论语·季氏》首章。

八股出题是指出了文章背景也限制了内容。在八股以前除考试外没人出题，题是自取，更古时往往题就在文内。这篇文开头是：

季氏将伐颛臾。

这是背景，也可算题目，以下全文由此引起。

冉有、季路见于孔子。曰：季氏将有事于颛臾。

这是出题。鲁国的掌权者季孙氏要出兵去吞并鲁的附庸小国颛臾。孔子的门徒冉求（冉有）和仲由（子路、季路）去向孔子禀报，大约是盼望得到老师支持。这句话仍是引子，但也作为题目。冉有、季路报告孔子一件大事，将发生战争，可是讳言战事，只说"有事"。下面就是师徒对话，主要是孔子的议论。照后来的格式，这就是《鲁季氏伐颛臾论》。

　　　　孔子曰：求！无乃尔是过欤？

　　这正是"破题"，先下断语。"求"是冉有的名字。他是主要的谈话对手。孔子说的是："难道这不是你的过错吗？""这不怪你吗？"以下讲道理，是"小讲"。

　　　　夫颛臾，昔者先王以为东蒙主，且在邦域之中矣，
　　是社稷之臣也，何以伐为？

　　这整个是一句话，内含三句话，三个理由，归结到又一句话，是总纲。照朱熹《注》说，当时鲁国分为四份，由三"家"掌管。孟孙氏和叔孙氏各得一份，季孙氏最强，独得两份。有个小国颛臾是附庸国，直属鲁国，仿佛"保护国"，不归任何一"家"。季孙氏想去吞并了，出兵讨伐。孔子说了三点。一者，鲁国先王封颛臾于东蒙山下主持祭山，所以不可伐。二者，颛臾在鲁国邦域之内，是鲁国的一部分，所以不必伐。三者，颛臾是"社稷之臣"，即属鲁国全体，是公家的土地，不是季氏一"家"所当伐。由于这三点，"何以伐为？"这句的句法是古语。"何以"就是"以何"，"为什么"。"为"是问话虚词。意思是，为什么要出兵去打它？到东晋时期，鸠摩罗什翻译《金刚经》时还用过几次"何以故？"就是"以何故？"梵语原文是，"那是由于什么原故？"也是三个词，后两

个词是"何"和"故",语尾变化译不出来,用"何以"又不需要"以",但要照搬原文,所以还得译出来。"以"是译的原文语尾。这是直译,一字不差,词序也一样,又合乎汉文文法,只是"以"字不合习惯,不大通,半通不通,一望而知是佛经。八股中这类有多余字的句子不少,一见即知是八股腔。孔子说的是"颛臾""何以伐为"?对这个小国为什么要出兵?夹在中间有三句理由,都以颛臾为主体,成了附属句,连起来好像现代译的外国文长句子。一共二十九个字连成一句子,分成五个停顿,中间插进一个"矣"字,一个"也"字,意义上不必要的字帮助停顿时拉长音换气。还有个"者"字也是可有可无的虚字夹在"昔"字和"先王"中间,略略停顿,又可停可不停。"臾"字,"主"字下无虚字,停顿而不拉长音。全句也就是全段,意义丰富,理由充足,音调节奏长短平仄排得和意义配合,有停顿,有不停顿。有拉长,有不拉长。意义是起(夫)、承(矣、也)、转、合(为,平声)。音调是抑扬顿挫,可记五线谱。这就是从汉末传到清朝的所谓文"气"。不在口头吟诵是感觉不到的。八股文正是以文的这种"气"作为格式标准的。朱注中说,"一言尽其曲折如此,非圣人不能也"。可见朱子也很欣赏看重这一段。这是汉文书面语中古代文章的精髓。八股以此为标准。在古代书面语文学中,"气"非常重要,不仅是节奏、腔调,可以为"气"而加减颠倒词句,甚至破坏文法。韩愈说过,"气盛则言之长短与声之高下皆宜"。

冉有曰:夫子欲之。吾二臣者皆不欲也。

冉有不敢顶撞,不反驳老师,便将罪责推托出去,还拉上子路陪绑。"夫子"在这里是指季孙氏,任用他们两人做"家臣"的主人。当时"夫子"还是通称,不专指孔夫子。"者"是虚词,为了节奏而用，和名字下加"也"字的下文"丘也"的性质一样，但用法不同，不能处处互换。这里的"者"不能换成"也"。这段是承上启下的过渡，是对话中作陪的一方的发言，引出下面主要发言人的深一层的议论。照八股格式说，下文应当分股对偶了。果然如此。

> 孔子曰：求！

这是"起手"。

> 周任有言曰：陈力就列，不能则止。危而不持，颠而不扶，则将焉用彼相矣？

这是"出比"。

> 且尔言过矣！虎兕出于柙，龟玉毁于椟中，是谁之过欤？

这是"对比"。

这两股正好是相对的两方面的意思，不过后来的八股体字数要求整齐，但结构一样。孔子先叫一声对方的名字，"求！"这是"起"或称"领"，以便引起下面两股，好比京戏中的"叫板"，表示"我要唱了"，定下调子。前文一开头叫"求！"与此相同。那是引出"小讲"。这是引出两"比"。下面两股都是开头一句领头，末尾一句问话，中间是各自两小股互相对称。不过前股的字多些，后股的字少些，没有八股要求的整齐。前股引古人的话加上比喻，也是对偶。古人周任说，在自己的位置上（"就列"）要尽自己的力量

（"陈力"）。假如一个盲人遇到危险，扶助他的"相"不去扶持他，盲人就要摔倒了。"相"不扶持他，那还用这个"相"做什么？后股加上一层，说，"你的话又说错了。"这一句配上前股第一句引古人的话。两句比喻是，老虎和野牛从笼子里跑出去了，龟甲和玉器在柜子里毁掉了，那是谁的过错呢？下文没回答，那就是说，看守人不能没有责任。清朝传说，乾隆皇帝听说宫中出了一件错事，随口说出这句"是谁之过欤？"和珅正在旁边侍候，听见了，立刻背诵朱注中的一句下文"典守者不得辞其过"。于是大得皇帝赏识，成为一代宠臣，做高官，发大财。照现在人的看法，季氏是那两个"家臣"的主人，怎么可以当作被看守的野兽，又当作盲人？在孔子眼中却可以。依照《春秋》和《论语》，孔子是尊周天子一统天下的。鲁国之君尚且只是诸侯，季孙等三个"家"掌握了鲁国君主应有的权力，更是孔子所痛恶的。对这两个当"家臣"的门徒和他们的主人有什么客气的？用这类比方正表明孔子的怒气，和张口就喊"求"一样。

随后又是两大股。股之前仍有一个过渡，承上启下，还是冉有的辩护辞。他赖不掉了，只好申述理由。这说明他是主谋，子路是他拉来的，在旁边一句话不说。孔子知道内情，所以决不容情，不肯表示同意，而且一再只叫"求"，不叫"由"。

冉有曰：今夫颛臾，固而近于费。今不取，后世必为子孙忧。

"今夫"的"夫"同前面"昔者"的"者"一样，是为了文"气"，是节奏需要，文法和意义不需要。"夫""者"两字不能互换。"今夫"长期是起句套语。

冉有的理由用现在的话说就是，出兵不是侵略，是为了自卫。

他终于提出了政治原则做理由，于是引出了孔子的内政外交大道理。这才是主题和核心，由前面的对话一层一层一面一面引过来。冉有的理论是，一个坚固的小国离自己的府城（费是季氏的邑名）很近，今天不拿下来，到后代一定会成为子孙的祸患。古今中外对外打出去的国家差不多都持这种理由。其实就是说，"先下手为强"。这样的两国不和，若不用武力，应当怎么解决？

孔子曰：求！君子疾夫舍曰取之而必为之辞。

还是先有领句，指出对方是强辩。又叫一声冉有的名字，可见孔子的正言厉色，很生气。先指出他是强词夺理，是"君子"即正派人、上等人所痛恶的。不说心里想得到人家的东西一定要制造出一种说法来。"疾夫"的"夫"和前面的"者""夫"的用法一样。

丘也闻有国有家者不患寡而患不均，不患贫而患不安，盖均无贫，和无寡，安无倾。夫如是，故远人不服，则修文德以来之；既来之，则安之。

"丘也"的"也"字的用法仍和前文的"者""夫"一样。

在八股中，这是中股的"出比"。中股是核心，后面还有"后股""束股"。《论语》这一章中，八股不全，还没有后来的定式。这一大股中分两方面，也就是两小股。"国"是周天子一统天下的一个国，如鲁国。"家"是鲁国内部的一个单位，有权就成为自治单位，权再大些就掌握了"国"的权力，如季氏。这同一"国"称霸就不听周天子的话一样。有国有家的掌权者，实际指季氏，应当首先管好内部的经济和政治，要均衡和安定。这就不怕财货少，不怕穷，因为有了均衡、和谐、安定，就没有穷困和危险了。朱子《注》把"均"讲成"各得其分（份）"，把"安"讲成"上下均安"，这才合乎上下尊卑等级森严的古代社会的统治要求，和现代的理解不一样。孔和朱也未必一样。这中间比上文加了一个"和"字，一个"倾"字，标明要和睦相处才不会倒坍。前一小股讲对内，后一小股讲对外，中间加上"夫如是"（照这样，这样一来），承上启下，连接又隔离两小股。"夫"字和前面的"夫"字一样。这类"夫"字在句首时古时读音改为"扶"。对内安定了，对外怎么样？"远人"不仅是邻邦，一切外国都算上。"不服"，不友好，那也不能出兵，要"修文德"使他自己来。来了以后就安顿他，安抚他。"来"和"安"在这上下文里，照现在和欧洲语一致的语法说是及物动词，是使他来，使他安。照梵文文法说，这是"为他"，而且"致使"。这和本章第一句"见于孔子"的"见"字恰成对照。"见"字在那个上下文里不是"及物"和"为他"，而是"不及物"以至"被动"，或称"为自"，不是见到孔子而是被孔子见到，出现在孔子面前，因此必须有"于"字。这些变化在印欧语中都得变音，也是在拼音文字中变形。在汉文中不变形，但读书时应当变音。所以朱子注"见"字读成"贤遍反"（现）。但"来"字"安"字就音形都不变，只能从下文宾语"之"（他）字知道了。汉文（书面语）这时已有发展，不是把口头语记下来，而是独立的写出来的书面上的口头语，是简化的凝缩的语言。这和梵文类似而变化不相同。从《论语》可以看出，汉文这时不仅是独立发展的书面语而且已经在做文章，为文"气"需要又发展出许多词句定式。八股正是继承并固定了这些定式。

今由与求也，相夫子，远人不服而不能来也，邦分崩离析而不能守也，而谋动干戈于邦内。吾恐季孙之忧不在颛臾而在萧墙之内也。

这一大股也分两小股,是前面"出比"的"对比"。前者以"丘也","我",开头。后者以"今由与求也","你们两个",开头。两个"也"字一样,节奏文"气"相等。前股讲理论,后股讲实际,两两相对,正是八股规格。"相夫子"的"夫子"仍同前文指季氏,"相"由前文"彼相"的名词转为动词。孔子将两个门徒合并指责,说他们辅佐季孙氏,既不能和睦邻邦,又不能统一国内的三"家",反而要在国内打内战,所以危险不在颛臾而在自己的宫墙之内。这是回头答复冉有说的颛臾对季氏后代有威胁的话。一小股说现在,一小股说未来。朱子注说这里的"远人"指颛臾。未必专指,是暗指。前面的当是泛指。朱注还引了两家的说法。有一家说,为什么"伐颛臾"的事"不见于经传",推测可能是冉有听从了孔子的话,季孙又听从了冉有的话,所以没打起来。他推测这两个门徒凡事都先禀报老师,经过孔子劝阻而少做了不少坏事。他是想夸张孔子的功绩,却使孔子变成了鲁国政治的后台,好像暗中操纵国事了。朱熹引来大约也是赞成的,做八股得跟着讲。这样一讲,显出孔子更像是开"政治咨询公司"的了。孔孟都是经常接受国君"问政"的。《四书》是答"问政"之书。八股同样是答"问政"之文。伐颛臾事应有下文,但文章没有收尾,不知为什么。

《论语》中有很多好文章。这一篇中有的话现在还有人引用。这是结构谨严,层次分明,道理显豁,词句讲究的采用对话形式的言简意赅的文章。有头无尾反见其似有余意未尽。就结构说,还可以就文"气"说,这可以算是原始的八股文。当然不是说,写下这一篇传说的孔门弟子远见到千余年后的八股,而是说八股由此而来。这篇作品若作为文章便是典范,一直影响到后来的八股格式。这说明八股的结构和腔调是继承了两千年的书面汉语的文章发展的。这不是任何一个人所能定下的,即使是皇帝也不成。当它自身达到无可再变而僵死时才会灭亡。（自然还有社会条件，这里只说文体本身。）试看从春秋以下的文章是不是往往多少带有这种兼骈散分层次的结构。至于对话体式，则不仅中国，古希腊柏拉图写的对话，古印度的一些经典，都有。但是在书面语言的文章中这样扩散普及，由对话直到自问自答和无问自答，也许是汉文的一个特色。事实上，还不限于高雅的文学。戏曲中的"自报家门"也不是各国都有的。

　　　杨延辉，坐宫院，自思自叹。

　　这不是"子曰"式吗？不像"子在川上曰"吗？不像"帝高阳之苗裔兮，朕皇考曰伯庸"吗？

　　八股的结构要点一是"破题"，二是"比"即对偶，三是"讲"，四是"起""领""承"以及"转""合"之类的连接方式。至于头、尾、中间用或不用虚词则属于腔调。以上这些并非八股独有而是古汉文中同有的，不过八股集中固定下来了。

　　"破题"即文章开头，常是断案式，或揭背景，或"开门见山"，或"当头棒喝"，要"一语破的"，如"老吏断狱"，都在《四书》中有。前引的《论语》一篇已埋伏下了原始形态。以后类似破题的还不少，是常见的文格。

　　司马迁《报任安书》开头在说了来信之后（如同冉有报告）立即说："仆非敢如此也。"下面的长篇大论都是这一句引来的说明。

　　班固《两都赋序》："赋者，古诗之流也。"随后阐发这一句。

　　李白《春夜宴桃李园序》："夫天地者，万物之逆旅；光阴者，百代之过客。浮生若梦，为欢几何？古人秉烛夜游，良有以也。"类似"小讲"，仍是"破题"，以"夜游"点出"夜宴"，以下是发挥。

王安石《读孟尝君传》先设对方"世皆称",然后一句点破:"孟尝君特鸡鸣狗盗之雄耳,岂足以言得士?"这篇不满一百字的名文全篇"起承转合",不出它以前的《论语》和它以后的八股的格式。"唐宋八大家"的"古文"在明清两代流行的原因之一是,他们的策论式文章格调接近八股。读"古文"有利于作"时文",选"古文"用的是八股眼光。

这些都是在规定八股格式以前的。

《三国演义》开头是"天下大势分久必合,合久必分"。

《红楼梦》开头有"此开卷第一回也"。

这些小说是有了八股以后的。无怪乎金圣叹评点《水浒》《西厢》,有人认为他是一副八股眼光了。

不用这类格式,不点题,一上来就是长篇写景或对话,或拦腰一击,无头无脑,突然而来,飘然而去,这在现代文中常见,而在古时便是变格,要批上"起得突兀"或"如奇峰天外飞来"了。究其实,仍未出《四书》之外。

"大学之道,在明明德,在亲(朱子改为新)民,在止于至善。"(《大学》)"天命之谓性,率性之谓道,修道之谓教。"(《中庸》)都是一开头就提出三股"破题"如同三股叉。《论语》也是开头三股,"子曰:学而时习之,不亦说(悦)乎?有朋自远方来,不亦乐乎?人不知而不愠,不亦君子乎?"

《孟子》首章的"破题"格式是:"孟子见梁惠王。王曰:叟!不远千里而来,亦将有以利吾国乎?孟子对曰:王何必曰利?亦有仁义而已矣。"这和前面引的"季氏将伐颛臾。冉有季路见于孔子"章属于一格。那里是孔子的回答,一句"破题":"求!无乃尔是过欤?"这里是孟子的回答,以"仁义"对"利","破题"有力。下文揪住一个"利"字不放,大做文章,最后仍归到"仁义"与"利"对立。若用金圣叹的评点法便是:妙在揪住一个"利"字做文章，好像《西厢》的"临去秋波那一转"是妙在一个"转"字。这个"利"字在梁惠王说时不过是普通意思。他当然不会说"亦将有以仁义吾国乎？"可是孟老夫子乘隙而入，不论上下文原意轻重就指出不该说"利"字，一说"利"，那就"而国危矣"。他说的"国危"是由于"上下交征利"，并不是"利"本身之故。若不争利而能平等互利，又有什么危害？并不需要把"利"字从字典里赶出去。孟子辩论往往有暗地转移论点的嫌疑，所以人家说他"好辩"。他也承认，说，"予岂好辩哉？予不得已也。"为了宣传自己的主张，就要会辩论，要会做文章。这就是"文以载道"。八股是顶点。

试看唐代古文家韩愈的《原道》，开头四句和《中庸》的格式一样。"博爱之谓仁。行而宜之之谓义。由是而之焉之谓道。足乎己无待于外之谓德。"再看骈文家南朝刘勰的《文心雕龙》第一篇《原道》，开头便是"文之为德也，大矣！与天地并生者，何哉！"四个虚字表出文"气"。再往上推，魏文帝曹丕的《典论·论文》也下定义说："夫文章者，经国之大业，不朽之胜事。"这都不离《四书》体，也就是八股体，可是在从魏到唐的时期，《四书》还未集合，八股更连影子都没有，所以说八股只是将古来（自春秋以来吧？）汉文文体的发展诸形式集中凝固下来因而僵死了。固定的死板格式对于考试评卷很方便，所以清康熙元年曾经废除八股文，到康熙八年又恢复。一件工具在没有代替它的东西以前，只要仍有用它的工作，它是不会灭亡的。亡了名字和形象，也亡不了精神实质。

《四书》和八股烂熟了，一张口便自然是八股腔"破题"调。有个传说故事。主编《四库全书》的纪昀有一次去南书房，进门问：老头子来了没有？不料乾隆已到。皇帝说：何谓"老头子"？有说则生，无说则死。纪昀当即回答：万岁谓之老。元首谓之头。天之子而子万民谓之子。乾隆笑了，免了他的死罪。清朝的纪昀成了汉朝的东方朔。这三句恰恰是《中庸》《原道》的调子，八股的"破题"。《四书》读得烂熟时张口便出来。

以上讲的是形体外表结构，还有内部意义结构也可略谈一二。

从上面征引的一篇文和一些文句就可以看出汉文成篇文章的意义结构常是问答对话式，一分为二、为三、为四式，亦即面面俱到式，或者是一来一去的对比式，还有逐层深入前进式。常见的是"一语破的"的判案式，也就是"破题"式，然后接上"二水分流"对比式。这是汉文的，或说是汉族文人的习惯思维方式吧？从并无八股嫌疑的《易经》的"爻辞"（不算"十翼"）也可以看出来。"乾、元、亨、利、贞。"一卦三爻，重卦六爻，每爻都有判断辞。这和甲骨卜辞的叙事语不大一样，有同有异。这类词句含有"指他"的意义，需要"象曰"等等加以说明，什么者，什么也。八股的意义结构包孕着思维结构的习惯。这也是一固定下来便僵死了。但是如果新的代替物不出来，它还是灭亡不了的。可以"刀没而利存"，"形亡而神在"，"借尸还魂"。

八股限定在《四书》朱《注》以内做文章，真的是死板得一点生气没有吗？也不见得。不妨说个故事，只讲"破题"。

明清之际的小说《醒世姻缘传》第三十七回到第三十八回里说，有四个小孩子一同赶考。大人叫大的各替小的作文"枪替"。其中一篇《论语》题目下来是《文不在兹乎？》。一个大孩子想，要作两篇，不能一样，便自己写个正式的，替那个小的作了一个"偏锋"的。（《孟子》题也同样，从略。）考完回家，大人把四个孩子的文稿一看，多认为那"偏锋"文章一定不会取。偏偏有一个人认为，不但会取，而且"要取第二"。于是打赌。他说，不取算他输，取第三、取第一，也算他输。一发榜，果然取了第二。他赢了。奥妙在哪里？那人自己解释说："这也易见。童生里面有如此见识，又有才气，待取'案首'（第一名），终是'偏锋'。毕竟取一个纯正的冠军。不是第二是什么？况又不是悖谬。"接着说出不是"悖谬"全错的理由。这个"偏锋""中锋"的说法正是指的意义结构中要领。"中锋"是全照朱注正面说。"偏锋"是照题意"自出心裁"。这个《论语》题《文不在兹乎？》"偏锋"的"破题"是，"文值其变，圣人亦自疑也"。说不是孔夫子自信，却是孔夫子自疑。照本题说，并不错，照全文的朱注说，就不对了。原来这句题出于《子罕》篇，是说孔子"畏于匡"。照《史记》所说是鲁国的权臣阳虎（阳货）在匡这个地方行过暴政，所以匡人恨他。孔子的相貌很像阳虎，经过匡时被误认为阳虎包围起来，几乎连门人一起遇难。孔子说："文王既没，文不在兹乎？"朱熹注说："文"就是"道"，是礼乐制度，"兹"是指孔子自己，都是"谦辞"。这是说，周文王不在了，难道"文"，文王所行的"道"，不在我身上吗？于是接下去说，"天之将丧斯文也，后死者不得与于斯文也。天之未丧斯文也，匡人其如予何？"朱子在注中引马氏说法，认为"后死者"是孔子指自己。说的是，若天要这个"文"（道）灭亡，那么，我这个比文王后死的人就不能参与这个"文"了。天没有要这个"文"（道）灭亡，使我仍然参与了这个"文"（道），那么，我一定会活下去。匡人怎么能违抗天？匡人又能把我怎么样？照这注解，孔子是自信，可是"文不在兹乎"这一句问话孤立起来出题，确实是不自信，是自疑。所以说"自信"是正面"中锋"，符合朱子的注解。说是自疑，也不是完全错，只是讲这一句话的题意。小说中那人解释为什么是第二，又说："其实匡人围的甚紧，吉凶未料，夫子且说大话；说自疑，极有理。"这就是把意义结构的里层揭出来了。这句话从本身说，从上下文说，从朱注说，从自己的理解说，可以有不止一种说法，或层次，或方面。题目哪怕是一句，也可以上下左右联系起来再就本身探讨。这是题意内涵结构，就此作了"破题"，然后一分为二，两股两股对照发挥便成为全篇。那题下的两句便是两股，"将丧""未丧"，全篇也是八股格式做八股，有题便有意，甚至有了"股"。立意有了，文章好做，只要熟悉老一套，把各种陈言滥调装进去，念起来铿锵悦耳，一篇八股废话便成功了。《醒世姻缘传》未必是蒲松龄做的。假如真是他的作品，他照这样做八股文，也就难怪他到老考不取，最后才得一名秀才级的贡生了。

八股文"体"说到这里已经接触到"心"了。"体"形虽固定一式，心灵还是可变的。人的"心"（头脑）毕竟不是死的。从这个故事也可看出《四书》题能有种种不同"破"法，文章便因此而可能有种种不同风格。究竟是"代言"还是"自言"？含有自己的意思和气派便含有个性风格。"一语破的""二水分流""起承转合""抑扬顿挫"，虽然格式固定，仍然可以彼此貌同神异。文体学中一面是体裁，另一面是风格，两者是一事，而又可分。要分别讲，说"体"的到此为止。

1991 年

八股新论：文"心"

文既有形体，也有心灵，同依语言而不为语言所限。照现代说法，"体"应指形式，"心"应指风格。在欧洲语言中这是一词的两义，一事的两面。古时说文"体"是指体裁，即语言的结构形式以及应用功能。文"心"则是陆机《文赋》所说的，"余每观才士之所作，窃有以得其用心。"刘勰《文心雕龙》也说，"夫文心者，言为文之用心也。"上篇"纲领"是分论体裁，下篇"毛目"仍着重作文的用心，和《文赋》相似。可以说，上篇讲雕出什么样的龙，下篇讲怎么去雕龙。《体性》一篇分别"典雅"等八体，类似现在所说的风格。《风骨》篇依曹丕《典论》说"文以气为主"，分别孔融等三人的文"气"，也可说是指风格。《议对》篇中有风格之语，仿佛文风与人格合一，不是单指体式。此外，《诗品》之类品评高下也并非单论风格。大概可以说，在现代以前，不分中外，体裁和风格并没有明确分列作为两套，到现代也还是统一于一词之下。外国现代探讨文体风格多依语言分析，其实所论的仍是形体。有人分别语言的意义有理性的和感情的，如一声呼唤"啊"可有多重意义，靠音调身势而不靠书面。这样的分析还未能尽述不同文体中的不同风格，特别是在口头和书面分成两种语言的汉语里。反而是中国古典文论中有一条一贯思路可以参考。这条思考路线由《典论》

到《文赋》到《文心雕龙》，越来越明白而系统，是将作者和作品两方面纳入一条线，即创作是由作者主观的"心"达到客观文章的"体"，而研究者是从"体"溯到"心"。"心"从何来？又由于学和才。"体"是风格，又可结合在体裁之中。"体"是体式，如"典雅"是"熔式经诰，方轨儒门"。尊"经"重"儒"，书与人结合，所以是思路一贯。用什么对文"体""一以贯之"？可分什么层次？

　　若夫八体屡迁，功以学成。才力居中，肇自血气。气以实志，志以定言。吐纳英华，莫非情性。(《体性》篇）

　　乍看用语模糊，线路紊乱，但大意还清楚。如篇题所示，这是由文"体"溯人"性"，由人"性"生文"体"，即由作品观作者，由作者论作品。历来诗文论多半不出这条习惯思路。直到王国维的《人间词话》的"境界"说，仍是将词的"境界"和人的"境界"合一。

　　这段以下，刘勰就照曹丕的路数一一评论作家。第一提到贾谊。"是以贾生俊发，故文洁而体清"。第二说司马相如。"长卿傲诞，故理侈而辞溢"。两人都是作赋名家，但两人"体性""情性"不同，所以是"气"不同，"文"也不同。这样比曹丕只溯到"气"又深了一层。刘勰时代较晚，所以论的作家比曹丕只论同时几人多，共有十二位，从汉贾谊到晋陆机。

　　外国虽曾有布封说过"风格就是人"的话，但不是专作文论，和中国的"体""气""心""性"说是一类想法，但并不相等。

　　外国人现在已经说，文体（体裁、体式）是社会规定和制约的，风格是个人的。这仿佛是和中国古典文论思路相通而又进一步扩大眼界了。但在由文溯人和由人解文路线上还没有中国人走得远。在我们，这几乎是一般人都有的习惯想法了。

现在说到八股文。问题是：八股是专为考试的，由朝廷规定，由社会制约，命题作文，限制内容，不能稍有增减变动，格式固定，不可改换，这样，还有没有个人伸展"情性"的余地？能不能显出属于个人的风格？从明到清，所崇尚的八股风格有几次变化。这可以说是朝廷官定考试由皇帝任主考而依他的"情性"指示文体的结果。清初就曾下诏矫正明末的文风而提倡所谓"清真雅正"。这仍算是社会制约的文风。八股文中有无个人风格？风格与人格相连是否在八股中也是一样？照说是考试中考生都趋向于同一标准不能随意作文。八股又是从题目到结构到立意、用词、造句都有死板规定，难以脱出。而且题目有限，不能在《四书》以外，有多少代多少人的考卷，还有"学"中的考课，"塾"中的作业，"社"中的文课（文会、文社、诗社中人集合共作一题），以及一些自拟的"程文"（范文），多得无法计算，刻成书的考卷（闱墨）已多，传抄、传观的更众，如此重复，还有什么发挥个人"情性"的余地？只能是千篇一律，千人一面了。这是不错的，但也不尽然。除考卷为中式不能立异难以发挥以外，八股作为一种文体，不论怎样僵死，还是扼制不住有突出才、学、情性的人。人格仍旧和风格联系。文体还掩不尽文心。

举几个大家比较熟悉的人为例。这只是抽样。（老迈不能去图书馆查书，所以例多出自梁章钜的《制艺丛话》，受到他的限制而不照他的标准。）

海瑞是明朝人，著名的清官，在小说戏曲中有类似包公的地位。他的八股文好像没有传下来。《丛话》引了两个人的话，讲他的三首"拟墨"（自己拟的考卷），说是"违俗"，所以选本不收。"文虽怪，然自成一家"。说他"为人绝不识揣摩为何事，故文亦然。倔强不屈，自适己意"。这样的文怎么能考取呢？原来海瑞只考到举人。中秀才以后便去做官，由小官而大官，做了二十年官，名声极大。隆庆年间，他已任巡抚，"会试"进士时，他作了"拟墨"三篇，作为"程文"（范文）。朝廷根据这文章赐了他进士头衔。可算场外考生，得荣誉进士。后来又革职闲居十六年，然后复职。想来他的"时文"合乎文"体"规格，却不合文"心"规格，不合时宜，所以是考不取的。可惜不见他的文。"文如其人"，他是个特例。由此可见文"体"限不住文"心"。考不取但不能限制他不做自己的文章，然而选本不收，《丛话》不录，还是埋没了。

汤显祖的戏曲和思想是人所共知的。他是进士，做官不顺利。他又是八股名家。假如能看到他的全部八股文，可能有所发现。这里只由《丛话》引出一例。题是《不有祝鮀之佞》一句，出于《论语·雍也》。这一章的全文是：

> 子曰：不有祝鮀之佞，而有宋朝之美，难乎免于今
> 之世矣。

照朱子《注》说，"祝"是"宗庙之官"，即太庙的司祝。"鮀"是卫国大夫的名字，字（号）子鱼，"有口才"。"朝"是宋国的公子，"有美色"。朱夫子解说道："言衰世好谀，悦色，非此，难免。盖伤之也。"这个"佞"字在《论语》中出现几次，不仅是"有口才"，能言善辩，而且含有善于吹牛拍马讨人喜欢，"谀"有钱有势的人之意，所以为孔子所嫌恶，几处都当作坏人的特长来说。现题只有一句，那便要突出"佞"字，于是《牡丹亭》的作者借题发挥了。《丛话》只引了两股。

> 在朝廷而不佞，难以终宠。即侪党之间，不佞，不
> 足全其身。

这是前一股，即"出比"。说了两小股，自作对偶。一是在朝廷做官，对皇帝和上司若不会讲话，不会拍马，那就很难一直受到宠幸，升不了官。二是在平等的同事朋友之间，若不会说话讨人好，那就不足以保全自己不遭祸害。

处怨敌而不佞，难以巧全。即骨肉之际，不佞，不足以全其爱。

这是后一股，和前股相对，是"对比"。也说了两小股，自作对偶。一是对仇敌，若不会讲话，不会拍马，那就很难巧妙保全自己。二是在家庭亲属骨肉之间，若不会说话讨人好，那就不足以保全彼此的相爱。

这两段完全符合八股格式，"体"一点不差，"心"或风格却是大发牢骚骂世。说得从朝廷到家属，从朋友到敌人，都是爱听好话不爱听坏话，说了不中听的话就难免惹祸。说不定孔子当时讲这话，门人当时记这话，也都是发牢骚，对社会不满意。然而这和通常认为只能板面孔发教训的圣人的"风格"不相符合了。所以梁章钜在引文之后说："此数语发挥末流情弊痛快极矣，然以代圣言，恐失之过。"八股代圣人立言，可不能只管《论语》里原来怎么讲，还得照顾后来人怎么看，尤其是考官和最后"磨勘"（复查）的皇帝的心意和眼色万万不可不想到。这就证明了处世必须"佞"，连作八股文也同样。梁大人官做得不小，深知八股妙谛，所以不能不说这是"痛快极矣"，承认说得好，又不能不说这在八股里不合格，不能"代圣言"。讲"痛快"话是不是一种文章"风格"？不用说，汤若士的八股不会篇篇都这样，否则他怎么能中进士？

徐文长，即徐渭，明朝人，"狂士"的声名不小，在民间文学中传说着他的一些故事。据说他九岁十岁就会写文章，被认为"句句鬼语，长吉（李贺）之流也"。他曾代一位大官作奏表歌颂朝廷，得到嘉靖皇帝赏识。后来那位大官得罪招祸，徐便发了狂。别人猜想他是为避祸。他自杀不死，入狱又不死。诗文书画都非常出名。他也做过八股。《丛话》中引了他的两段文，一共四股。题目是《今之矜也忿戾》。这是《论语·阳货》里一章中的一句。全章如下：

> 子曰：古者民有三疾。今也或是之亡（无）也。古之狂也肆，今之狂也荡。古之矜也廉，今之矜也忿戾。古之愚也直，今之愚也诈而已矣。

这是孔子发牢骚说今不如昔，或者是借古人来骂今人。他说古时人有三种毛病，现在有的人连这三种毛病都没有了。（"是"即这，"亡"即无。）不是改正了，好了，是更坏了，连毛病都赶不上古人了。今人不但好处不如古人，连坏处也不如古人了。三种毛病是狂、矜、愚。"矜"，朱注说是"持守太严。廉，谓棱角峭厉。忿戾，则至于争矣"。《论语·卫灵公》里孔子说过，"君子矜而不争"。朱注说是"庄以持己曰矜，然无乖戾之心，故不争"。这个"矜"字的意义本是"矛头"，现在还留在"骄矜""矜持"中。孔子还算它是君子的属性，所以说，虽是毛病，古时还属于君子，今日则属于小人了，变质了。朱注说是"伤俗之益衰也"。古之"矜"不争，不伤人，今之"矜"要和人争斗了。"忿戾"是脾气大。今之"矜"不是古之"矜"了，不仅自大，还要伤人了。且看徐文长如何做这一句的文章。

> 其视己也常过高，而身心性情之际每怀不平。
> 其视人也常过卑，而亲疏远近之间鲜能当意。

这两股明白如话，一眼可以看出八股的最简单体式。意思很清楚。看自己过高，总觉得人家对自己不够尊重，所以心中时刻不平，不满意。看别人太低，所以亲近和疏远都很少能合自己的意。

> 义利之辨未尝不明，但其所见者自以为义，而谓天
> 下则皆利也。
> 是非之故亦未尝不悉，但其所执者自以为是，而谓
> 天下则皆非也。

这两股和前两股一样简单明了。义利是孔孟极重视的。"矜"者不是看不清楚，只是自认为是义而认天下之人都是利而不义。是非也分得明白，但总是自以为是，认为别人全都不对。看天下的人都不如自己好，不如自己正确。

然后总结两句。

> 此非直浑厚悖大之体无所望也，好胜不已，而其势
> 必至于争矣。

前面追溯"忿戾"之来源，现在点明结果，暗示孔子在别处讲的"君子矜而不争"以及朱子在注中也讲到的"争"字。说，这样的"矜"不仅是不能"浑厚"，而且"好胜"下去结果必致争斗。这大概是全文的末尾。从结构及语言说是规规矩矩的八股文。从一般所谓风格说是明白朴素。若就文如其人的风格说，一点也不像狂士口气，倒像客观分析狂士的心理和行为，把"矜"字作为骄矜而处处与人争，满肚皮不合时宜，表述出来，大有圣人之风了。《丛话》在后面作评语说："按此文直是文长自作小传。可见狂士并不

讳疾，特自知其疾而不能自医耳。"这好像是把徐文长当作一般的狂士，但狂士怎么能这么有自知之明呢？所以实际上又是说他并不是真正的狂士。随着便是简略叙述徐的小传，又引别人的话把徐渭和陆游并列为绍兴的著名文士。引袁中郎（宏道）的话称徐文长是"有明以来一人而已"。如此推崇。小传中又点出他是佯狂避祸，说出身世之惨。结合来看，这评语说的其实是徐不是狂士。由此可见，中国古代历来是连诗文评也往往和许多诗文一样是半真半假亦真亦假指南道北的。仅仅分析语言是判不明这类风格的。评者是大官，对狂士只能这样表示同情才恰如其分。这也是八股的要求，不能出格。当然决不能说，所有诗文和诗文评都有"指他"意义。只是说诗文要结合作者的人来看，即使是应考的死板的八股，作为文体，也能透露这种情况。

再举一个从语言上也可见风格之异的为例，和前引文对照。这是清初的八股。前引的是明朝晚期的八股。

尤侗是一个著名的有些放荡的文人。他有八股文游戏之作，不用《四书》题而用《西厢记》的戏曲语为题。《临去秋波那一转》一文更为有名。据说这篇文还被康熙皇帝看到，因而和他能做京官有关系。《丛话》中引尤的《西堂全集》卷端"恭载"的一位"国师"记的"语录"，说皇帝同和尚谈过这篇文。皇帝说，状元是尤侗的学生。尤是老师还不是进士。和尚说，你大权在手，要他做官还不容易。这显示皇帝爱才而尤西堂借此保护自己的游戏文章和戏曲。康熙的话中说到尤在"九王摄政时复缘事降调"，透露出皇帝注意察访，这里还有政治气息。康熙也许正因此才把这位顺治时的"拔贡"（秀才级）拉出来参加"博学宏词"，做了官，而不怪罪他的作品不正经。这段皇帝同和尚的对话加上那篇《西厢》八股合起来看更能显出"指他"的意义。这里只是顺便提到。这位清代苏州文人尤侗的文章被认为"惊才绝艳"，且引两段来和明代绍兴狂士徐渭的八股对看。这是正经时文，并非游戏之作。题目是《士见危致命》，出于《论语·子张》，本是子张说的话。另一处孔子说过"见危授命"的话（《宪问》）。尤侗发挥读书人"士"在"朝廷"（国家）危急存亡的时候要不怕牺牲自己的生命（致命）。这两股是"起比"，即"小讲"以后八股的头两股。

朝廷廉耻之风半销于肉食。故逢掖之意气直驾公卿。使遭危急存亡之秋而优游养望，则当年草庐歌啸，何取侧弁而哦忠孝之经？

这一股说朝廷的大官（肉食者，见《左传》）多半寡廉鲜耻，所以穿宽袍大袖衣裳（逢掖，见《礼记》）的儒生的意气胜过公卿。这些读书人（士）假如（使）到了国家危亡之秋还悠然自得培养自己的声望，那么当年在草屋里何必洋洋得意衣冠不整而诵读忠孝的经典？（"侧弁"是歪戴帽子，本指醉酒的官僚，见《诗经·宾之初筵》，是讽刺周幽王君臣宴会的诗。）

草野游侠之行或成于笑谈。岂庠序之风流不如闾巷？使处倾侧扰攘之际而隐忍偷生，则他日史册讥评，安能俎豆而入名贤之传？

这一股从另一方面说。草野的游侠之行在笑谈之间就有。难道学校（庠序）里的"风流"人物还不如街巷间的平民？这些读书人（士）假如（使）在国家大乱朝廷倾侧之时还隐忍偷生，那么以后史书上说出坏话，他们又怎么能到文庙里享受祭品而且列入名贤传？

前一股讲不做官的应当胜过做官的。读书人若在国家危亡时仍啸傲山林，当年还何必读书？后一股说街道上还有讲义气的侠客。读书人若在国家危险时还隐忍偷生怕死，岂不是不如文盲老百姓？这想必是尤侗被贬后作的。康熙皇帝不怪罪他，还赏他官做，原因之一可能是尤侗在八股文中还说书生报国而不怨朝廷。当时初平"三藩"，天下还不安定，所以要这样收揽人心。到雍正、乾隆时便认为天下已定要严惩不轨文人了。到道光时又有了危险，所以梁章钜在《丛话》里（卷八）公然提吕晚村（吕留良）之名而不忌讳了。

这两股都是着重一个"士"字而发挥"见危致命"。文章风格和前面引的一些比较一读即知其不同。这可以从文"体"的语言方面分析出来。例如，作长句子，用典故，用形象词，不避《四书》以后成语，以提问表达正面意思，着重平仄对偶腔调，都可以分别。最后这一点，在从前习惯于"吟哦"诗文的读书人不念出口也知道。每一顿处前后都是平仄相间，两股又是落脚平仄相对。前股是"风、食、气、卿、秋、望、啸、经"。四对平仄相间。后股是"行（去声）、谈、流、巷、际、生、评（平声）、传（去声）"。也是四对平仄相间。前股平起平收（风、经）。后股仄起仄收（行、传）。这样排比句子和律赋相同，而且用的正是一些四六句中夹虚词。这就是从语言查风格的显而易见的方法。和前面所引一比，徐文明显不是赋体，是骈体散文。汤文虽像四六句，但无铺排，句式类似而调子不同，用形象词也多寡有别。不检全文，就这一点即可见文章风格不同。对于辞胜于意的文，从语言分析文体就大有用武之地。至于用典故成语乃是古代诗文的通例。春秋战国之文引典是《诗》《书》传说，以前的积累不多，本身即成典故。汉代起用典渐多。魏晋六朝便大量运用这一积累。以后的作品，若不熟悉典故成语，很难读出滋味，甚至难懂用意。望文生义往往出错。读文不等于猜谜。这一点比外国作品，尤其是近代现代的，不一样。他们多用今典，但也用古典如《圣经》、莎士比亚的名句之类，不知者也会望文生义。文学语言有继承性，不用典故成语（包括古典、今典）是不可能的。用得太多了，陈辞滥调堆砌成篇，当然不好，那就板滞而不能生动了。以上所说，自陆机、沈约、刘勰以来，即为读书人常识，所以很少有详细说明的（多仗口授）。评文常依此为基础而论列己见。今人读古人文不可不注意古人不说的常识。

若从人格见风格，以上所引当然远远不够。《丛话》是用官方正统眼光口气，所选不能代表作者。可是也可由一斑而作推测。这三位文豪都写戏而且作品的地位很高。这在考卷中未必能看得出来。三人中只汤一人中过进士而官运不通，考卷可能同样不很中规矩。这里引的大约不是考卷，那就更能透露才和"气"。汤的讥讽，徐的冷静，尤的慷慨陈辞，都可见其为人。尤的两股中用词的口吻也有活人气味。如"危急存亡之秋"（《出师表》），"草庐歌啸"，使人想起诸葛亮。"游侠""闾巷""隐忍偷生"，更是抬举平民。尤的文章不被考官所赏识，屡试不中。因作戏曲《钧天乐》讥讽考官，顺治十四年丁酉的科场大狱据说即由此而起。可见八股、戏曲和政治都不离文人之手，是不能不相关的。可惜现在不能将三人的八股和戏曲全文对读。

《八股评罪》中引了王渔洋、袁随园两位诗人的八股，本文又引了汤若士、徐文长、尤西堂三位戏曲家的八股，还有林则徐和其他人的八股也很有意思，不多征引了。为了说明我的推想，再举一例。

高鹗是补足《红楼梦》的小说家，又中过进士。他有《兰墅制艺》收八股文二十七篇的抄本，是传观的，上面有许多别人评点和他自己批的意见。全本现已由北京大学图书馆影印出来。在《高兰墅集》中也选印了三篇。现在从这三篇中摘出一段，以见为应考中式而作的文是什么样。

题目是《麻冕礼也今也纯》。题上加了三个圈，可见还是得意之作。作者在文后自记："此满洲科试题，针对下节须在用笔浅深一重一掩之间。诸生论题，为拟此艺。"可见这是"程文"，即范文，给满洲考生做样板的。

这题出于《论语·子罕》，全章是两股文，一股"从众"，一股"讳众"。每股各以古今相对。

> 子曰：麻冕，礼也，今也纯。俭，吾从众。拜下，礼也。今拜乎上，泰也。虽违众，吾从下。

这一章讲的问题是应当从古礼还是从今俗。题目只是前半的一半，所以不好作文。照朱子注说，冕是帽子，从前用麻织成是礼所规定的，现在改用"纯"即纯丝。朱子说，用麻布共需"二千四百缕，细密难成，不如用丝之省约"。所以孔子说的"俭"是指用料，不是指价格。（那时还没有商品市场吧？）孔子"从众"随俗了，不依古礼了。但下文又说，众俗不正确的，"虽违众"，还是不从俗。这个题只有全章的四分之一，要照应下文及全章主旨，又不能明白说出，怕"犯下"，所以"诸生论题"，高进士要出来示范了。"破题"是：

> 圣人惩废礼者，而先举变古之一端焉。

真是"破"得妙。照顾全章说不废礼而先说废礼，要说不变古而先说变古。这正是古文作法的一诀，从《四书》得来。接下去是"承题""小讲"。

> 夫礼以示别，通古今一也。如之何其废之？圣人有

忧焉。故先举麻冕以纪变云。

这是着重"礼"字。礼是尊卑有别，题的下文就着重这一点。《自记》和评中说的"浅深轻重"就是七个字题中前重后轻，不能说"从众"，也不能说"违众"。这一段语句通顺，虽是文言，如同白话。

今夫立乎后世以观古人，则古人何事而不形其迂拙乎？然而古人安焉者，非其智力有不足也，其心有所甚谨而不敢如后人之肆耳。

着重古今对照，又为古人回护，完全依照题意。照应全章而说话只限于七字题，仍是用照顾全局声东击西妙诀，揣摩孔圣人的主要用意是不能"从众"废古礼。用今人眼光看古人，古人有什么事不显得迂拙呢？并不是古人智力不足所以安于迂拙，是古人谨慎于礼的规定，不敢像后来人（今人）这样放肆罢了。

即如一冕也，古者何如，今也何如乎？

点题，说出具体的冕，帽子，古今对照，用三个短句子，又"也"，又"乎"，这就是"起手"，要分股对照古今了。这正是题目的全章两股中每股的结构。

"起比"的前一股（出比）只两句。

且古人非不知麻之不便也，而乃以繁重委曲之致待后世之变更。

"对比"是一个路数。

> 且古人又非不知有便于麻者，而故以迂拘繁琐之为
> 滋后人之异议。

总之，古人没有不对，也不是不知，那么为什么要那样呢？

> 然而古人胡为而必麻冕乎？曰：礼也。

归到"礼"上，点出题字。文稿上有眉批说："礼也二字有千钧之力。"这两个字本是抄的题目，但这里一"乎"一"也"，一问一答，回答只两个字所以拉腔截止有力。若不是照从前人那样一路吟诵下来而照白话文那样用口语腔调一字一字说，就不能体会到这两个字的"千钧之力"不是指意思而是指声调，即文"气"了。古代书面语诵读起来是另一种语言声调。汉文和汉字密不可分，靠虚字传神，在八股中最突出，比只有一种腔调的骈文更简短集中而强烈。下文随即承上启下作两句。

> 吾尝即先王制冕之意重思古人秉礼之心。

"吾"字是代孔圣人说话。这样便开始了文章的中心部分即"中比"和"后比"，共四股。文稿上这四"比"旁加了浓密的连圈，足见重视和欣赏。这里抄起来太长，讲起来太繁，且跳过去抄结束语。

> 虽然，吾也，生今之世，为今之人，复古亦未敢轻言，而曲求犹尚有可谅。麻而纯也，或者其俭之足取也。

至拜下，则岂复可言哉？

"吾"字仍同前文代表孔子。这一结把中间说的古人重视帽子重视头（元首）和今人"是今非古"又"贵今贱古"拐了个弯，以便隐指下句"从众"。末尾点出题中已有之"纯"，又提出题中未出来之"俭"，还提出题中未有的下文"拜下"，隐括全章。大概是那时对"犯下"不那么严禁，所以不算毛病。那两句对偶大约算是"束股"，连前共八股了。文后有条评语中说，"真有无限感慨，无限委曲在"。文稿前有封信，称赞作者"代古人立言，设身处地，独得真诠"。这都可算是说八股的风格吧？"设身处地"是说八股需要揣摩圣人。小说戏曲何尝不要这样揣摩书中人物？揣摩的不同便可出不同的文章，所以题目有限，文体有定，而文章无穷、废话无尽。八股像戏曲，古人已说过（见《丛话》）。戏曲家会做八股，前文已引过。若熟悉了古时人的一套读法，读得进去，就会觉得尽管文体死板，文句往往欠通，文意毫不新鲜，但也往往另有趣味。若读不进去，便是古时书生，也是一辈子未必写得通，可是倒不一定中不上式。试卷是给官和皇帝看的，塾课、社课是给老师和朋友看的，像尤侗做的"西厢八股"一类则是给自己和知交友人及"同好"（有共同爱好的人）看的。各各不同。这一篇是高鹗做出给满洲学生示范的，是正经之作，所以小说家的笔调不见，小说家的揣摩功夫还有。这里引来作为正宗文章的一例。但这还不是中解元、状元的"元墨"。那些高中的文章还得更加死板和欠通才不致出错。像这篇文尽管歌颂"元首"，恭维帽子戴在头上，但议论今人古人仍然有点不妥，碰巧也说不定还会遭到"磨勘"（复查）。试想，考题一样，考卷千篇一律又不是重抄，考官一一看去，岂不头昏脑涨？所以中式别有奥妙，仿佛是命了。故事很多，不必多说了。

风格和人格的关系，在八股中只能是透露，在别类文中就堵不住了。仍举高鹗为例，因为大家对这位"红楼外史"比较熟悉。

《兰墅砚香词》稿本虽然只有四十四首而且有的涂改得很厉害，有些句子加上密圈，有些首在页上端批"改"字，可见确是稿本，不是定本。这些比八股又接近小说。词的本式要求严格不亚于八股，但非供考试，比八股能露出高君的面目和心境，像是他的词中句子"青帘遥飙小红楼"。不妨说得多些。似与八股无关，实是有关。

先引一些词牌下注题目或"本事"的。有的是"戏书""调（开玩笑）某某""遣闷"，还有为别人"悼亡"的，这都不必说。有一首咏"梅花刻底鞋（涂去）"的《菩萨蛮》，说，"红绫三寸泥金绣。玲珑重底尖儿瘦。""点点星星地，拖逗人心碎。犹自假殷勤，轻开半幅裙。"虽说"三寸"，未必是"金莲"。鞋底能雕花，应当是满族妇女穿的"花盆底"鞋。满人是不缠足的。高君是汉军旗人，不会咏小脚。但题下五字写上又抹去仍可见字，上端又批"改"字，大概是还有点觉得咏女鞋不妥吧？还有一首《唐多令》，题下注"题畹君画箑"，上边也批"改"字。画扇子的是女人吧？"女元龙便请同舟。""好共我，赌风流。"关于她，还有首词，下文再说。又有一首《玉蝴蝶》，注"咏蝶"。"欲扑还休，有多少旧恨重牵？""小垂手画栏凝睇，悄低头绣带频撚。"不会令人想起宝钗扑蝶吗？一曲《满红红》下注："辛丑中秋。是岁五月丁先府君忧。六月内人病。至是濒危。草土余生，神魂颠倒，援笔制此，亦长歌当哭之意耳。"词中说："死别生离，怎生过今年今夜？""这天付两件乍凄凉，谁同话？""对苍苍，独立复何言，西风下。"可见高君是多情人，补《红楼》也是别有怀抱的。辛丑年（1781）离他戊申年（1788）中举只有七年，正是补《红楼》之时吧？做八股与此并不矛盾。

值得注意的是有四首词连续成一个故事。现将四首题下分别注的话连起来。因为上批"此叙归一处",所以也是作者原意,不仅为抄读方便。第一首注"本意四阕,为李氏女作"。以下是"女十四,从兄入家塾,学执笔,而性极慧,善解人意。(一)十九,归鲁氏。婿病消渴,家人不知也。女归,始知之,然亦讳言之。(二)及母知婿病,听人言,送女还家,居近百日。婿益病。后乃力疾迎女去,而病始渐瘥。总计琴瑟之好止此月余耳。(三)五月初,婿以误饮剂,竟亡。女绝粒数日,不得死。继以翁姑家人泣劝,乃矢志终老焉。(四)"四首的词牌是:《好女儿》《锦帐春》《怨东风》《酷相思》。末首云:

> 惭愧春风刚一度,怎犯天公怒? 不道你抛人真个去。郎去了,归何处? 郎去了,来何路? 便是阎君不受赂,也许亲人诉。倘行到阴山谁看顾? 郎未到,须先住。郎若到,奴来晤。

这里没有对"薄命司"的同情和"苦绛珠魂归离恨天"的影子吗?

更有意思的是高鹗对尤侗的作品很熟悉。《怨东风》一首下注:"本名醉东风,西堂百末集作怨东风。"从了"尤名",即尤氏用的词牌名。又有一首《百字令》,题下注为"潘左卿席上"。下面两字涂去,但看得出是"小伶"二字。词尾又有注,中有涂抹,现将抹去字加括弧,录如下:"尤西堂(观剧词云),自笑周郎愁眇眇(句)注:(余)短视,故云。(仆亦短视,两步外不睹也。故戏用西堂句。)"这是说明词中一句"却笑西堂愁眇眇"。不可忘记,古时很少近视眼镜,而且在长辈面前或大庭广众中是不能戴的。戴眼镜被认为不礼貌。所以尤高二人看戏也看不清"秋波那一转"的吧? 从这里是不是又可见芳官、琪官(蒋玉函)等红楼伶人的影子呢？这首词涂改得很厉害，可想见当年又想写又有顾虑的情状。这难道不是"红楼外史"高君补《红楼梦》时的心情吗？

还有，他为畹君题画扇，这是什么人？在《金缕曲》即《贺新郎》词题下有注，也是勾勒改动而且有粘盖另纸。但原文还可看出。影印本不全也不清楚。周绍良先生"从灯影中迻录出来"附在《校记》中，抄录如下：

> 不见畹君三年矣。戊申秋隽，把晤灯前，浑疑梦幻。
> 归来欲作数语，辄怔忡而止。十月旬日灯下独酌，忍酸
> 制此，不复计工拙也。

共四十八字。涂改粘贴后在影印本中只见一行及四字，可见当时欲写又止欲罢不能的情状。戊申是乾隆五十三年（1788）。"隽"是中举人了。辛亥（1791）作《红楼梦》全本序。乙卯（1795）以一篇八股文得"钦取第二名"，中进士了，而且是"榜眼"。《砚香词》题后又一行题《帘存草》。"自甲午迄戊申"（1774—1788）。这首词及另一首《南乡子》均注"戊申秋隽"。中举前十几年正是修补《红楼梦》的年代，与作词同时。高序是辛亥（1791），程刻出序及书是乙卯（1795），即高中进士之年，距中举及编词草七年，距词集中初作甲午（1774）已二十年了。中举之后，词也不作了，小说也不补了，只有八股作到中进士以后。

这首《贺新郎》全词如下：

> 春梦年来惯。问卿卿。今宵可是，故人亲见。试剪
> 银灯携素手，细认梅花妆面。料此夕罗浮□幻。一部相
> 思难说起，尽低鬟默坐空长叹。追往事，寸肠断。
>
> 尊前强自柔情按，道从今，新欢有日，旧盟须践。

欲笑欲歌还欲哭，刚喜翻悲又怨。把未死蚕丝牵恋。那
更眼波留得住，一双双泪滴珍珠串。愁万斛，怎抛判。

□字是影印本不清楚。"旧盟须践"的"须"字下加圈，因为
此处共写了四个字都涂去了，只用三角形勾出这个"须"字。本行
中原字看得出是个"重"字。余两字看不出。"旧盟"怎么办？"金
玉良缘"乎？"木石前盟"乎？难哪！

这词以后是最后一首未题"本事"的《惜余春慢》，更不可不
抄出。

　　春色阑珊，东风飘泊，忍见名花无主。钗头凤折，
镜里鸾孤，谁画小奁眉妩？曾说前生后生，梵呗清禅，
共谁挥麈？恰盈盈刚有半窗灯火，照人凄楚。那便向粥
鼓钟鱼，妙莲台畔，领取蒲团花雨。兰芽□小，萱草都
衰，担尽一身甘苦。漫恨天心不平，从古佳人，总归黄
土。更□伊椎破虚空，也只问天无语。（莫怪天心不平，
从古红颜，总归黄土。纵凭伊，打破虚空，也只问天无
语。）

"共谁"二字原稿圈去，旁边写了三个字，都涂掉了。□字是
影印本中辨不出。末尾括弧中字是原稿用纸粘盖，周绍良先生"从
灯影中迻录出来"的。

这首"惜春"词还不明白吗？惜春和宝玉非出家不可了。黛玉
也活不了。说不定这是高君补足《红楼梦》以后作的。是不是婉君
也死了或是做了寡妇或是出家了？

为什么讲八股文"心"到了末尾要抄这些词？正好和八股对
照。词是字字句句都要依韵律填好歌唱的。比八股的吟诵腔调还严

格。内容多是言情，和八股"代圣贤立言"说理又针锋相对，都用自己口气而一是"代"自己一是"代"别人。然而高鹗的文和词是一个人作的。两者中间有无通气之处？这是中国古来文人的处境所形成的人格和风格吧？不能说他们都是两面国的人吧？前文引的三位作家，临川汤若士、山阴（绍兴）徐文长、长洲（苏州）尤西堂都是戏曲名家，徐还是书画艺术家。奉天（铁岭）高兰墅是小说家。《八股评罪》中引的新城王渔洋、仁和（杭州）袁随园都是诗人。这些人中除徐一人外都是进士，做过官，又都会写两种文。看起来还是高比较小心翼翼，词稿改来改去，到中举截止，恐怕也没有刻出来。他补《红楼梦》也是宝玉终于中举，却又出家当和尚，还在序中声明"不谬于名教"。从这最末一首"惜春"词里可以看出一点信息吧？难道不中举不做官的曹雪芹就能放言无忌？也怕不行。"披阅十载，增删五次"，将"真事隐去"，用"假语村言"，都是为什么？五百年间，从八股文到戏曲小说，除有些戏曲小说底本是出于艺人以外，都是出于古代大大小小会作诗文的读书人的笔下。蒲松龄写《聊斋志异》同时赶了一辈子考，能说他是两面国的人或低能吗？吴敬梓在《儒林外史》中用马二先生的嘴说，"便是夫子在而今也要做举业"。这句名言，在《丛话》（卷二）中说是朱子（熹）说的。"居今之世，使孔子复生亦不免应举，然岂能累我孔子耶？"他认为，"世间非是科举累人，乃是人累科举"。那时有"经义"，还没有八股，可是汉朝有对策，唐朝考诗，宋朝考论，都有八股气。难道孔孟忙于周游列国向"问政"的国君和其他人论道不是八股的前身甚至胚胎吗？从秦设"博士"又"以吏为师"，以后就科举不断，日益发展，直到清末。甚至波及出家的道士、和尚，难免带点八股气。八股文是应试科目及文体中的最后一个。八股和诗文截然相反，难道真不通气吗？拟人，代人，揣摩心意，琢磨词句，在枷锁之中自由活动，在下笔之时考虑枷锁，学会一种和口语不同而也能抒情达意的书面语，学会用种种方式表达种种非如此不可的他人及自己的情意，这些不是从前人开口读《四书》时就得到无形传授的吗？八股的致命处可能不是规格严而是出《四书》题限制。八股已经灭亡了。但是，若对八股毫无所知，对古代文学和古时读书作文之人的了解能够全面而深入吗？恐怕至少是会有一点欠缺的吧？文心，文心，由文究竟能不能见心呢？

1991 年

无文探隐书

试破文化之谜

客：你写的《文化的解说》使我想到两个问题。一个是，开头讲说一通符号学，后来不再提了。这是为什么？

主：所谓符号学应当是研究种种符号的。理论不止一种，应用更加繁多。这本小册子并不是符号学研究，不过讲到文化方面的一些符号的意义，由此引出一些对文化的看法，也就是一种解说。后面说的是一些考察的结果，涉及许多方面，当然不能一一提到文化符号。而且，符号学这个词在外国文中有专门涵义，在汉语中还没有通用的译名，又容易和"象征"理论混淆，还是不多用为好。本来这也只是一块招牌，一个符号。我写的不是商品，用不着处处贴商标。

客：另一个问题是：那小册子讲的主要是中外文化或说两种文化的对比、对撞或交流问题，是不是还没有说到全面？文化的全貌，特别是文化的变化，不仅有内外的对撞，还有内部的矛盾对撞吧？单讲内外对撞未必能解说文化。

主：不错。所以说到了传统文化和外来文化以至世界思潮，只是提出问题，作了一点解说，对于这些文化符号所显示出来的意义并没有做多少讨论，当然谈不上全面。

客：那么，何妨继续讨论？还是照研究符号的基本思路走下去。从文化"符号"探索其"意义"。这当然不能算是符号学的研究，也不必以此标榜，免得有招牌无货。

主：这谈何容易。我自从小时候读到梁漱溟讲演罗常培笔记的《东西文化及其哲学》以后，一直到"史无前例"的"文化大革命"，虽然在读书教书中，也就是在文化中，兜圈子，都不曾注意到这个笼统的"文化"本身。这以后，近十来年，才想到自己始终在这个"东西文化及其哲学"的圈子中间转，而从未问过究竟什么是"东方"，什么是"西方"，什么是"文化"，什么是"哲学"。这四个词都是中国汉字，可又都是现代才有新意义的从外国进来的新词，也不见得都有和外国原词一样的涵义。于是回头来检查几十年所学来的和对人讲过的都是些什么，又伸头探望一下70年代、80年代外国有了什么新花样或新问题。可是人已经到了风中残烛的晚年，勉强做了一点"文化的解说"的试探，再没有力量向前走了。

客：得不到"新知"，就商量一下"旧学"也好。"文化"一语，照旧笼统说，不必深究。不妨先查查中外文化关系，看看是不是一定要深入探索中国文化内部才能更多解说对外关系。

主：好，那就先提问题。不过不限于考察符号吧。

客：第一个问题就是，两种文化相遇是不是必定冲撞或汇合？为什么对外来的东西，有的学得起劲或者反对得拼命，有的不学，不闻不问，若无其事？

主：这是不是说，中国文化，主要是汉族文化，对外来文化有很强的选择性，不是拿来就要？

客：这种选择性恐怕不仅是中国文化有。例如，中国的造纸和印刷术，近邻印度就置之不顾。中国唐代道家盛行，皇帝尊重姓李的本家老子。这时日本人学去儒和佛而不传道教。

主：有取有不取，有迎有拒，有合有不合，这在中国文化对外来文化的关系上从古到今都一样。这只有从内部分析才能找出原因和条件而加以解说吧？

客：由此又引到第二个问题。有不学的不足为奇，奇怪的是，学的也常常拐弯子。日本学欧美开始是从中国学的。19 世纪中叶，日本明治维新以前，中国上海出版的译成汉文的欧洲书籍，日本人拿去翻印、翻译、传播，而在中国看这些书的人反倒很少。甲午中日战争以后，中国人纷纷去日本留学，可是到"东洋"去学的是"西洋"。除了当外交官的黄遵宪以外，几乎没有人到日本去学习和研究日本文化的。有的官员到日本去搜罗中国旧书，也不重视日本的汉学。当然这可以用日本当时幕府的"锁国"政策说明前者（日本），用日本维新较中国早而且离得近来解释后者（中国），而以"东方"学"西方"说明两者。但是不能解释对所学的东西的选择。日本从中国学去的欧美，中国从"东洋"学来的"西洋"，怎么说也是打了折扣的，或者是经过加工的。中国人开始学英文用印度课本《纳氏文法》，原本是为印度人编的，例句中很多印度事。中国人仍然学了多少年。中国有不少文学家、艺术家到日本，不但大都是去学欧洲的科学，如鲁迅、郭沫若学医，而且学文学艺术也学的是欧洲的。没听说什么人是去学日本的。学日本就是学日本的欧洲，或者不如说是学日本所学的欧洲。这是不是有点日本化了的欧洲？还是欧洲化了的日本？在 30 年代日本大举侵略中国以前，中国人学的欧美文学新潮往往是从日本转口来的。例如新感觉派以至马克思主义文艺理论。直接从欧美来的影响不如转口来的大。这是为什么？

主：前一问题是学和不学的问题。后一问题是学的直接和间接问题。尽管可以找出一些外部条件做说明，但要做解说这还不够。不探讨本身内部大概还是不行。将近一百年前许多人去日本留学是被日本打败激出来的。他们仍然认为日本没有什么了不起，不过学了欧美罢了，所以到日本也只学日本的欧美，忘了欧洲文化本来是先到中国的。为什么中国人不先学而让日本占便宜呢？跟在日本后面向日本学欧美能胜过日本吗？为什么不问日本是怎么学欧美的呢？日本很快就直接学欧美了。中国还从日本转口。但不能说转口学一定不好。印度学欧洲是从英国直接学的，也未见得好。而且，不一定打败了的要学战胜者，后进必学先进。法国大革命不是学英国革命。美国建共和在法国之前。中国从前也不愿学外国。

客：由此又引出第三个问题。这样的对外学或不学的前因后果包含着什么成见和误解？起先有什么成见？例如看不起日本文化，以为旧的不过是学中国而新的又只是模仿欧美。后来又有什么误会？误会和原先的成见有联系，作用也许更大。成见和误会的根基是不是还在内部？

主：追"因"不是容易的事。查"果"说不定更难。借用现象学的术语，"悬搁"一下，暂放在括弧中。学什么不学什么的问题确实很有意思。比如说，中国人学从印度经中亚和南海来的佛教很有劲，可是对教义和修道法门不都欣赏。只有轮回报应和打坐念经传播广远，而这两者在印度不是佛教特有的。中国人对这方面的兴趣又远不如对传来的轮回故事、拜佛仪式、僧伽组织、寺庙建筑等等大。中国修的佛庙和佛塔比印度的壮观。石窟雕刻和壁画的规模也不比印度的小。敦煌、龙门、云岗等地私人刻佛像求福并标明供养人的造像比印度多。对主要是从中亚（贵霜王国）传来的佛教很热心，对在南海一带传播的佛教就较冷漠。又比如，印度戏剧的形式、技术和理论大约公元后一两百年即已形成，有了完整的分场分角色的剧本，有表演和音乐舞蹈程式以及语言规范，而且在新疆曾发现梵剧的遗留残本。可是中国的戏剧完成时期比印度晚得多，是在唐代以后又过了两三百年，在和印度交往已经大不如前而且印度次大陆北部已经是伊斯兰教文化占上风的时期。印度古典剧本大发展时（约3—10世纪），中国没有剧本。中国古典剧本大发展时（12 世纪以后），印度的古典梵剧衰亡了。中国的戏好像是从宫廷走向民间才大发展。印度的古典戏剧始终在贵族中打转。后来民间歌舞剧兴盛了，又没有先前那种古典剧本了。双方的戏相似处很多，相互关系却很少。许地山、郑振铎等前辈费了大力也只找到相似而找不出相关的证据。任二北前辈考索《唐戏弄》不知如何，我不敢乱说。中国传进了印度佛经中的讲唱故事形式，而印度的现在还未断的演唱史诗故事形式未必相同。是不是经过中亚转口站有了变化？还是各自有传统？另一件有趣的事是：印度古典戏剧中有个固定的角色是"宫廷丑角"。这人专在国王面前插科打诨无所忌惮。除了在剧本中，这样的人物在其他文献中不见，不会是实际上广泛存在的典型。反过来，在中国，戏剧中没有这样的角色，历史书中却记载着战国时楚国的优孟、优旃，唐代的黄幡绰、敬新磨等。五代时优伶封官。欧阳修《新五代史》还为他们特立《伶官传》。这些人的言行很像梵剧中的"宫廷丑角"，可是为人又不像（这也许是史书选择的结果）。梵剧中这类人是个千篇一律的角色。出身种姓很高（婆罗门），文化教养很低，地位和中国的优伶不同（也许像优孟）。宋元以来，戏剧发展起来了，宫廷中的这类人不见记载了。从五代上溯楚国，史书中这些优伶演不演戏？演什么戏？有他们时没有戏（剧本），有了戏（剧本）又没有了他们。古优伶怎么变成了新优伶？优孟化装为孙叔敖是不是演"现代戏"？他那样长久揣摩演习是不是已经有了表演原则？《史记》中的这个例子表明单靠文献不足以解说文化。这好像是学和不学之外的另一条了。

　　客：据我所知，还有一例。印度从古盛行辩论之风。文体也是这样，对话辩难很多。佛教和尚同样有这种风气。印度佛典中的理论部分，除辞书、类书、歌诀外，充满这类辩论问答。甚至佛说的经中还有问答体。《金刚经》是传不可言说的"空"的，还要再三问："何以故？"（这是为什么？）龙树菩萨是讲"空"的祖师。

他的《回诤论》的所谓"回诤"，用现代话说，就是"消除争论"，"反驳"，其中是双方对话。学术讨论会和毕业答辩会性质的。出家人和在家人的辩论会直到 20 世纪还没有绝迹。在西藏、青海的佛教寺院中听说至今还有。这是真正的辩论。在《玄奘法师传》中甚至说，辩论失败的要成为奴隶或者砍头。这一风气为什么没有随佛教进来而只在藏传佛教中有表现？中国号称春秋战国时就"百家争鸣"。但齐国稷下的辩论没有传下来，也未留记录。孟子自称"予（我）岂好辩哉？予不得已也"（《孟子·滕文公》）。我们的辩论是"不得已"才进行的，而且往往是一面之词，或者是没有结果。庄周和惠施辩论知不知道鱼之乐，针锋相对，几句话就完了。韩愈辟佛只是写文章，没同和尚辩论。倒是在他以前的南朝范缜主张"神灭论"，和信佛教的人当面争辩过。朱熹、陆九渊的争论好像也只有在白鹿洞一次。从汉到清争论"经义"只在书本上，当面是不争的。《盐铁论》《白虎通》是少有的。意见不投，不见面，或"退出译场"就是了。孔子曰："君子无所争，必也射乎。揖让而升，下而饮，其争也君子。"（《论语·八佾》）实际上中国人的争辩何尝在印度人以下？从家庭到街巷哪里不吵架？可是表现的形式大不相同。识字越多的越不争吵。中印和尚彼此不互相学习这一点。这又是为什么？

主：其实也不是完全不同。留下来的记载和著作总是一面之词。古希腊难道是全不一样？柏拉图的《对话录》中苏格拉底总是占上风。其中问答也不是争辩。所谓"诡辩派"没有书传下来。苏格拉底终于是被毒药封住了嘴。可能是印度宗教派别多，所以有争辩之风。口头或书面争辩不一定能决定歧异，分出正误、胜负、强弱。佛教能离开出生本土到处传播而在本土反倒不能生长下来。这是为什么？

客：看来这些问题都指引我们去搜索各民族文化的本身内在矛

盾了。对外的冲撞和内部的冲撞是息息相关的。秋风一起，有人立即伤风感冒，有人只说"天凉好个秋"，有人毫不觉得，看日历才忽然想起，原来是立秋了。

主：对外反应出现的是症候。从症候可以追索疾病的体内根源。这和从符号追索意义是一个道理。所以符号学这个字在外国文中原本是和症候学同一来源（Semeiology，Semiology，Semiotic）。

客：是不是也可以说类似从形式追内容，从现象查本质？

主：还是不要用哲学的和理论的说法吧。也不要提符号学、诠释学（解释学）、现象学等招牌了。我们只是对话、探讨，不是什么学，什么研究，不受限制。

客：那么，我们怎么追查下去？是不是好像福尔摩斯从罪犯留下的痕迹去侦查那样？这里还有个问题。从符号到意义是怎么"推理"的？是照什么道路一步步走过的，还是跳跃过去的，还是像克里斯蒂老夫人创造的侦探那样，从假设推下去逼得犯人自行投首，还是有别的什么道路、方法？符号学破解文化符号是不是像破译密码那样？能不能有文化密码本？

主：我也不知道符号学的理论解决了这个问题没有。好像还没有公认公用的完整方案，编不出密码本。许多文化现象不能排列公式还原到符号逻辑，反而是像要倒过来从符号、公式还原到自然逻辑。这仿佛是不合逻辑的逻辑。表现出来的不仅是自然语言，还有行为。不要说这是"荒诞"，免得又生歧义。

客：这又引出一个问题，也和前面的问题有联系。我们究竟是怎么推理的？或不如问：我们是怎么得到知识的？我知道，印度古代对于知识来源有各派都不反对的一种说法。这叫作"量"论。用现代话说是认识论也是逻辑。这是辩论中不可缺少的，所以也和辩论术有关。辩论好比打球，若没有彼此承认的规则就无从打起。这套理论也随佛教传进了中国，称为"因明"，也就是论"因"的学问。在印度一般称为"正理"。传进来，只有玄奘一派讲了一段时间就断绝了。汉族不学。藏族传进比玄奘所传陈那的理论更发展的法称的理论，一直传下来。这个"量"论的原始基本说法也许对我们的追查有点用，不妨先谈谈作为起点，看看我们不爱学的东西是什么样的。一般逻辑表述总是离不开语言。印度的说法有些在梵语中很普通，变成汉语很特别。希腊的只怕也类似。这些我们不管，只讲基本的思路。

主：这其实是常识，所以在印度人人都可以承认，只是到了佛教中的陈那、法称两位菩萨（这词本是称号，"有觉悟的人"，不一定是神）才大进一步发展。正理派详细说明推理部分，为的是辩论。佛教中讲"空"的龙树、圣天（捷婆）两位菩萨较早，著作是激烈的辩论记录。他们运用了逻辑，却没有专为逻辑写书。简明提出基本的三"量"论而且传到中国来的是讲"形""神"二元的"数论"派的《金七十论》（真谛译出在五六世纪）。照"正理"说法，"量"，即知识来源和标准，只有四项：一是"现量"，"现"前所得，直接来的，即感觉。二是"比量"，"随"后推得的，间接来的，即推理。这一项是和现在所谓逻辑或论理学相对应的。三是"譬喻量"，能"近"取譬，举一反三，触类旁通，就是类推。四是"圣言量"，现成"得"来的话，也是从别人来而自己相信的话，是"神谕"一类的指示，不可怀疑的，不能辩论的真理。这在《金七十论》中有简单的说明和例证。看来这不过是常识的归纳，所以有普遍意义。印度人是这样认为，中国人又何尝不如此？"眼见为实"。总要亲自看到才算真的。用譬喻的同类推定是我们很习惯的。孟子、荀子都好用。"人性之善也犹水之就下也。人无有不善。水无有不下。"（《孟子·告子》）范缜《神灭论》的警句是："神之于形犹利之于刀。未闻刀没而利存，岂容形亡而神在？"这正是"譬喻量"。至于"圣言量"，那就更不用说了。相信的就是真的，何必

294

再问？反倒是推理很不容易。讲起其中道理有一大堆，从古到今成为专门学问，然而在中国并不发达。我们经常应用的很简单，无非是讲因和果。不但佛教讲因果报应，"有因必有果，无因必无果"，日常生活思想也免不了"因为""所以"。可是怎么知道这是因那是果？因怎么变成果？那就难说了。我们一般中国人不大耐烦也不大喜欢深究这一项，往往把"先后"当作"因果"。

客：这四种"量"里有没有错误？

主：这是印度逻辑的，特别是陈那的贡献，指出了错误和正确是并行的，同等重要。推理的决定要素是"因"。正确的称为"真"，原文意指确实存在的。错误的称为"似"，原文意指显现出来的。"因"有"真"，有"似"。这两个字译得很好。错的总是显得像是对的。错误和正确是对应的，而且两者都能做出有限的排列，都错在"因"上，可以画出"因轮"。"轮"，周而复始，这是印度人很喜欢用的词。陈那又将四"量"区分开来，认为只有"现"和"比"，即感觉和推理，是知识来源，正确的和错误的都在内。另两项是附在这两项上的。换句话说，不论"譬喻"或是"圣言"，都得合乎感觉所得，合乎推理规律。印度逻辑的又一贡献是分别自己认识和对人说理两者不同。"现""比"，感觉和推理，有正确的，也有错误的，都是"自悟"。对人讲道理，那是"能立""能破"，有正确的，也有错误的，都是"悟他"，即让别人"悟"。这不仅是分别了认识论和逻辑。梵文动词变化十类各有两型，名称也是指"为自"和"为他"，仿佛"不及物""及物"；而又不同。"因"也和"格"（位）的变化有联系。所以逻辑和语言有相同的模式。这些理论都传进了中国，可是中国汉人不欣赏，连玄奘法师讲经的讲义记录也遗失不传。直到清朝末年才从日本找回来。这时才有了金陵刻经处印出这些书。语言相差别以致思路相差别恐怕也是一个原因。汉语和梵语文体相似，可以逐字翻译，而构造和变化不同，又很难相通。此外还有，人、我，主、客，能、所，这些对立的哲学概念也经印度佛教传来，有了对应的词，但中国人欣赏的不是区别对立而是消除对立。"人我两亡"，归结为"空"。佛教经论喜分析，列"名数"，而我们不喜，以为繁琐。是不是我们古人不好辩论，不喜欢逻辑推理，而喜欢将阴阳对立合为太极？现代才有人（胡适）开始讲先秦的"名学"，说我们的墨子和公孙龙子讲的就是逻辑学。可是为什么断了呢？为什么印度传来的也不时兴呢？用欧美的或者印度的眼光看，中国人究竟历来讲不讲他们的所谓"逻辑""正理""因明"的学科呢？中国人为什么喜欢不讲推理的禅宗（顿、渐一样），喜欢不讲推理只宣佛号的净土宗呢？这两宗加上也不讲推理的密宗不就是在中国最盛行的佛教教派吗？

客：讲了一大通印度的，这些在中国文献里都有，不止是翻译的。我们是怎么对待这些的？是不是中国人不喜欢讲这些而实际上应用的还是这些呢？我们不是很喜欢讲道理吗？我们爱讲的是什么道理？是不是又要提到成见和误会的问题？不问清楚我们所习惯的思路，恐怕关于学外国的问题不容易理出头绪。

主：印度人的这一套着重在推理部分，做出些规定，为的是辩论中要用，要立"宗"（下结论），要说"因"，要引"喻"为证，还要有"破"和"立"的规定。中国人不爱辩论，推理自有一套。用印度说法，我们惯用的是"现"（感觉）和"譬喻"（类推），尤其是仰仗"圣言"，不耐烦关于"立"呀"破"呀的规定。我们喜欢问的是什么，怎么样，不大爱问为什么。问到了也是一句话就答复，定案。说"什么者，什么什么也"就够了。不追问"因"，对"因明"不感兴趣。我们讲的"理"是"道理"。"理"就是"道"，是本来就有的，不是追问出来的。"因"和"道""理"同样。我们对"正理"的辩论没有多大兴趣，觉得是"诡辩"，是游戏，是多此一举。究其实，一般印度人也差不多，也是讲信仰，尊重"圣言量"。这一套"正理""因明"愈来愈繁，只为辩论会用，专精的人愈来愈少，衰亡得也快。日本人传去了书也没有学习、发展。既然大家打的是篮球，那就不必用打排球的规则了。古希腊人和古罗马人需要在元老院和城邦会上演说，所以重视表达自己（修辞学）和说服别人（论理学）。中国除了战国时代有"说客"到处"游说"以外，是不注重学讲话和辩论的。学讲话是学另一种话，另有目的。《论语》中记孔子说："不学'诗'，无以言。"（《季氏》）又说："诵'诗'三百，授之以政，不达；使于四方，不能专对；虽多，亦奚以为？（又有什么用？）"（《子路》）学"诗"是为做官，办外交，学"官话"，和平常说话不同，不是辩论。

客：是不是可以说，我们的习惯想法和做法和印度以至古希腊罗马的有同有不同，所以对他们的东西也是有取有舍？如"因明"就是一例。从这一例可以看出我们历来的习惯是多用"譬喻"和"圣言"，依靠"现量"，而少用"比量"，或者说自己另有一套"比量"。能不能这样追查我们对待外来文化的内部思想情况？

主：这就是说，查一查我们先有的成见。这里我想再提出一点。那四种"量"的说法虽然合乎常识，却还不符合我们平时思想活动的实际。那是正规的思想方式的归纳，只在讲演、作文、考虑问题或者辩论时才明白使用。我们平常对一件事，一个对象，一个问题的反应想法往往是过去从别的无数人那里得来的习惯看法和说法。那是从生下来就开始不断积累起来的。有些是连想也不用想的。这些多半不是从自己的见闻（感觉所得）和思索（推理）来的，也不都是听从神明、圣贤、大人物的话。不少只是类推而来，想当然同样。这种个人所有的从群体积累来的思想习惯是我们不自觉的"经验"的一部分。有的表现为成语、谚语、格言，但多数不成为语言文字。一个人亲身经历接受的感觉经验是非常少的，而且还要经过自己的"解说"才能"一望而知"。推理也经常是习惯性的考虑。大量积累的多数人的共同心理状态是个人心理状态中的经纬线吧。因此，我们想知道中国人对外选择有什么取舍的尺度，这就要知道一般中国人或说多数中国人的心理状态或简称心态。心态要从行为（包括说话）去推测。中国人的多数向来是不识字或者识字很少或者识字而不大读书的。他们的心态的大量表现就是长期的往往带地域性和集团性的风俗习惯行为或简称民俗。这不是仅指婚丧礼俗、巫术、歌谣，这也包括习惯思路以及由此表现出来的行为因果。

客：可是我们怎么追查心态呢？难道要做调查、测验吗？对于已经过去的社会，对于古代，怎么调查呢？怎么能把死人当作活人去查他的心态呢？文化是有历史性连续性的。我们要查比较凝固的已有心态，也就是至少七八十年以前的文化啊。

主：不妨试一试另一条路。可以说是"解说"文化的路。我们没有古人的录音、录像记录，也不可能有调查报告。但另一种依据，就是文学作品。不限于歌谣和民间故事等等。不妨试试从非民间的查出民间的，从少数识字的人查出他们所受的多数不识字的人的心态影响。可以说是要从有文字的文学书中侦查不大和文字发生关系的多数人的心理状态、心理趋向。换句话说，就是要从文学中侦查民俗心态。也许由此可以测出民俗心态是不是决定我们对外选择（包括改造）的一种力量，是不是暗中起作用的因素。一个人高兴时决不爱听悲歌，这就是习惯心理趋向选择的外在表现。文化心理不这么简单。不可能用统计方法去查。由果推因，立案求证，都不容易。外国有人试作种种文化解说。他们的习惯是或者做实地调查，或者做抽象的哲学说明，或兼而有之，有种种牌号。我们不能全照其中任何一套，所以不便挂招牌。由此可见我们也是有选择的，本身也提供了试验材料。

客：假如贴招牌，可不可以说是中国式的符号学或诠释学（解

释学)？就方法说，这是不是像猜谜？从谜面认出谜底，又找出谜面和谜底的关系。这不是因果关系，是另一种关系，符号和意义的关系。从我们刚才谈的看来，我们平常人的考虑问题往往是依照习惯，即所谓经验。经验的组成部分中重要的是作解说。解说的来源一是人言，累积起来的；二是类推，观察得来的。这是我们的演绎和归纳。猜谜的方式和两者不一样，但仍好像是也运用这两者，而又用别的。

主：夸大些说，算是去试破一下中国文化之谜吧。不过只是"破"，不是"解"。希望打破一个洞，不预期揭出谜底。那还办不到，远得很。我们只是大题小做，钻出一个洞。

客：问答过程不必记录，我要退场了。

主：那就算我"独白"，一个人对自己"谈天"吧。

1990 年

轨内・轨外

　　《论语》可以作为一部文学书看，里面有故事，有对话，有文章，用种种形式表达思想。在以简、帛作书的时代里，书面语言不能不简短；这书又是传闻记录，往往残缺不全；又是传授门人弟子的内部读物，不像是对外宣传品，许多口头讲授的话都省略了；因此，书中意义常不明白。自从汉代以来，孔门弟子所传的手册《鲁论》《齐论》等编订成一书，最后又经政府颁布，成为识了字就要读的经书之一。一直到 20 世纪初（1901 年）废除八股科举不用这书作考试题目来源以后的三四十年，《论语》仍旧是读书人最熟悉的。这样一部圣人之书是高高在上的经典，和不识字的多数老百姓的民俗心态应该是离得远了吧？事实并不是这样。不但书中有两千多年前的民俗，而且它成为家喻户晓的书，一直进入笑话、谜语，"雅俗共赏"了。教孩子读《论语》是从前私塾的普遍任务。因为书中充满了"子曰"，教书先生便被戏称为开"子曰铺"的。书中坚持的"三年之丧"守孝成为历时两千多年的丧葬礼俗。书中有些话如"不亦乐乎""四海之内皆兄弟也""欲罢不能""割鸡焉用牛刀"等等，被引用于庄重的或不庄重的上下文里。所以许多不识字的也知道孔圣人的话而且心态相通。我们不妨考察一下这书里的雅中之俗。仍然不挑选，只抽样。

《论语》中称呼人，除用官名或谥号以外，单称"子"的都被认为是指孔子。称"子"加姓的除"孔子"外，曾子，即曾参，有子，也称有若，两处提冉子（《雍也》《子路》），别处仍称冉有。此外，门人都称其"字"（号），如子路、子贡、子夏、子张及颜渊等。对有些人直呼其名而不加称呼，那是不受重视甚至受轻视的。这些不同称呼区别亲疏、尊卑、贵贱，正符合中国从上到下历来的习惯：不同称号表示不同关系，对方的不同地位，错不得。

　　为什么独独有子、曾子称"子"和孔子一样？（冉子称字的多。）可能是这两位的门人记下老师语录也照原样集在孔子的一起未改。编集可能不止一次，作为古书不加改动，传承门派不分明了。这和古代印度不同。他们主要是口传，刻写在贝叶上的很少，而且较晚。他们古时作"经"作"传"和传授诵读的人都是多少有巫师身份的。所传经典包括祭祀仪式。"作法"和咒语，带有神秘意味。口传的经典都以祖师命名，如他氏、鹧鸪氏。内容可有互抄或共同来源，但都有门派标签。这种情况不仅"婆罗门"、"仙人"、巫师有，其他教派的"沙门""法师"也有。中国上古传授知识技能的一些人也不免和巫师有联系，但很快就和政治发生更密切的关系，脱离了巫师地位。孔子说："未能事人，焉能事鬼？"（《论语·先进》）中国拜的神是活人（天子）或死去成神的人，和印度的"天"（神）不同而与"佛"（太子出家）类似。中国很早就烧灼龟甲兽骨做文字，后来又刻、写简书、帛书，不都靠口传，既无保密之必要，也缺少保密之可能。官方文告还铸上钟鼎昭示天下长久保存。（印度只有阿育王石刻诏书。）得到书的人可以披阅，增删，毫无著作权观念。往往编集者也是作者。有时加上一个名人称号作为主编，也算作者，如《老子》等子书。（印度古经书不标作者，有标的大都是后加的。）西汉末期刘向、刘歆、扬雄还在认"古文奇字"校勘古书。到东汉才算定下来。经、子书大都是文集，多少经过整理排比，增删、传承已不明显，不像古印度传经都留下门派标签如汉初情况。《论语》本来也是"子"书之一，和《孟子》《庄子》等是一类。《孟子》里也有别人称"子"。《下孟》（《孟子》下卷）开头出现了告子，以此为章名，口头上这部分也叫《告子》。告子和孟子的对话收在书中，互相辩论，二"子"并称。这样看来，孔子门徒有子、曾子的话也称"曾子曰""有子曰"收在《论语》里就不足为奇了。甚至有人怀疑过，"子曰"的"子"不一定都是孔子。在那多凭口传而书写也不讲究什么著作权的时代里，门人传老师的话夹着自己的话，门人的门人记下来不区分老师和太老师是极可能的。对老师的话有意或无意增删改动不是不尊重老师。把自己的话算在老师头上也不算假冒。这些类似佛经初结集时情况。

为什么要提出这另外二"子"？因为要引他们的话和孔子的话对证，要明确他们的地位。《论语》的编排不一定是经过研究讨论的结果，但《上论》（上卷）和《下论》（下卷）的末章（第十章《乡党》和第二十章《尧曰》）显然和前面的语录体不一样，当然是有意排在后面或后来加入的。《上论》第一章也就是全书开篇，正好是孔子、有子、曾子三"子"都出来"亮相"。有子三次，曾子两次。以后除"曾子"还一再现身外（《泰伯》《子张》），有子再见就称有若而不称"子"了（《颜渊》）。"子曰"都算在孔子名下，不知还有没有"有子"的话了。我们不妨读一读这首篇《学而》中的三"子"。

第一篇共十六章。第一章是最为人所熟悉的。现在能记得《论语》的人不多了。还得抄下来。

子曰：学而时习之，不亦说乎？有朋自远方来，不亦乐乎？人不知而不愠，不亦君子乎？

开头便说"学习"。这个词现在还流行。孔子讲的是什么学习？全书讲"学"很多。明白讲出"学诗""学礼"的也有，可是含混的居多。"吾十有五而志于学。"（《为政》）"虽曰未学，吾必谓之学矣。"（《学而》）"何必读书然后为学？"（《先进》）显然这学是有特指的意义的。讲了"学"和"习"之后，下两句更不明白。什么朋友？为什么要"自远方来"？不被人知道而不生气就算是君子，岂不是要求太低了？为什么对知名度这样重视？不知名的人多得很，个个都会生气，那也未免太小气了吧？

第二章是有子语录。第三章又是孔子的话。第四章是曾子语录，大家都熟悉。

> 曾子曰：吾日三省吾身。为人谋而不忠乎？与朋友交而不信乎？传不习乎？

曾子的话和第一章孔子的话是对应的。试看：

> 孔：学而时习之。曾：传不习乎？
> 孔：有朋自远方来。曾：与朋友交而不信乎？
> 孔：人不知而不愠。曾：为人谋而不忠乎？

两位先生重复了"习""朋""人"，讲的是相同的三样，不过次序互相颠倒。孔子说的，一是学习。曾子说明是复习由传授得来的东西。二是朋友。曾子说明对朋友要着重信。三是别人知不知自己。曾子说明要为人谋而忠。（此为一解。依据他处可有别解。——作者注）

三条指示人的三种关系。一是师徒关系，学习，传授。二是朋友关系。三是自己和别人的关系。

曾子说明了，对人要"忠"，要"为人谋"。那么，孔子说的"人不知"应当是不知自己忠于为他谋。辛辛苦苦为人打算，结果是人家不知道，难免会不高兴了。可是"不愠"，一点也不生气。忠于为人而不求人知道，这样自然可以算"君子"人了。于是孔子的话得到了注解。

"学"的什么？还有"朋友""人"都有所指。指的什么？暂时"悬搁"，以后便知。这里重要的是标出忠、信。第八章孔子又说到"君子"，说了"学"，说了"友"，说了"主忠信"。这又正好和曾子的话相呼应。

"信"尤其重要。且看第四章曾子讲"三省"以后，第五章孔子讲"道千乘之国"，首先就是"敬事而信"。第六章又说"谨而信"。第七章是子夏的语录，又说"与朋友交言而有信"。更明白了。第八章孔子说"主忠信"，又见于《子罕》篇。第十三章是有子语录，头一句就说："信近于义，言可复也。"又提出"义"，将"信""义"连起来了。第一篇中十六章有六章讲到"信"。讲到"学"的五处。讲"不患人之不己知"的还有一处（末章）。此外，讲"诗"一处，是子贡说的。讲"礼"两处，都是有子说的。由此可见，这第一篇差不多是围绕孔子和曾子提出的三条进行讨论的，着重的是交朋友，要求的是要有"信"。这是全篇的一个重点。另一个重点是有子提出的，以后再说。

这个"信"字非常重要。以后孔子还着重说："自古皆有死，民无信不立。"（《颜渊》）宁死也不能失信。又说："人而无信，不知其可也"（《为政》），"朋友信之"（《公冶长》）。孔子这样看重朋友，这样看重信。忠、信相连。信、义相连。忠、信也是忠、义。这使人联想到"忠义堂"，《忠义水浒传》。朋友重义气。义气就是要有"信"。说了话不算，怎么交朋友？孔子、曾子、有子这样看重人我关系、朋友关系、师徒关系，这正是他们当时及以后两千多年中国的重要社会关系。为什么从远方能来朋友？不是普通认识的"点头之交"就算朋友。朋友是"五伦"之一，是以"信"结合起来的，是和师徒关系连接起来的，是有特定意义的。"够不够朋友"不是常用的话吗？中国的帮会不是讲义气吗？从《史记·游侠列传》直到现在的新武侠小说不是讲义气吗？义气就是对朋友要守信。"一诺千金"。《论语》中说"子路无宿诺"（《颜渊》），说子路"好勇"。显然子路有侠客之风。孔子说："由（子路）也好勇过我。"（《公冶长》）可见孔子也好勇。他还再三说到"勇者"。那么，孔子及其门徒看重师徒及朋友关系就不足为怪了。圣贤思想和民俗心态是相通的。

　　这一篇的第三章只记下孔子的一句话："巧言，令色，鲜矣仁。"（又见于《阳货》）

　　仁，据说是孔子及儒家的一个旗号，《论语》里多次提到。可是为什么第一次提到时和"巧言令色"连起来？恐怕也得和上下文中孔子、曾子、有子的话连起来才能明白。"巧言"，讲得好听，靠不住。"令色"，表面态度很好，实际行动却未必。这样的人怎么能交朋友？对待人会怎么样？不用说，向老师学习也不会靠得住。这样的人很难信任。说他"鲜矣仁"，那就是离仁很远。"仁"是为人之道，是理想的人。人的理想，首先要做到曾子天天自我反省的三条，做到孔子要求的"悦""乐""不愠"。一个言行不一、表里不一的人当然不行。那就几乎没有（鲜矣）"仁"，不合为人之道了。"刘关张桃园三结义"经过《三国演义》的宣扬，成为人所共知的标本。"义结金兰"和"拜把子"是朋友结合的最高形式。"与朋友交言而有信"是这一篇中子夏说的话，也是民间历来奉为道德标准的一条。在《论语》中是信、义相连。在《孟子》里成为仁、义相连了。"义"越来越时兴，在民间超过了"忠"和"仁"。

孔子说的"信"不止是从朋友一方面说。第五章说的"信"就是治国之道。以后还讲"民无信不立"等等。圣人的看重"信"和民间的看重"信"是一脉相承的。

"信、义""忠、信""忠、义"以外还有另一方面,"孝、悌"。这就是第二章的有子语录:

> 有子曰:其为人也孝弟（悌）,而好犯上者鲜矣。不好犯上而好作乱者未之有也。君子务本。本立而道生。孝弟（悌）也者,其为人之本欤?

抽象语言符号的意义常出于一种结构关系。"忠、信"对待朋友是社会关系。"孝、悌"对待父兄是家族关系。有子将家族关系和君臣的社会关系联系起来,正是用的"同构"的类推法推理。孝是服从父。悌是服从兄。父兄是上,子弟是下。不"犯上"就不会"作乱"。对"君上"以及他手下的层层官吏,也同对父兄一样。君、父相连,忠、孝也就相连。所以后来的皇帝常"以孝治天下",号召的其实是"忠君"。说官要"爱民如子",实际是要民以官为父。

忠、孝、信、义就是"仁"的要求,为人的基本准则,也是治国要道。"本立而道生"。这"道"就是"天下有道""天下无道"的"道"。

《论语》一开头四章。第一章讲学习,指出师徒朋友关系。第二章讲孝悌,指出父子兄弟君臣关系。第三章讲仁,把"巧言令色"的虚伪不"信"排斥出去。第四章讲出忠、信。第五章讲"道千乘之国",即治国之道,对事、对人、对民的要点,是归结。头五章已经总括了全书的主要符号系统。这就是学习的内容:学治国,学做官。子路说得最明白:"有民人焉,有社稷焉,何必读书,

然后为学？"(《先进》)

"五伦"是君臣、父子、兄弟、夫妇、朋友，为什么以上所讲独缺夫妇？《论语》中只提到选婿、嫁女(《公冶长》)，几乎没有讲夫妇之道。不仅是"唯女子与小人为难养也"(《阳货》)。孔子说，武王的十个臣子中，"有妇人焉，九人而已"(《泰伯》)。很明显，妇人不算人，做了大官，好官，还是不算。对"夫妇"的沉默正是又一条重要民俗。男尊女卑，"乾坤定矣"(《易》)。从妲己、西施、杨贵妃、潘金莲以来，史书和小说戏曲不都是这一条吗？妇女从来是同物品一样可以买卖和送人的。孔子看中了公冶长，就"以其子妻之"，把女儿嫁给他了(《公冶长》)。这是儒家规定了民俗呢？还是民俗规定了儒家呢？恐怕是交互作用而普通人的民情风俗更有力量吧？

孔子、有子、曾子和子夏、子贡等大儒把人和人的关系结构做了"音位"式的排列。不是分析一个个"音素"，而是在所排的音位符号关系上加上"忠、信（义）""孝、悌"等符号而总名之曰"仁"。各种关系的总体结构是平行的"家＝国"，也就是"孝＝忠"。用老百姓的话来说就是上和下、官和民的关系。(恐怕中国无论什么古书都没有完全脱离这个"上、下"符号关系。)孔子要求学习的大概就是这个。这看来是美妙而完整的结构，是国家社会的正轨，也就是"本立而道生"的"道"。他们要把一切人纳入轨道。然而，道路上的轨迹难道是凭空设想出来的吗？

符号大都暗含正负。孔子及其门徒的这一套都是有反面的，大师们未必想到的是，这一套符号结构的"道"同时也可以是反结构的和负面的"道"。"犯上作乱"的梁山泊就挂着"替天行道"的旗子和"忠义堂"的匾额。"造反"的商汤、周武居然是"应乎天而顺乎人"的"革命"(《易》)，是遵循大"道"，当然也属于"仁、义"的圣人之列。这是怎么回事？有子说得好，"道"是对付"犯上"的。"正"是对"反"而言的。

不必去查"乱臣贼子惧"的《春秋》，在《论语》里就有正负两面。开头三句话"不亦"什么"乎"就是不确定的问话。接着是有子说的"孝、悌"，针对负面的"犯上"。随即将"巧言令色"排斥在"仁"以外，也就是负面。再接上曾子的反省，又是三句问话。这和《大学》《中庸》那样肯定下断语是不一样的。《四书》都以孔子为祖师，但并不属于一个门派和一个时期。

孔子设定各种关系的轨道。有轨，就有轨内、轨外。在《论语》中，妇人不算人，而"子见南子"，一个妇人，以致"子路不悦"，孔子发誓（《雍也》）。齐国陈恒"弑君"，孔子要求出兵讨伐，君臣大义凛然（《宪问》）。可是"公山弗扰以费畔（叛），召，子欲往"。惹得子路又"不悦"。紧接着，"佛肸以中牟畔（叛）"，又是"子欲往"，又是子路反对（《阳货》）。君臣名分为什么又不顾了？孔子还答应权臣阳货说要出来做官，说了又不做。对朋友也不那么讲"信"。孺悲不知是不是朋友，孔子不见，"辞以疾"，同时又在室内"取瑟而歌，使之闻之"（《阳货》）。原壤总是朋友吧？挨孔子骂"老而不死是为贼"，还挨了一棍子（《宪问》）。开篇就说"人不知而不愠"，又说"不患人之不己知"，可是后面又说："莫我知也夫！"还叹气说："知我者其天乎？"（《宪问》）又是很想人家知道自己了。前后两"知"虽有所不同，也不大合拍。总之，《论语》中布下了轨道，可又有出轨的言行。这正像"天下有道""天下无道"一样，一正一负。"无道"也有自己的"道"，往往还是那个"有道"的"道"。有"天道"，就有梁山泊好汉"替天行道"，所谓"盗亦有道"。

孔子、有子、曾子依据人的社会地位，把妇女和小人（僮、仆、奴、隶在《论语》中不见。《子路》中一处用"仆"，是指御车。——作者注）排除在外，构成一个关系网，排成一个符号系统。对每一符号的要求算是那个符号的意义。符合要求便可以戴符号，否则不算。这就是"正名"。这系统中的层次是由低而高，由小而大，由家（父、子）而国（君、臣）而天下（天子、万民）。每层各单位中都有尊卑上下。尊者，在上者，代表卑者，在下者，等于全体。全体永远大于局部。在上者高于其他任何个人。天子等于天下。君等于国。父等于家。有大"家"，是掌权贵族的，如鲁国的三"家"，各有家臣，等于小国。普通老百姓的家是父兄做主。同姓的家合成族。家族是一体，荣则俱荣，灭则同灭。全族是一个人。一个人是全族。这不是孔子发明的。秦国对商鞅，秦朝对李斯，楚国对伍子胥的父亲，都是灭族。演成戏的《赵氏孤儿》也是。以后还扩充到灭三族，灭九族，以至明朝永乐皇帝朱棣灭方孝孺的十族。清朝雍正皇帝兴文字狱时株连到族以外。最少的是灭满门，全家抄斩。上有罪，责在下。父有罪，打儿子。从前父亲死了，讣文开头就要说："不孝某罪孽深重，不自殒灭，祸延显考（父）。"下有福也归上。儿子做了官，父母得诰命。贾元春当妃子，修起了大观园。"一人得道，鸡犬升天。"这是中国的历代民俗，不是谁创造的。理论解说是孔门的：全体大于局部，大小系统中的尊、主等于全体。上下必须分清。任何个人都属于一个小系统以至大系统，有自己的符号地位，意义要求，排入森严的上下尊卑秩序。各系统还要区别内外。横向的个人联系算是朋友。一地区的"朋友"是"乡党"，依长幼"序齿"为尊卑。所以"自远方来"的朋友就希罕了。符号要求只规定卑的一面，服从的一面。于是天子—君臣—父子—兄弟—朋友的意义就只是在下的要忠—孝—悌—信。朋友也分上下，排地位，至少得"序齿"。分出长幼也就定了尊卑，如刘、关、张。吃饭、走路都依照序列。讲师徒名分，结"金兰"兄弟，更不用说。这个上下尊卑的系统结构为的是防犯上作乱。下服从上就是不乱，不乱就是治，是太平。这个结构的符号系统就是"道"。"天下变道亦不变"本身是不错的。符号系统好比数学公式，本身怎么会变呢？然而符号的意义会变，戴着符号的人更会变，好比天空不变而日月星辰时刻都在变。符号不变不过是"纸上空文"。正系统背后永远有个负系统。孔子及其门弟子排出这个系统，作出理论解说。诸子百家都没有做到这一点，所以永远只能在治国中处于从属地位。秦始皇不懂其中奥妙，不知儒生讲往古是说未来。他想自己另创一套。没有民俗依据的不能成功。结果还是未出孔门圈子。公羊氏《春秋》和《易》"经、传"加上方术的"天"论，指示了以后两千多年的民俗心态。

这种符号叫作"名"。"正名"是"为政"的大事。对于"名"，古往今来几乎达到迷信的程度。可是和许多外国不同。例如印度人迷信神名以为不断念诵可以得福，至今还用神名罗摩做问候词。口诵罗摩如同口诵阿弥陀佛。诵佛号传进中国，只因那是称号，不是名字。外国人名可变地名，如华盛顿。中国人不习惯。父名、帝王名、圣人名、神名、尊长名都是不许上口的。皇帝名不许写全，要"敬缺末笔"。太上老君、关圣帝君，不叫李耳、关羽。对朋友只称字（号）、官职。对古人也同样。李太白（白），杜工部（甫）。秦始皇命令讳他的名字，这不过是表达中国人对名的心态：重视，于是忌讳。

名分之名只是符号，可戴可摘。《春秋》有一条记事："郑伯克段于鄢。"《左传》的解说，大家比较熟悉。段是郑伯的弟弟，为什么不说？"段不弟（悌），故不言弟。"他不遵守为弟之道，即不合"弟"的符号的意义，所以剥夺了他的"弟"的称呼，不管他的血统如何。于是名常不符合实。是弟可以不叫弟，不是弟也可以叫弟，如结义兄弟。有"殉名"，也有"冒名"了。溥仪三岁登基照样是皇帝。大臣拜他，拜的是皇帝名位符号，不是拜三岁小孩。对于"名"的迷信，上上下下千百年似乎没有"疲软"趋势，仿佛

"天"不变"名"亦不变。当初孔子一提"正名"，子路就说："有是哉，子之迂也。"于是孔子讲了一篇大道理（《子路》）。他的主张是人的身份必有符号。人必须符合符号的意义。不然就"言不顺"，"事不成"。要求是"君君，臣臣，父父，子子"（《颜渊》）。这是孔子的"名"论，亦即符号论。他那套理论看来已成为民俗，可又不是民俗。孔子和子路的主张都在民俗心态中，不过是一正一负。名不变（正名）而实可变（不迁）才是重名的真相吧？

中国重符号。人生而有符号。无人无符号。符号往往可以决定一切。要变，只有"多年媳妇熬成婆"。人生出来就定名为"子"。出生于什么家，就是什么人。周围的关系都定下了，而且一成不变。印度人信轮回，经佛教传到中国来。那是一切由前生定。中国是一切由出生定。（参看范缜《神灭论》论战。）佛教的轮回可以由今生定来世，给了一点点主动权。中国则没有。生下来戴上什么符号就定了终身。不管前世来世。这是由家族及周围一切人定下的，毫无自主权。（似印度教种姓。）要修来世吗？那就念佛吧。只有靠佛力、外力，才行，自力非常有限。说是可变，其实不许变，不能变。佛教开的通向未来的口子补了缺，得到了信仰，可是没起多大作用。倒是讲前生注定适合中国的符号论需要，有利于由"正名"达到"太平"的轨道，所以接受得很顺当。休要埋怨了，是"前世造的孽（业）"啊。正续《红楼梦》不都是在这上面兜圈子吗？薄命司的册子早已注定了。

孔门诸子所定下的，提倡的，符号系统的具体规定取名为"礼"。（"乐"是配合"礼"的仪式节奏的。）要知礼，行礼，守礼，但同时有负号的"非礼"。礼是正，由上而下的是顺。反之为邪，即叛、逆、反。顺，要"上行下效"，"草上之风必偃"（《颜渊》）。不妙的是邪也可以自上而下，同样"上行下效"。从孔子以前的汤、武算起，一直数下来，历史上"在上者"的"邪"行不会比"在下者"少。原因很简单。"下民有罪",上面有层层官吏直到帝王来加罪;而上面有罪,只好等候上天降罚,或则什么人替皇帝写"罪己诏",说一声"万方有罪,罪在朕躬"(《尧曰》《书·汤诰》),"百姓有罪,在予一人"(《尧曰》《书·泰誓》)。最多不过打一下龙袍。这很靠不住。靠得住的,历史上常见的,是"以毒攻毒",或自宫廷,或自下层,不计其数,人所共知。所以有轨内就有轨外,有合轨就有出轨。历史的妙处在于符号系统可以照旧,"名"不变,"道"亦不变。从前人常称"名教",真不错。照现代语意义说就是符号的宗教。恐怕这正是孔门学说对于治国胜过所有诸子之处。他不是得天下的,是"平天下"的。"天下有道则见(现),无道则隐。"(《泰伯》)

由此引出另一个问题。人究竟有无自主选择可能?大体上看,人总是按照自己周围的群体的习惯而思想行动的,所谓自主不过是在不同习惯之间的选择。可供选择的很有限。(所以外来的有时会帮点忙。)但选择仍然往往是依照不自觉的原有习惯。(所以外来的不一定进得来。)假如一切都已天定,命定,无可选择,那就听命了。于是想"知天命"。(《论语》中一再提到。)不能改也想知,要知道指示行动的习惯轨迹。这问题,不算《诗》《书》《易》,从春秋战国起就有许多人,不仅是知书识字的人,大伤脑筋,有种种想法,出种种主意。孔子作《春秋》是对史事和人加符号以见天命。《论语·微子》篇中又记下了和孔子言行不同的人。不同在于认为天命中有无选择余地,能不能"知其不可而为之"(《宪问》)。汉代以后,宋代朱熹重"理",陆九渊重"心",张载重"气"吧?到明代王阳明大倡心学。明清之际王夫之发扬张载。都说是尊孔,那么争的是什么?重要的就是选择性问题。理学一套比较清楚。王符号的秩序系统早已排定,负的是邪。邪不胜正。所有的邪都得压抑下去,以确保符号秩序。即使邪胜了正,也还是邪。符号不能改。蜀汉、五代、南宋，不论疆域、权力大小，都是天子，正统。不应有选择也无可选择。选择的意思是在正负号或正邪之间，只许正，不许邪。心学认为可有选择，认为心，即多年多人所形成的每人都有的习惯心态，是正号的，可信任的（良知、良心）。正可胜邪。两者相较，当然是不许选择的理学更显出符号的尊严和上下秩序的安定。因此从元朝到明清朱学大盛。但心学的信从者也不少，而且见之行动更易见效，结果被认为是"乱"源。两者同为众人所知。"天理、良心"流传众口，两者都要。张载、王夫之等说得较难明白，所以一直不占上风。王夫之的书题为《俟解》。黄宗羲的书题为《明夷待访录》。他们知道自己的想法只有在将来才用得上。这些人都尊重孔子名号下的符号系统，只是对正负符号的变和不变有分歧意见。说的是宇宙面目，想的是人生途径。

在《论语》中，孔门老师及弟子除了讲修身、齐家、治国、平天下的符号程序外，还教人如何处世待人，即世故。这不仅是对待朋友用得上，而且不必书本，可以口头辗转相传，所以传得更广。讲大道理的可以总括为说"仁"。讲世故或处世小道理的总其名曰"智（知）"。《孟子》以讲大道理为主。《荀子》兼及世俗，以大道理讲小道理。《庄子》是把小道理讲成大道理。《老子》是内部口诀，当另案办理。诸子的书各有听话对象。例如孙吴兵法是给将帅看的。商君、韩非挂名的书是给帝王及其辅佐看怎么富强得天下的。《论语》供门人读，分别仁、智。这个分别一直传了下来。"仁者见仁，智者见智。"讲这一方面的话散在各篇。如："知之为知之，不知为不知，是知也。"（《为政》）"成事不说，遂事不谏，既往不咎。"（《八佾》）都是处世之智。将仁者智者并提的先是指对待"仁"的态度。"仁者安仁，智者利仁。"（《里仁》）一个以"仁"为目的，一个以"仁"为手段。君子与小人对照。仁者与智者并列。智者并非小人，但不是仅以"仁"为自足，而以"仁"为"利"。

一个好像不计较，一个明显有计较。两者对比："智者乐水，仁者乐山。智者动，仁者静。智者乐，仁者寿。"（《雍也》）还可加一个勇者作陪。"智者不惑。仁者不忧。勇者不惧。"（《子罕》《宪问》）但是"仁者必有勇。勇者不必有仁"（《宪问》）。可见勇者比仁者低些。到了《中庸》便成了"智、仁、勇三者，天下之达德也"，三者并行了。《论语》教仁和智。前者是治世之道，后者是处世之道。想来在春秋战国之时，若真正不智而迂，只怕不但不能周游列国，连命都保不住的。"子畏于匡。"（《先进》）"在陈绝粮。"（《卫灵公》）所以还得有智又有勇。大概也由于这一点，先秦诸子书里少不了教人怎么认识世界，怎么对付种种人。

《论语》中流传众口的警句极多，大都是世故。例如："不在其位，不谋其政。"（《泰伯》《宪问》）"道不同不相为谋。"（《卫灵公》）"小不忍则乱大谋。"（《卫灵公》）"欲速则不达，见小利则大事不成。"（《子路》）"人无远虑，必有近忧。"（《卫灵公》）"死生有命，富贵在天……四海之内皆兄弟也。"（《颜渊》）"己所不欲，勿施于人。"（《卫灵公》）等等。

《季氏》篇第一章是孔子和冉有、季路（子路）的一番对话，不但是极好的文章，标准的中国式说理辩论，而且其中许多话几乎是人人"耳熟能详"了。如："不患寡而患不均，不患贫而患不安。""既来之，则安之。""吾恐季孙之忧不在颛臾而在萧墙之内也。"这一篇中还有些总结性的话。如："益者三友，损者三友。""三愆""三戒""三畏""九思"。

　　君子有三畏：畏天命，畏大人，畏圣人之言。小人
　　不知天命而不畏也，狎大人，侮圣人之言。

短短几句话把轨内和轨外亦即君子和小人的神貌对比出来了。

314

怕"大人"犹可说也，怎么怕"圣人之言"？想一想，"大人"可怕，不过一时，"圣人之言"，一句话，"不虞之誉"，不测之祸，都会随之而来，而且能使千百万人千百年间由这句话得祸或得福，这岂不可怕？可是小人就是不怕。一个"狎"字，一个"侮"字，不在乎的神气跃然欲出，真是"肆无忌惮"。"狎""侮"就是瞧不起。什么"大人""圣人"，全不在话下。对天命是因为不知所以不畏，"无法无天"。"你管得着吗？"这可以只是心里话，不一定说出口，见于行动。口头上"是，是，是"，心中另有想法，只盼"有朝一日"。这三不畏和那三畏岂不是几千年来识字的和不识字的人的一种心态？孔圣人总结于两千几百年前，而后来的无论是《资治通鉴》或者《海上花列传》都大量表现出这种心态。像这样的"圣人之言"可以说是正确到了可怕的程度了。

《述而》篇中有一章不妨全抄下来：

> 互乡难与言。童子见。门人惑。子曰：与其进也，不与其退也。唯何甚？人洁己以进。与其洁也，不保其往也。

孔子见互乡童子，不仅是圣人的门徒当时大惑不解，需要老师亲自说明，后来的大贤朱熹在注中说，"疑有错简""疑又有缺文"，看来也是不大明白。那么，我们怎么能懂？如果说文化有轨内轨外之分，或君子小人之别，这里正是两者的交错点，交换站。因为轨内轨外不是两种文化而是一种文化，甚至不好说是两面，只好说正号负号。两者经常交错，交换，或说"交流"，即交互发送并传播信息。孔子在这里"以身作则"了。"互乡难与言"，不知是怎么回事，总之是不好说话。居然有个互乡人，而且是童子，大概是青少年吧，不知身份，来和孔子相见了。可惜相见时的对话和见前见后的因果都没有记下来。这当然是孔门弟子坚守轨内，只记圣人之言，尽量不记"非圣"之言。这无可厚非。从孔子的解说中可以看出，这次见面，双方并无不满。互乡童子并没有"狎""侮"圣人。这叫作"洁己以进"。干干净净地来了。当然圣人也就"与其洁也"，加以承认与接待了。至于这个来客的以前以后是不是不"洁"，有什么"不轨"言行，那圣人是"不保"的。这就是"既往不咎"（《八佾》）。圣人的宽大为怀其实是处世之道。"唯何甚？"又何必过分？过分了，对人对己都没有好处，大家只看眼前洁不洁心里明白就是了。"眼不见为净。"这就是圣人的"无可无不可"（《微子》）。洞察并且表达这样的民俗心态恐怕只有圣人才能做到自自然然，毫不勉强。门下贤人以及大儒朱夫子坚守轨内轨外森然有别，对这种交换信息方式迷惑不解也是不足为怪的。与此对比，庄子未免太露形迹，看得出是装糊涂，所以他不能成为圣人。老、庄都不要当圣人，也不是当圣人的料。

《论语》确实是包罗万象的百科全书，总结了春秋战国时期的上上下下君子小人的民俗心态，又在以后两千几百年间大大影响了后来的人的言行心态，不管识不识字都在内。不过孔子及其门人毕竟是两千几百年前的人，而且这书不是一人一家的专门著作，记录不全，"微言大义"太多，只能作为线索，要查考文化中的民俗心态还得再到别处去。

1990 年

无文的文化

南朝梁代昭明太子萧统主编的《文选》是中国最早一部文学作品选集。隋唐以后读的人越来越少了。现在的人大概以为这书注重文学形式，是骈俪的文和雕琢的诗的合集，思想不高，语言太难，更加不去读了。问题是：这样一部很"文"的书里有没有无"文"的文化？

不识字人的文化和识字人的文化是不能截然分开的。文化的记录是文字的，但所记的文化是无文字的。文字的文化发展自己的文学。无文字的文化也发展自己的文学。有文字的仍然在无文字的包围中。试从这里窥探一下。

很文的《文选》不收汉代王褒的《僮约》，可能因为它俗而不雅。但不雅的供词收进去了。这就是那篇《奏弹刘整》。这属于知道的人少而读的人更少的文章一类。

《文选》收入各种文体，包括公文。其中有"弹章"，类似检举信或起诉书，不过是官对官的。以前的御史官的责任和权力就在于弹劾官吏，动不动就"参上一本"。他们是"言官"，专职是对皇帝"进言"。这在小说戏曲里很多。"参"奸臣而受害的御史是好官，得到同情。老百姓除造反或侠客行刺外无法打倒贪官，只有告状；告不上"御状"，而且百姓告官有罪，只能盼望"清官"去对

"贪官"参上一本。包公的名声多半由此而来。他"参"了驸马，还"参"到皇帝，闹出"打龙袍"的戏，使皇帝认了不孝之罪。这是无文的文人所编造而无文的老百姓所喜爱的故事。这种弹劾的事名为替皇帝监察，实是给老百姓开一个出气阀门，减消想造反的怨气。这事本身是在官民之间通气的，也是有文和无文的交会之点。弹劾的是什么呢？可看"弹章"。《文选》收了三篇，都很有意思。一篇是沈约的，两篇是任昉的。内有供词的是弹刘整的一篇。作者任昉和昭明太子同时。

皋陶是中国的第一任大法官吧，他怎么审案子的？《尚书》的《大禹谟》《康诰》《吕刑》中有些法学原则和律文，但没有案例。《论语》记孔子说子路"片言可以折狱"，又说"听讼吾犹人也"（《颜渊》）。怎么"听"的？怎么"折"的？怎么起诉？怎么问口供？很缺。有的是判案、定罪、行刑，犯人在就刑前讲什么话，如《史记》中记李斯的话，没有过程。后来有了侦察，"私访"，见于公案小说。有了判词，如唐代张鷟的半真半假的《龙筋凤髓判》。但审案的全过程很晚才在小说戏曲中出现。最早的供词记录和检举状见于文字而且被认为文学的恐怕就是这篇《奏弹刘整》了。

审问案件的衙门正是有文的文化和无文的文化的交会点。问案的，写状的，记口供的，写判决书的，不用说都是识字的有文之士。犯人、证人、衙役、公差等人恐怕未必识多少字。宋江当押司，能作"反诗"，也不像是读过多少书的。问案的人中，若是刑名师爷，或科举正途出身的，那是有文的，但也有不少是不知怎么当上官的，不见得有文。官越大越靠不住，说不定是什么王爷、军爷，甚至是太监，如《法门寺》戏中的刘瑾，虽则识字却未必读书，一样能决人生死，或打板子，流放。所以公堂之上乃是中国文化的荟萃之处。有文的，无文的，讲理的，不讲理的，统统在这里。再加上案前、案后，堂上、堂下，那就是文化广场，表演民俗心态的广阔天地。可惜只有晚清小说及戏曲有些较多的描写。以前也只是在笔记之类书中有据说是真实的记录。戏曲中关汉卿写了不止一篇问案子的戏。堂而皇之进入史册配合刑法志的似乎不多。进入文学的只怕这篇对刘整的弹章是头一份，离现在已经一千五百年左右了。

刘整是什么人？被弹劾的是什么事？他不过是一个"中军参军"，和寡嫂为产业吵闹，嫂子告了小叔子。所争的是几个奴婢，有公用的，有分归两房的。小叔子把分给侄子的奴和婢占为公用，将一个婢子卖了又不分钱。有个婢子偷了寡嫂的东西，小叔子不认，反而全家去嫂子屋中"高声大骂"。叔打侄。嫂子出问："何意打我儿？"小叔又叫婢子："何不进里骂之？"婢子便动手冒犯女主人。这篇弹章除首尾外全是录诉状原由及审问奴婢所"列"供词记录。虽非口语录音，记录简括已经文言化，但尚存奴婢口气"娘云"。这本是极其微小的事，似乎值不得上奏朝廷，惊动皇上。但由于犯者是个官，以致惊动了"御史中丞"以"笔"（非韵文的公文、应用文）著名的任昉。他开口便说马援当年对嫂子如何恭敬，"千载美谈，斯为称首"。（这两句曾在《镜花缘》中讲双声叠韵时引过。）随即"顿首顿首死罪死罪谨案"，抄录诉状供词及审问吏议。以后加上"臣谨案"，认为被告本非贵族，"名教所绝"，因为是"前代外戚，仕因纨袴"。他这样对待嫂侄，"人之无情一何至此！实教义所不容，绅冕所共弃"。所以建议罢官，治罪，"悉以法制从事"。最后是"诚惶诚恐以闻"。

关于这篇弹劾公文的文章及其社会内容这里不论。要提请注意的是雅俗相错，贵族与平民互通。"名教""教义"是要隔绝，而隔绝不了。文中说的"无情"的"情"指的其实是"孝悌"之礼。"情"生于礼。礼规定了"情"。父母死了，"哀毁骨立"，这就是"有情"。不敬兄嫂就是"无情"。"无情"与"无礼""无义"是相

319

连的。"情"在礼中，不能越轨。礼规定"嫂叔不通问"（《礼记》）。现在"高声大骂"，当然是"非礼"，也就是"无情"。何况又是平民出身靠裙带关系做的官？关系在前代，现在靠山倒了，他就不配做官。文中首先强调指出他的身份。平民而又"无情"，这就是犯法，要治罪，罢免官职。可是为什么官民，主奴，雅俗，文白，都混在一起了？很明显，礼和"名教"定下轨，正是因为事实上无轨。由于"无礼"，才有"礼"。少数的"文"是处于多数的"无文"之中。因此，第一部将自周至梁八代诗文"略其芜秽，集其清英"（《序》）的《文选》也不免收入不文的供词。

这类不文或"无文"的文化常被称为民间文化或下层文化，并不确切。若单指文学，没有用文字记下来的叫作"口头文学"还可以。记下来而不为文人、雅人、高人所承认的称为"俗文学"就有些勉强，因为其中有不少是文人喜爱以及自己创作的。如词、曲、小说在古代只是不入官方考试，并不是不入文人书斋。至于比文学范围更广的文化，那就从来不专属于上层或下层，也不是只在民间，而是遍布于全国、全社会。前面提出了衙门、公堂，并以古代有文字的文学的一个高峰《文选》中的一篇弹章为例。不妨再多想一想，所谓民间文学不是有许许多多是起于下而兴于上的吗？远的如《诗经》中的"风"是怎么采集保留下来的？是不是经过有文之人（如号称"删《诗》"的孔子）整理、修饰以至改写（去方音、方言）的？楚王不是有优孟当面表演，五代后唐不是有"伶官"吗？近的如京戏，西皮、二黄入北京以后，不是慈禧太后特别欣赏还在颐和园中修一座大戏台吗？"小叫天"谭鑫培等著名戏曲演员不是当"宫廷供奉"侍候"老佛爷"吗？怎么能限于"民间"呢？

"文"和"无文"的文化的极高交会之处首先是宫廷。

从秦始皇到清宣统皇帝，有几个皇帝是能文之士？恐怕还是"无文"的居多。识字的也不过是能批奏折而已。读书能文的皇帝，从秦始皇算起，紧接着的项羽、刘邦都不好读书，不喜儒生，不过各留下一首歌词：《垓下歌》和《大风歌》。严格说也不过是古代的"顺口溜"，是配乐歌唱的。汉武帝有《秋风辞》。他和唐太宗同是能文能武的大皇帝。曹操、曹丕都在诗人之列，但没有一统天下。唐玄宗长于文艺，尤其是乐舞，政治不大及格。词坛盟主李后主，工书善画的宋徽宗，都是亡国之君，当了俘虏。词人李中主也去帝号称臣。赵匡胤、朱元璋不必提。忽必烈是蒙古族人。明成祖虽修《永乐大典》，仍是武胜于文。只怕算到满族的乾隆皇帝就数不下去了。有"文"的皇帝实在是寥寥可数。皇帝"无文"也不一定是坏事。有"文"的皇帝懂"文"，也不一定对文化有利。

皇帝本人以外，他周围的人更是无文者众。后妃有文的极少。宫中最多数的人是太监和宫女，其中有几个识字的？"御沟流红叶"是真有其事吗？是真的，也是因为希罕所以名贵。从秦汉到明清，太监对于皇帝的影响之大是无法估量的。第一名，指鹿为马的赵高就是"宦官"。唐玄宗信任太监高力士超过诗人李白吧？魏忠贤有文化吗？他那么善于弄权，能够使"生祠"和干儿子遍天下。这也是文化，不过是无文的文化，不学而有术的文化。清末的李莲英更不用提了。

政治上最高位是皇帝，文化上道德上最高位是圣贤，都不免于在无文的文化的包围之中脱身不得。孔子见南子，这位夫人有的也是无文的文化吧？有一个比较完全的故事记在《明史》里。记事简单而意义丰富。看来虽不一定全是"实录"，也不会是神话传说，大概是基本属实吧。不妨多说几句。这是明代大贤人，哲学家、政治家、军事家、文学家，影响远大的王阳明（守仁）的事。不多查书对证，只据清朝官修的《明史》所说。

王守仁五十七年的一生，在《明史》中是领兵打仗的武人，也是讲学出了格子的学者，又坎坷，又通显，门人弟子满天下而不断受谤毁，真是个奇特人物。且看他和无文的文化的密切关系。他中了进士，做了官，因得罪掌权的太监刘瑾（京剧《法门寺》里的那位），被打了一顿"廷杖"，居然没死，发配到贵州去当龙场驿丞。名为起码的小官，连住房都没有。朝廷换了正德皇帝（京剧《游龙戏凤》中的那位），刘瑾倒台。他又升官到江西，带兵用计将一些多年反抗朝廷的山寨平了下去。宁王朱宸濠在南昌造反。他用计骗了宸濠，趁虚直捣南昌，抓住了打向安庆、南京的反王。从集结兵力到全胜只用了三十五天。这样的大功反而是大罪。因为青年皇帝要南下游逛，自封"威武大将军"，"御驾亲征"，岂能半途而废？（皇帝而要自封将军，可见其文化程度。）皇帝左右的太监自然想害死这位忠臣以便冒功。王守仁利用太监内部的矛盾，私下找到一位地位较高的老太监，交出反王，并由他暗通消息，免除祸害。他和太监以及所谓"贼寇"打的交道不少，接触到上层下层的无文的文化。他不仅能文，而且能武，会射箭，善用兵，尤其会用计。除了第一次对刘瑾有点呆头呆脑以外，以后就精明强干简直是诡计多端不亚于诸葛亮了。他骗过"贼寇"，也骗过皇帝。他到了"天无三日晴，地无三尺平，人无三分银"的贵州，也便是唐代诗人李白流放的夜郎，在穷乡僻壤中和苗族、汉族的乡下人打成一片，由当地人给他盖房子住，来往密切。这时没有书读，他"温故而知新"，恍然大悟，反了当时定于一尊的皇帝本家朱熹的学说，表面上说自己是继承了"朱子晚年定论"。这以后的王阳明和弹劾刘瑾挨打下狱贬官时判若两人了。转变的关键时刻正是在他和无文的苗族、汉族等山野之人密切接触的时候。他的真正老师恐怕还是那些无文之人。他的学说可能也是为他们而发。他的弟子中就有手工艺人。试问：他的《大学问》的哲学从何而来？他的会用兵、会用计，会对付太监、皇帝，会对付反王、造反的少数民族和"寇贼"的本领从何而来？一是无文的太监供给他这一面教材。二是无文的苗、汉兄弟供给他另一面教材。无文的文化培养了这位有文的文化中几百年间出一个的大人物。他得到了无数的赞声和骂声。空间远到日本，时间近到距今不到一百年前。他一死，朝廷给他的结论是："夺伯爵以章大信，禁邪说以正人心。"他平叛有功封了伯爵，一死就不算了，还是"章大信"！"信"在哪里？直到嘉靖皇帝死了，他又得到平反，升了一级，追封侯爵，给了谥号。可是还不能"从祀文庙"，陪孔圣人吃冷猪肉。隆庆皇帝又死了。万历十二年，他才进了文庙，算是孔门正统弟子为皇帝所承认了。然而清代乾隆年间官修的《明史》在他的传后作结论，只称赞他是武人，说明朝一代"文臣用兵制胜未有如守仁者也"；仍说他"为学者讥"，有"流弊"，终于至今也未能成为儒家正统。这是不是由于他的文化思想过于接近无文的老百姓甚至"野人"呢？可是孔子也说过"先进于礼乐，野人也"（《论语·先进》）。文野之分，这里就不必深究了。怪就怪在他平"叛"而被认为"叛"。（王守仁还在小说《七剑十三侠》中充当统帅。）

现在再来看《文选》。其中作者差不多都是官，还有帝（汉武帝刘彻，魏武帝曹操，魏文帝曹丕）王（陈思王曹植），应当是上层文化、官方文化、有文的文化，决非民间无文的文化了。那倒不一定。假如不存成见，就会承认有文和无文互为表里，可分而又不可分，正如人体可以解剖区分而生理、生活一人实为一体。这样来看，除文字语言用了比口头方言笔下异体能传播更远更久的通用语（文言）以外，无文的一般人的文化到处都是，赋、骚、诗、文中全有。许多话都已变为成语，流传千载，至今才有点断绝迹象。随手举例，翻到《六代论》，据说是曹同写给魏代掌权者曹爽（后被司马懿所杀）看的，读的人不多。文中有"百足之虫至死不僵，扶之者众也"。其中的前八个字不是现在还有人口头讲吗？可惜后半句实在是用意所在反而不传。这又是为什么？是不是像曹爽那样的人多，不爱听需要群众扶持的话呢？这是不是成为习惯的心态呢？爱听什么和不爱听什么都是心理趋向。紧接这一篇是《博弈论》，是针对吴国当时盛行下围棋而写的。这更是民俗了。同时也是"官"俗。这篇文中反对下棋的理由，一是耽误时间，二是耽误功名，不能升官发财。这第二条是主要的，因为"大吴受命，海内未平，圣朝乾乾，务在得人"。"一木之枰，孰与方圆之封？枯棋三百，孰与万人之将？"如果"世士移博弈之力"，"用之于诗书"，就成为圣贤；"用之于智计"，就成为张良、陈平；"用之于资货"，就成为大富豪；"用之于射御"，就成为将帅。而下棋"胜敌无封爵之赏，获地无兼土之实"，都是空费时间。这样看来，下棋的人都是绝顶聪明的人，只要不"妨日废业"下棋，把才智用于升官发财为朝廷所用，那就好了。这也就不怪吴国当年围棋大盛，至今还传下不定真伪的吴王孙权诏吕范下棋的棋谱了。此外，挂名宋玉的那篇《招魂》不是地道的民俗吗？《古诗十九首》中那首"青青河畔草"连用叠词，形式新颖，结语竟是"昔为倡家女，今为荡子妇。荡子行不归，空床难独守"。这不是大有现代诗风吗？《文选》中的民俗心态真是说不完道不尽。文辞古，那是一千五百年到两千年以前的古人写的啊。可是心态呢？也那么古吗？

不过语言符号有一种特异的功能。同样意思有时换个符号便走了样，甚至大变样。例如《离骚》二字照注解正相当于"倒霉"，但不能更换。"朕皇考曰伯庸"不过是"我的爸爸叫伯庸"。两句又岂能互换？古诗文的语言换成现代语只能当拐杖，不能代替。代替了，会成为另外一回事。甚至不换符号也能变样，成语不是常常被人变了原意使用吗？语言文字确实是障碍，可不是那么难通过的障碍。大家不读《文选》也许是被一开头的《两都赋》《三都赋》吓怕了。其实这是做样子的。一开张必定要锣鼓喧天。一开篇一定有一番大道理。一进午门就是富丽堂皇的三大殿。开始必须说："赋者，古诗之流也。"这不等于赋都能读。越到后面越好读，好比过了大殿是后宫。赋的最后栏目是"情"。《高唐赋》《神女赋》《登徒子好色赋》《洛神赋》都出来了。有什么难懂？又何必逐字逐句要求都能讲给别人听？"增之一分则太长，减之一分则太短。""此女登墙窥臣三年，至今未许也。"(《登徒子好色赋》)真是"俗"得可以"白"得够瞧吧？读是自己读，各人有各人的所得，或说体会，何必管人家？我不是提倡读《文选》，不过是想减一点误解的成见罢了。

《文选》赋中缺了陶渊明（潜）的《闲情赋》。这篇未入昭明太子主编殿下的"法眼"，也许是由于"人言可畏"，有舆论压力，不愿改变陶公形象吧？"愿在裳而为带，束窈窕之纤身。"想变成带子束在她的腰上。"愿在丝而为履，随素足以周旋。"想变成鞋子跟着她的脚到处跑。变成这样，变成那样，总是会被抛开，不能时刻不离。这实在太浪漫了，过于现代化了，"超前"了，所以不得不割爱。陶大隐士清高飘逸，为什么要作这篇赋，以致后人说"白璧微瑕"？这就要看赋的本文。"闲"是"防闲"之"闲"。子夏说："大德不逾闲，小德出入可也。"(《论语·子张》)"闲"就是栏，拦住。只"闲"大德，不"闲"小德，何等开明？陶老先生要"闲"住"情"，可是只在开头点了一下，全文大部分都是描写"情"的幻想。这好比暴露阴暗面之前有一顶光明大帽子，实在压不住阵脚。这样的"穿靴戴帽"点出用意，或者还不明点而暗指，是不是我们的讲话、作文、作诗、著书时不知多少年多少人留下来的一种习惯，一种不必有意学而能心领神会不由自主就运用的方式？这算不算是民俗心态？《水浒传》的"石碣天文"排座次，《金瓶梅》的死后因果讲报应，"只是近黄昏"，"更上一层楼"，诸如此类数得过来吗？

《文选》有个"连珠"栏目，只选了陆机的《演连珠五十首》。

"连珠"是汉魏六朝的一种文体，后来没有了。据说许多人都作过。这种文体是骈俪对句，"辞丽而言约，不指说世情，必假喻以达其旨，而览者微悟"。"欲使历历如贯珠，易看而可悦，故谓之连珠。"（《汉书》）所选的陆机的五十首并不是不明说用意，只是将格言加上比喻，排成对句。这种文体看来只讲求形式，实际是会触犯忌讳的。《南齐书·刘祥传》（《南史》同）说，刘祥有狂士习气。"见路人驱驴，祥曰：驴！汝好自为之。故汝人才皆已令仆（做了大官）。"著《连珠十五首》以寄其怀。《南齐书》全引进去了。《南史》只引了几句："希世之宝，违时必贱。伟俗之器，无圣则沦。是以明珠（《南史》作鸣玉）黜于楚岫，章甫穷于越人。"说楚人不识珠玉，越人不戴帽子，当然有诽谤嫌疑。全文末尾竟说："破山之雷不发聋夫之耳，朗夜之辉不开蒙叟之目。"指斥盲聋，皇帝竟然以为是骂他而大怒。"有以祥《连珠》启上（皇帝），上令御史中丞任遐奏其过恶，付廷尉。"还算好，"上"没有杀他，叫他"万里思愆"，充军到广州悔过。他不得意便喝酒，死在那里。《南齐书》载了他的自辩辞，未加评论。这也算是一次文字狱吧？这样的事古往今来还少吗？"连珠"尽管后来没有多少人作了（现代仅俞平伯作过）这类自以为或被认为暗藏讥讽的"黑话"，在文人笔下和不文之人的口头还是难免出来。这是不是也可以算是一种习惯或民俗心态呢？

任昉弹章中"谨案"以上先说"顿首顿首"还不够，要加上"死罪死罪"。不仅弹章奏折，在这前后的"书、启、笺、上表"中也有。陆机的《谢恩表》，刘琨的《劝进表》，任昉代人作的"表"，杨修给曹植的，繁钦给曹丕的，陈琳给曹植的，吴质答曹丕的，阮籍代人写给司马昭的，谢朓给隋王的"笺"也都有"死罪"字样。此外，东汉《乙瑛碑》《史晨碑》中有。王羲之传下来的帖中有些是给人的便条式的信，也常称"死罪"。那些没有写"死罪"的信可能是作为文章传抄时删去了。有的以"云云"代替这种套语。还有"臣亮言""臣密言"是否简化？汉魏六朝时有这规矩。大概是为了严格区分尊卑上下名分而且杜绝臣下互通消息吧？叫你讲话你才讲，不叫你讲话，自行发言就是不敬尊长，就有死罪。所以对皇帝上奏章言事要"冒死以闻"，要"诚惶诚恐，不胜战栗屏营之至"。（《西游记》中孙悟空丢了金箍棒后见玉皇大帝时也说过这话。）互相通信难免有密谋，更是死罪了。难道先声明犯了死罪就不算犯罪了？说了不一定不会得罪，但不说就一定得罪，所以还是先声明为好。这类套语本身没有意义，只是作为必不可少的附加物才有意义。不能用错，必须适合名分、身份。后来不写"死罪"，换了种种辞令。直到清末民国初，写"八行"信还要在"阁下""足下"等称呼后写上"伏维""恭维"等套语，用四六对句颂扬一番。由此，"恭维"一词竟到了口头上成为带虚伪性的称赞的别名。这类套语有了不怎么样，没有可不行，错了更不行。收信人不一定看，但若看出毛病那又非同小可。语言用词多变，这格式，这道理，很难变。外国也有。例如英国 19 世纪狄更斯的小说《大卫·科波菲尔》中人物米考伯就会这一套，不过在小说中已有讽刺意味了。书信的意义是传达信息，却有种种体式限制。《文选》中分表、上书、启、弹事、笺、奏记、书、移书等栏目，上对下的诏、册、令、教、策问以及檄还不在内。有这样繁杂的体式，所以写信也是一门学问。由此可见，怎么讲话是不容易学好的。讲那可以不讲而又不得不讲的话具有特殊意义，说了和不说大不一样。说出来的话是表明关系、身份、口气、态度少不了的。通讯或说交流信息必有双方。收讯一方注意的首先不是信息而是传信息的人，人的关系。信息的意义往往随身份关系而有变化。这表现于态度。套语正是态度的载体。因此，不重要的套语就显得重要了。所以说了等于不说的"死罪死罪"之类的话还是非说不可的。不仅书信，可以说所有的诗文都不是仅仅写给自己看的。连日记也会被人拿去看，甚至发表。所以有的信和日记是写时就想到成为著作的。读《文选》不妨从这类书信开始，里面有不少有趣的地方，只要用上面说的看套语的眼光，看文字内的信息和文字外的信息。照这样，不仅是诗，连《两都赋》之类若作为传达信息的载体，联想到看文章的对手方，那一定很有意思，不会干燥无味的。例子多的是，就不必举了。《七发》不是不多年前还有政治家引用过吗？考虑不出面的对方是读诗文的一道。

上下、尊卑、亲疏、贵贱、官民、雅俗、男女等等分别都在一声称谓之内。就身份关系而言，没有两个人是一样的。同一身份也有不同之处。假如说"平等"就是"相等"一样，那就可以说，至少在从前我们中国人的眼中和心中一向是人生而不"平等"的。"众生平等"只能照佛教去理解，作为宗教说法，不是一般人想法。尊长的名字是忌讳的。法国人从前在上海法租界用人名做路名，如霞飞路，中国人很少知道那是将军。这种习惯引不进来。因为重名，所以不能轻易用。谱名、学名常不用，而"以字行"起别名。从前中国的称谓代词的复杂变化之多远非现代可比。大体上是一称职务，二表关系，三重口气，自谦，尊重对方，或自大，看不起对方。如：卑职、小人、在下，大人、钧座、孤家、寡人、大帅、万岁爷、贱妾、奴家，小贱人、老不死的、丫头养的、冤家、心肝、宝贝，女婿为"东床"，外甥称"宅相"，数不胜数，无穷无尽，随时可以创造出来。昔有《称谓录》，今有《称谓词典》，未必能全。旧日的讣文中列家属次序，标明丧服等级，指示亲疏。女的照例不列。第一行是儿子。称"孤哀子"是父母双亡。"孤子"是丧父，"哀子"是丧母。生母死而继母在，则称"孤哀子"而在上面加一行小字"奉继慈命称哀"，"继"字上空一格或抬头另起一行以示尊敬。若是丈夫死了妻子，自己出面营丧，那时儿子只在第二

328

行，首行是丈夫，称"杖期夫"或"不杖期夫"。"期"是丈夫为妻子戴孝一年。"杖"是说哀痛得站不起来必须扶杖站着。这不是"孝子"的"哭丧棒"。若是死去的妻子曾经为公婆服过丧，丈夫就必须"杖"。若公婆尚在或妻子过门已晚未在夫家服丧"守孝"，那就"不杖"，不必那么悲痛了。感情也是要依照礼所规定的。《论语》中说，孔子的爱徒颜回死了，"子哭之痛。从者曰：子痛矣。曰：有痛乎？"(《先进》)据说"痛"就是哭过头了。对门人死不该哭得那么伤心。从前正式祭奠时，"孝子"在灵前行礼，有人唱礼，"举哀"，"哀止"。哭也一定要依礼照喊的口令行事。无处不有"规矩"。"不以规矩不能成方圆。"(《孟子·离娄》)这也是民俗心态吧？行为可以处处不合，规矩还是得处处讲。

文字的和口头的称呼都是符号，指示着一定的关系，标明了一定的态度，传达或多或少或定或不定的信息。人和人组成的社会中由符号传达信息织成光怪陆离的既固定又常被打乱和更换的关系网。有文的和无文的语言符号传达文化信息互相交流。上下内外有别，但堵塞隔绝不了。不要通气和要通气形成许多社会情况。现在有新闻媒介，音像都可以由卫星传播到全世界电视屏幕上，视听信息更难阻隔了。在不多年前，没有广播，更早些还没有报纸，信息流通有些比较集中的地方。家庭除外，宫廷、公堂（连带监狱）都是有文和无文，上下，官民，雅俗相交会之处。此外还有一些场所为信息交流提供方便。社会由此而血脉流通，生长变化。在《论语》《文选》等高贵的文雅的书本中提到了一些无文的文化，但毕竟古老了，要多知道，还得到不登大雅之堂的文学中去找。实地调查毕竟在时、空、人方面都很有限。文学作品虽非实录，但无法悬空，可以供我们从有文看出无文，不妨试试看。

1991 年

信息场

　　现代社会和从前的一个不同点是信息流通差不多能遍及全体。20世纪后半和二次大战以前有一个区别是，视听信息（包括以人或物为载体的）流通加快加多将全世界组成了一个信息交织的整体，而且将有文的和无文的全包含在内。尽管还有不少阻塞和死角，语言文字声音形象的种种符号传达信息已经可以说是无时不有无处不到了，只是离无人不知还差得远。信息发到，可是人并未收到。

　　信息的一个特点是收发双方对信息的解说不会完全一致，因此收后的反应很难预测。传播愈快，愈多，愈广，愈难预料。由反应而来的思想、感情、语言、行为，事先事后都不容易测定。但究竟"人同此心"，多少会遵循一些习惯轨道。愈能掌握信息的传播，愈能知道由此而来的反应，愈能测得准确，结果必是愈能"先知"，因而愈能掌握时机，由人和事的变动而自己趋利或避害。在过去信息传播缓慢而且范围较小隔离层次较多时是这样，现在仍然是这样。同时，掌握信息的方式愈多愈复杂，解说也愈"深厚"了。从半个世纪以前到十几个、几十个世纪以前，这方面不过是逐步发展，到近几十年来才有飞跃式的迅速变化。道理仍然照旧。阻塞怕决堤。盲目常遇险。现在的世界性战争已经是无时无刻无地不是先在信息方面进行了。不论大事小事，谁能预测较准，较快，谁就更有胜利希望。不会预测，不喜欢预测，一厢情愿，会有"盲人瞎马"的危险。

对过去的理解有助于现在。过去社会分层多，阻塞多，信息传播慢。时过境迁，从现在来看过去，有方便之处是较少干扰。除了个人间的和家庭内的对话不算，社会上信息比较集中的"场"有很多需要考察。说是"场"，不仅指空间，也是指它如电磁场。各种信息以人为载体传播交流，有吸引，有排斥，起种种作用，有种种反应，表现为人的语言和行为。较多人的较一致的可以算作习惯性的反应，其中有心理的前提。多数人的行为习惯可算民俗。大家互相影响而比较共同的指导行为的心理状态可算民俗心态。这种心态的形成、传递、变化往往是对信息的反应。因此，我们不妨把这些综合起来加上一个"信息场"的符号以便解说。古今都有，由古可以知今。由有文也可知无文。

书也可以作为"场"，有文字的"场"。一部《论语》可以是一个信息场。一部《文选》也是。再小些说，每篇诗文都是。不过一首诗一篇文多半只是信息的一个集合点，当然同时也是一个发散点。另一方面，无文的人和物的流通在由人群组成的任何时期的社会中都是不可阻止的。人和物又都是带信息的，能传出信息招来反应。一碟糖会引来苍蝇、蚂蚁，这是传出甜的信息符号的反应。小孩子也能被糖吸引。糖尿病人和肝炎病人对糖就有不同反应。兽蹄鸟迹，猎人一见便知其中信息，别的人看了茫然。有文字的书也是一样，书中信息会吸引或排斥，还可起其他作用。因此，书由其内容信息能将人组成一个仿佛磁场而自有两极。组成的纽带是解说。例如苏东坡的诗句"迩来三月食无盐"，被人解说为反对政府盐政。再加上其他诗文解说，皇帝便抓他下狱，几乎杀掉，还牵涉很多人。这就是"乌台诗案"大磁场的一次变化。

带信息的人的集合流通场所，在几十年以前的社会中长期是分阶层的。但是也有上下、官民、雅俗、有文无文相混的场所。宫廷是一个。皇帝、后妃、太监、宫女、官员、奴仆在一起，虽不相混，但相通气。阿房宫中"有不得见者三十六年"（《阿房宫赋》），但宫女见不着皇帝，和太监仍是相见的。又如衙门公堂是官吏和贫民富户相会之处。连带到监狱也是。周勃宰相从监狱出来以后说，他带过百万军，这次才知道"狱吏之贵"。宰相和狱吏打交道了。（《史记》）宋江和戴宗、李逵也是在狱中交往。（《水浒》）宫廷、公堂是在官府方面。民间呢？官民双方公用的呢？当然有。这是社会存在和发展变化的从不缺少的条件。缺了就会有"梗阻""坏死"的病症了。

要考察人的信息场，首先要求我们注意到信息，载信息的人，对信息的解说，信息传播交流的意义。这是实际的因果关系。

信息并不等于我们平常所说的消息，也不仅是载信息的符号。符号无处不在，无时不有，但我们在接触时不一定都知道，更不一定立刻懂得。懂得对不对是另一回事。对信息符号的解说是信息交流的中心、核心。没有解说就没有信息。许多动物能获得并借以生存的信息，人类不能得到，因为人不能解说传带信息的符号。对人来说，这就不成为信息。便如蜜蜂对同伴的飞舞是关于蜜源的报告，只有同窝的蜜蜂能懂。人知道这是定向传达信息的密码、符号，但不能解说，所以不成为对人的信息。还有许多自然界的现象，人根本不知道那是传达信息的符号，而有的动物却知道。例如地震前的预兆。因此对人来说，信息依靠对信息符号的解说。在这一点上，可以说有一个信息流通的世界，它依靠于人对这个世界的解说。我们生活于信息解说的世界中。

人是信息的载体。这一点时常不被我们注意到，因为我们对于有些由人载的信息的解说已经习惯了，视为当然。我们不仅是从自己的接触而且是从周围的人以及前人、外人的接触中得到了习惯。习惯成自然就不大用信息世界的眼光看一切了，不去搜索人的符号中的信息的意义了。事实上，不仅古代打仗时的探子报信，现代的间谍传送密码，便是路上遇见的不认识的人也可以是信息的传播者，只是我们不加解说或不会解说就不注意。在有文的文化中对有文字的书也是这样。这和我们对艺术、科学这些兼具"有文"和"无文"的文化中不易分类的符号信息一样。不能解说就没有信息。符号中的信息又可以由我们的解说而不断翻新。这也是我们经常忽略的。殷墟甲骨起初被当作龙骨卖给药铺，后来才被刘鹗等认出是古董，再后才认出上面的字，再后才一再查出文字的意义。有文的书是这样，无文的人也是这样。不管有文无文，有语言无语言，人的复杂构成的存在加上环境就是信息的载体，好像时装模特儿是衣服的载体。例如：卓文君跟司马相如私奔以后一同开小酒店，由文君"当垆"。这场表演是这一对新夫妇以自己的人体及行为为符号向文君家里传送信息。卓王孙得到信息后的解说果然是把这件事当作耻辱（这是从周围社会传统而来的多数人的习惯想法），同时又想用和平而不是暴力的方式改变（这是卓王孙对于社会习惯想法和做法的选择），于是送来了金银作为嫁妆。这里的信息是承认他们的婚姻，要他们改变生活方式。双方交换信息以后，小酒店关门了。原有的信息载体消除了，变换了。一切正如新夫妇的预计。这是他们对信息世界的准确认识和运用的结果。像这样的事在我们身边每时每刻都有，何止千千万万，但我们极少用信息世界的眼光去观察，也就是说我们处于习惯性的一般解说之中不以为意。现在我们要考察人在社会上的信息场，就要换上看信息世界的眼光。当然这决不是说，世界仅仅是个信息世界。例如，它还是一个行为（包括语言）的世界。但在看信息世界的眼光中，行为也是传信息的载体、符号、中介。

仍然要缩小范围，从有文考察无文，由民俗以见心态，着眼于信息场。这样一看，重要的场很多，且说说惹眼的几个。还是着重于近几十年以前的并稍溯古代之源。

卓文君"当垆"自然不等于后来的女招待，但她对社会所传的信息只怕是一类。掌勺也不等于经理。所以大富豪卓王孙才会以为耻辱，就是说，这决不是什么公认为配合富人身份、体面的好事。《文选》中《古诗十九首》说的"昔为倡家女"是什么倡家，这里不必考证，总是低级的妇女。唐朝杜牧诗句："十年一觉扬州梦，赢得青楼薄幸名。"这个"青楼"传下来了，就是"倡家"或妓院。对妓女还说什么"薄幸"？那可能还有点像日本传统的"艺妓"，可以谈情说爱。所以有负心的李十郎见于小说，王魁见于戏曲。唐代妓女住处名平康里。笔记有记妓女的《北里志》。传奇小说中以妓女为主要角色的不止一篇。《游仙窟》宛然是唐代文人嫖妓的报告文学。"旗亭画壁"的故事是歌妓唱诗而诗人以此评定高低，以美妓所唱为荣。白居易的《琵琶行》以老妓"嫁作商人妇"寓意，发贬谪的牢骚。将妓比官，可见那时两者的差距并不悬殊，尽管妇女仍不算人。晚唐、五代以后，宋代，"士大夫"（文人、官僚）召妓唱词并为他们写作。传说柳永竟因作词好而不能做官。然而皇帝倒可以"驾幸"名妓李师师，见于《水浒》及笔记。欧阳修等大贤人也可以为妓女作词。不论是否另有用意，字面总是表达男女之情。妓院发展了，但仍是官妓。大概元、明时私人开业的妓院才逐渐代替官营的，而个体暗营的娼妓也冒出头来了。这在《金瓶梅》中有描写，但不多，因为那书着重写的是姜和偷而不是妓。随后，官吏"挟妓饮酒"被明令禁止了。清朝初期便化女为男，"相公"、优伶和妓女并行，官吏以此逃避禁令。小说《品花宝鉴》便以此为题材。妓院到清末及民初更为发达。"长三""么二"时期"堂子"的规矩、花样之多，有特殊意义。这里有一个原因是有了外国租界。南自广州，北到天津、哈尔滨，各大城市都一样，而以上海为首。

《海上花列传》（1892年）、《九尾龟》（1906—1910年）两部小说以此为主题尤为有名。小说史中列出"狭邪"一类，可见其书之多和社会影响之大。在妓院中，上自皇帝、大臣，下至"贩夫走卒"，文人和不文之人，官吏和商人，土豪和侠客，都可以出现。当然这里也有上下等层次之分，轨内轨外之别。从清初的《板桥杂记》所记以来，文人和妓女来往密切不足为奇。早的如钱谦益和柳如是，冒辟疆和董小宛，侯方域和李香君，晚的如政治家、军事家蔡锷和小凤仙，都成为"脍炙人口"的文学题目。这说明什么？用信息世界的眼光看来，妓院显然是社会上的重要的信息场，所以上下人等趋之若鹜。妓院不仅是男女交际，言情，更是政治、军事、经济、艺术、文学各种信息的汇聚交换场地。上中下等，公开、半公开、不公开，官准和私营，分别了层次，但妓女、老鸨、"龟奴"、"捞毛"是流动的，互相通气的。名妓赛金花进了名著《孽海花》，还上了舞台。她的上上下下国内国外的坎坷而奇特的一生使她成为许多政治社会信息的一个重要的无文载体。假如我们不放弃未必毫无根据的传说，推翻袁世凯称帝的元勋蔡锷将军曾以北京妓院为信息交换处。甚至传说20世纪30年代官界商界的重要事件的秘密商谈还在妓院进行过。时距太近，不知是否进入野史小说。各种妓院仿佛是外国的各种俱乐部，从外面看好像"百无禁忌"，而其中自有规矩，还很严厉。直到现代政府明令禁娼以前，从古以来，各等妓院是公开的，最方便的，上中下等人可以自由出入互相交换信息之处，仿佛是"信息交易所"。妓女可成为掮客。特别是在清末民初军阀横行官僚遍地商人得意的时期。这也是新旧文人蓬勃兴起之时。我们不妨略翻一下两部现在不大出名而当时很流行的小说看看。

这两部小说，一是毕倚虹（署名婆婆生）的《人间地狱》，一是张恨水的《春明外史》。一写上海，一写北京。一作于1923—

1924 年，在上海《申报》连载。一作于 1924—1929 年，在北京《世界晚报》连载。前者写上海妓院。后者写北京文人兼及妓女、优伶。两位作者都在报馆工作而且都是长江下游南北岸的人。毕倚虹出身于破落官僚之家，写这部小说还得到袁世凯的三公子袁寒云（克文）极力称赞。他写到六十回即去世，由包天笑续作到八十回，草草收场。张恨水以这部《春明外史》成名，以后名气越来越大，写作越多，但写此书时还没有为名所累。从小说艺术和历史地位说，这两书即使在旧小说中也怕算不了第一流，只是畅销书，万人争看。都是报纸连载随写随刊的结构松散之作，但又都是撷拾流传众口的轶事，如以本人见闻，虽有渲染，亦非无来由，甚至许多人物（包括作者自己）和事件都可以索隐。当时人能找出或想到真人真事（例如苏玄曼即苏曼殊）。于是成为报中之报，新闻外之新闻，也就是以隐语出现的信息场。两书都是半真半假的聊天闲谈，是《官场现形记》等书的继续和发展。当时人看来津津有味，信息纷然；后来人看来觉得啰里啰唆、味同嚼蜡。然而由文人逛妓院和少爷捧"坤伶"不仅可见当时上中下层人生活，而且可见他们如何彼此通气，如何交换信息，如何显示并互知心意，因而能产生这种"闲话""聊天"小说。两书虽出于同时，人物同类，但语言不同，内容也不同，后者又不是以写妓女优伶为主，何以并提？只因为上海和北京那时都是中国的"首都"。北京是军阀政治的"招牌"中心，能颁发勋章，下任命状，名为京城，管不了全国。上海是财阀经济的市场中心，势力直达农村（洋行买办收购土产），名为"洋场"，实操命脉。两处人心既承继往日余晖，又各有新敷色彩，正可对照而由此见彼。两书写作同时开始，双方同处于一个时期的中国。两书又都是现在不甚知名，未曾受许多评点传闻涂抹，看起来较少先入之见。从这里可以看到妓院和相联系的其他方面。南北两文人同在报馆而心态有所不同，语言也有差别。如"说句斗胆的话，小弟……"之类一书有，一书无，不仅"苏白"。前几回写出只相差一年，而似乎南旧北新。书中有种种信息。若是单为了解当年妓院和那时妓女中的"大总统""王熙凤"，那自有《海上花列传》《九尾鱼》等等小说可看。

现在只从两书中提出一点。嫖妓和捧角有一条必不可少的是"吃花酒"和打麻将，"碰和"。吃酒、打牌不是主要的，妓女或"坤伶"相陪也不是主要的，借此给钱是目的亦即牌和酒的妙用，但也还不是这项活动的主要作用。那时社会上除新学校外还不大时行集会结社和一人演说大家听。除帮会外只有够不上组织的组织。例如同乡会馆是联络之地，但民国时已不如清末热闹，大官不来，阔人不到。这从《春明外史》里可以看出来，已经不是康有为来京应考上书时情形了。双方一比，北京仍旧闲游浪荡，信息交换不多也不急。上海就不同。《人间地狱》中经常出现的人，虽不是大官和大商人，也不是候补官，但已经不时露出妓院是"应酬"即交际场所，而牌桌往往是谈判重地。这是其主要社会职能。妓、酒、牌、钱都是烟幕弹，"联络感情"和"探索情报"才是与社会关联的重大作用。就这一点说，妓院是吃酒打牌调情之处，更是做官和经商的不可缺少的交际（亦即交流信息）之场。作为"场"，其中的吸引和排斥，结合和离异，聚变和裂变，都是常有现象。小说作者自然不觉得因而无意着重其社会功能，可是明眼人一看就会发现，要"谋差使"做官，要投机做买卖，非去妓院请客吃酒打牌不可。什么文人和妓女谈爱不过是提笔做梦给读者一点开心罢了。以此对照两书，"京""海"之分跃然可见，不必多说。

岂止妓院"摆花酒"？宴会从古以来不断，往往是一次次交换信息的"场"。宾客三千是信息来源。且举《宋书》所载一例为证。（《南史》略同。）

当南朝宋主刘裕未当上皇帝时，他有个本家刘穆之给他帮忙。

"外所闻见，大小必白。虽闾里言语，途陌细事，皆一二以闻。帝每得民间委密消息以示聪明，皆由（刘）穆之也。又爱好宾游，座客恒满，布耳目以为视听。故朝野同异，（刘）穆之莫不必知。虽亲媟短长皆陈奏无隐"。由此可见，信息或情报竟是当皇帝的一个条件。那些宾客只知大吃大喝，不知是高高兴兴赴宴会，糊糊涂涂送情报。这种奥妙从战国时四大公子就开始了。无怪乎孟尝君养食客的名气历久不衰，原来不仅有名，还有利可图。这在古代社会严格划分阶层集团而组织能力不发达时，是比欧洲的舞会更有效的交际方式。不用说，这在现代是已经落伍而要被淘汰了。不过在社会未变革时，一种社会职能的"场"，若无代替者，是禁不绝的。古代的妓院即是一例。社会有变，上海的"长三""么二"，北京的"班""茶室"就不见了。

情场、官场、市场、赌场、剧场，以至高俅陪皇帝踢球的球场，种种之场都像竞技场，是势利场，而又都是信息场，只看是不是有人为某种目的加以利用。牌桌不比餐桌利用率低。打麻将时的种种交际花样是许多章回小说和轶事笔记中都说到的。借输钱来巴结拉拢，在"麻雀"声中探听消息，这是起码的本领。从前妓院和赌场中还备有鸦片。一榻对卧，无话不谈，大事小事就在吞云吐雾中纷纷蒸发出来，由信息的交流而产生有利于一方而不利于另一方的结果。这种信息场非报刊广播电视的单行线输送可比，是交流而且可以当场见效的。

为什么《巴黎茶花女遗事》（1899年）能风靡一时？将此书和差不多同时的《孽海花》（1904年）等一对比就可以明白。那正是上海滩上昏天黑地之时。妓院和赌场成为官僚政客文人豪士的聚会之处，又是交际场所即情报总汇。同时还有不少人发出世道人心不古的慨叹。用当时中国人的眼光看，这部法国小说中有嫖，有赌，有情，有义，又有道德规范终于战胜一切罪恶。亚猛正如同《会真记》中的张生"善补过"，马克（玛格丽特）也如《西厢记》中的莺莺"善用情"，一般无二。同是爱情的悲剧，道德的喜剧。于是古代心情，现代胃口，西装革履在妓院中赌场上讲道义，巴黎小说遂化而为上海文学了。自然得很，何足为奇？

大侦探福尔摩斯同时出现（1899年开始），和"血滴子"、黄天霸并列，都成为上海租界"巡捕房"的人物。"工部局""巡捕房"正是当时上海租界的公堂、牢狱、中外上下人等会合之地，新兴的情报中心，信息场。茶花女和福尔摩斯竟然同时受欢迎，可见上海的不同信息场又是通气的。

不止于此。又要作案，又要破案，所以窦二墩与黄天霸同进《连环套》。福尔摩斯探案的《四签名》也是又作案，又破案，又有结义，又有叛变，又有复仇，正合脾味。又要茶花女，又不要茶花女，这正是张生"始乱终弃"还算"善补过"的翻版。后来变成王尔德的《少奶奶的扇子》中的少奶奶（温德米尔夫人），又受欢迎。把外国人所谓爱情当作中国《孽海记·思凡》中小尼姑的"上刀山，下油锅……那也由他"的恋情，把外国侦探当作中国的清官私访，侠盗锄奸，这些是中国人乍见欧洲文学时的误解吗？这恰好是中国当时人的正解。那时只能这样解说所得到的外来信息。那时人对外国的看法，以为看来不是中国这样，原来还是中国这样。中国历来的传统在那时的上海好像是根本大变，但换了装束和场地，民俗照旧，心态依然，"大世界"和"城隍庙"并行不悖。又要吃喝嫖赌，又要仁义道德。又要作案，又要破案，归为"侠盗"。又要造反，又要"忠义"，打家劫舍，恭候"招安"。这种矛盾合一远在《论语》中就由圣人点出并以行为表示异议了。"子食于有丧者之侧，未尝饱也。""子于是日，哭则不歌。"（《述而》）丧葬时大吃大喝不说，同时还要歌唱。这习俗楚人有，据说西南民族有，现在还未绝。唱的歌不仅不悲反而要欢乐。出生与死亡混为一体。又要哭，又要歌，圣人不赞成，但改不掉，只得自己树立正面榜样，有丧事，不吃饱，不唱歌。"又要马好，又要马不吃草。"这是不是相当普遍的对人对物的理想？既要廊庙，又要山林；又和皇帝结交，又当山中隐士。前有严子陵（光），后有陈抟老祖。明末也有，又交官府，又充隐士。"翩然一只云间鹤，飞去飞来宰相衙。"（《桃花扇》）又要杀生，又要成佛。所以"放下屠刀，立地成佛"的说法流传广远悠久。又要"拿得起"，又要"放得下"。孔圣人的"无可无不可"成了又可又不可，因"利"制宜。最讲究的是"名利双收"。

这样的心态的民俗表现又见于寺庙和庙会。这也是中国从前的重要信息场。为什么经过西北民族进来的佛教那么流行？有一个情况是佛教给了一个新的广大信息场。这就是寺庙和庙会。这里能集聚很多人，上上下下各种人，使纷繁的信息以及由此而来的活动有了非常方便的场所。上自帝王官吏，下至强盗小偷以及乞丐、妓女、"戏子"、"跑江湖的"和农工劳动人民混在一起。男女老少都可以集于一地一时。又要这样，又要那样，什么都有了。印度也有庙和庙会。中国修庙还是从印度传来的。可是双方并不一致。印度的庙只住神。中国的庙兼住人。印度的庙会在河边。中国的庙会在山上。印度的最大的十二年一次的庙会在恒河和朱木拿河的交流汇合处，千万人泡在河水中祈祷。中国人朝山进香一步一拜。社会类型，双方一致，都是兼有宗教和经济的种种意义，但做法和想法大有不同。印度神庙可养舞女，侍神兼能侍人。印度可将人神合一，将纵欲和禁欲合一。大自在天湿婆又是舞蹈之神，又是苦行之神，又是毁灭之神，又娶妻生子。这位大神好像是也能符合中国人的理想，可是不能随如来佛到中国。大概因为他是赤裸裸的，缺少衣冠，只好高踞喜马拉雅山峰修炼。他所集于一身的矛盾，只是外人，特别是欧洲人，用基督教一类眼光看来的矛盾。印度一般人一点不觉得有什么不可调和的矛盾，甚至并不感觉到有对立。他们的庙会在外人眼中是又苦又乐，又污秽又清高，又有生又有死，非常奇怪。他们自有解说，丝毫不以为怪。中国人又不同。认为对立的，也不认为合一，但以为可以兼容，另外自有解说，这就是排出先后上下等等秩序、程序。"一统"（《公羊传》）不是合一，实是兼容。兼容又不是平等并立。印度人认为一。欧洲人认为二。中国人认为二可合一，只要排定程序。可是程序总是固定不下来，所以有不断的合又不停的争。这是不是正合乎"场"的内涵？《三国演义》开头就说，"天下大势，分久必合，合久必分"。这是把"天下"当作一个"场"，而把分合排出时间程序了。欧洲人的圆有圆心。中国人的圆是太极图，无圆心，有"两仪"分黑白，弯曲对转。印度人的圆是浑然一片。

中国神庙成为广大信息聚会场所，兼容并包，不管什么人什么事都能在庙会中出现。先是佛教庙，后来道教庙也加入。不论供什么神的庙都可以这样。只有伊斯兰教和基督教与此不同，是内外有别而且相当严格。中国的庙及庙会尽管有外国来历，却实实在在是中国自己的，是中国式的信息场。中国人是最讲划格子分上下内外的，同时又是最讲合一的。要懂中国人，不能只记得孔、孟，还有老、庄，还有墨翟、韩非；不仅有刘邦、朱元璋，还有忽必烈、乾隆皇帝；不仅有武松，还有西门庆；不仅有唐僧，还有孙悟空。南北极同在一个地球上，这就是中国人的磁场观念，也是中国信息场的特点。可是这又和印度的不同，所以大自在天进不来。他光着身子，有时还半男半女，又现为"林加"（"男根"），实在形貌不雅。中国的信息场决不能叫作信息场，必须有别的高雅名义。必不可少的是衣冠。"衣冠禽兽"也罢，禽兽也得穿衣戴帽。不可忘记，无恶不作的西门庆是官为"提刑"，掌管刑法的。他不仅是知法犯法而且是执法犯法。然而，在西门庆的眼中，他并不算犯法。在他的眼中心中，他所做的事都是合乎中国历来的习惯法的。女人不算人。有钱就有理。有理讲不清就动拳头，在武艺上比个高低，谁的刀快，谁就有理。这在庙会里都表现了出来。拜神本为的是求福，又往往在此遭祸，如《水浒传》中林冲的娘子。殿上一片祥云，庙外拳打脚踢，或江湖卖技，或真刀真枪。佛教少林寺，道教武当山，都是武术宗派。庙内求观音"送子"。庙的对面戏台上正演《杀子报》。如此等等不一而足。还用得着举例吗？小说戏曲不说，古书中也不少见。庙宇繁华热闹如《洛阳伽蓝记》所写，但那书也记了因果报应种种故事。一切社会相、众生相全可包容于一座庄严神庙之中，各各以语言或行为发射种种信息，互相交流、吸引或排斥。当然这和佛教、道教本身无涉。有"花和尚"，也有更多的清修的高僧。

茶馆，这是中国的又一悠久而且广泛的信息场。中国是茶国，有自己的"茶道"，不是日本的"茶道"。在中国人看来，中国人饮茶是享福，日本人饮茶是受罪，规矩太多，茶又太少。那是中国的"品"茶。中国茶道存在于茶馆中。广东的饮茶和茶楼全国闻名。上海从前有个青莲阁吧？四川"摆龙门阵"是在茶馆里。北京的唱大鼓，说书，也离不开茶馆。老舍的话剧《茶馆》为什么卖座？因为表现了中国的茶道。李劼人的小说《死水微澜》也写了茶馆，从茶馆传出清末民初的中国社会信息。沙汀写了四川的茶馆"其香居"。新诗人卞之琳的小诗《路过居》写的是北京街头的小茶馆。新旧文学作家都注意到了茶馆。这里是上上下下、三教九流、文武官商都到之处，有种种方便。"有文"的书中所记只是"一斑"。"无文"的人才通晓"全豹"。至少从宋代以来，"瓦子"一类场所就有茶馆，兴盛了一千年吧。茶馆不是酒店，更不是妓院、神庙，却有其长而无其短，可供种种使用，因为这是一个巨大的信息场。《红岩》里的地下革命工作者不是也出入茶馆吗？中国茶馆不是巴黎咖啡馆，自有妙用说不尽。岂止闲聊混日子？谈生意，结交官府，吃"讲茶"评理以至打架，谈情说爱，买卖人口，秘密活动，探听消息，种种行为都可以利用茶馆，比酒店更易耗时间而不受注意。

以上举例而言的几个信息场不免还拘泥于场所，其实还有场所不定弥漫全国上起宫廷下达江湖的信息场，在报纸广播电视等现代通讯传播媒介之前承担了特殊的传播信息而影响行为的职能。这是以人而不以地为主的"场"。不妨提一提最古老而又至今不衰的一项，这便是占卜。这本来是烧龟甲兽骨的巫师的专职，后来转入业余。旧时文人很少不知道一点占卜之术的。职业的巫师不算，以占卜为生的人是流动不定的。官员私访可以扮作卖卜人，如《十五贯》中的况钟。卖卜的也可以是大名鼎鼎的"隐士"，如汉代成都的严君平。姜太公、诸葛亮、刘伯温（基）无不以占卜著名。何以如此？须知何为占卜。占卜者，传达过去、现在、未来信息之谓也。私访要扮"善观气色"的，因为那是搜集自动送来的情报的特殊人物。军师必会占卜，因为打仗要预知各方情况，包括气象，明天会不会下雨，甲子日会不会刮东风。生孩子、婚姻、丧葬、盖房子、看坟地、出远门、做生意、得疾病等等人生大事以至军国大事样样都要预知未来。要知道未来，必须知道过去，同时也就暴露了现在。因此，江湖卖卜人算命、打卦、选日、合婚、看相，从中知道了许多人家情况以至隐事。这类人是在从前社会中的活动的信息传播媒介，在中国历史上起着难以估量的作用，比外国的巫师和教士更为复杂。不仅男的，女的"三姑六婆"更能出入闺房，活动面比男的还大。

人为什么要占卜？出于生活的需要。生活需要信息以便预测而决定行为趋向。狩猎、牧畜、耕种、做买卖、做工以及个人生活都需要预测未来。不能从眼前现象及亲历和传闻的经验预测一切，于是需要有别的途径。算卦、算命、看相、拆字、看风水（阳宅、阴地），种种的占卜未来之术就陆续应运而生了。不论大事小事，愈是迷惑不定就愈要知道变化方向。占卜人的社会活动之广，无论经书（《易》）、史书（《书》）、文学、艺术，特别是从前的小说戏曲中都可以见到。疑而不决，求神之外便是问卜。这说明占卜人是重要的社会信息载体。他们如何占卜？人如何会相信占卜？这是多数人共有的民俗心态。尽管从有案可查的甲骨卜辞到现在已经几千年，近几十年来占卜已不公开流行而且被当作迷信禁止了，可是人需要知道未来信息而又无法全知道的求知心态并未消除。现代科学技术手段可以在许多方面都比占卜更能得到可靠信息（例如气象预报），但是仍然不能全知，尤其是个人私事。不能知而仍要知，所以旧的占卜方法没人信而新的占卜方法出来还有人愿意试一试。不信也会去试，因为至少可以自我安慰。科学技术发达的国家并没有能使"电子算命"和占星术绝迹。日本人照旧在大都市的神社中抽签。人对自己及周围从不满足于只知现状甚至于不知现状，对于异常情况如特异功能之类仍然有兴趣。愈不能知道，愈想知道。愈知道得少，愈想知道得多。这恐怕是从小孩子到老人都有的心理倾向。总以为真真假假也是有知胜过无知。无论用什么外部条件对这种想法做出解释，不论怎么填充或禁止，也不能消灭它。无视多数人的共同心态是有危险的。以假为真，自欺欺人，同占卜差不多，招致的后果无法预料。占卜可以都是靠不住的，假的，不能当真。可是要求占卜和半信半疑占卜的心态确是存在的。占卜的外貌可变，占卜的心态不容易变，因为求知信息是不可消灭的众人心态。占卜实际上表示了我们从古到今的一种心态，甚至是一种思维模式。

中国的占卜很复杂。简单化来说，不外两条线。一是构成一个符号体系，从符号关系中由此知彼。阴阳、五行、八卦、九宫、干支的对应排列组合（"纳音"）是基本符号体系。先天太乙神数、大六壬、奇门遁甲、"文王课"、铁板神数、星命"子评"、麻衣相法、"堪舆"罗盘等等属于这一类。带有偶然性、机动性以至欺骗性的拆字、抽签、扶乩、圆光、圆梦、黄雀衔字等不属于正宗占卜。这正宗占卜一类是把偶然的一点符号纳入全符号系统而考察其关系变化。此外还有另一条线是存在于这些体系方式的实际运用中而且远超出占卜行为以外的。那便是相信先后"因果"和平行"譬喻"的思维模式。两线实是一线,是一种思维的两面。

从单纯符号排列本身推算是像演数学公式一样。不论是否精密,不论和实际人事变动距离大小,这样把符号运算和人事变动联系起来,由符号而知意义,从而得出未来信息,那就必然是用先后"因果"和平行"譬喻"模式。因果关系是什么?从何而知?最普遍的是从平行对照或类推先后得来。干支相冲、相合,五行生克等等正好配上人事以至天象。这种平行和类推是占卜的模式,也是推理的思维模式。"子非鱼,安知鱼之乐?""子非我,安知我不知鱼之乐?"正是平行排比类推式推理。《论语》中记载,孔门弟子擅长言语的子贡说:"文犹质也。质犹文也。虎豹之鞟(皮)犹犬羊之鞟。"(《颜渊》)这是用譬喻做推理。孟子、荀子都擅长用平行譬喻讲道理,这是中国的实用自然逻辑。哲学和文学和世故同样应用。因先果后(先后),同因同果(平行)是我们思想习惯活动中不自觉的轨道,和占卜符号序列一致。禁忌、巫术,尤其是交感巫术,都暗藏这类推理。向天喷一口水,再念念有词,就会从天降雨。这是巫术,和由符号序列变化推知事态发展是一个模式。相信象征符号等于实际,将符号从因到果排定先后程序,认为一切同类必定依此程序。假如不依,必是看错了或是暂时的,程序已定,决不会错。只许事实错,不许符号错。符号排列是"天道",不会错,正如天象。这是对符号的半真半假自欺欺人的迷信。对种种占卜的先后及平行符号程序也是一样，半信半疑。从《易·序卦传》起，这个"序"就已完成并深入人心了。许多思想家、政治家、军事家等等大人物无人不有对某种符号程序的态度而由此推测、判断、决定。先后即因果。平行必相等。即使有疑，也不能不信。因为疑而不决是比信而有误更难受的。这正是对待占卜的心态。这是从对信息的求预知而来的。

人的生活离不开信息。婴儿生下来睁开眼睛见到光和影就开始认识符号，解说信息，决定行为，预测并检验结果。以后由不断重复及周围影响逐渐形成习惯。人群由此结成种种信息场出现于社会。由对信息的认识和对信息变化的判断成为习惯又形成一种心态。这是人人交互影响而有共同性的。思想感情中的这种心态表现于无文的言语行为，又化为有文的文化思想，成为诗文之类文学，成为书籍。传达信息的符号愈来愈复杂以致有的显得神秘不可解说而成为以"迷信"作解说的对象。世界变换了。可是成为众人习惯的民俗心态常常滞留而缓进。以为可由外力而迅速改变，可以一旦彻底决裂，只怕是天真的设想，同以为可以随我意支配众人心态的想法差不多，往往由符号或形貌的变更而以为彻底变化。对于这一方面的实际情况稍加注意也许是不无可取的。

从符号看到信息，从有文看到无文，从文化中考察民俗心态，这也是对文化继续试探做一点解说。从前面的蜻蜓点水式的抽样考察可以看出，民俗心态确实存在而且愈久就愈深愈厚，很不容易猛然变革。前面所说的一些古书和信息场现在都属于历史了。但民俗心态是不是都变得那么彻底？从外国的，如我们比较知道的英、法、德、俄、日、印度的近代现代文化历史过程看来，凡是和原有多数人心态联系得上的，不论什么面貌，从哪里来，都比较容易接纳而自起变化，联系越多越容易结合。否则会拒而不收或加以改变。但不管面貌变得多么彻底，民俗心态却难得很快大变。我们中国是不是也会这样？那自然还有待研究，因为我们还在证明其真伪的过程之中。这时提一提这个问题还不无意义吧。

1991 年

显文化·隐文化

客：你的独白太长了吧？让我来插嘴行不行？

主：正好，我有点说不下去了。古人说："独学而无友，则孤陋而寡闻。"（《礼记》）我看不仅是"孤陋"，简直是无对话即无思考了。自问自答总有限度，内部翻腾常陷于反复，这就需要外面来的刺激。同也好，不同也好，不同可以变成同，同也可以变成不同，只要心态能相通。有变化就是有发展。至于变的方向趋势好不好，那常是依评价者的自身利害和观点而定的。评论往往是事后才有的。历史发展本身无所谓好坏，它是不问人的评价如何的。

客：你似乎想做总结，未免抽象了吧？我想问你，你从新诗溯到《论语》，又跳进《文选》，还下了《人间地狱》，难道得出来的就是这一点仿佛现今时髦的"耗散结构"的说法？原来我们想追索的本身内部矛盾问题怎么样了？"文化之谜"打破了没有？还在原地踏步吗？

主：差不多。不过先得弄清楚一点。我虽然从符号讲到了信息场，用了以自然界为对象的科学的术语，但不是说文化的"信息"和"场"和自然界的一样。各门科学有自己的特定对象，是不能原样照搬的。电磁场的规律不能都应用于文化场，所以也不能说我引用了"耗散结构"说法。以人类文化为对象和以自然界为对象的研究有很大的不同。自然科学一般需要重复检验，得到的规律要能应用于预测。人文研究不能由人做重复实验。曾有人设计并安排了环境条件去做社会心理试验，并不成功。可以把人当作自然界的一部分做生物学、生理学以至生物化学等等研究，但对于人群活动所创造的文化，这类实验研究无能为力。文化不能在控制的条件下重复。有人以为可以随心所欲指挥人群，例如打仗或操演。可是这仍然不能控制结果，甚至往往造成表面文章或假象，因为无法全知对象的指导行为的心理的或精神的内在活动，而且不能控制有关的其他条件，例如敌人和自然条件的变化。西楚霸王项羽的打了很多胜仗的兵怎么垓下一战就会瓦解呢？真是只由于张良吹箫吗？没有长期积累的内在原因吗？因此人的文化总是带有不可准确测定的几率的，不能全用数学公式表达和确定。假如是兵马俑或者机器人，可以控制了，却又不是活人，失去了主动性和创造性以及个别与一般的差异，而这恰恰是人文和自然的重要不同点。我们相信，星球的运转，电子的活动，是没有主动选择性的。太阳黑子的出现决不是太阳由自己意志随意做的。我们虽不能控制太阳做重复实验，还可以靠观察，靠重复不断进行归纳解说，靠预测的验证，来进行研究。对于哈雷彗星和古生物的进化也是这样研究的。这也是研究人文所用的方法，只是要加入人的意志。人群的活动大都是一次性的。死了不能再活。第二次不会和第一次完全一样。时间在人文活动中是非常重要的因素，不仅是物理的。先后是不可逆转的，而在思想中可以回溯。对人可以做自然科学的研究，这只是说，对人和自然界共同的部分，对人文活动的部分，可以做和对自然界大部分一样的研究，但还需要有类似对天象等的研究而又加入思想活动和意志取向。说研究人体的电磁场可以。说研究一次庙会的人群的"电磁场"，那就不同了。除描述分析外大致只能做平行譬喻式说法和检验预测，或者说，应用解说的方式，类似对天象的研究。人固然是自然界的一部分，研究自然界的科学却又是人文活动的一部分，因此两者又通气又相异。我们说人文活动有"场""信息场"，只是把人对自然界的理解用在人文方面。通用术语决不是将自然和人文等同。在19世纪的科学成就面前，狄尔泰（1833—1911年）提出了所谓"精神科学"，想另辟蹊径。到20世纪就不一样了。自然科学愈发展，愈发现和人文科学的差异，同时，很奇怪而有趣，又仿佛愈来愈向人文科学靠近，或毋宁说是两者仿佛愈相远又愈相近。19世纪自然科学君临一切，对人文的研究好像只有模仿当时的自然科学才能立足。到20世纪在有些方面模仿得差不多了，然而检验预测结果却大大不如。研究人文也运用研究自然界的方法，因为自然科学也属于人文，同时又必须发展自己的研究方法，因为人毕竟和自然及动物有所不同。这不仅是解说和检验预测，当然也不会是近代自然科学以前的老套。现在世界上已经有人在这方面努力了，不仅是哲学家。在我看来，他们有所前进的是解说而不是建立体系。外国人对建立体系特感兴趣，不怕"削足适履"。可惜的是体系完成，立刻僵死，而自然和人事仍在前进。他们喜欢的是一个上帝创造世界，而不是盘古凿开混沌，也不是一个人统率一切。

客：你又来一通独白。人文和自然的不同，是不是相对说来，一个快些，一个慢些。"慢"的意思是指自然界不断重复，其每一重复的变化，人不那么容易察觉，所以觉得慢。天文、地质、生物都是这样。人文变化就快得多。"朝菌不知晦朔。"（《庄子》）菌再出现时，在人看来，简直一样。人虽可活百岁，可是自己不重复，儿女也不能重复父母原样。人群活动，用时间尺度衡量总是觉得变化快。条件复杂，变化迅速，以致不能用实验室控制。认为"日光之下并无新事"（《旧约·传道书》）的人不多。

主：所以要有一种和对自然界又同又不同的解说方式去解说文化。同属文化一类型也不能全用同一解说。例如我们说的信息场。

可以都当作信息场，但解说庙会不能和解说妓院相同。日本人的庙会和中国人的庙会相似却又不一样。可以用同样的方法考察，恐怕不能做同样的解说。照样做，预测就会不准。假如凭成见做相同的解说，那就不用去考察了。作为庙会，全世界到处都一样吧。那就只要搜集资料排比分类就够了。甚至连这也不需要。都一样，还搜集什么？认为现在用电脑之类就可以得出人的思维以及人群和社会的活动的数学公式，那是科学已到尽头的想法，是19世纪很流行的。这好像从前有位科学家说，给我一个支点，我能用杠杆把地球举起来。话是不错的，可惜至今还没有这样一个支点。假如我们能知道人类全体和每一个人的从思想到行为的活动规律，能够预知，那么，不仅科学，连人类的变化也到尽头了。我们中国人好像从秦朝以来就好同恶异。"一以贯之。"（《论语》）"乾坤定矣。"（《易》）

客：是不是这种到尽头的思想从画八卦以来我们就有了？

主：这也许是值得考察的。我们可以考察人文变化的轨迹，由此多少可以预测一点趋势方向。不过，过去考察依据的是有文的文化居多，加上一些考古所得的实物，不大重视无文的文化，大多数人的文化，或者说民俗心态。

客：那么，我们何妨就依这一条轨迹先从《易》考察起。其中的民俗资料说的人多了，只说八卦吧。

主：画八卦以概括人类社会以至宇宙的变化方式，这是思想发展的一个重要标志吧？若不这样追求概括，恐怕什么科学、哲学都没有了。然而这里又埋伏着知识已到尽头，宇宙和人已经全归掌握的想法。这就会从求知变成不再求知终于变成不知。从知之甚少可以变成知之甚多，也可以变成一无所知。从八卦符号看来，乾坤或阴阳两爻的分合，或者说由阳爻一道线分出阴爻两道线，好像亚当分出肋骨化为夏娃，一人变成两人，或者盘古分开天地，而不是两道线合为一道线。这是第一步的原始符号，已经可以概括一切。

《红楼梦》里史湘云对丫环讲的就是一切都可以分属阳或阴。这不是太简单了吗？太笼统也就是包括得太多，或者说符号所含歧义太多。所以要再行分解以表示变化。于是由二而三。三爻相叠的排列变化次序成为八卦。八卦再重叠变为六十四卦，完成了。能不能再变多？汉朝扬雄画出四爻，叠为八爻，编造出一部《太玄经》，自比《易》。这是枉费心机。因为照这样还可以再加多爻数，违反了原来要求概括基本及变化的目标。概括的意义就是反无限。一定要以有限来概括无限。《易》的"十翼"解说卦爻的意义和运用。用天地人"三才"概括一切，又归于乾坤即阴阳。又二，又三，两个三爻成一卦。所以画八卦的第一义是用数的符号排列概括一切，包容变化，因而可以由此预知未来，即占卜。画完了，排列完了，剩下的事只是解说了。有趣的是，以符号概括可以有限而穷尽，解说却是概括的分解，那就不可能穷尽。变化不完，解说也完不了。列举数目字做符号以概括从来就是我们最喜欢做的事情。这又便于做种种不同的解说，所以更为我们所喜爱。从一到十哪一个数字不曾成为概括的符号以容纳随时变化的解说？从"三皇五帝"到"三纲五常"到"三民五权"，时时都有，处处都是。数字概括，排列分合，符号有限，解说无穷。识字不识字，有文无文，都视为当然，心态相通。若不是这样，那也就不会有卦摊从商周摆到现在了。

客：数的排列分合是符号的一种。是不是还有图像符号，例如太极图？

主：数目符号和图像符号都有一条极为重要，那便是序列。先后序列，上下序列，主从序列。这是从"排列"出来的。在《易》的《系辞》《说卦》《序卦》这三"翼"中，除解说卦的意义外便是解说卦的序列。"天尊，地卑，乾坤定矣。"（《系辞》）"有天地然后有万物，有万物然后有男女……"（《序卦》）图案明白，如太极图，阴阳合而仍分，分而又交错，一望而知，但不便上口。数的

352

符号更具神秘意味。太极加八卦的图形从古以来到处都有，据说能"辟邪"，还传到国外，远达欧洲。数字如代数，图形如几何，正好是对宇宙及人生的抽象数学思维的两分支。在中国人的心态中二者又可分可合。太极图没有中心，没有序列，是静态的，但能产生序列：太极生两仪，两仪生四象，四象生八卦。(《系辞》)序列是动态，又表示主次或主从，这更重要。上下，先后，尊卑，长幼，无处不有序列。《千字文》从"天地玄黄"排列"焉哉乎也"，由实而虚，教识字也有序列。序列就是从古到今所谓"天道"。它包括了"人道"。"顺天者存。逆天者亡。齐景公曰：'既不能令，又不受命，是绝物也。'"(《孟子·离娄》)这不仅是孟子一人一派的意见。人是排定了序列的，有主次，有主从。人对人，要么是下命令，要么是服从命令，两样都不干，便是"绝物"。人与人之间没有平等订契约立合同彼此都遵守"法"的关系，只有"令"和"受命"的关系。不仅孔孟，老庄杨墨都是。标榜"齐物""兼爱""为我"，作为理想，这就是叹息于现实的不合理想而理想的难以实现。韩非更不用说，是肯定现实。这样的"不平等序列观"，在中国比在别处更明确，严格，普遍而持久。卢梭的平等空想是在欧洲到 18 世纪才出现的。在卢梭以前的欧洲，恐怕没有像中国这样严格的简明的以数字序列概括人人处处不平等的想法。古希腊和古印度的序列观还是比不上中国的广泛吧？在中国，排座次，进门出门次序，先后左右，是最有讲究，千万错不得的。

客：我觉得不着重序列的图像排列同样重要。不妨转到第二部古书《书》。整整齐齐排列图形的首先是《禹贡》，分天下为九州，列举河道，"东渐于海，西被于流沙"。其次是《洪范》，也标榜禹，"天乃锡禹洪范九畴"。首先是"五行"：水、火、木、金、土。到第九畴是"五福""六极"。至少这"五福"是从前差不多人人知道总名的，而内容则前三项，"寿、富、康宁"，都承认，后两项，

"德、命"就不大提了。《洪范》也记数，好像是那时对人文看法的一个总结。再次是《周官》《吕刑》。"三公""五刑"也是常用词，指的什么，倒不一定人人都知道。这是数字概括的妙处。

主：这里面仍有序列。可以说，在中国汉人心中，无论今古，有数就有序。数和序是显露出来的符号。意义是隐藏在里面的。解说是连接二者的，可以说是要求"深厚"的，即，由表到里，由形到心，由显到隐。本来是由计算对象而得数，以数概括后便会失去原对象而展开解说。《书》，汉朝有今文古文之别，后来合一了。到清朝又闹派别纠纷。争的其实不是文，不是书，而是意义。不论如何，《书》是上古时期一个文告档案汇编，从虞、夏、商、周到秦穆公（秦国所订？）。从草创到修订成书为时不短。从这书里可以看出一点。我们谈有文和无文的文化。"文"有两个常用义。一是指文字，没有相对立的字，只好说有文、无文。二是指和武相对的文。历代都将文置于武之上，好像我们是重文轻武的。在清末民初一段期间内，因为一次又一次挨外国打，许多人愤怒而提出"尚武"。体操、武术抬高了身价。许多人认为，中国之弱就是因为不好武。这是真的吗？且看这部上古文告集。《甘誓》《胤征》《汤誓》《泰誓》《牧誓》《大诰》《秦誓》都是战时文告。还有一些篇是战后的"安民告示"。首先就是商汤用武力推翻并流放了夏王桀以后，"有惭德"，说是怕"来世以台（我）为口实。"于是发了《仲虺之诰》以自辩。在刻甲骨的年代以前未必能做出这样的文章，但也不会全是很晚的伪作。文开头就说："唯天生民有欲，无主乃乱。"其中不仅未说打仗不好，反而是东征西征都是应老百姓的要求。（亦见《孟子》。）再看据说是孔子编订的《春秋》，这更是一部战争编年史。以后的，可以翻看《资治通鉴》及其续编，征伐之事史不绝书。流传在民间的几部古典长篇小说，《三国演义》《水浒传》《西游记》都是讲打仗的。不讲打仗的《金瓶梅》是禁书，末尾也提到打仗。《镜花缘》《儒林外史》是有文之人看的，也免不了写一点打仗和武术。《红楼梦》言情不言武，也还要加上一员女将"不系明珠系宝刀"。柳湘莲还很会打架。焦大是打仗中立功的。诗歌和戏曲中少不了武。文人骂武，但事实上武事不断而且好武的文人也不少。诗人辛弃疾、陆游是最有名的。能不能说，有文的文化中不但藏着无文的文化，而且还有大量的"武化"。文显武隐。"崇文""宣武"相辅而行。隐显并不是两层，甚至不是两面。说表层、深层不等于说显文化、隐文化。"隐"不一定是潜伏在下，只是隐而不显罢了。解说文化恐怕不能不由显及隐。有的隐显难辨。即就文的说，只讲小说。《人间地狱》和《春明外史》同时出来，又都自称写民国初期，但很不一样。可以说，上海的是清末以来旧章回小说的结束，北京的是新章回小说的开始。京新于海。这是俗文学。雅的，旧诗文不说，新小说，也不同。上海新而北京旧。双方都有外国影响。看来是上海多重日俄潮流而北京多守欧美标准。这都是明摆着的。谁新，谁旧，谁显，谁隐？能只凭几本文学史吗？书上讲的是显，不讲的是隐吗？看张恨水的不比看茅盾的人少吧？

客： 这使我想到，我们说隐还是隐讳之意。隐文化也包含了隐讳说的文化。例如《春秋》开始于鲁隐公元年。为什么"隐"？因为他是被臣子杀死的。开篇并不说他"即位"为君。做解说的三《传》都在无字中见出名堂，说：不书即位，摄也。明明是隐公，又说他没当国君，是既为死者讳，又为生者讳。这类忌讳也应该算在隐文化之列吧？

主： 不知忌讳，难读明白中国古书。也可以说，不知隐文化，难以明白显文化。即如战争也是忌讳的，总要宣扬文治而讳言武功。愈是武功盛，如永乐、乾隆，愈是讲文事，修《永乐大典》《四库全书》。有人责备儒家重文轻武。儒家，不敢说；孔子并不轻武。《论语》中说："礼乐征伐自天子出。""礼乐征伐自诸侯出。"

（《季氏》）征伐武功是和礼乐文事并列的。孔子说："军旅之事未之学也。"（《卫灵公》）不会打仗不等于反对战争。"陈恒弑其君"，孔子还"请讨之"，主张出兵制裁。（《宪问》）孔子还说："以不教民战，是谓弃之。"（《子路》）这是主动教民作战，即练兵。"民"未必是奴隶。春秋时，若弃的是奴隶，那有什么可惜，值不得一提了。中国人不能说是好战，但中国地方大，人口多，是个多战之邦。世界上没有一个国家能和中国比赛战争的规模之大、次数之多、时间之久、战略战术之精。当然用火器的战争除外，只说用冷兵器的。

客： 武的文化不必多说。这不是隐而不见的，只是隐而不说的。文人好武并不少见。几十年前高呼"武力统一"中国的不是秀才出身的军阀吴佩孚吗？"投笔从戎"传为美谈。初唐王勃年纪轻轻"一介书生"，还说："无路请缨，等终军之弱冠；有怀投笔，慕宗悫之长风。"（《滕王阁序》）晚唐的温庭筠也自称："莫漫临风信惆怅，欲将书剑学从军。"（《过陈琳墓》）诸葛亮本来不是书生吗？哲学家王守仁很会打仗。近代曾国藩、左宗棠、李鸿章都是会打仗的文人，不过不会用火器，不会打外国人就是了。

主： 所以隐文化可分两类。一是隐瞒不说的，也就是忌讳的。从秦始皇忌讳他的名字"政"字，并且只许天子自称"朕"以来，各种忌讳，口头的、笔下的，多得不得了。唐朝韩愈作过《讳辩》。现代学者陈垣有《史讳举例》。这对于考证古书古物年代有帮助，但也给读书添了麻烦。孔子说过："父为子隐，子为父隐。"（《子路》）"隐"是长久以来的习惯。不识字的人口头也忌讳。不吉利的字是不能出口的。船上不能说"帆"，要说"篷"，忌"翻"。有些典故也是为换个名称用。或为典雅，或为隐讳。有的为尊敬，有的为鄙薄。由语言文字而及事物，许多都隐蔽起来了。这种代语在中国文学中普遍存在。由此譬喻文学特别发达。印度譬喻故事随佛教传来也大受欢迎。但双方譬喻不同。印度的照套子举例。中国的是代语，花样繁多。不仅《离骚》的美人、香草，《诗经》的"比"和"兴"也是。这不是修辞而是文体。《庄子》等子书多寓言。《西游记》的故事能说成隐语。这比外国的复杂得多。张冠李戴，李代桃僵，成了文学手法。《诗经》的毛《序》讲美、刺就是索隐。

客：这一类隐文化是明显的，有点谜语味道。是民俗，但心态不好讲。你说有两类，另一类是隐而不显的吧？不一定是有意隐瞒而是表面看不出来，或者大家不以为意，甚至都知道可不说出来，作为不是那样。前面谈的"武化"隐于"文化"之中就是这一类吧？还有什么可说的？

主：另有一种隐文化，和"武化"或"武文化"相似，很普遍，但大家不注意，不承认，不说。这值得探索一下。我指的是女性文化。

客：这不稀罕。从外国到中国近来谈得很热闹。这不是女权主义吧？那是外国的，情况和中国不同，连日本的也不同。你是不是指妇女中心的文化？或者母系社会的遗留？

主：不要忘了我们着眼的是文化中的民俗心态，是从有文查无文，所以不用管这些说法和招牌，先考察一下妇女在文化中的地位和女性在创造文化中的作用。不是着重性别，而是考察性别的文化作用。因为中国历来大家承认的文化符号序列中是男尊女卑，女性处于附属地位，好像不许也不能发挥什么作用，所以出个女皇帝或者女诗人就大惊小怪当作例外。若事实不是这样，那就是隐文化了。这里面就有民俗心态了。

客：还是从有文的经书查起吧。

主：在中国的符号体系中，从《易》起，阴阳或乾坤就并提而不可偏废。阳刚阴柔是指性质，不分上下。分上下如阳强阴弱或阴盛阳衰应当是都不平衡，为什么前者可以容忍而后者就招致不满呢？不单是男的不满，连女的也不以为然，好像男的必得盖过女的。大家这样想，然而事实呢？事实是不是太极图式的呢？是不是阳显而阴隐实则并列而互有盛衰，共同组成文化的全部呢？乾坤，阴阳，互为先后。文学不必说。从《诗经》《楚辞》一直到鲁迅的《祝福》，女性不是文学的中心也是不可分离的部分。对不对？要考察的是其他方面。

客：依我看，男尊女卑，重男轻女，男性中心，父系社会，这些都不错，是显文化。女性是受压抑的，但同时又是反压抑的，并不是那么卑，那么轻，那么无权。这是隐文化，也许因此不占主导地位。

主：隐文化不显著，不受重视，这不等于不能起主要作用。就政治方面说，看起来打仗的，做官的，从皇帝起，都是男性。有个武则天，出个花木兰，就成为特殊人物。这是迷信符号。当皇帝，主持政权，不一定要有称号。妹喜、妲己、褒姒起什么作用，姑且不论。《诗经》一开始就是《关雎》，毛《序》说是指"后妃之德"，足见后妃作用不可忽视。不用寻找，《左传》开篇的《郑伯克段于鄢》中共叔段闹大乱子以致庄公几乎杀了弟弟。兄长是嫡子，是继承人，弟弟如何能有权去侵犯他的政权？因为姜氏母亲溺爱。这就证明姜氏对政权有重要作用，庄公只好暂且听从。她虽然失败了，但不是无权。这类例子历史上有的是，当然都是挨骂的。秦始皇的太后使吕不韦掌握政权。汉高祖的吕后是无称号的女皇帝。韩信是她杀的。有段时间江山几乎姓吕。汉代外戚掌大权。权倾人主的霍光，掌兵权的卫青、霍去病、窦宪都是皇后家里人。唐朝除武后外还有韦后。杨贵妃能使杨国忠掌权。至少在逼她死的军人眼中她是能左右朝政的人。宋明的后妃也不是对政治无影响。清代开国有孝庄后，亡国有慈禧太后，下退位诏书还是隆裕太后主持。如果说帝王专制大权独揽，那权中有不小一部分是属于女性的。经济上秦时的巴寡妇清以发财得名。一般是男主外，女主内，家财常是妇女主管。何况有"季常之癖"的"惧内"的男人从来不在少数。"忽闻河东狮子吼，拄杖落地心茫然。"（苏轼）女的不但能文，而且会武。有李清照，也有农民起义军领袖唐赛儿。当然这些都不能掩盖妇女受压迫被歧视的事实。她们是在重压下抬起头来的。打骂，买卖，裹小脚，不许识字，不当做人，都不能使所有女性屈服。男对女的一项措施是不许妇女识字读书，使她们只能有直接见闻得来的知识。可是妇女并非人人不识字而且无知可能闹事更大。总之，女的固然在地位上受男子玩弄欺凌以致被认为并自认为轻贱，但她们又何尝不能玩弄男子于掌上，驱使他们，甚至干涉他们的政治态度及前途，如明末的名妓对名士（《桃花扇》）。所以从整体说，从全社会说，以性别分，女性是受男性压抑的。这是显文化，不容否定。同时，从局部说，从一个个人说，男性受女性支配的事并不希罕。这是隐文化。应当说，文化是男女双方共同创造的，而女性起的作用决不会比男性小多少。连《文选》里都有两位古代女作家，班婕妤和班昭（曹大家）的诗赋，后一位还是大学者，是经学家，史学家。

客：这种情形不能说外国没有。印度的，日本的，欧洲的，各有其女性隐文化，不过和中国历史上的不一样。欧洲的圣母，印度的女神，日本人的世界最早的（11 世纪）长篇小说女作家紫式部都是中国没有的。欧洲中世纪的英雄美人也和中国的不同。法国宫廷中活动的贵族夫人也不是中国的后妃。现代变化很多，中外还是有不小的差别。也许这就是外国高呼"女权主义"时中国人不大响应的原故吧？女性文化的现代兴起可能在中国更旺盛。女作家，包括台湾香港的在内，现在不是越来越多吗？不过这属于隐文化，是不会大嚷大叫的。能不能说，以性别分人群，则女视男如符号而男视女如意义；男女仿佛谜面谜底，谜底是不露面的。

主：我们从应用"场"和"序"说到显文化和隐文化，又提到了"武文化"和"女性文化"，还得问问民俗心态吧？那就要另起话题了。

（1991 年）

治"序"·乱"序"

客： 我们谈到了文化可分显隐。我想就隐文化提一个问题。中国的文化历史中，春秋战国以后，秦是个承上启下的总结时代，年代不多，影响极大。显文化大家知道，已有许多研究。有没有隐文化需要注意的？

主： 秦代形成了一个从来没有这样大规模的统一文化场，也就是信息场，以帝国政府为中心，但秦始皇帝决不是以前的周王。这是从东周几百年间的文化纷争产生出来的。可是没有多久秦朝就亡了。到汉朝经过两代才有稳定的"序"，所谓"文景之治"。秦、汉和后来的隋、唐以及元、明的情况差不多。三次变化从模式说非常相似。这不是一姓王朝的兴衰快慢问题，可以说是文化的"场"由一种"序"变为另一种"序"的过程问题。史实和形势很清楚，需要的是解说。可以有不同角度的解说。若主要从文化说，广义的，包括显的和隐的，可以有什么样的解说？我想简化一下，撇开中间的隋、唐，比一比秦、汉和元、明。不过元朝是蒙古族当政，有个种族文化作为重要因素，不如将秦和明来比。明朝的开国之君，太祖朱元璋和永乐皇帝朱棣，很像秦始皇。接下去的皇帝，直到末代崇祯之前，都不见得比秦二世高明多少。秦宦官赵高比明太监刘瑾、魏忠贤还高明些。激烈的农民起义推翻朝廷，秦末明末一样。

可是为什么秦只二世而明可以维持近三百年？信息中心的强弱系于什么？能不能从文化上找一找解说？若不是只换术语和框架，这就会把隐的显出来。

客：你是不是说，从战国形式的分立的"乱"达到稳定而有"序"的"治"的统一的大"场"，要经过一段过渡期，表现为一个短促的王朝？是不是说，秦、隋、元分别是达到汉、唐、明的过渡期？那么，明的朝廷并不强却能长久维持，而且接下去的清朝未经过渡又稳稳统治了两百多年。那么多的内忧外患未能使清像秦那样一下子就垮台。这是为什么？若朝廷作为一个"场"的中心，秦和明相比，除皇帝个人外，还有什么不同？元朝忽必烈如同隋朝杨坚，不亚于唐朝李世民，何以稳定不下来，而相差不多的朱元璋、朱棣反而稳定下来？这当然不能仅从皇帝和朝中少数人做解说，恐怕不是中心而是全局的问题。先乱后治的道理是不是比先治后乱的道理更难讲？从文化说，不乱是不是比乱的原因更"隐"些？

主：我看先得把治、乱的文化意义说清楚。是不是可以说，"场"总是有"序"的。"序"可以有两类，一是治，一是乱，各有各的"序"。历来圣贤都是讲理想的治的序而不讲实际的乱的序，以为乱就是无序。试想假如乱中无序，那么治的序从何而来？用武力推行文化以至思想是不大见效的，几乎是不可能的。治序必定是从乱序中出来。同样，乱序不能只是治序的打乱破坏而是另一种序出来要代替原来的序。有时两序相仿，例如梁山泊的排座次和宋朝廷的座次属于一个模式，那不能说是两种序，只能说一是山寨的次序，一是朝廷的次序。乱序和治序不是这样，是不同的序。同序的不一定能相互代替，要看其他条件。不同的序相代也不能突变。两种序包含着不同的民俗心态。一个趋向"乱"，一个趋向"治"。古人常说的"人心思乱"或"人心望治"就是指这个。

客：既已"开宗明义"，那就来看看相隔一千年以上的秦和明两次"场"中的"序"有何不同？为什么一个不能"治"下去而另一个可以？从统治者方面说，明朝廷比汉、唐都不如，为什么也能稳定而治？难道秦制是乱"序"而明制是治"序"？为什么汉承秦制又治了？只是除去"苛法"和建同姓王国吗？从《史记》的《秦始皇本纪》能看出什么？

主：从这篇以始皇、二世、李斯、赵高为主要人物的政治文化总述我们可以发现，战国时期的重要的文化"场"的"序"到秦统一天下时改变了。变成什么？汉朝贾谊的《过秦论》一大篇（全文见《史记》，中段见《文选》）总结秦之亡为一句，"仁义不施而攻守之势异也"。对秦之兴总结不出来。唐朝杜牧离得远些，在《阿房宫赋》中用六个字描写秦之兴："六王毕，四海一。"和司马迁的论述相合。秦朝的特色是将中国合成一个大统一的"场"。这是前所未有的。其所以能成功，当然是历史发展的要求。秦始皇当然是历史的工具，不过他是一个有思想有意志的工具。他所想的和所做的有什么是达成这个统一场的呢？那要看同他合作的李斯。秦用李斯建立王朝创立许多制度，而李斯被用于上书谏逐客。秦始皇是很不喜欢"客"的，而战国时列国，包括秦，是用"客"而兴的。"客"是战国文化场中最显著最活跃最起作用的分子。从李斯这篇上书和贾谊那篇论中所列就可以看出来。（两文都入《文选》。）这些周游列国游说之"客"中还应包括孔、孟、墨、庄、荀、韩非、孙膑等圣贤诸子及其门徒，做官未做官，出名不出名，著书不著书的，都在内，不仅是苏秦、张仪之流。这些人公开地或隐蔽地在各国之间串连，出许多富强以战胜他国以至一统天下的计谋。他们的祖师言行录，门徒备忘手册，本门要诀之类的书都是内部读物或者对外宣传品。这些书包括《老子》在内，都是有一定读者对象的，是多半在口头传诵的，所以不能都存留下来。若没有这些人，战国只能混战，只是一些文化板块，如何能一统天下？东汉许慎在《说文》中说，七国是"田畴异亩，车途异轨，律令异法，衣冠异制，言语异声，文字异形"。使各国串连通气的正是"客"。（经济上是陶朱公范蠡之类的商，史书留名的多兼充当政客。）"说客"中苏秦"合纵"使各国攻秦，张仪"连横"使各国降秦。他们是战国分立的"场"中所必需，因而为一统的"场"中所必除。秦始皇见到这一点，所以逐客时单用了李斯而不用韩非。（据说两人都是荀子的弟子。）他统一了天下就再也不允许有"客"存在并活动。不必等到秦二世，秦始皇在认为李斯的作用耗尽时也会杀他的，正和当年秦王杀商鞅一样。由此可见，分立板块而由"客"串连是战国文化场的特点，是乱"序"。由此达到"一统"，而统一场中就再不容"客"。秦朝的文化政策几乎都是为堵塞"客"的产生而制定的。这是不是战国板块文化场和秦朝统一文化场的重要不同点？

客：从春秋孔子起，这些"客"不但周游列国，还能到处讲学、收门徒或求学（如苏秦游学），使文化流通和发展。当统一的场形成以后，多块合成一块，自然就废"私学""游学"，烧去"非秦纪"的史书和"非博士官所职"的"诗书百家语"，废除六国文字，达到"书同文字"了。李斯、赵高各自编出新文字的识字课本（李斯《仓颉篇》，赵高《爱历篇》）。建立"博士官"（高等学府）统一教育。非官方的书只留下医药、卜筮、种树等技术书。要学"法令"只许"以吏为师"。这一大套文化教育法令是统一文化场所必需的。问题是：这有什么不好？为什么行不通？何以这一套到汉朝经过公孙弘、董仲舒才定下来，而私学私书还除不尽？为什么到西汉末期，刘向、刘歆、扬雄又在天禄阁校勘官藏古书，去认六国的"古文奇字"？（可见书未烧完。《左传》这时出现还不被承认，"博士"不立专业，要刘歆去信争。《文选》中有此信。）战国时乱哄哄的"百家"有什么好？"一统天下"后的一家有什么不好？我们不要用两千几百年以后的世界的眼光来看，要照当时的形势看。

主：不错，从板块文化场变为统一文化场正是从战国到秦的变化。这在当时是必然的。由此而来的，由丞相李斯建议和始皇帝批准颁布的一系列法令措施也是应运而生的。（"客"将分立场串成了统一场同时消灭了自身存在的依据。）然而不行。秦始皇太自信了，太乐观了，以为灭了六国，一统天下，要防的仅仅是六国的后代和他们的谋士"客"，于是对文化作了严格的统一规定以防"客"，想不到"客"会有后代，想不到要有什么人来代替"客"。始皇不认识，那时也不可能认识，文化的意义。他看轻了文化。他知道文化是对付人的，又误解了人。人虽可以变成兵马俑，听从统一号令，但人又不是俑，不可能和兵马俑完全一样。军事上这样做都有危险，兵士中会出现陈胜、吴广。政治上经济上统一"场""序"必须具备成熟的足够的条件。第一要件便是活人。兵马俑不是活人，只能在墓中和死人在一起。活人有合乎六国的"序"的，有合乎秦"序"的，不像俑没有分别。统一文字并通行隶书再设立"博士官"确是合乎需要而又具备可能，但若以为这就够了，那是只知其一，有文的文化，而不知其二，无文的文化。那些无文的大多数人呢？仍然处在板块文化之中。上层出现了统一文化，下层仍然是互不相通的板块文化。《孟子》里一说"南蛮�舌之人"，二说楚人学齐语要到齐国去，否则学不了（俱见《滕文公》）。当时恐怕只有上层通用语，可以供"客"到处游说，可供各国首脑办外交，引《诗》以结盟。《诗》是将各国"风"化为通行语的标准课本。所以孔子说："不学《诗》，无以言。"（《季氏》）然而极大多数的人是各守其板块文化的语言和风俗而不改习惯。当时明显的文化板块有：中原的从殷商以来的文化，包括"桑间""濮上"的"郑卫之音"。（这里有女性的呼声，是进步还是落后？）还有西方的周秦文化。（内含西戎？）不算北方的其他民族，燕赵也自有文化。东边海滨有齐文化。（鲁似近中原。）东南先有吴越，随即并入庞大的南方荆楚文化而成为吴楚相通的长江流域文化。（这力量能和北方对抗而刘、项以楚亡秦。）这几大板块仅仅靠"行商"如弦高、"座商"如陶朱公以商品流通来联系是不够的。他们可以促成统一，但维护一个大板块还远远不够。经济通气之外还需要人的通气。怎么能那么快就不再需要"客"的流通和"私学"的传授了呢？像萧何那样的吏除了教法律政令之外还能做什么呢？何况原来六国的无数"萧何"也不是很快就能都成为秦吏的。虽经李斯、赵高强迫推行，文化的统一场终究是表面文章，不如军事政治统一得快。汉又分封王国。文帝不采贾谊的"治安策"。那策是只知除病，不知病除掉以后本身没有元气恢复健康，又会得病。景帝试了一下，不成功。武帝时才初具规模，仍是表面。直到元明清三朝大统一才能消化板块，但也化不净。已经一千几百年了，显文化一统江山，隐文化照旧板块。始皇、李斯虽有开创之功，只是开创而已。战国的板块文化场的"序"是不能化为秦朝要求的兵马俑文化的"序"的。统一场的"序"在两千多年前是不可能形成的。秦使天下为一国，文化上不能适应。文化是以经济为基础而与政治相应，又内含喜乡音而守乡土的民俗心态，所以分立不断。汉封王，唐不封王而有藩镇，宋无藩镇而辽、金、西夏、大理、吐蕃多国分立。元统一不久，明朝又裂土封王。清朝才出现政治文化统一场的局面。这是着急不得的。秦始皇以为有了白起、蒙恬、章邯率领兵马统一天下，有了连六国长城为一以防范北方异族，销六国兵器铸为金人十二（显然是象征），这就够了，其他无足轻重，可以随意制定。这是原始的天真，是不知道也不相信有文化场，而文化场是活人的民俗心态力量的集聚，不能任意指挥的。秦初并天下的第一个诏书中一再说"兵吏诛灭"六国。他想不到"兵吏"不能制造并率领统一文化场。

客：由此是不是看出了一条？中国之大，必定文化分成板块，但又趋同，所以要一步一步形成统一文化场的"序"。这不是秦始皇的功过问题。他本人在统一天下后车马不停，南北东西奔走，毕竟不能代替当年"客"的流通。"博士"消灭不了"私学"。能背诵《尚书》的伏生还是活下来了。这显然是两种"序"。能不能说战国的文化场"序"是乱"序"而秦朝的是治"序"呢？这是不是有点像欧洲的罗马帝国而缺少基督教？乱"序"不能由少数人统一管理，所以比治"序"更难办。然而若有人以为可以平稳地由乱"序"而治"序"，恐怕是不懂文化。欧洲的国小，罗马帝国以后还变了几百年，而且各国不同。中国的情况不能比。硬套不是解说。

主：先不忙定符号招牌，只可试试。战国是板块文化而有间隙通气。这是不是乱"序"，和后来的东晋十六国、五代十国属于一个类型？不敢说。至于秦始皇所想做到的恐怕不会是治"序"。

客：可是一直到明朝还是这一条秦始皇思路。明太祖、成祖也可以称为秦若干世。明代的裹小脚是使妇女成为不容易自由行动的俑。八股文是使读书做官人成为头脑不容易自由思想的俑。这种俑化思路以为大家一样就是治、平。这好像不是秦以前诸子百家提倡过的，也不像是孔孟的。李斯是荀子的学生，这也不像荀学。恐怕还是秦始皇在秦国情况下才能有的思路。李斯不过是迎合而出谋划策。可是开国名王的第二代往往不行。秦二世不用说。汉高祖以后惠帝不行而吕后掌权。唐太宗之后高宗不行而武后掌权。明太祖之后建文帝不行而成祖继任。这又是为什么？

主：吕后、武后仍是继续不断的后任，不过是由隐文化的妇女出面了。名王的儿子或孙子不行，这是另一问题。主要是那条思路及其执行继续下来了。可以问的是：秦为什么二世换了朝代而汉、唐、明可以不换？

客：这是不是说，后来的思路和所作所为多少还合乎治"序"？秦二世是第一次做试验所以不成功。

主：不是第一次试验。秦国已实行多年了。秦始皇是想把天下变得和秦国一样。秦二世和赵高不懂或不赞成继续始皇和李斯的思路，以为天下已定不必再像始皇那样操心亲自每天阅一大堆文件亲自到各处跑了，不知新的文化场未能形成正是危急之时。这里面有一个对人（不论贵贱）的看法问题。人的俑化和俑的人化是两回事。人化俑不行。俑化人可以。始皇对此不能明白。他把"黔首"（老百姓）搬来搬去，一搬就是多少万。不仅迁奴隶，还迁富户（当然连带他们所有的奴隶）。这是把人当成俑。他以为兵和吏是俑，民也是俑，活着时就可以像死后在墓中那样排列整齐，以为这就是治"序"。错了。所以不成功。若有俑化人，那可能构成文化场的序。人化俑只能构成坟墓里的序。那不是治序而是死序。从陈胜、吴广当戍卒可见秦的兵是俑。兵的来源，既不是征，也不是募，而是"一锅端"（闾左）。秦实行的是商鞅以来的耕战两分法，也就是孔子教导的"足食、足兵"二分法（《论语·颜渊》）。不过法家是硬来，儒家是软干，但都要求"民信"（商鞅徙木立信）。始皇把"民"硬性分割，一边人去种地，一边人去当兵。这很简单，是把人当俑。没想到大雨误了行期，当斩，于是陈胜、吴广开动了思想。怎么样都是死，造反还可能活。有选择了。人是能选择的动物，不是无选择的俑。加上秦二世、赵高的糊涂和六国板块文化的余力，又没有板块王国可以缓冲而由皇帝独自挑重担。这样，秦就垮了。在统一场中人的活动作用比在板块中大。若反而把人当作比在板块中更少活动的俑，统一场自然有瓦解危险。这不是统一场不行，而是统一场的"序"所依靠的人尚未形成又受到阻挠。不知这样说法通不通？

客：什么是"俑化人"？还不清楚。

主：我想到19世纪中叶，英国议会中有位名人演说。他主张英帝国统治殖民地要兴办教育。不是普及教育，而是办大学教育，培养少数人当官吏。同时确定文官制度，用中国式的考试办法。他预言，将来会有许多官吏，人是当地的人，但说的是英国话，想的是英国人的想法，用英国文明治理当地。这就是俑化人的理论构想吧？确实是人，但实际是俑。这和人化俑不同。那确实是俑，但实际是人。那很危险。一旦人由隐而显要自作主张，做选择，就会出陈胜、吴广。俑化人不同。确实是人，自己思想行动，自有选择，但实际是俑，所有自以为是自己的一切都是外人教会的，自己不知不觉暗中照人的样，等于听从自己以外的指挥。那样就可以治。是不是治"序"？不敢说。秦始皇需要培养俑化人，可是他只相信"兵吏"，只要人化俑，所以失败。他不是两千多年后的英国的维多利亚女皇。

客：你这套俑论或人论太抽象。还是回到秦和明、统一和板块的问题上来吧。就中国历史说，乱"序"存在于板块文化场，治"序"存在于统一文化场。秦是统一的大"场"。明像汉一样分割为板块。为什么秦治得短而明治得长？两朝皇帝都是开始英明继任昏庸的。

主：明朝虽然裂土封王，却不是战国、十六国、十国那样的板块。货和人的流通比以前不知扩大了多少倍。文化比以前更像统一场。上层分封对朝廷不是利而是害。到亡国时还闹福王、唐王、鲁王、桂王的纠纷。秦和明都是统一文化场，用相类似的治"序"。明晚了一千几百年，各方面有大发展，应当是照秦"序"更不行，为什么反而行呢？是不是秦"序"需要更为发达的条件，当时才开始，汉朝还得分封板块，同时定于一尊，到元明时代才有更多的条件，更多的需要，齐国公羊高讲《春秋》的理想要求"大一统"才可以实现了。

客：明朝廷从上到下有什么发展了或变更了秦的不成功的制度的？

主：这就还得回到人和俑的问题。文化的主体是人的活动。政治更是要看人。秦的"治"是靠"兵吏"。兵属于军事，是另一回事，不必谈。吏，在秦是主要的，因为有"苛法"和"酷刑"要吏来执掌，而且吏还要教"法令"，培养后继人。全国这么大，又不分割为属国而一并划为三十六郡，朝廷直接统治而不间接统治，这就更需要听指挥的直到最下层的官吏。东周列国时是贵族依血统分封，层层把关。从《论语》可以看出，鲁国的国君是周的贵族下放。季氏三"家"是分别为鲁君掌权的又一层贵族。阳货以及孔子门人冉有、季路等"家臣"是又一层掌握实际直接治民的大小不等权力的。官吏从何而来？除贵族出身的以外，从办私学的孔子那里来。阳货可以明劝暗令孔子做官。孔子的门徒除早死的颜回外几乎都是官，或是可以做官的候补者。国君也常问孔子有什么门徒可以做官（从政，为政）。大弟子冉有、季路都是季氏的家臣。季氏要出兵打仗，这两位还向老师报告，挨了一顿批评。(《季氏》)还有弟子原思等人当地方官。孔子经常出外周游列国做"客"。他是办私学培养并推荐官吏的，同时充当国和"家"的政治顾问，"从大夫之后"(《宪问》)。用这一眼光读《论语》可以看出开篇讲的"学""习"就是学政治，学做官。孔子办的是政治大学，向各国政府输送官吏。秦统一天下，当然不要这些给六国尽力的"客"和"私学"，一律取消。可是官吏从哪里来？"以吏为师"。哪里来的那么多的吏？秦国原有的也不够用。只好仍用当地原有的以及新由皇帝提拔出来的。这些官吏很靠不住。萧何就是一例。他很能干，能当宰相，可是当小吏而不为秦用倒造了反。汉代在"萧（何）规曹（参）随"袭用秦制以后才开始了新办法，"选举"（选拔，举荐），也就是由当地名流推荐，于是有了"名流""门阀"。闹腾到三国时还不行。太学、博士只念经书争派系无能力培养人。秦有七十多"博士"，恐怕是书呆子居多。曹操、诸葛亮的兵法不知是从哪里学来的。唐太宗想出个统一考试的办法来，一直传到明朝。

分散培养，统一考取。分散的私学自然照统一的取录标准教。《文选》中有"策秀才文"，那在唐以前。唐考诗赋，诗盛。宋考策论，散文兴。明太祖出自民间，深知必须将人俑化，决定了将"经义"定为八股。这是秦以后的大发明，一直行到 19 世纪末。八股的好处暂不论，和小脚一样是明代文化的大题目。可以说，到明代，秦制中心的官吏从培养到选拔到控制使用的全套办法才完成了。这个统一文化场有了治"序"的"人"的依靠了。这个文官制度和英国先在印度后在本国实行的文官制度有异曲同工之妙。各有为各自的"场"的"序"服务的功效，为治大帝国所必需。

客：恐怕还不止这一条吧？八股文培养书呆子，如何能进行有效的"治"呢？

主：不错。这又是明清两代的大事。有个"僚"或"师爷"的系统。这仍是秦代"以吏为师"的延续。大概各朝代都有。不过元明以前做官比较简单。白居易、苏轼以诗人当刺史、太守，只要喝酒作诗就可以。在杭州各修一道堤就是了不起的大事。至今还叫白堤、苏堤。元以后不同。文化场扩大而且复杂化。当官做吏不那么容易了。萧何也罢，宋江也罢，都不够格了。吏需要专业化。于是出现了一些会做官而又做不上官的人给官当实际工作人员，也就是"僚"。低的本地人就当"吏"，像京戏《四进士》里的宋士杰，或是《红楼梦》里给贾雨村大人出主意的"门子"。"僚"有门派，例如出名的"绍兴师爷"。这是战国时"客"的转化，也是从周朝开始的"士"的演变。贵族大官除外。一个穷念书的，或是阔少爷，考取进士，没在朝廷等候做大官而下放当知县，得到肥缺或瘠缺。这比在翰林院陪皇帝候放差实惠。怎么当官？没学过。于是亲戚朋友以至于同学、周乡、同榜考取的"同年"都来荐信了，荐来一批专业化的"师爷"或称幕僚帮助当官。这主要有三行：一是"刑名"即司法，管问案子，要懂法律法案，可以捞钱。"绍兴师爷"

是这一行中最出名的。二是"钱谷"即财务，管税收和会计，造假账，懂"四柱清册"，会办"交代"。（"四柱"是：旧管，新收，开除，实在。）要贪污，不可缺少。三是"文案"即秘书，掌管文书往来。看来不重要，可是公文和书信中一字一句用对用错可以升官或革职。应酬人的"八行"书信更是写得好未必有功，写错了一定有过。"文案"还能代表官去联络关系，少受嫌疑。有了这些"僚"或"幕"就可以"走马上任"了。到任上还得用好当地的"吏"，交结好当地的"绅"，如退休在家的"老大人"和有在京在外当大官的家属亲友以及什么"霸天"，否则也当不成官。这些都有了，那就可以作诗喝酒打牌娶妾什么都干了。不用说上面还得有靠山。这一整套是明代完成的治"序"，适合于大一统文化场。正史、实录、野史、诗、文、小说、戏曲里到处都是例子。这是做官。要发财，这还不够，另有门路，就不必讲了。

客：清末《老残游记》中的老残摇着串铃出入于官场和其他场，是不是也还有一点战国板块文化场的乱"序"里的"客"的味道？他以医卜为生走江湖，不是串连各文化信息场的一个"量子"吗？是两千多年的传统不衰还是残余呢？能不能说，统一文化场需要一个一个的人作为"基本粒子"而以个人的各种平等结合来组成有某种"序"的"场"；板块文化场不需要这样，是以家族或某种不由自主的血缘、乡谊之类关系组成的集团为"分子"的？是不是在统一文化场出现时才逼出一个一个的人，才发生所谓"人化俑"或"俑化人"的问题？

主：秦始皇禁"挟书"只留下"博士"，烧书只留下医药卜筮农书，这就给方士开了大门。他相信方士，求神仙。到汉代出现了儒生和方士的结合。天人、谶纬之学兴盛起来。儒生本也属"客"。各种的"客"，包括讲"纵横"的"说客"，也和方士结合了。战国的"客"化为后世走江湖和居庙堂的会读书作文又会占卜和治病的

"士"，以传说的姜太公和诸葛亮为首。大概板块文化场从未清除，还时时占上风。有民俗心态做"窝主"，所以乱"序"中的人消灭不了，不要这些人的治"序"也安稳不了。有文的文化成为统一文化场，那无文的文化场还照旧遵从板块文化的"序"，仍行板块文化中的行规、帮规，有不结帮的帮。

客：秦汉儒生和方士结合，后来的佛徒也是方士吧？

主：这种"士"的问题是一时讲不明白的。

1991 年

从孔夫子到孔乙己

客：我们是不是谈得太多了。记得是从用符号解说文化开始，要追查什么民俗心态的。怎么走上了信息场。现在越谈越远，仿佛谈一种"历史物理学"了。岂不是荒唐之至。讲这些历史上的"场"啊，"序"啊，与民俗心态何干？与我们预定试破的中国文化之谜何干？讲句时兴的话，谈这些难道就可以算是找寻中国文化的"软件"吗？

主：我觉得并不是离题万里。到底是走了一段路，从有文的文化追到无文的文化，后来只能用符号来解说"文心"了。假如我懂物理学，我也许会列出什么公式来表现中国人的民俗心态的不变模式。这一点我做不到。不仅是因为我不懂物理学，而且是由于我们对自己的民俗心态的了解还远远没有达到能列公式的程度。恐怕连下定义，做界说，也办不到。硬要做，也不过是新的八卦五行，换个符号罢了。符号是抽象的形式，意义却是多种多样千变万化的，具体的。

客：那么，我们是不是就只能谈这些了？

主：我觉得还有两个人物值得提一下，也算是把谈过的空话略微落实一点吧。这两个人都姓孔，一个是孔夫子，一个是孔乙己。前一位是"至圣先师"，是历史人物，我们谈过的《论语》中的主角。后一位是落魄识字人，是小说中的虚构人物。两人真假有别，地位悬殊，又相隔两千几百年，好像万万不能相提并论，可是又不妨联系起来，不能说是一脉相承，至少可以说是并非毫无关系。先说真假。孔乙己是虚构的，连名字都是编的绰号，不必索隐核实。即使找得出原型，甚至作者也会点头，还不是小说中的那位。化为真人，上了舞台银幕荧屏，也是另一个人。说他是假的，这不错。可是孔夫子就那么真实，是真的活人吗？谁曾见过？代代相传而已。说历史真实，一真一假；说在我们心中，两人一样，都得靠我们虚拟。不过孔子资料多，可以编造一生；孔乙己材料少，只有几件事。这不只是量的问题吗？当然历史和小说是有区别的，不可否认孔子的曾经存在。但是说两个名字，两个人，都可以当作符号，挂在意义上面，各自传达许多信息，不是也可以吗？何况孔子也不是一个。在这个符号下面有一个是我们谈过的《论语》里的。还有一个是从汉代起尊为先师，后来高升为文庙中的神，同帝王列入一等，本来只称"素王"，后来竟得封号为"大成至圣文宣王"。这是成神的孔子，和《论语》中记的活人孔子不是同一意义，只是同一符号。此外还有一些孔子，那是各门各派奉为祖师爷或掌门人的。例如董仲舒尊的是照公羊高讲解的《春秋》发挥出来的。宋明的程、朱、陆、王又各讲各的孔子。清末康有为又讲出一个"改制"的孔子。还有更早的，如孟子也标榜孔子，荀子据说也归入孔子门下，还有庄子等也给孔子加上一些说法。这各种意义都挂在一个符号之下，当然互有关联，可是也不能等同。这些孔子还不如孔乙己确切，只有一个。

客： 那怎么谈孔子？全网罗进来拼凑，构拟？是还原历史，还是尊一家之说？或者是纳入外国人所习惯的框架来谈？能不能将孔子现代化、国际化？

主： 孔子毕竟是历史人物，所以我们可以把汉以后的作为第二解说而"悬搁"起来，或说加上括弧，把秦汉间所传的作为第一解说来考察。照这样看只怕要以《论语》为主，因为这里解说的孔子断了后代，是独立的。此书在西汉本来不十分受尊重，后来的种种解说都是借此符号发挥自己认为的意义。所以虽说是东汉郑玄编为定本，还可以相信是西汉所传诵的三种本子的合订本。同时这书又是一个丰富的信息场。我们以前谈的是书，现在可以谈谈书中之人。

客：怎么说断了后代？不是说曾子、子思传下来了吗？还有子夏（卜商）挂名写了《毛诗》的《序》。还有大戴、小戴的《礼记》。还有《春秋》和《易传》。

主：《论语》中的孔子和你说的经过这些人解说的不一样。举例说，《论语》中曾子解说孔子学说的"一以贯之"的所谓"一"是"夫子之道忠恕而已矣"（《里仁》）。其他处的曾子是忠恕并提吗？《论语》明明说，"夫子之言性与天道，不可得而闻也"（《公冶长》）。《礼记》的《中庸》篇（宋以后独立）开口便是"天命之谓性"。又说"仲尼祖述尧舜，宪章文武，上律天时，下袭水土，譬如天地之无不持载，无不覆帱，譬如四时之错行，日月之代明"，如此等等是《论语》中的那位孔子吗？《论语》中的孔子门徒没有一个真有嫡传人到汉代。找《史记·仲尼弟子列传》也不行。《论语》中记得最多的首席大弟子颜回不用说，早死。子路、子贡、冉有、子游、子夏、子张、有子等等还有不少，谁是汉代哪个门派的祖师？只有曾子据说传了孔子的孙子子思（孔伋），还有《孝经》《礼记》也称道他。但这些挂曾子名号的话只能作为《论语》中孔子的一部分教导的发挥，不能肯定即为曾子所传的孔子。从前学塾中供的孔子牌位旁边的四位是颜、曾、思（子思）、孟。后两位是晚辈，不在《论语》中。前两位无传人。所以我们讲孔子还是专讲《论语》中的孔子吧。这是独立体系。虽也杂，还有根有据。而且例如《论语》说"齐景公有马千驷"(《季氏》),现在山东临淄发掘出据说是齐景公的墓,内有殉葬的马几百匹,可见所说属实。不过我们也只能照此书作出一种解说。若照其他解说讲孔子,可以以《春秋》为主,或者以《易传》为主。那是另外的孔子,也可以成立,但不能混淆。历史上存在的孔子是否兼备,那是另一问题。事实上我们讲秦汉孔学的经典传播无非依据孔安国的伪《古文尚书序》和刘歆的《移让太常博士书》,加上《史记》所载。刘向、刘歆父子天禄阁校书才是整理政府的图书馆、档案库,说不定里面还有萧何从秦朝政府那里搜图籍时带出来的。《汉书·艺文志》是依刘氏《别录》。刘氏父子是经书主编,曾否掺假暂不必论。刘歆明明说:"夫子没而微言绝,七十子卒而大义乖","道术由此遂灭"。孔安国说到孔府墙中藏书的发现和散失。他的《尚书传》虽伪,这些话即使出于东汉或更后也不会是凭空捏造的吧?所以说《论语》中的孔子及其门徒的传授的线断了,只有以《论语》为原始依据了。

客:不必考证了。这些都是讲古典文学的人的常识。我只问你,为什么将孔夫子和孔乙己扯到一起?

主:孔子是有文的文化的大宗师。但若不管其他书,只说《论语》中的孔子,他又是属于无文的文化的。在这一点上和两千多年后识字而沦落的孔乙己可以算同一类人。不过一个不断飞升,一个难免堕落,毕竟相隔太久相差太远了。

客:有文的文化中的孔圣人当然也是《论语》中的那位。无文的文化怎么说得上?孔子是显文化的赫赫人物,难道又是隐文化中的不出名的代表者?这信息从何而来?从戏曲小说及民俗仪式看,在无文的文化中,孔子的地位不比老子高。

主:你说的是太上老君吧?老子也有好几位,和孔子一样,这且不提。说孔子同时也属于无文一方面,不是毫无道理的。首先是他没有书。《论语》是他的门人的门人记下的传闻。从书内称谓看，总是在第三代以下，不会是第二代的著作。这正像释迦牟尼的《经》是不止一代以后各派弟子将所传诵的"经"几次结集起来一样。"结集"的原文本义是"合唱"或"集诵"。大家到一起来背诵本派所传诵的所听说的，以"如是我闻"开头。耶稣也同样。他的言行是四大使徒分别记下的《四福音书》。苏格拉底也是靠色诺芬和柏拉图所记，自己未曾著书。这四大圣人本来都是在无文的文化之中的，也是本来属于隐文化的。《论语》第一次编集为《齐论》《鲁论》两部，是两地所传。再次编集加上散失的用古文字写的《古论语》，成为一部书。书中有些重复句子，可见是编集而未删。孔子和门人并没有著书，只是口头传授。《论语》中讲到的书只有《诗》，再三提起并征引。关于《书》《易》的话不仅少而且含混。学《诗》不仅为修养，又是为了"言"和"政"以及"使于四方"办外交（《子路》）。传说孔子删《诗》，也不是作诗。《易传》算不得孔子自己的著作。《春秋》是鲁国史书，说是经过孔子编订，也不是他作的。孟子所说的自己也不一致（《滕文公》《离娄》）。齐公羊高、鲁穀梁赤两家所传之外，《左传》是后出的，还有"真伪"争论。现在流行的本子是晋朝大将军杜预编订的。杜预那篇《序》可以算是中国古代"释义学"的开创，比欧洲讲《圣经》的释义学（后来发展为阐释学）未必多让。《春秋》的公羊学或左、杜学都不是孔子及其门人的。再从《论语》所记的内容看。孔子自称"吾少也贱，故多能鄙事。君子多乎哉？不多也。"（《子路》）这也有孟子的证明："孔子尝为委吏矣。曰：会计当而已矣。尝为乘田矣。曰：牛羊茁壮长而已矣。"（《万章》）管账目，看牲口，当时自然是"贱"役。"子入太庙，每事问。"（《八佾》）可见他不是按时进太庙的贵族，号称"知礼"而未见大世面。他讲的礼、乐都不是书本子，是可以口传的。三《礼》不是他的著作。他也不重视读书。子路说："何必读书，然后为学？"他也只说是"佞"，即巧辩。（《先进》）他还说过"行有余力，则以学文"（《学而》）。孔子并不以有文的文化为高。他还要"从"（依从）"先进于礼乐"的"野人"。（《先进》）他是教政治和为人之道的。因此他不必看重书本而且不和"隐者"绝缘，反而再三说他同情隐者。（《微子》）所以他和那些"耦而耕"的、芸田的等等非"君子"人是通气的，比对阳货之流掌权人物还更亲切。他显然接近于无文而离有文较远。还有，孔子最赏识的弟子颜回是穷饿早死的人，和孔乙己是同类，不过不丐，不偷，学问大，道德高，但生活上高不了多少，住在贫民窟（"陋巷"）里。孔子重视的另一个门人是子路。这是个"好勇"的人，直爽，说话算数（"无宿诺"，《颜渊》），"衣敝缊袍与衣狐貉者立而不耻"（《子罕》），"愿车马衣轻裘与朋友共，敝之而无憾"（《公冶长》）。孔子说自己"乘桴浮于海"时"从我者其由（子路）欤"（《公冶长》），还说他"升堂矣，未入于室也"（《先进》）。子路的言行不像书生而像侠客。他是战死的。又一个得孔子喜爱的门人是善于"言语"的子贡。这是个"货殖"专家，会做生意，据说还会办外交，以其财富地位在各国串连并为老师宣传（见《史记》）。古时商人地位是很低的。这是不是个江湖人物？把《论语》和《孟子》一对照，立刻可以看出孟子是多半和国王大臣打交道的，是住"上宫"（高级宾馆）的，是"后车数十乘，从者数百人，以传食于诸侯"的阔"客"（《滕文公》）。孔子却是"栖栖"道路，仆仆风尘，又"在陈绝粮"，以致从者都饿病了（《卫灵公》）。又"畏于匡"（《子罕》），这时几乎死了大弟子颜回（《先进》）。他会见各种各样的人都平等相待，和王公及权臣打交道不多，也不十分擅长，不如孟子会说话。如此说来，若有文无文不是仅指识字不识字，《论语》中的孔子排在无文一边并不委屈。这实际是尊重他。无文的文化中有极大多数的人，他们和孔子在《论语》中的许多主张是完全可以相通的。孔子讲名分，讲忠、信。江湖上难道不讲？梁山泊为什么要"排座次"？洪秀全为什么要称天王？李秀成不是"忠王"吗？反孔的太平天国尚且没有完全跳出孔子画的圈子，其他可想而知。反过来，那些号称尊孔的帝王是遵守孔子的教导吗？不孝，不悌，教臣下忠而自己不信，为夺皇权不顾名分，种种违背孔子在《论语》中的教训的是有文的高高在上的人，还是无文的处于社会下层的人？孔子设下的轨，江湖之人不全遵守，庙堂之人又何尝不是经常出轨？孔子说卫灵公"无道"，只因为他任用了能干的臣子所以未"丧"（《宪问》）。有文的文化中的孔子只是招牌。有文之人尊孔是要求别人照办而自己在外的。无文之人虽不尊孔却实实在在是和孔子有些心态相通的。当然这只是说的《论语》中的孔子及其门人，不是那位至圣先师及其名下的其他解说。《论语》也不能照朱熹的解说，那是朱不是孔。

客：若就民俗心态而论，能不能说出一点孔老夫子给后世留下了什么长久不衰的东西？

主：我以为有三位大人物的三条在从秦汉到民国的两千几百年民俗心态中一直起作用，仿佛球场上大家承认的规则。尽管不断有犯规的，但守规和犯规的规是同一的。若以为可以将"犯规"提高，提倡破坏一切规，以"无规"为"规"，不是糊涂便是别有用意，而且是做不到的。人群不可能有无序的序。无论玉皇大帝或元始天尊都做不到同时立序又毁序或以毁序为立序。这会像孟子所预测的："缘木求鱼，虽不得鱼无后灾。以若（你）所为求若（你）所欲，尽心力而为之，后必有灾。"（《梁惠王》）当然也许不会"灾及其身"，可是必定逞一时痛快而后患无穷，后人倒霉。我说的三位三条不是这样。第一位是孔夫子。他在《论语》中有很多教导。其中不靠汉武帝下令尊儒术在"博士"中设专业而越来越深入人心的不是礼、乐、仁，而是"忠孝"二字。君父是一体，所以这二字实是一事，就是忠于一个活人，在家是父，在国是君。这要无条件的，主动的服从、崇拜。外国多有宗教，拜一个上帝或不止一个神。以一个活人为神而且人死成神的以中国为首。所以中国不产生外国那样的宗教而可以收容外国神。连"宗教"这个词也是外来的。忠孝意识（规）伴随不忠不孝行为（犯规）一直在民俗心态中占越来越大的地位，有越来越多的解说。外国人难以理解这样的极端。第二位是秦始皇。他宣布"天下大定"，"分天下以为三十六郡"，实现了《禹贡》的"九州"，将孔子常称的"天下"具体化。他的一切言行都是照齐国公羊高对《春秋》第一句中"王"字的解说，"大（动词）一统也"。这个"一统""天下"由秦始皇创立，越来越成为绝大多数人的心态。开口闭口"天下"。分裂也不忘"一统"。第三位是汉高祖刘邦。他破秦之后当众宣布："父老苦秦苛法久矣。诽谤者族。偶语者弃市。……吾当王关中，与父老约，法三章耳：杀人者死。伤人及盗抵罪。余悉除去秦法。"（《史记·高祖本纪》）这三条"法"只有一条意义，就是人人对等取值，也就是"公平"。不"族"。不罪"毁谤"（对朝廷）及"偶语"（私议）。杀人、伤人、偷抢，各自"抵罪"。罪和刑相"抵"（相等）。后代一直是大家承认的"杀人偿命，欠债还钱"，"一人做事一人当"，就是这三章"约法"。这个立法的对等原则是极其重要的，是孔夫子和秦始皇都想不到的。这在中国历史上是破天荒的。这是从家族本位转换为个人本位的第一声呼唤。自从刘邦宣布以后一直传下来。承认和否认，实行和破坏，也一直是正负并行，越来越成为民俗心态。不论有文、无文，显文化、隐文化，打官司、打仗，不是要求对等，就是要求不对等，总离不开这一条。孔夫子、秦始皇、汉高祖，"忠""一统天下"、对等"抵罪"（报仇），是不是在中国两千几百年来的民俗心态中根深蒂固？是不是中国的三大神？三神各有缺点：孔夫子招牌空中挂。秦始皇有钱不会花。汉高祖说话不算话。

客：你把孔子和帝王并列不要紧，又把孔子和孔乙己拉到一起，是不是会使我们的邪门歪道的闲谈既亵渎了孔子又唐突了鲁迅，对这两位伟大人物不敬？

主：讲无文的文化本来就亵渎圣人。不过我觉得这实在是尊重他们，把他们和我们的绝大多数人的心态连起来。我不以为他们本人会见怪。

客：不谈大人物，还是谈孔乙己吧。

主：《孔乙己》这篇小说不过两千多字吧？发表时我还在描红，写"上大人孔乙己化三千七十士"等等笔画少容易写的字。在《呐喊》中看到《孔乙己》时我已经小学快毕业了。一见题目就很奇怪。怎么会有人叫这名字？一读之下几乎终身不忘。完全相同的人和事是没有的。大致相同或有点相同的人怎么像是就在周围呢？甚至我害怕自己会不会成为孔乙己。怎么好像是看到我周围的正在沦落和将要沦落的识字读书人都有几分像孔乙己呢？我的哥哥喝酒时，我的小学老师讲古文古诗时，仿佛都有一股孔乙己气味向我扑过来。读古书时也觉得陈琳、李商隐这些人都有一股孔乙己气味。他们替别人写信写公文时恐怕还不如孔乙己饮酒时那样自得其乐。卖文和偷书究竟哪个高些？作诗和饮酒是不是一类心态？司马迁"下蚕室"时有没有孔乙己被打断腿时的心情？孔乙己写"伏辩"时有什么滋味？是"诚惶诚恐不胜战栗屏营之至"吧？我后来又看到《在酒楼上》，越来越觉得不对了。这一声声"呐喊"怎么那么尖锐，竟扎进我住的偏僻小城来而且进了童子的心呢？我有点害怕鲁迅的小说了。

客：这是你在特殊环境中的特殊心态吧？

主：我不以为是这样。我没有什么特殊。特殊是说只有这一个。我的情况不是独一无二的。我的哥哥便和我属于同一符号。

《孔乙己》里的人都是些符号。符号化为人便不止一个。咸亨酒店是一个信息场，里面有戴着各种符号的人走来走去。长衫和短衫是两类符号。长衫客在里屋，短衫客在柜台外，信息是隔开的。掌柜的和伙计是在两者之间奔走串连的。酒客和孩子们各有各的符号。所有这些都如同《呐喊·自序》中所说的，"只能做毫无意义的示众的材料和看客"。这篇短短的小说就是把这个酒店信息场上的孔乙己及其看客来"示众"，同时也是传达一种信息，显出看示众和被示众的心态。孔乙己是长衫客，却不在里屋而在柜台外。这是一个信息。他读过书，会写好字，是雅人；又偷东西，是俗人；有雅有俗，这是另一信息。书生加乞丐成为一个人，在偷书中合一了，这又是信息。好喝酒，不欠债，终于死后还欠下十九文铜钱的债。这是不得已的。他死去也不安心吧？举人"家里的东西，偷得的么"？自然要写"伏辩"，低头认罪，被打断腿。断了腿还要爬去喝酒。自己不能考中"半个秀才"，还要教孩子们认字。人家不懂的话还要讲。这些都是信息。难道这些符号所传的信息都是特殊的吗？掌柜、伙计、大人、小孩，全觉得他可笑，所以他成为"示众"的材料，有"看客"。我看了不觉得可笑，反而有点恐惧，怕成为孔乙己，被"示众"。我不是乞丐，也没有偷东西，只是识几个字，懂得"多乎哉？不多也"，而且知道上下文。这样就会成为孔乙己吗？可是我又恍惚觉得曾经被当作，而且自己也认为，是孔乙己，并且被"示众"。那不是梦吧？我们真是那么喜好"示众"吗？在信息场里，人人是传达信息的符号。符号的所指是可以转移的，不是特定的，只有一个。符号各有特色，但不是特殊。符号需要解说，这便是信息。"示众"便是组成信息场。

客：照你的说法，我们谈了半天，加上你的独白，好像也有点着落了，只是还嫌抽象，朦胧，不大明白。

主：酒店是信息场。在《孔乙己》里，无文的文化，短衫客，有文的文化，长衫客，由于孔乙己的兼差而连起来了。他是有文而陷在无文的包围中示众，所以可笑。《呐喊》中另一篇小说《药》写的是茶馆，那更是信息场了。前半是法场，后尾是坟场，都是信息场，不管在场者说话不说话。不在场的告密的那位三爷，在场不说话只忽然大叫一声的乌鸦，还有那始终不露面只见鲜血的死者，吃血馒头终于死去的小栓，不都是传出信息的符号吗？说夏瑜就是秋瑾，就不可以说是别的人例如徐锡麟吗？

客： 还可以说出这几个信息场中各种符号所指出的显文化和隐文化以及其中的正负"序"吗？

主： 这有什么难？两篇小说写的都是清朝末年的事，显然是治"序"。举人家的东西不能偷。造反要杀头。读书而考不中秀才活该当乞丐。"示众"和"看客"到处都是。这里面的隐文化呢？死了的造反者，飞走的乌鸦，"红眼睛"，黑衣汉子，"花白胡子"，这些是在治"序"中的，也可以是在乱"序"中的，是正号的，也可以是负号的。看客可以被示众。被示众的也可以是看客。一个小的信息场中有显文化，有隐文化，有治"序"，也可以有乱"序"，而且正负俱全。

客： 有没有"无序"？

主： 自然界中有没有，不知道。有序无序互相转化是一种说法。在人文中，或者说在人的文化活动中，不会有"无序"。总是有一种"序"，或隐，或显，或属治，或属乱，或正，或负，还往往兼而有之。除非死亡，没有"无序"。没有活人的文化活动了，自然界的"序"仍在。埋进土里会腐朽，烧了会化成灰。那个符号还会起作用，传信息。

客： 这两篇小说中识字的人很少。酒店掌柜识字也不过是记账。《药》中的识字人只怕是那个被杀头的。

主： 两篇中都是有文的文化被示众而无文的文化当看客。是不是这也和显文化与隐文化相对应呢？《孔乙己》中的一句话：举人家的东西"偷得的吗"？答"偷不得"，这是一种"序"。答"偷得，只是要挨打"，这又是一种"序"。答"偷不得，抢得，拿得"，这是另一种"序"。以举人划界是一种"序"。《儒林外史》中范进中举，立刻有张举人送房子。没有做官便能收礼，这是"礼"的妙用，也属于举人符号的意义。传说张献忠打进四川时，凡举人以上都要杀。举人是读书人做官的第一步吧？这不是"序"吗？

客：我们从你的小册子《文化的解说》和符号学谈起，到现在谈到了《孔乙己》和《药》，究竟我们前进了多少呢？恐怕中国文化这个谜还是没有破开吧？

主：文化毕竟不是谜语，是又有谜底又没有谜底的。讲符号，讲"场"，讲"序"，总想把意义定下来，总是定不下来。讲自然界总要用上数学，要"设定"。可是人文并不跟自然界一样。这是人和自然的或者说活人和死人的区别吧？

客：我们谈得太多了。你在《文化的解说》末尾写了四个五言句。现在是不是重复一下另写四句？西方也读的东方《圣经》的《旧约·传道书》说："已有的事后必再有""日光之下并无新事"。若只就符号体系论，好像是不错的。模式常常重复：人，生、老、病、死；物，成、住、坏、空。阴阳能括一切，一切有序，成场。若就符号的解说论，就意义或内容论，又是不断变换从不照原样的。不管怎样，你就再说四句吧。

主：好，有了，不止四句。

解说文化难，破谜亦不易。

老去学雕虫，九年徒面壁。

岁月纵无多，河山不我弃。

旧俗识新民，轨外依轨内。

无文是文心，瓦砾成珠玉。
谈笑信息场，隐显皆有序。
仰视浮云行，赋诗不成句。
掷笔起彷徨，安知天地意。

1990 年

古"读书无用论"

"读书无用论"这个名字起得好。其来已久。最古的主张者也许是孔子的得意门徒仲由，即子路。他曾对老师说："有民人焉，有社稷焉，何必读书，然后为学？"记在《论语》里（《先进》）。这就是说，有了人，有了土地（社）、粮食（稷），还读什么书？有饭吃就是"学"了。书能当作饭吃吗？这话是从一个人做官引起的，可见用意在于做官就是为学。孔子不赞成，也没有驳回。孔子的私淑弟子孟轲也说过："尽信书，则不如无书。吾于《武成》，取二三策而已矣。"（《尽心》）一捆竹简他才取两三条，公然说无书胜有书。诵读诗书的儒家祖师爷尚且有此论调，"绝圣弃智"的道家和"摩顶放踵"的墨家之流更不必提了。这是两千多年前的话。

不仅如此。"读书无用"实指书生无用，文人无用。此论也是由来久矣。试看司马光在《资治通鉴》里记载的，一千年前的五代时期的一些"妙人妙事"。

五代的国号是梁、唐、晋、汉、周。除第一代以外总是后一个比前一个更古。若再有第六代，那应该是殷商了。不错，接下去的是宋。春秋时的宋国据说是殷人的后代。只不知赵匡胤取国号时是否考虑过这一点。照国号看，这些国君应当是"信而好古"的。然而不然。这都是文臣的主意。后唐明宗即位时，有人建议自建国号。这位皇帝问："何谓国号？"（卷二七五）他"目不知书。四方奏事皆令安重海读之。重海亦不能尽通"（同上）。这才"选文学之臣，与之共事，以备应对"（同上）。选出来的便是翰林学士冯道。他是历事四朝，历来挨骂的，当时却被尊重如圣人。他官大，名大，其实不过是"以备应对"，起点咨询作用的无足轻重的人。他自己也说："我书生也。当奏事而已。"（卷二八七）不过有时上上条陈提点意见罢了（《通鉴》里记了他的一些意见）。后唐明宗是沙陀族人，不识汉字是不奇怪的。刘邦、项羽是汉族人，也是著名不读书的。

后晋一位掌权大臣说："吾不知朝廷设文官何所用。且欲澄汰，徐当尽去之。"（卷二八四）胡三省在这下面的注中大发感慨说："呜呼！此等气习自唐刘蒉已为文宗言之。……非有国者之福也。虽然，吾党亦有过焉。"（同上）他说的"吾党"就是"我辈"，指的是做官的文人。他说不必怪武人（"夫何足责？"），而怪文人自己，有点自我批评精神。

五代的后汉时，大官们曾吵过一架。一个说："安定国家在长枪大剑。安用毛锥？"另一个说："无毛锥则财赋何从出？"（卷二八九）这后一位是管财政的。在他眼中，"毛锥（笔）"的用处也就是收税记账。他不算是"文官"。所以他同样"尤不喜文臣。尝曰：此辈授之握算，不知纵横，何益于用"？（同上）因此他给文官的"俸禄皆以不堪资军者给之"（同上）。俸禄大概是实物，不能军用的才给文臣，而且故意高估价值，实际是打了折扣。（"吏已高其估，章更增之。"）除这个"毛锥论"以外，还有个理论。后汉高祖任命的一位最高掌权大臣"素不喜书生。尝言：国家府廪实，甲兵强，乃为急务。至于文章礼乐，何足介意？"（卷二八八）这实际上是孔子早已讲过的："足食，足兵，民信之矣。"（《论语·颜渊》）国家有了粮食（廪实），有了武器（兵强），老百姓还能不听话信从吗？所以商鞅相秦，讲求耕、战。可见所谓儒、法两家的政治主张并不是水火不相容的。

为什么武人不喜文士？为什么胡三省要文人自我反省？五代的后汉一位武官"尤恶文士。常曰：此属轻人，难耐。每谓吾辈为卒"（卷二八八）。文人瞧不起武人，当然要挨骂。可是顺从附和也不行。后梁太祖还没当上皇帝时，曾和僚佐及游客（门客之类）坐于大柳树下。忽然他说：这柳树可以做车毂。有几个游客便跟着说"宜为车毂"。这可遭殃了。这个未来皇帝"勃然厉声曰：书生辈好顺口玩人，皆此类也。车毂须用夹榆。柳木岂可为之？"他随即"顾左右曰：尚何待？"于是"左右数十人捽言宜为车毂者，悉扑杀之。"（卷二六五）不但武人，文人也自相攻击。有一位官员"屡举进士，竟不中第，故深恶缙绅之士"。他趁那位未来皇帝大杀朝士的时候建议："此辈尝自谓清流。宜投之黄河，使为浊流。"（同上）被杀的都被"投尸于河"。这个建议人"见朝士皆颐指气使，旁若无人"。"时人谓之鸱枭。"（同上）也有不这样的，处境就不妙。后晋时一位大臣（节度使），"厚文士而薄武人，爱农民而严士卒，由是将士怨之"（卷二八一）。结果是引起了一场兵变。

还有更倒霉的。黄巢入长安建立齐朝后，"有书尚书省门为诗以嘲贼者"。结果是："大索城中能为诗者，尽杀之。识字者执贱役。凡杀三千余人。"（卷二五四）可见读书又会作诗，不但无用，而且有害了。

以上这些不过是从几本《通鉴》里抄出来的。若不嫌麻烦，大翻典籍，"读书无用论"的传统恐怕是代有新义的。不过分析起来，认"读书无用"者即认书生无用者，也只有两派。武官不喜文官是一派。文人也不喜文人是又一派。后一派中，不仅有讲政治经济实用的瞧不起"舞文弄墨"的，还有"文人相轻"的。

上溯到孔、孟，可发现他们和后来的不一样。孔老夫子很重视学习。《论语》一开头便是"学而时习之"。以后又多次讲为"学"。不赞成读书的子路也说："何必读书，然后为学?"他否定书，并不否定学。除此处以外，《论语》中没有再提到"书"。读的书好像只是"诗"。写定了没有，也不知道。《孟子》里有两处提到"书"。一是"尽信书，则不如无书"(《尽心》)。一是"颂（诵）其诗，读其书，不知其人可乎?"(《万章》)早期"读书无用"的宏论可能有两点原因。一是书少。二是书不可靠。

书少。孔、孟当时的古书还是刻在竹片上的。也可以写下来，例如"子张书诸绅"(《论语·卫灵公》)。《孟子》的长篇大论不像是刻竹简。不过直到汉朝还是帛和简并用。书的抄写、保存、传播都不容易。殷商的甲骨卜辞在春秋战国时大概已埋进土里了。口传和有文字的书是《诗》和《书》。所以《论语》多次提到学"诗"。《孟子》才提到读"书"(《尚书》)。这两者一是文，一是史，不是两者合一的史诗。《论语》说"文献不足"，说"史之阙文"，好像《尚书》还未成书。只有《述而》中一次提到"易"("假我数年，五十以学易")。不知是不是《周易》这部书。《春秋》是孔子时才有的。古时不但书少而且多半口传，所以《论语》中记载，有人问孔子的儿子学什么，以为圣人可能"私其子"，另有传授(《季氏》)。从春秋到战国，大约书写工具有发展，书多起来了。这才有"其书五车"之说，而孟子也才有"不如无书"之叹。书少，自然"为学"不能仅靠读书。学，靠的是经验。重口传，不重"本本"。

书不可靠。不但孟子引了《武成》，说明其夸张，也不仅是《庄子》中"寓言十九"，就是在《孟子》这部书中，就有很多故事难说真假。乞食的人竟有一妻一妾(《离娄》)，且不说，以《万章》一篇为例，其中舜的故事成批，一个接一个，上继尧，下接禹，很完整。子产的故事活灵活现("得其所哉！得其所哉！")。伊尹的故事中自吹自擂："天之生斯民也，使先知觉后知，先觉觉后觉也。

予（我）天民之先觉者也。予将以斯道觉斯民也。非予觉之而谁也？"百里奚自卖自身当宰相的故事也有说明。孔子、伯夷、柳下惠都有故事作为孟子讲道理的佐证。孟献子、晋平公、齐景公以及缪公对待子思的几个故事也是这样。孟子又说到孔子周游列国的故事，说是"好事者为之也"。又说舜的一个故事荒唐，"此非君子之言，齐东野人之语也"。齐国东部靠海，是"百家争鸣"之处。那里的荒诞之说也不会仅邹衍一家，早有此风气，所以孟子把荒诞派这顶帽子送给齐东人。《孟子》中故事不少，《万章》篇更是故事集。

古书中故事多，不足为奇。这是古人的一种思想模式，或则通俗些说是思想习惯。用故事讲道理，故事就是道理。不仅中国有，外国也有，但在中国特别发达，长久而且普及。也许因此佛教进来后其中故事流传很多。中印思想习惯有些不同，故事转化也快。"太子"出家的意义在中印双方大不相同。这和"读书无用论"也有关系。因为故事多，寓言多，习惯用隐喻说话、写文，所以就不是事实，不可靠了。不是事实，又不好懂，当然除了吃饱饭的人以外谁耐烦去猜哑谜？何况汉字最少要认识一两千才能读书，还不一定懂。（其实拼音文字要记的词更多，并非一拼字母就懂。各国都一样。）

早期古人不过说："何必读书"，不尽是"信书"，后来的人一再提出"读书无用论"，重点却在一个"用"字，而且着重在读书的人无用。这好像深了一层，其实所依据的是一样。不识字，不读书，照样当皇帝，做大官，指挥兵马，富可敌国。识字也不过记姓名（项羽说的），记流水账（包括《春秋》记事和给皇帝编家谱）。书，既不能吃，又不能穿。读书常和挨饿相连。但是有的书还有用。萧何收秦图籍，知道了各地出产，能搜刮多少。这些大概是《禹贡》一类，记下"厥土""厥贡"，所以对于治国有用，而且是"速效"，能"立竿见影"的。不过这类"图籍"好像不算正式的书，只是档案。萧何也不是读书人。靠读书吃饭的儒生、文士，除了当"文学侍从之臣"以外，只有"设账"收几个孩子教识字。这怎么能吸引人呢？孔、孟是大圣大贤，都没有说过"读书高"。"天子重英豪，文章教尔曹"的歪诗本身就不像是读过多少书的人作的。

不论孔子和子路讲的"学"是什么，"学"不限于读书倒是真的。秦朝规定"以吏为师"。官吏就是教师，教"律法"。口口相传，照着样子做，依靠经验，不就行了？可是书总烧不完。中国的书口传笔抄，到唐末才印出来。五代还有活字版。印刷术兴起，冯道才建议刻"九经"。宋代起，刻板和传抄并行。口传的还有，只是秘诀之类了。奇怪的是当晚唐、五代天下大乱，民不聊生，"读书无用论"正是兴旺之时，为什么印刷书的技术偏偏会发达起来？难道是，读书无用，印书有用；在朝廷上无用，在民间反倒有用吗？书是有用的，但用处不在给人读，尤其是不在于给人读懂。多数人不识字，也要书，例如流通佛经就有利益。大乱的南北朝和五代十国并不缺少书，兵火中一烧再烧，也没烧完，正像大乱的战国时期书也大发展那样。这是什么原故？为什么总不缺少读书和作书的书呆子呢？书对他们究竟有用没有？有什么用？古来读书人是极少数，处在不识字和识字而不读书的人的汪洋大海中，而竟然从"坑儒"以来没有全部"灭顶"。"读书无用论"两千多年未绝而读书还在继续。这些坚持读书的极少数人究竟迷上了什么？世上竟有迷上"无用"的人？

恐怕实际上"读书无用"并无此"论"，也没有"书无用论"或则"书生无用论"。讲实用者对于能为我所用的书，对于读书而能为我所用的人，当然决不排斥。司马光的《通鉴》（原名《历代君臣事迹》）不是以"资治"之名而传吗？几千年来，有人识字读书，有人识字而不读书，有人不识字不读书，有人不上学读书而跑书摊买画报看，各得其所，并不都是书呆子。不是个个人都那么打算盘讲眼前实用效益的。冻饿而死的"卖火柴的女孩"不是还在亮光一闪中得到安慰吗？有书就有人读。谁知道有没有用？"天生我材必有用"。不见得。人和书一样。

（1990 年）

齐鲁之别与传统思想

　　《论语》至东汉郑玄始成定本，其中包含齐国鲁国两传本及汉时古文字写本。《齐论》《鲁论》之别，古人有过简单分析，今人重视不足，其重要性不亚于分析其中各弟子传本。这两重分析未作，所以内容矛盾、重复、简略难解处甚多。若不加分析而引用，势必容易任意取舍以为我用，类似佛经。虽古本不存，旁证难定，但就内容亦可分解，由此与各弟子所传相参照。分析文献是研究工作的起点工夫。例如：称赞管仲相齐桓公"九合诸侯，一匡天下"，"如其仁，如其仁"，是齐人口气。孟子说，"仲尼之徒无道桓文之事者"，好像不知道或不承认。"乘桴浮于海"是齐人所熟悉的。"（齐）陈恒弑其君，请讨之。""齐人归女乐。""齐一变至于鲁。"等等，是鲁人口气。叙事《鲁论》居多，议论间有齐气。有的故事甚至像孟子说的"齐东野人之语"，不知是哪位弟子的门人所传。

　　春秋战国时，齐鲁之别从国情到社会思想都有。鲁不及齐富。鲁是三家执政，齐是田氏夺位。鲁重传统，齐喜夸张。鲁重山，齐近海。双方区别从开国时就有根源。太公封齐，是姜氏，至今民间仍传姜子牙、姜太公。周公旦之子封鲁，是姬氏，与周天子同姓。周公之弟管叔监管亡国的殷商后代而殷人叛，由此周公曾遭疑谤。周公、召公曾经"共和"执政。《诗经》中有《周南》《召南》

并列。姜太公封齐，不在中枢，而后来地位超过召公。姬、姜是周代统治集团中两大族姓，互为婚姻，又互相矛盾。一为天子，一为霸主。传《诗》的有齐、鲁、韩三家。《春秋》是鲁史而传本出于齐公羊和鲁穀梁两家，西汉末始出现左氏《传》。齐多方士。秦皇汉武皆重方士求仙。除叔孙通贡献朝仪礼节外，秦汉文化实是齐风而后加楚巫风。"坑儒"是坑"颂古非今"的鲁诸生，其中未必有多少方士。丞相李斯是不是儒？"儒"既是通称，又有特定涵义。有能当宰相带兵办外交的"经世"之儒（如子贡、子路、冉有），有方士化之儒，有巫师化之儒，不仅是诵《诗》《书》演"礼"的"博士弟子"。当时尊《经》。传《易》八家，汉末荆州刘表居其一。《诗》《书》《易》《春秋》所传解说中皆含有阴阳家言，也都是不同类的"经世"之学。《纬》书亦然。

齐仙与楚巫之风至魏晋转化为道士，又转向西方（前后秦时）求"远来和尚"。于是"老子化胡"同于释迦。儒生与百姓同兼"方内""方外"。"五胡"之后有"五代"，各族并兴，"入主中原"，"轮流坐庄"，全局由此大变。《论语》中提出的"夷、夏"问题有了新的意义，不能用来杂东夷、西戎、南蛮、北狄的齐、秦、楚、晋来概括了。

由秦汉文献可见著书人及传书人的思想言论中所反映的社会文化。其中，鲁及中原传统势力较弱，兴起的强者是西秦、东齐、南楚（包括淮夷吴越），而北狄仅存于燕赵之风，不足与戎化夷化蛮化的三国相抗。孟子所指斥的"齐东野人之语"战国时必已流行。《孟子》书中尧舜禹汤传说连篇累牍。《庄子》《荀子》书大有楚气。《墨子》"明鬼"有楚巫气息。秦之富国强兵经世致用之"法"，齐之荒诞，楚之巫风，皆胜过天子礼乐古老传统。《论语》末引的"四海困穷，天禄永终"，《孟子》末句"然则无有乎尔，则亦无有乎尔"，像《新约》末的《启示录》一样，不是无因的。靠书本的传统弱，不靠书本的传统强，然而读书儒生以外的其书不"经"，其人无"派"，后来才借佛道而传。所以秦火一灭，汉代遂以尊天子之儒为名而行齐楚黄老仙巫之实，终归于口言礼而手持兵之文武双全思想文化传统，不断变更面貌直到近代。曾国藩、蒋介石都对这一套心领神会。讲中国传统文化的岂可不见这个从古到今的"一以贯之"？

（1993 年）

谈"天"

天，我们天天见到，从来不大注意。古时人对天很熟悉，越古的人越熟悉。最大的世界叫作"天下"，最高的统治者叫作"天子"，梁山泊好汉"替天行道"，"不知道"是"天晓得"，如此等等。从"奉天承运"的皇帝到喊"青天大老爷"的老百姓，无人不知"头上有青天"。

现在不同了。大概至少从"五口通商"（即鸦片战争、《南京条约》的成果）以来，现代城市勃兴，高楼林立，越来越高，越多，把天都遮住了。而且地上灯火辉煌，天上一片黑暗。因此，古人所熟悉的常识，我们生疏了。于是古书更难读了。那个古代语言文字世界里几乎无处不在的"天"，古时人人心中记着，我们忘了。我们到"广阔天地"的农村里，没有高楼挡住天了，可是我们埋头种地，低头"反思"，很少抬头望天。古人古书的老朋友是今人的陌生人了。

《尚书·尧典》虽然不是最古的书，却是了解上古的书的一把钥匙。《史记·天官书》大概是失传的甘氏和石氏《星经》的遗留，错漏难免，却是秦皇、汉武时期一般天文常识的专家表述，又是了解古人古书说的"天"的另一把钥匙。这以后天文越来越专门，观测"天"成为专职官吏和民间专家的事。一般人的，包括读书人的，"天"的常识一直停留在战国、秦、汉的这个基本点上，没有随着天文学和历法学的发展而发展。古人不是照现代天文学那么思想的。

《楚辞·天问》问的是历史的"天"。《荀子·天论》论的是自然的"天"。《荀子》讲的"天"是"列星随旋，日月递照，四时代御，阴阳大化，风雨博施，万物……"这几句是接下去说的一些话以至全篇的思想基础，可以说是那时古人的常识。所谓"上知天文"指的是人对具体的天象的系统化了解，包含后来所谓历法、气象以至人事安排（社会结构），直到现代哲学所谓宇宙观、本体论，即对于整个宇宙或说全体自然和人的总的概括理解和表述。照《荀子》所说，这就是：星→日、月→四季→阴、阳→风、雨→万物……

那时人心目中的天，也就是当时古书中说的天，是什么？是日、月、星，是最大的全体。在空旷地方，躺下望天，这就是人能够见到的最大的东西。没有更大的。所以《说文解字》说"天"字是"一大"。在人能上天以前，无论登多高的山也看不到天那样大的一片空间（当然"坐井观天"除外）。即使到海上，一片汪洋，够大了，可是一眼望去只能看到一面，不能同时看到四面八方，而且还是水天各占一半。唯有天，卧地仰望，一眼可见全部各方。这全体就是天。天不是天空，不是指那个常常变换颜色的一片（《庄子》："天之苍苍其正色耶？"），也不是日月星活动于其中的空，而是包括所有这些的全体，和地相对的全体。地的全体不可见（人不能上天），靠天来对照。抽象的空间概念是在具体的实的空间的认识之后的。实的空，如同可以装实物的空罐子，到处可见。抽象的空是推论出来的，所以认识在后。古人由天而知地的全体，又由地而知天是实的，都和今天的人的看法不同。

古人抬头看天，不仅是好奇，更重要的是用来帮助生活。日出日没算一天，叫一"日"，是具体的一个时间单位。"日出而作，日入而息。"月的圆缺循环差不多三十日，算一个"月"，是较"日"更大的时间单位。为了采集、狩猎、耕种、畜牧，要知道植物动物生长的季节，在黄河长江流域的北温带要知道气候交换，分出寒暑四季。这用日月的变换不够了。这只有靠星。先分出五颗行星和恒星，再发现日、月、行星在列星中的方位变化。在一定时间（昏、晓）定向观测一定的星才能用来定四季。这星的周天一循环就是一年（由节气计算的太阳年或恒星年）。最早的历应当是星历。不一定是一颗星，可以是几颗明星。例如《尧典》："日永（夏至）星火。""日短（冬至）星昂。"又如古埃及用天狼星的出现时间方向定尼罗河涨水的时期，这是大家都知道的。由此可知，在古中国，"定"的概念很重要，很普遍。《尧典》："以闰月定四时成岁。"《孟子》："天下乌乎定？"《易·系辞》："乾坤定矣。"

天罩在地上，要知道地上的方向位置也得靠天。但是仰看天和俯看地的东西南北和左右前后总有相反的一面，跟照镜子一样。天上有个北极，星辰绕着它转，由此定向为北。日出为东。日没为西。这样便可以制定日晷，看日影方位及长短定时间及季节。但要确定，还得测定日、月、行星在天上的位置和运行路线，这只有依靠星辰分布做背景才能察觉出来。由此看来，无论时、空，都是由具体的日、月、星来定的。东南西北配合春夏秋冬（见《尧典》）。地和天是对立的，又是密切有关连的。

天是地的一面镜子。这在古时是人人知道不需要说出来的常识。仰观天文就可以俯知人事。这是古人无论上等下等人读书不读书都知道的。因为离了天就不知道春夏秋冬和东南西北，算不出日、月、季、年。北极应当是天的中心，却斜挂在北半天的中间，愈往南走它越低，愈往北走它越高。可以分明看出天是倾斜的，所以天是塌下去的，是缺了又补过的。天倾西北是人人知道的（地陷东南大概是因为江河东流）。天昼夜旋转也是人所共知的。这些和地相应又不相应。后来的占卜用"式"，天盘旋转于地盘之上，就是模仿这个。十干和十二支的符号也是这样：十干旋转于十二支之上，从甲子起，六十次一循环。这些在古代并不希奇，因为和人的生活都有关系。

古人将人间投射到天上（《汉书·天文志》："政失于此则变见于彼。"），但同时也是将天上投射到人间。不仅是日蚀、彗星等灾变，天人相应，如《汉书·五行志》的大量记载。由天象也可以想到人间。看到天象想到人间也该照样。例如天中轴在北（北极），想到尊者应当居北朝南，人君要"南面"，而不随太阳居南朝北，反倒是群臣北面而朝。将天象系统化，将星辰排列组合加以名称和意义，例如说天上有斗，有客星，有宫，是用人间译解天上。观察结果，用人解天。有的说出来，记在书中，多是灾异、祥瑞。有的不说出来，藏于心中成为思想，例如紫微垣中心无明星，一等明星散在四方，掌枢衡者实为北斗。这不能说出，只能推知。这就是奥妙所在。还有些"客星犯帝座"之类编造也是。司天文的官员和知天文的专家又受帝王及贵人的重视，又受歧视和怀疑，原因就在于其中有奥妙不能明说。往往说天就是说人，说人又是说天。

《史记·天官书》可以不当作天文学而当作古人的"天学"书看。"天学"和现代天文学可以说几乎是两回事。从现代的天体测量学、天体力学、天体物理学的观点看，古书只是历史资料。但是若作为"天学"，那就是了解古人思想和古书的重要钥匙。《诗》《书》中的"天"是虚的，星才是实的。

《天官书》若不仅读其天文而着重读其中思想，我看就像一部小说。读古书要知道古人想法。《史记》的这篇文章就是古人观天想法的一个系统总结。大学的中文系、历史系、哲学系讲课大概都要讲到《史记》，可是讲《天官书》的我只知道1939年在搬到湘西辰谿县龙头脑村的湖南大学中文系有曾星笠（运乾）先生讲过。曾先生对我说，他讲《史记》只讲"八书"，首先是《天官书》。据他的学生说，曾先生讲的多是考据订正，听不出奥妙。这是老辈学者照传统讲书的一派做法：只指出并拣开拦路石，让你会读，至于书的内容则要你自己去想。另一派传统讲书法是只发挥对书中内容的自己见解，至于书怎么读，要你自己去背诵，去查考。这两派都是把学生当作和先生水平差不多，不去"发蒙"，因而会把准备不足的学生带进五里雾中。名师的学生也是主要靠自己钻研。会一步步引导入门的名师不多，所以名师往往少有高徒。《天官书》本身就是古代的名师。开列了药方，至于什么药性，治什么病，只有读者自己去学，那就可以"见仁、见智"，各取所需了。中国古书大多如此，可决不是出谜语。

《天官书》若要讲解词句，我不会，只会对照着天上人间和古今人思想自己去看。这样硬看，倒也可以悠然自得。这也许需要一点星象常识，但更需要亲自夜观天象，作"索隐"，不然便索然无味了。

《天官书》先分天为五宫：中宫和东南西北四宫。中宫是北极所在，无疑是最重要的（为什么？大可玩味），所以首先举出"天极星"。一颗明亮的星是"太一常居"之星。这一带是后来所谓"紫微垣"，即帝王所在之处。"太一"旁边的星是"三公"，后面是"后宫"。这大致相当于欧洲的包括北极星的小熊星座的方位。中国古人认为帝王的，欧洲古人只看作平常的熊娃子，对"居其所而众星拱之"（《论语》）的"北辰"毫无尊敬之感。更有意思的是，向天一望，什么"紫微"，什么熊，全都不是那么一回事。小熊不像熊，倒像一个小北斗。两个北斗，一大一小，一正一反。可是中国古人不这么看。北斗只能有一个。欧洲人才看成两头熊之一。天极星怎么不是最明？这不能说。再看文中讲中宫的部分主要讲的是北斗星。一观天象就知道，居中而尊者的作用不见得比围绕着他的大，可是没有这个居中者让全天星辰围着他转又不行。若要团团转，就非有个轴心不可。《天官书》开宗明义第一段便表明了中国古人的这个思想。这是说不出而又人人知道的。这岂不是《春秋》尊王的根本思想？为什么"五霸"要"挟天子以令诸侯"？为什么王莽一定要篡位而曹操不肯也不必篡位？陆机《文赋》本文第一句是"伫中区以玄览"。"中区"本指地，又指天，又指人。为什么读书作文要先伫立"中区"？从古人所说的天象可不可以结合人事搜索古人的思想？欧洲古人就不这样想。他们以地为中心。

五宫之后列五颗行星及其解说。从木星开始，大概不是只因为它最明亮（金星最亮只见于昏晓），是因为它十二年一周天，是年的标志，所以名为"岁星"。接着是火星、土星、金星、水星，配上五行。这以后是日、月以及彗星、流星等等，直到"云气"。天文学渐少而占星术更多了。

《天官书》以天人感应为基本思想不足为奇，有趣的是看讲的感应是什么。一读即知，贯穿其中的主要方面是政治，特别是军事。和欧洲的神话星座不同，我们的星象所显示的不是幻想，不是生活，不是生产，而是战争。观天象的重要作用是知人间的刀兵。这可以说是中国古人思想中的贯彻始终的一"维"。几乎是不论什么书，从经书到小说，不论什么事，从考试做官上朝到吃饭睡觉，无不从天象联系到战争，常常用上天文及军事语言。这只怕是中国古代文化和古人思想的一大特点吧？好像是中国以外哪一种文化都没有这样的。斯巴达、日耳曼，武有余而文不足。中国是经文纬武，文武双全，武在文中，文不离武，好像是武化的文化，也便是人间的天象。说到这一点，《天官书》不过是显示出一点征象罢了。

（1989 年）

门外议儒家

甲：现在谈论传统文化，谈论新儒家，好像很热闹。你我都是知书识字，算不算儒？

乙：不算。

甲：怎么不算？给孔夫子磕过头，念过经书，没出家当道士，没当和尚，没信基督教或者别的教，那就是儒。你不承认，是不是怕秦始皇"坑儒"？

乙：不是。"坑儒"不是坑所有的读书人。秦朝伏胜还当"博士"，活到汉朝传授《书经》。你说的"儒"是"孔教会"的教徒。我说的是有确定含义具体人物思想行为的种种的儒。

甲：照你的说法，只有孔子、孟子、荀子和他们的门徒才算是儒，只存在于春秋战国时期，也就是说，先秦的是儒，以后的全不算？

乙：不然，秦以后还有儒。汉代有汉儒，西汉的董仲舒，东汉的郑玄，都讲孔子，又各有一套，彼此也大不相同。唐代的儒只有韩愈等几个人，又和汉儒不同，以反佛反老为主。北宋有程颢、程颐兄弟，南宋有朱熹、陆九渊，又各不相同，他们都没有成为官学。朱熹的学说还被朝廷宣布为邪说，这是宋儒。到了元代，蒙古人统治全中国以后才对朱子的理学大加宣扬，定为正统。他的书为考试做官所必读，一直延续到明清两代。平常说的儒家指的是他的门下。现在又说"新儒家"，指的是现代的几位讲学的大家，非汉，非宋，非先秦，不过有时也挂在宋以来的儒的头上。

甲：你要确切，那就不能不分别其异。但他们都称为儒，都尊孔，能不能求其同？

乙：他们的同可从非儒的外国同样著书立说的人比出来。请比一比中国儒生和印度出家人以及欧洲教会中的学者在生活上有何不同？

甲：印度佛教和尚以及其他教的出家人靠"施主"的布施为生。欧洲的神父靠教会。在神学院变成大学以后，不管穿不穿道袍，仍是靠教会，也靠外来的布施。"施主"是或官或商或财主。中国的同类人从孔夫子起就是靠教书，靠做官，无论如何离不开朝廷。老子、庄子也是一样。秦始皇废私学，设"博士"，统一教育由官办，学法者"以吏为师"。从此以后，从汉到清一直没变，官学、私塾念的都是应付考试做官的书，所谓"隐士"也离不开官府。"翩然一只云间鹤，飞去飞来宰相衙"，这是中外之异，也就是中国内部之同吧？对不对？

乙：依我看，由生活决定，中国的儒生首先必须具备使用价值，能直接间接为朝廷所用。可以不做官，或者做不成官，但必须有可用之道，可为统治者或准备当统治者的人认为有用。各国的和尚、神父可以关门研究抽象的"终极"问题，住在庙里或游行教化，讲自己的科学和哲学，可以计算天上星辰而不必编定实用历法。中国儒生就不行。中国读书人躲不开政治，并不是从孔夫子才开始。我们没有外国那种宗教和神话的书。从甲骨卜辞起，古书都与现实政治有关。老子逃政治必须"出关"。孔子要逃也只有"居九夷"，或者"乘桴浮于海"。

甲：科学技术不必论，直到宋代沈括，元代郭守敬都兼通历算。连唐朝和尚一行都讲密宗又通天文历法。明以后"畴人"也没断。问题是，不讲这些又没有技术的儒生，只会讲道理，有什么用？怎么能"应帝王"？

乙：中国儒生讲的道理的共同点是建立序列。"有序"是任何统治者所必需的。"无序"不过是破人家的"序"的手段，目的还是建自己的"序"。建"序"大概是从孔夫子到康有为以及后来儒生的共同点。因此尽管不同也都可以称为儒。他们的"序"的内容，从汉儒起是建"礼"，从宋儒起又建"统"，终于建"理"，大加扩展以至于能横贯佛、老以至外国，达到"万事万物莫不有理"。完成这个建"序"大业的是南宋朱熹，所以蒙古人有横贯亚洲建立四大汗国的底子就特别喜欢他的这一套。许衡等儒生的献策，如果没有适应统一大帝国的这个前提，是不会被蒙古统治者赏识的。至于什么是"礼""统""理"，还是请你说吧。

甲：《儒林外史》的马二先生最痛快。他说孔夫子也要做"举业"。"天天说'言寡尤，行寡悔'，哪个给你官做？"他说各时代有各种"举业"，一点不错。孔二先生，我们的祖师爷，周游列国所为何来？不论汉儒、宋儒，理学、心学，都出不了这个范围，都是要建"序"，所以才都尊孔夫子。他们都是做"举业"。千变万化，各种解说，无非是适应新需要，重复旧道理，都是为了这一连串等级的阶梯。我说的这些，你是不是同意？

乙：那何妨先请你说说"礼"。笼统说"序"不能定你我讲的是不是一回事。

甲："礼"首先是为朝廷制礼作乐。汉初有叔孙通定"朝仪"。蒙古皇帝也同样需要这一套。汉人儒生对蒙古皇帝的建议就是"治汉人当用汉法"。孔子传授的礼就是"礼别尊卑"。君臣，父子，一个高坐受礼，一众拜倒叩头，这样就不是同等的人了。各朝开国时都有这一套。契丹人耶律楚材曾劝蒙古皇兄拜新皇帝而达到安定。

不过儒生单靠教这种礼只能时兴于开国一时，所以还得有另一套礼。这就是制定官僚机构及其运转方式，换句话说是如何提拔选用和排列官吏来实现这个礼并作有利运转。这不仅是最早的《周官》那套理想职官表和爵位排行榜。唐代实行考试，实际还靠推荐和名气，没有断绝汉代的旧习惯。宋代考试形式严密，但是文人做官是给皇帝当秘书，虽可以带兵，但不会打仗，只有空谈，文武双全的很少。元代儒生献出了考"经义"的条例。这时确定下一条：名为考文章，实是限思想，中不中靠运气，用不用在主人。给老百姓一条做官路，不让断绝希望。在考试中确定以朱熹的《四书集注》为题目及内容的不可动摇的标准，文体也定出死板的格式。王恂、许衡等人既定历法，立朝仪，又创出了经义八股文考试。这套考文官制度，看来英国人治印度时学去了。文官考试是一大发明，其中奥妙一时说不完。实际上做官之路多得很，不止考试一条，其中自有妙用。

乙：你去过祭孔子的文庙没有？那恐怕就是元代崇儒的第一个成果。汉武帝只在太学专业里尊儒。汉、唐、宋皇帝都是信道过于信孔的。孔子尊于元代。蒙古皇帝听从汉人的建议，封孔子为"大成至圣文宣王"。于是孔子戴上了平天冠，一位端然正坐的王者之像出现了。文庙中神的格式和佛庙一样，不过是以"木主"牌位代替塑像。佛的像全一样。要分别谁是阿弥陀佛，谁是释迦牟尼佛，只好看"一佛二菩萨"，由旁边侍者的形象不同来判断。从元代起，孔子也有了侍者，那便是由贤升圣的颜、曾、思、孟。然后有了十八罗汉，那便是以程、朱为首的陪祀的历代列位大儒。这都是从《四书集注》来的。此书出于宋，尊于元，效果见于明。清代发生许多问题由此而来。

甲：我来接着讲"统"。印度佛经中没有什么列祖列宗的说法，一到中国就有了。特别是禅宗，据说是"佛祖拈花，迦叶微笑"，

"以心传心"，于是有了不用口传的一代一代祖师。然后是菩提达摩"一苇渡江，九年面壁"，成为"中土初祖"。以"衣钵"为符号传法，传到六祖，有了分歧。不说话的修行禅变成了专说话的《语录》禅。这一宗兴起于唐，而《语录》编于宋，庙规定于元。"禅"从此大大盛行，普及于教外。儒生同时同步也有了"道统"，起于唐朝韩愈的《原道》。他说这个"道"不同于老子和佛的"道"，是尧传舜，舜传禹，然后是汤、文王、武王、周公、孔子，"孔子传之孟轲，轲之死，不得其传焉"。这说法是反佛的，可是同禅宗的说法一样，不知谁影响谁。彼此都没有经典根据，都是"以心传心"。孔、孟不同时，当然也是这样传的，只是没有"衣钵"为依据，仿佛缺传国玉玺。宋代《语录》禅流行，《四书集注》"应运而生"。文庙排座位由此出现。同时政权也以南宋偏安为"正统"，与辽、金、元争"统"。元代是禅宗占领佛庙，理学或道学占领孔庙。中国的近古和近代思想形成而且有了形象表现是起于元代。我说的对不对？

乙：我觉得不错。若不然，怎么解说朱夫子特别提高孟子，而且要从汉朝人编定的《礼记》中选出《大学》《中庸》两篇文来配《论语》《孟子》？因为照程、朱说法，《大学》是曾子（参）所作，《中庸》的作者是曾子的门人子思（孔伋，孔子的孙子），孟子又算子思的门徒，加上《论语》中首席弟子颜回，这四位在孔子旁边"陪享"，当侍者，座位就排定了。孟轲升为"亚圣"，由元朝的文宗皇帝封为"亚圣邹国公"。孟子升格，从此理学、道学或儒学便成为"孔孟之道"了。佛教和儒家的这些变化正是中国人传统思想祖先崇拜的产物。传代是第一要紧的事。朱子在《四书集注》的最后，《孟子注》的末尾说得最清楚。"孟轲死，孔子之学不传。……千载无真儒。……（程颢）先生生乎千四百年之后，得不传之学于遗经，以兴起斯文为己任，辨异端，辟邪说，使圣人之道焕然复明于世，盖自孟子之后一人而已。"从汉到唐的儒全被抹掉了。"道统"万岁！

　　甲：建"统"完成于元代大帝国，是汉族经过和契丹辽、女真金、蒙古元以及西夏、大理、吐蕃等多族接触而产生的。在这个意义上可说元代包括南宋是中国的"文艺复兴"时期，只是和欧洲的"文艺复兴"方向相反。他们走向春秋战国，我们到了秦朝。这且不说，除建"统"以外，"道""理"方面有什么可谈？别讲哲学。

　　乙：这可以从《大学》《中庸》的破格提升看出来。《大学》是经过朱熹改造的，是他的"整旧如新"创作。把"正心""修身"和"治国""平天下"连接起来，这就是所谓"内圣外王"之学。《中庸》不知是秦末汉初什么人的手笔，也不知为什么能在《礼记》中保存下来。这篇文或文章组合在汉传古代经典中是独一无二的。开头就提出了"命、性、道、教"等等"范畴"术语，又有一段把孔子"仲尼"上升为神，等同于天地、四时、日月。其中讲的"性"是"天命之谓性"。《论语》里明明说："夫子之言性与天道，不可得而闻也。"《中庸》讲"性"，是谁听孔子说的？"儒分为八"，这是哪一家？想不到这一组冷文章过了一千几百年热起来，派上了大用场。孟子和荀子辩论的"性"是人性，又讲"浩然之气"，讲各种的"心"。《中庸》《孟子》合流，不但古时可以和异端佛教对抗，而且后世又可以和欧洲所谓哲学来对应，成为"形而上"的学。（"形而上者谓之道。"）"道"的作用越来越大。究竟是孔、是孟、是程、是朱，还是别的什么人，分不清了。儒"道"之妙，妙不可言。不懂这个，恐怕难懂中国人。

　　甲：真要讲孔子，恐怕得先分析《论语》。中国古籍多半是"杂俎"。不能笼统说。不限定材料，怎么研究？不分析怎么理解？

　　乙：我们这样谈论儒是尊还是贬？我们自己以为只是依据实际，考察现象，发现问题，寻求解说，无所谓褒贬。可是，照我看，只怕是像古老笑话说的，两个近视眼议论庙门口匾上的字，实际上匾还没挂出来。我们在儒门之外谈儒是不是两个近视眼？

甲：我相信匾终究是要挂出来的。我们是有点"超前"吧？

乙：那就不必读下去了，等 21 世纪再见吧。

（1995 年）

妄谈三皇

甲：讲传统现在很热闹，是不是要从"三皇"讲起？祖、宗、皇、帝都很吃香。

乙：你说的是天皇、地皇、人皇吧？那是神话。

甲：不是那三位。我说的是历史上的皇帝。创立传统的只有三位，别人都是照猫画虎，没有创新。

乙：你指的第一位皇帝不用说是秦始皇了？

甲：不错。第二位呢？

乙：我也猜得到。那一定是第三个国号周朝的女皇帝武则天。这位女英雄把男权的最高峰皇帝换成女的，可称为女权主义的元始天尊，对不对？

甲：对。第三位呢？

乙：猜不到了。其他皇帝都一样。起义的领袖有创新，但还不是皇帝。他们坐上了皇帝宝座以后就和别的没有什么不同。三皇我猜中了二皇。这第三皇要请你指教了。

甲：那么，我问你，现在用的公元若不算外国进口的而算中国传统，那就该是谁的纪元？公元元年是中国哪一朝的什么纪元？

乙：公元元年是汉平帝元始元年。可不是？真的是公"元"之"始"在中国。可是平帝登基才九岁，怎么能算？

甲：掌大权的是王莽，这一年他封为安汉公，所以是"公"元，安汉"公"纪"元"。

乙：你把外国的公元说成中国的公元，把进口的改换成出口的，应当得到弘扬传统的大奖了。不过王莽的朝代虽名为"新"朝，却只有复古，不见创新，怎么能和秦始皇、武则天相提并论？

甲：王莽掌权当皇帝以后，将秦汉的新制度都作为旧制度，全部废除。将天下的地收归皇帝所有，称为"王田"。全国地名一一改过。度量衡货币等等统统换新的。朝代称为"新"朝。可惜他的年代太短，破旧立新的工作远未完成，就被汉朝皇帝的后代刘秀打断了。汉朝复辟，新朝就完了，但是王莽在破旧立新招牌下的破新立旧，以复古为创新，指革新为复辟，自命周公而发扬赵高的指鹿为马，不能不算是一大发明，称得上是后代这一派的祖师。他可以纪元。

乙：你说些什么？难道你要为挨骂两千年的王莽翻案？胆子太大了，也太荒唐了。你看，秦始皇、武则天，都堂而皇之地登上了电视屏幕。有谁提王莽？

甲：王莽在新商标下卖旧货，又假借周公的名义卖自己的私货，实在是一位通天教主，制造假冒商品的都是他的继承人。可是他们决不肯承认这位祖师爷，连他的"新"朝这个朝代名都不提。实际上这是一部永远演不完的不上荧屏的电视连续剧。

乙：你少说几句废话吧。洋货是洋货，国货是国货，可以交流合资，不可冒充。

1996 年

反传统的传统

曹操收到了一封信，是大名人孔融写来为另一位大名人盛孝章求情的。

曹丞相看了信以后心里很烦，想：盛孝章又不是我抓的，孔老儿何不去找抓人的孙权，要来找我的麻烦。转而一想，这老头是看重我这位丞相，我何不借此压一压孙权小儿的气焰，也博个爱才美名。孙权一知道消息，只有杀得更快，不会有什么后患。孔融不过比我大两岁，信里卖老牌子，张嘴闭嘴不离他有个圣人祖先，分明是瞧我的家世不顺眼，看不起我。这账以后慢慢算，此刻且答应他的请求，让他放心，更加自高自大。曹丞相心中不知不觉萌发了以后对孔融的杀机。

果不出曹操所料，公文到东吴之日，孙权已经把盛孝章的全家都害了。只有孔融的这封信被梁昭明太子萧统收在他主编的《文选》里得以流传下来。

我讲这故事只为了信中有这样一句话：

今之少年喜谤前辈。

由此可见那时已有现在所谓"代沟"。孔融用了诽谤的谤字，一定是骂得很不客气，惹得他老人家大不高兴，而且少年也不会是一两个人，说不定那时已经有年轻人骂老一辈的风气。

少年骂老辈怎么骂的？从汉朝往前查，原来周朝初年就有。制定周礼的开国元勋周公留下一篇讲话在《尚书》这部经书里，其中说得很明白。老一辈辛辛苦苦种田地办农业，到了下一辈就懒惰得信口胡说了：

> 厥子乃不知稼穑之艰难……侮厥父母曰：昔之人无闻知。

"厥"就是"其"，他的，他们的。这里说的是"侮"，是侮蔑，侮辱，和孔融用的"谤"字一样。儿子欺侮老子还骂娘，说：从前（昔）的（之）人没有（无）知识（闻知）。换句话说就是：老家伙知道什么！

从周初到汉末有一千多年，竟然口气一样，这种反传统的传统是一代又一代传下来的。二三十年前小将们大破"四旧"，自称是"史无前例"。其实不仅史有前例，而且例子多得很，从周朝、汉朝一直传到他们。这种下一代反上一代的传统真是"旧"得不得了，决不是从"五四"才开始。汉朝以后到了唐朝，诗中的圣人杜甫有诗说到这一传统的新表现：

> 庾信文章老更成，凌云健笔意纵横。今人嗤点流传赋，不觉前贤畏后生。

庾信是北朝诗人文人的代表。他又带兵，又办外交，由南朝到北朝去时，梁朝亡了。他只好在北朝做官，写出一篇《哀江南赋》传诵到现代，还选进"古代汉语"课本里作为骈体文的代表作。可是他以后没过多少年，唐朝的"今人"就"嗤点"起来了。"嗤"就是讥笑，"点"现在叫作"点评"。这一阵嘲笑可不简单，连杜甫都说是"前贤"也害怕（畏）"后生"了。他接着说：

> 王、杨、卢、骆当时体，轻薄为文哂未休。

王勃、杨炯、卢照邻、骆宾王被称为"初唐四杰"，正是反了庾信的华丽风格而开辟唐朝的清新风气的。可是没多久就又陈旧了，被"轻薄"的"后生"所"哂"了。"哂"是一种轻蔑的笑，比"嗤"字稍为轻些，意思一样。"为文""未休"是文章一篇又一篇，没完没了。从庾信到王勃再到杜甫，彼此相隔不过一百年左右吧，就一代反一代了。"破旧立新"的传统，周、汉、唐代代有例。

到宋朝，有名的大改革家王安石据说就嘲笑孔子编订的《春秋》是"断烂朝报"。王安石是和司马光对立的。他这话也许是冲着司马光接着《春秋》编《资治通鉴》的，明说孔子，暗骂司马光。即使这句"侮圣"的话靠不住，王安石也还有许多话是反传统的。他可不是"轻薄""少年"了。

从北宋到南宋，更进一步。出了一位朱熹，发扬北宋程颢、程颐的学说，编了一部《四书集注》。编完了，到了《孟子》的末尾，他在注里抄了程颐讲程颢的一段话：

> 周公没，圣人之道不行。孟轲死，圣人之学不传。
> 道不行，百世无善治。学不传，千载无真儒。

可了不得！周公以后就没有"善治"。孟子以后就没有"真儒"。直到这两位程先生"生乎千四百年之后"可算是"孟子之后一人而已"。弟弟讲哥哥是"一人"，朱子讲程子就是二人，后来称

"程朱"就是三人。这三个人以前直到孟子，一千九百年没有"真儒"，都是假冒的。这样一笔抹杀前人，看来是"彻底决裂"，大反传统，实际上还是继承周公、孔融、杜甫提到过的那个古老的反传统的传统。

明朝、清朝就不必细说了。只说那位朱熹老前辈。他反了一千九百年的"儒"统之后，自己成了新"儒"统的祖师。朱被元朝的蒙古族皇帝一封再封，推崇《四书》成为考试做官的考题。后有明朝的朱皇帝本家定下作《四书》题的八股文的标准。程朱理学到清初"如日中天"，谁敢说个"不"字。偏偏就有一位毛奇龄作了一部《四书改错》，专门批评朱熹的《四书集注》，可也没有陷入文字狱，还是做官出名。

由此上所说，可见这个反传统的传统实在是早就势力浩大而且是连绵不断，而且是以新反旧以后新又成为旧再被反而出新。一代又一代都是这样传下来的。所以传统和反传统在实际上是一回事。什么"史无前例"不过是口号而已。至于究竟是一代不如一代还是一代胜过一代，那就难说得很，因为标准难得统一。新的总是自认为胜过旧的，到自己成为旧的时候又认为新的别人还不如旧的自己。说"日日新，又日新"（《大学》）和说"日光之下并无新事"（《旧约》）严格说指的是一回事，同一历史过程。

话说回来，我还是推荐孔融给曹操的那封信。如有可能，我真想来"评点"（不是"点评"）一下。不过那是另一回事了。

1996 年

空城对话

艺术真是人类的奇特创造。艺术品件件是意味无穷，怎么看怎么有意思。我所说的是艺术品，不是艺术家。品味蜜和研究蜜蜂是两回事。讲这几句废话不过是因为想到了京剧《空城计》。这出戏是戏外有戏，戏内又有戏。戏外指戏和观众；戏内指演员演戏，角色也演戏。故事是从小说来的，没有多少史料根据，不是事实，是艺术品。

故事不必说，谁都知道，是诸葛亮用空城开门欢迎，骗得司马懿以为有埋伏而退兵。可是这两个聪明人，怎么会一个把命运押在不可靠的马谡守街亭上，后方空虚。另一个更奇怪，率领大军连占三城追赶敌人，忽然碰上敌军主帅，便不战而退。聪明人干傻事，其中必有缘故。小说交代不清，戏剧出来补上了诸葛亮的大段独白，实际上是和司马的对话，加以发挥，对上述难题作了圆满的答复。戏好，谭鑫培老板创的唱腔好，戏中戏更好。这是诸葛和司马在两军阵前面对面的谈话，是在公开的场合作出私人的单独秘密谈话，又不是用暗语，真是精彩的艺术品，可惜不知道创作这出戏的艺术家是谁。他让诸葛抓住马谡造成的这难得的机会，向当时能和自己对等的谋略家司马发出信息，所以司马大军前锋一到城下，诸葛便在城上唱出第一句：

> 我本是卧龙岗散淡的人。

这是"破题",纲领,表明自己本来是农村中人,无意于帝王之位。用现在的话说,就是没有权力欲,没有野心,你司马大可放心。在几句烟幕唱词之后他又唱:

> 先帝爷下南阳御驾三请,算就了汉家业鼎足三分。

老话重提,难道司马懿不知道?在这紧要关头提出"隆中对"有新的用意。刘备本来不过是一个织席子、卖草鞋的小商贩,他能出人头地,实际上是和曹操同辈的枭雄。他难道看不出无法打得过曹操和孙权,唯一可得的地盘是还在刘家手中的荆州、益州?但是他标榜仁义,怎能夺本家的产业?诸葛献计说不能把刘家产业给姓曹姓孙的,所以他正好背上背信弃义的黑锅。恶名归诸葛,实利归刘备,被利用的是曹操。这些近事,有夺取政权野心的司马岂能不知道?如今诸葛将旧事重提,发表"隆中对"的新版,告诉司马今天和昨天一样,三分天下还将继续,谋略不变,仍旧要利用敌人。蜀国明为敌人,实是友邦,司马可借此扩充军力,壮大自己,等待机会。诸葛不是献计,是说破司马的心思。所以最后唱:

> 我面前缺少个知音的人。

信息准确而丰富,立刻就会有人报到亲来前沿察看的司马耳边。司马怎么答复?初步是下令不准进城。这是观望,考虑。于是诸葛加紧进逼,明说西城是空城,等候司马来"谈心"。这是给一个做借口的理由。司马可以说诸葛用诡计骗人,说是空城就不是空城，可以借此退兵，用受骗上当遮掩面子。装傻往往是聪明。果然，大野心家、大谋略家司马懿下决心表明态度，用退兵回答诸葛亮。空城对话结束，双方都成功，都满意，又是敌人，又是朋友。从此，历史演变符合他们的约定。司马懿比曹操更能等待，到第三代司马炎，时机成熟，才统一天下。可是历史由人又不由人。中原的非汉族人越来越多。司马后代自相残杀。"八王之乱"，"五胡十六国"，西晋变成东晋灭亡了。

所有这一切在历史上发生之前，早有一位古今中外少有的特级大师孔夫子说过要点，并且有门徒记录传授，成为经典语言了：

吾恐季孙之忧，不在颛臾，而在萧墙之内也。

正是：好个"空城计"，戏中还有戏。敌人兼友人，计中更有计。

1997 年

418

中国的神统

各国都有神统（神的系统）。成为宗教信仰的有教会组织，其神统自上帝以下很明确。没有达到这一地步的都是民间信仰，比较杂乱，但也有条理可寻。希腊、罗马和印度的神统流传于世界，知道的人较多。中国的神统自有特点，比其他国更为复杂多变。自《楚辞·天问》《山海经》以下，历代增补，流传民间，为文学艺术的一个重要来源。鲁迅《中国小说史略》中以三篇之多讲神魔小说，篇幅超过其他类别。可是这个神统历来为人所不屑道，以为三教合一，愈演愈乱，不值一提，不过是民俗学者的资料。其实不然。即就小说中的神统看也大有可谈论的。不一定要追查源流演变，只要略想一想眼前的名著就可见其系统及内涵在民间至今未绝，不可轻视。这还是只讲汉族的。

较全的神统当然是见于《四游记》，但八仙"东游"及"南游""北游"都不如"西游"，独立成为又一部《西游记》。另一部是《封神演义》。这些书都出于明代。清代继承下来。明代小说中的人神并列到清代小说中成为人胜于神了。在明代以前是以史为小说。明代才建立神、人两大系统互相辉映。但若单讲神则明代已完成体系了。

不妨考察一下这两部小说。以艺术论，《西游》远胜《封神》；

但说到内涵，两者难分高下。

《西游》的神话很清楚，是两大独立系统：一个是玉帝体系，一个是如来体系。中间夹着一个孙猴子，自称齐天大圣，不服双方。结果是双方合力抓住了他，给以种种磨难，终于归依一方，成了"斗战胜佛"。

《封神》的神统不这么清楚。没有佛祖驾临，只来了准提、接引两个道人吸收"有缘"的去西天，仿佛招降纳叛。没有玉帝能统率所有的神。封神的执行者是活人姜子牙。另有仙人分为阐教和截教而又是同出一门。女娲是独立的。她派狐狸惩罚得罪她的皇帝，可是狐狸的所作所为她就不管了。"封神榜"是预定的，一切在劫难逃，但起因和被害的老百姓却不像是出于劫数。劫是为神设的。许多封神榜上有名的神仙都是由于申公豹的劝说才自投罗网的。这说明劫数仍需要有诱因才能发动。元始天尊、太上老君、通天教主三位师兄弟分成两派，以致万仙遭戮。到仗打完了，祖师爷洪钧老祖才出来赐丸药命三人和好。若再生异心，药即爆发，神仙也难逃一死。人间（商、周）天上（阐、截）相混淆，遥远的西天派人来从中取利。这个神统真够乱的。一张封神榜不过是照例的录取名单而已。

真的是混乱吗？也不见得。系统原则仍明显。

总是分为正邪相对，有善恶是非，作者或讲故事者总有偏向，总是说这是不可变更的前定的数。

不论有没有独一无二的最高的神，各神仙系统总有头目。此外又总有不归属的散仙。这一点和外国的神统就不大一样。希腊、印度是散仙为主。玉帝统辖的庞大而复杂的严格等级神统在外国不大见到。

外国的神都以不死为特点，大概没有例外。中国的神统中却是神仙长生但可以死，死了便下凡为人。人死了可以成神，甚至活着可以兼职为神（魏徵斩老龙）。神人界限不严。

最值得注意的特点是史、神、人的相混或一致。神降为人，人尊为神；史书是小说，小说成史书；一部中国小说史不是这样吗？中国的戏曲不是这样吗？

1987 年

佛"统"

　　稍阅佛经的人都知道，佛没有指定传法继承人，只有"授记"，即预言某人将来成佛。佛教初来中国盛行时正值天下分裂。南朝虽作各种文献总结，佛教也还没有确立以"统"相传，只有《释迦谱》《高僧传》。佛典中有一部《付法藏因缘经（传）》，说是元魏时译，亦为梁僧祐著录。20 世纪 30 年代已有欧洲人在《通报》上撰文考证，认为这是中国人所编，至少是个可疑的本子。到唐朝，"道统"之说兴起。照中国人习惯，这么多不同经典必须纳入一个大系统，于是"五时判教""三时判教"之说行时，说是佛说法是依不同时机不同对象而不同的。讲"三乘"归一的《法华经》大流行。到宋朝，几国并立，更要讲"正统"，于是出来了《释门正统》（1237 年）。接着是《佛祖统记》（1269 年），照中国史传体，分出"本纪"等等排列菩萨位次统系。还有《释氏通鉴》《佛祖历代通载》（元朝）。唐代流传的"衣钵"传法故事及宗派正统之说由宋人编的几种《传灯录》而大盛。《论语》式的"语录"更为文人所欣赏。从来没有过稳固大统一帝国的天竺（印度）未见独尊之神。"如来"也不止一个，是"三世诸佛"。佛到中国居然成"祖"，有了谱系，有传国玺式的"衣钵"。可见中国"传"什么都讲求有个

"正统"的。欧洲也没有这样"传"的"统",因为罗马皇帝比不上中国帝王。无论哪国人也不像我们这样重视"祖""宗"。

（1992 年）

三 "王"的传统

顾亭林（炎武）的《日知录》从前读过，现在不大记得了。顾氏生当明末清初，讲过"天下兴亡，匹夫有责"的名言。他读古书，作考据，都是为的"经世"，开一代之风气，人品学问不愧为清初第一流。但也不能因此就说他的思想没有迂腐之处，对他的书不能提出问题。试钻一孔，研磨一下。

在《朱子晚年定论》一条中，顾老先生说过一段话常被引用："以一人而易天下，其流风至于百有余年之久，古有之矣：王夷甫之清谈，王介甫之新说；其在于今，则王伯安之良知也。"单就这段话而论，他提到三个姓王的，着重的是末一个，明代的王阳明。"百有余年"指的是到明末"王学"还没有消灭。这暗示明朝之亡，王阳明提倡"致良知"要负责任。这不是讲哲学而是论政治了。

这三个姓王的有没有什么共同点？为什么顾亭林这样着重又用这样的口气责备？

晋朝的王夷甫（衍）自来就挨骂。"清谈误国"就是由他而起。"清谈"的特点，一是不依书本，二是脱离实际。古时士大夫如果这样，那当然对天下（即朝廷）之亡要比匹夫负更大责任。司马昭的后代自相残杀，要王衍负责。谁叫他做大官？

王介甫（安石）是宋代的政治改革家，古时一向挨骂多于受捧，近几十年来才翻了身。他的"新说"和失败的"新政"相连，无人继承。他解说文字，自作主张，又说过"祖宗不足畏"之类的话，显然离经叛道。他写百把字的《读孟尝君传》，说好客的孟尝君只是"鸡鸣狗盗之雄"。这把什么"赛孟尝""小孟尝"都骂了，可见他不但不尊圣贤，也不管民间流行意见。所以小说中给他一个绰号"拗相公"。他是政治家，好像和王衍的清谈不一样，可是那两个特点还是相似。不顾古书的教导，不顾实际能否成功，以致新政失败，新说失传，当然也得对北宋之亡负责。亏得还有几篇文章列入"唐宋八大家"，著书没烧掉，否则连名声也传不下来，后世无从平反了。

王伯安（守仁）或王阳明，既是政治家，又是哲学家，在明代后半名声很大。"王学"和明朝之亡联系在一起，于是挨骂。但传入日本，到明治维新时又被提出，那以后在中国也略有起色，可是不久又下降。他提倡什么"良知"，或说良心，又反对"格物"，胆敢和明朝皇帝本家朱熹唱反调，当然要倒霉。他自己不大著书，门人记下了他的语录，可见他受佛教禅宗语录影响，"直指本心"，不要书本，自然决非儒家正宗。由此看来，这一"王"也是不依书本又脱离实际的空谈家，当然要被认为他招致亡国的罪过比明朝的皇帝和太监更大。

顾亭林既信古书，考古音，又讲实际，著《天下郡国利病书》，还好和那三"王"针锋相对。不难看出，双方正是古来思想传统中的两条线（不是"路线"）。一条线的祖师应当是孔、孟。另一条线的祖师未必是老、庄。说不定齐国稷下的邹衍夸夸其谈是"清谈"的祖师，但不知要不要他对齐国之亡负责？

稍微一想又有点奇怪。那不依书本又不讲实际的三"王"固然和晋、宋、明的衰弱和朝廷之亡有些联系，可是又信书本又讲实际的顾老先生和从孔、孟以来的这条线上的许多人的成功又在哪里呢？历朝开国成功的，从秦始皇、汉高祖到朱元璋、皇太极，哪一个是信书本的呢？他们讲的是什么实际呢？王衍究竟是什么样的人？王安石的新政为什么失败？王阳明是书生却又会打仗。打的对象也许不对，可是打胜了。他得罪皇帝几乎被打死，立了大功还差一点因立大功而得大罪，并未受到重用。明朝衰亡是由于用他还是由于不用他？若说他讲"良知"、良心，引坏了老百姓的心，那是不是说，明末农民起义倒是由于他的哲学呢？至于三"王"共有的"清谈"、空谈、别扭等等究竟是怎么回事？究竟什么是"实际"？读书到底应该像顾亭林那样，还是像王阳明那样，还是另有途径？是不是谈者有罪而行者无妨？

偶然想起《日知录》，随手记下一点疑问。

1989 年

两种"法"

中国历来所说的法不等于欧洲的罗马法和拿破仑法典以至现代法律，这已经有人论证了。中国的法从古以来是指刑律。从《尚书·吕刑》、晋国"铸刑鼎"到《大清律例》都是一样。刘邦的"约法三章"是"杀人者死，伤人及盗抵罪"，也是刑律。

法有两种，不仅是法和律。法、律、刑、罚、条例、制度等，不论成文不成文，只等于一种法。另外还有一种"法"是维持社会秩序的道德规范。这是无形的，不确定的，但是力量极大，有种种形式维持成为传统。全世界古今都一样，没有例外。清朝康熙、雍正的《圣谕广训》、民间的《太上感应篇》都是这"法"。《尚书·无逸》说："厥父母勤劳稼穑。厥子乃不知稼穑之艰难……侮厥父母曰：昔之人无闻知。"这是指传统的"法"破坏，出现"代沟"。"父为子纲"要变成"子为父纲"了。

这另一种"法"的变革不同于一般的法。若轻易打破会造成极严重的长期后果，更加延缓甚至阻碍新的"法"的传统的建立。这样的破坏表面"破旧"，实质"破新"。一旦有破，无法修补。但旧的要破时，护也护不住。当前全世界焦灼的正是这种"法"的问题。从美国到苏联，从西欧到日本，感觉敏锐的艺术家和思想家都以不同方式指向这一焦点了。

（1987年）

学"六壬"

八岁满了，我插入小学二年级。

十岁以后我开始乱翻家里的书，不懂的居多，但我知道了书名和里面说了什么样的话。渐渐有些书使我发生了兴趣，不管懂不懂也一遍又一遍翻看。其中最有意思的是我在小学毕业前后居然无师自通学了所谓"大六壬"。算到现在足足有七十年完全不接触也不想到了，可是最近忽然想起来，仿佛记忆犹新，有的歌诀句子还背得出来。由此可见它是深藏在我的"隐意识"中，不必去想，去记，自然存在，并且暗地发挥着可能的作用。不妨想一想，查一查。

不知道是书中看来的还是耳中听来的，据说古时人能学成三种大本领，一是"先天太乙神数"，学会了可以"通神"。二是"奇门遁甲"，学会了可以使鬼。第三种是"大六壬"，学会了可以前知，算出未来。此外还有"八阵图"，那是从周易八卦来的，是"正宗"，不是那三样的"旁门左道"。讲"太乙"的书，家里没有，我也没见过。"奇门"家中有一部，讲些"九宫"和"神将"，看不懂。"六壬"有三部，一是《六壬大全》，石印本，小字，几本合成一部，好像是集合而成，层次不清，看不明白。另一部也差不多，书名忘了。还有木刻本仿佛是两本合为一部书的比较简明，封面上写着《大六壬寻源》，是我父亲的笔迹，里面有些圈点和眉批，也是父亲手笔。这书使我发生兴趣，因为有许多"占验"的例子附在后面，带点故事性，从占卜天气到"射覆"，就是卜出别人掩盖的东西，好像猜谜。"六壬"以外还有《增删卜易》《卜筮正宗》，是讲照周易八卦占卜的。我翻看不久，讲八卦的书都被哥哥拿去学用几枚"制钱"卜课了。我只好学"六壬"，可是无法入门。恰好哥哥拿来了一部《镜花缘》小说。作者卖弄才学，借一位小姐的话讲了六壬占课怎么开始，说了"天盘、地盘"。她用另外一种话一讲，六壬书中入门口诀立刻明白了。我随即一步步排下去居然列出了"三传、四课"，再加上"神、将"。最后我竟能不写字而用手掌暗算，也就是古书说的"袖占一课"，全凭心中暗记那复杂的符号图形。知道怎么用钥匙开锁以后，什么"甲戊庚牛羊"之类口诀就难不倒我了，"六壬"的"课"型数目虽然有限，但变化复杂，因为附加项多。到末了，从那灵验的占课记录中我明白了占卜和猜谜一样，奥妙全在于"用神"。不灵验的占课当然不会收入书中，一般对不灵验的解释往往是"用神"错了。在我小时候还有时听到大人说"用神"这个词，意义广泛，好像是指关键的思考方式。"用神"一错，思考路数就错，也就是方向路线错误，一切都错，用力越大，错得越厉害。"用神"的"用"也许是从《易经》的乾、坤卦爻辞里的"用九""用六"来的。可能指"变爻""变卦"的"变"。不知道"用"什么"神"和怎么"用"，那还能不错？八卦、"六壬"并不仅是形式上的符号排列组合，重要的在于"用"。我迷上"六壬"的那些时光，现在想来，并不是白费，实际上我是在受一种思维训练，是按照一种可变程序在实习计算，推算，考察，判断，然后对照实际情况检验原先从实际中提出的问题的解决是不是正确，符合。

那时不像现在，我几乎没有任何玩具，回家以后没有同学或其他儿童做伴，又没有什么家庭作业。功课容易，闲时多翻看那几十箱书便成为乐趣。学"六壬"是我的游戏。后来只"掐指"心算，不用写，只用想，又练出一种思考习惯。不过这些都是现在才得出的结论，当时我得到的满足是一种突然发现奥妙和自己学会本领的乐趣。这可以说是一种心灵上的一阵享乐吧？这是别的乐趣无法比拟的。

一闪念间觉得自己发现了一件又奥妙又新奇的思想路径，全身心出现了一阵快乐。这种真心欢喜的体验，回想起来，学"六壬"时有过一次。随后不久又有了第二次。那是我小学快毕业时拿着哥哥在中学学过的《查理斯密小代数学》来看。文言的译文，简单的入门，我半懂不懂看下去，觉得很有趣，好像是符号的游戏。看到一次方程式所做例题，我大吃一惊。原来"四则难题"一列成方程式就可以只凭公式不必费力思考便得出答案。什么"鸡兔同笼"，用算术和用代数解答是两套不同想法。同样是加减乘除，用数字和用别的符号竟能有这样不同。看到方程式能这么轻易解答算术难题，那一刻我真惊呆了。惊奇立刻变成一阵欢乐。是我自己发现的，不是别人教的，才那么高兴吧？

第三次这样的欢乐体验是在我进私塾又读了两年古书以后，我接受到新潮，插进了初中三年级，学几何。我家里有石印本徐光启译的《几何原本》。看过头几页，一点不懂。这时接触到点、线、面的空间图形，听先生在课堂上讲，也没觉到什么新鲜。可是当先生在黑板上画出图形说明"对顶角相等"时我大吃一惊。一望而知的平常事居然要这样而且能这样一步一步推演证明，终于 QED "已证"。我在座位上忽然感到一阵震动。世界上会有这种学问！这种思想！那正是 1928 年大闹革命学潮的时期，这种对革命没有现实的直接用处的学问所产生的兴趣只能是一瞥而过没有下文。

再有同样的震惊和欢乐已经是 1943 年，我三十岁了。在印度乡间，在法喜居士老人的指引下，我随他一同去敲开波你尼梵文文法经的大门。这经在印度已经被支解成一些咒语式的难懂句子，本文只有少数学究照传统背诵讲解了。老居士早有宏愿要像他早年钻研佛经那样钻出这部文法经的奥秘，可惜没有"外缘"助力。碰上我这个外国人，难得肯跟他去进入这可能是死胡同的古书。在周围人都不以为然的气氛下，我随他钻进了这个语言符号组合的网络世界。那种观察细微又表达精确的对口头文言共同语的分析综合，连半个音也不肯浪费的代数式的经句，真正使我陪着他一阵阵惊喜。照他的说法是"还了愿"。我陪他乘单马车进城关，他走的时候，在车上还彼此引用经句改意义开玩笑一同呵呵大笑，引起赶车人的频频回顾。从此以后，我再也想不起还经历过什么同类的欢乐了。不知是不是"超越自我"失掉自己了。

此刻我忽然想起，这不是三种同源而有不同方向和重点的世界思想发展的三部古书吗？《波你尼经》是印度河流域古人的创造发明。后来书未亡，而印度思想中插进了中亚、西亚文明，最后又加入了欧洲文明，这一探索中断了。地中海的欧几里得的《几何原本》是和波你尼仙人观察语言不同的观察空间的又一创造发明。伴随他的还有阿基米德。可是直到笛卡儿发明解析几何，伽利略亲做观察实验，大批出现对自然宇宙探讨的人物，这才挥洒出从古未有的广阔图景及其应用。中国呢？黄河流域孕育出《易经》，一层又一层用实物和形象符号解析并综合宇宙及人生。《易》中包括了老、孔，随即顺着他们二位的思路发展，在对现实世界和人事变化的洞察和理解及应付智谋等方面，我们的造就在世界上是"无与伦比"的。向人事实用出发，中国的种种技术发明也是超越其他处的。直到18世纪英国人来中国探路时还带走了一些中国技术。《波你尼经》《几何原本》《易》是不是表现了人类最早的成体系的智慧结晶的三部符号书？算不算两千几百年前出现而又有继续大发展的智慧的标帜？当然，这不能概括全部文化思想，也不是指全体人类。大多数人并不欣赏这种智慧。这在地球上哪里都是一样。可是谁也避不开人类智慧的影响。我当然不是在讲占卜。"六壬"早已亡了。背诵经句也不时兴了。不必回头看了。

1996 年

图书在版编目（CIP）数据

明暗山：金克木谈古今 / 金克木著；黄德海编 . -- 北京：作家出版社，2021.5

ISBN 978 - 7 - 5212 - 0623 - 4

Ⅰ . ①明… Ⅱ . ①金… ②黄… Ⅲ . ①中华文化 – 文集 Ⅳ . ① K203–53

中国版本图书馆 CIP 数据核字（2019）第 142395 号

明暗山：金克木谈古今

作　　者：金克木
编　　者：黄德海
责任编辑：李宏伟
装帧设计：孙惟静
出版发行：作家出版社有限公司
社　　址：北京农展馆南里 10 号　　　邮　　编：100125
电话传真：86 - 10 - 65067186（发行中心及邮购部）
　　　　　86 - 10 - 65004079（总编室）
E – mail: zuojia@zuojia. net. cn
http: // www.zuojiachubanshe.com
印　　刷：中煤（北京）印务有限公司
成品尺寸：145 × 210
字　　数：358 千
印　　张：13.875
版　　次：2021 年 5 月第 1 版
印　　次：2021 年 5 月第 1 次印刷
ISBN 978 - 7 - 5212 - 0623 - 4
定　　价：65.00 元